安吾疾風伝

七北数人
Nanakita Kazuto

春陽堂書店

はじめに

「堕落論」「白痴」で有名な坂口安吾が、まだ坂口炳五《へいご》だった時代――幼少期から中学卒業までを描く小説です。

一九〇六（明治三十九）年、新潟市で生まれた炳五少年は、戦争へ向かう激動の時代に、何を考え、何に興味をもち、誰と遊び、誰と喧嘩し、どう作家への感性を磨いていったのか。

新事実も掘り起こしつつ、空想をふくらませて、胸躍る少年世界を描いていきます。いつでもどこでも、日常の中に、本の中に、友達関係の一瞬の陰りに、心が動く。発見がある。ワクワクする。未来が開ける。

夢に生きる自分を、子供たちは皆、夢みているものでしょう。

――二〇二一年七月「小説坂口炳五」連載開始にあたって

目次

第二章　修行……187

第一章　炳五

1　危険な遊び

いずことも知れぬ真っ暗闇の中、手探りで何か大事なものを探していた。

闇が、まるで生き物のように、体に纏わりついてくる。皮膚をとおし、細胞の隅々にまで、闇が浸透していくようで、たまらなく不安になる。

叫んでも、自分の声は聞こえない。声が出ていないのか。息はしているのか。何も見えず、何も聞こえない。もがいても、手に触れる何ものもなく、体は宙に浮かんだ状態で、少しずつ旋回している気もするが、よくわからない。

すうーっと、心が闇へ吸い込まれていく。

無限の闇。螺旋の渦にひきしぼられる魂。聞こえない叫び。どこでもない虚空――。


死を思う遊びは、真っ暗な物置きの中だとうまくいくことが多い。目を閉じなくてもそこにある闇の中で、炳五はぎゅっと目を閉じ、自分の中の、奥の奥のほうに、しんしんと広がる暗黒を見つめた。

遊びを教えてくれたのは三つ上の兄上枝《ほずえ》だった。

人は死ぬと地獄か極楽に行くのだという話は、物心つくかつかないぐらいの頃から聞かされていた。炳五の家は新潟市の海浜に隣接して建ち、すぐそばに地獄極楽小路と呼ばれる小道がある。片側が煉瓦塀で囲われた監獄、もう片側に高級料亭の行形亭《いきなりや》があるゆえの俗称だったが、そんな妙な〝実例〟があるせいで、地獄も極楽も絵空事にしか思えなかった。

「地獄も極楽もないとしたら、人間は死ぬとどうなるの」という炳五の問いに、

「自分がどこにもいなくなることさ」上枝はさらりと答えた。「体は二度と、ぴくりとも動かなくなるし、心も消えてなくなってしまう。いまこんなふうに話したり、考えたり、怖いと思ったり、そういうのみんな、この世から消えるんだ」

「消える？　いま考えてるオレが、オレの心が、なくなる？」

理屈では考えられない。自分がここにいて死について考えているその心までなくなってしまうなら、そんな自分にとって、この世界とは何だろう。自分が感じることによって世界が存在するのなら、自分がいない世界とは、本当はどこにも存在しないのかもしれない。

「目をぎゅっと閉じて、光も音も何もない真っ暗闇の中に、自分の心が吸い込まれていくようすを想像してみるんだ。そうすると、うまくいけば、死ぬのを体験できる。そのまま本当に死んでしまってもオレは責任とらんけどな」

世界のすべてが不思議に満ちていて、炳五はあらゆることを知りたくてたまらなかった。

小学校に上がったばかりの兄は、なんでもよく知っていた。炳五は自分も三年後には小学生になり、兄のように物知りになりたいと思う。

キノコや毛虫など身近にいる毒をもつ生き物のことも兄から教わり、図鑑と首っぴきで毒キノコ探しに夢中になったりしていると、知らぬ間に日が暮れた。

大急ぎで家に帰ると、玄関前に母のアサが鬼の形相で待ちかまえていた。アサはいきなり炳五の着物の後ろ襟をつかみ、凄い力で引きずって、埃くさい物置きへほうりこんだ。錠を下ろす音がつめたく響く。

初めて入れられた時は恐ろしくて泣き叫んだものだ。物置きの中に誰もいないことはわかっていても、外と違う、そこだけ真っ暗な空間は、知らず知らず不気味な妄想を増幅させる。何かが襲ってくるかもしれない。どこかへ引きずりこまれてしまうかもしれない。でも、身を覆うものは何もないのだ。

そんな時、ぎゅっと目を閉じ、耳をふさいでいると、時間も空間も現実とは違う、ふしぎな暗闇の中へすうっと入っていくことができた。なぜか懐かしい感じのする闇。もう帰ってこられなくなるかもしれない、でも戦慄的な魅惑を秘めた暗黒の世界。

一時間ぐらい経って、さぞや目を泣き腫らしていることだろうとアサが物置きの扉をあけると、炳五は目と耳をふさぎ、うずくまった姿勢で固まっていた。

「炳五！　どうした、ホラ、目をあけろ」

母に揺すぶられて、炳五はようやく目をあけ、ホッと体の緊張を解いた。

「ああ、オッカサマ。オレ、帰ってこれたんだな」

「何を言ってる。そんなに怖かったんか」

アサは炳五を抱きかかえ、背中をポンポン叩いてやる。

「もういいから、家に入って晩飯を食え」

そんな時の母はすごく優しくて、ときどきは物置きに入れられるのも悪くないなと炳五はこっそり舌を出した。

ふだんはほとんど構ってもくれない母だ。大家族の坂口家で末の男子として生まれた炳五だが、兄姉が多くて母が構ってくれなかったわけではない。炳五には七人の姉と四人の兄があったが、一九一〇年当時、姉の多くは嫁ぐなどして家にいなかったし、兄のうち二人は早逝、ふだん家にいた家族は、母と姉一人、兄二人と炳五の五人だけだった。衆議院議員の父仁一郎《にいちろう》はおもに東京住まいだったが、使用人や書生や親戚たちが大勢出入りし、こまごました雑用は数限りなく発生する。政治家の妻としてアサはいろんな方面に気を配っていなければならなかった。

母に連れられて家に入るとき、炳五は桃太郎の絵本の最後のページを思い出した。空想の猿と犬とキジをうしろに従えて凱旋する気分になる。桃太郎を待つおじいさんおばあさんの代わりに、女中頭の婆やが御飯の準備をして待っていてくれた。

「物置きの中ァ暗くておっかなかったろ」

まだお仕置きを受けたばかりなので、婆やもひそひそ声になる。

「それがさ」炳五も声をひそめる。「物置きから出たら鬼がいてさ」

「鬼?」

奥の間へ立って行きかけたアサがぴくっと肩をゆすり、少し見返る。

「みごと、鬼退治してきたよ」

「ほおう、そりゃまあ剛毅なこって」

婆やはくすっと笑い、アサのほうをチラリと見やる。アサは見せつけるように左眉をちょっと吊り上げ、首をふりながら奥へ引っ込んだ。

忙しい母に代わって、炳五に絵本を読んでくれ、いろんな昔話を教えてくれたのは、この婆やだった。だから、婆やには細かい話をしなくても、大体のことはわかってもらえたし、暗黙の共犯関係が成立していた。

炳五は、桃太郎や一寸法師など、鬼が出てくる絵本が大好きで、何度も読んでもらううちに自然と一人でも読めるようになった。新潟には、ほかにも鬼が登場するユニークな昔話がたくさんある。婆やから聞いた中では、「嘘こきさざなみ」や「節分の鬼」などが愉快で、何度も語ってもらったものだ。

「嘘こきさざなみ」の主人公さざなみは、名前のとおりの嘘こき名人。閻魔様の前でも舌を抜かれる前に一つだけ嘘を言わせてくれと頼みこみ、最後にこく大嘘は「閻魔様の舌を、おらが抜いてやる」。閻魔も鬼どももドッと大笑いするその瞬間、さざなみは釘抜きを奪い取り、閻魔の舌を引っこ抜いてしまう。嘘が本当になって、さざなみの名前は閻魔帳から消え、「一期栄《いちご》えた、鍋の下ガリガリ」と結ばれる。締めの文句は新潟の昔話の定型で、意味不明だが、そこのところがまた可笑しい。

「節分の鬼」は、貧乏なじいさんばあさんが、節分の日に「福は外、鬼は内」と逆を言って豆まきしたために、赤鬼青鬼がころがり込んでくる話。鬼たちは酒をくれと言うが、金はない。では、このフンドシを使えと赤フン青フンを貸してもらうと、その汚いモノが大量の酒とごちそうを生みだし、鬼どもフリチンでヨッパラッて大はしゃぎ。隣のジジサがのぞき込むのを「何者だ、ヨッパライか？」「わしゃ正気だ、ヨッパライでねえ」。これを聞いた鬼ども、鬼退治の鍾馗様が来たと勘違いして一目散に逃げ去り、あとに残った鬼フンでじいさんばあさんは大金持ちになったとさ。一期栄えた、鍋の下ガリガリ。

夜、炳五は布団の中で鬼の話を思い出してクスクス笑った。婆やだけは永遠にオレの味方だと思うけれど、それでも、物置きの中での死を見つめる遊びのことは話さなかった。うまく話せないからでもあったが、婆やには聞かせないほうがいいとも思ったのだ。

闇の奥のどことも知れない暗黒へ、きゅうっと引き絞られるように心が吸い込まれていく、あの感覚。のぞき見てはいけない死の淵を、オレは一瞬のぞき見たのかもしれないと炳五は思った。

2　異国への憧れ

新潟の海岸に吹く風は強く、広大な浜の砂による被害を防ぐため、植林された黒松の林がはるか彼方まで延々とのび広がっている。松林から街への入口までには茱萸《ぐみ》の藪があり、藪を歩いていると自然に坂口家の庭にまぎれこんでいる格好だ。

そんな坂口家の庭にも、ふた抱えはありそうな立派な松の木が七本たちならび、さながら森の隠者の棲処《すみか》かと見えた。海風にさらされてさざめく松籟《しょうらい》は、家にいる者にはかえって静けさを感じさせた。

炳五が生まれる十八年前にこの大きな家を借りた仁一郎は、庭の松林の威容を興がり、我が家を「七松居」と名づけ、時にそれを自らの号にも用いている。

幼稚園に通いはじめた炳五のメインの遊び場は、海岸まで延びる茱萸藪の丘だった。近所の五郎少年と二人、大声を張りあげて息が切れるまで駆けずりまわるのが日課である。

潮をふくんだ風に頬を叩かれながら、波音と声の大きさを張り合っていると、青天の底に一瞬、闇の裂け目が見えた気がする。急に心がざわつく。でもすぐに、駆け抜ける楽しさに紛れてしまうのだった。

金井写真館の五郎とは、家が近いこともあって幼稚園ですぐに友達になり、互いの家を行き来するようになった。

炳五の住む家は、明治よりも遠い昔、曹洞宗のお寺に付属する小坊主たちの学校だったという話で、だだっぴろい部屋がいくつもあり、柱も板の間も黒ずんで古さびた日本家屋だった。

対照的に、金井写真館は羽目板張りのモダンな洋館だ。羽目板の外面はすべて鮮やかなピンクに塗られ、窓枠や玄関扉の白さが映える。明治の初めから貿易港として開港した新潟には、あちこちに洋館が建っていたが、写真館の建物も、昔アメリカの宣教師たちが建てた新潟女学校を改装したもので、炳五の叔母はここで英学などを学んだと聞いていた。

お互い自分の家とまったく違う雰囲気に憧れをもった。

五郎は、坂口家の松林に囲われた縁側で足をぶらぶら揺らし、縁側の板がギシギシ軋む音を聞くだけでも楽しいと言う。母のアサが三角チマキを持ってきてくれたりする。笹に包んで煮たモチ米に、きな粉と砂糖をまぶして食べる、炳五の大好きなおやつだ。そういう時の母は別人のように優しく、ほがらかだった。

「あんないいオッカサマがいて、羨ましいな」

五郎にそう言われて、炳五はくすぐったいような嬉しさも感じるのだが、すぐにブンブン首を振る。

「全然。いつもは鬼のようだぞ。おまえんちのオッカサマのほうがずうっと優しいじゃねえか」

炳五はそんなふうに言ってみせたが、この頃では鬼の顔も以前ほどは見なくて、没交渉に近い状態になっていた。幼稚園に入園する直前に妹の千鶴《ちず》が生まれて、アサは家の事のほか一切は赤ん坊の世話にかかりっきりだった。初めのうちこそ、炳五も妹ができた嬉しさに、そこらじゅうを飛び跳ねたものだ。十二人兄弟の末っ子というのは、本当にビリッケツな感じがして厭だったのだ。

「おまえの生まれた時はひどい難産でな、おまえを殺さねばオレが死なねばならんかも知れんと言われて、それはもう……」

だからおまえが憎い、と言わんばかりの憎まれ口をきく母だったが、千鶴のことは可愛いようだ。憎まれて生まれた自分は、赤ん坊の時どうだったのだろう。可愛がられたことなどあったのだろうか。

炳五は憎まれることすら少なくなって、気楽にはなったが、心の中には常に隙間風が吹き抜けていて、夏でも時として震えが来た。

炳五にとっては、洋館の金井写真館は外側も内側もまるで魔法の箱のように見えて、見飽きることがなかった。日本にはたぶんどこにもない、奇妙な飾りや宝石がちりばめられた燭台。曲がった木で組まれた椅子には、高い背もたれに複雑な模様の透かし彫りがほどこされている。なんでもない本箱にも、秘密の鍵か隠し箱が潜んでいそうで、異国の香りがぷんぷん匂った。

「いいなあ、アメリカだなあ」

「なんだよ、それ。新潟女学校だった時の宣教師はアメリカ人だったらしいけど、ウチはそのあと全面改装してるからな。アメリカ風とは違うかもしれないぜ」

あまり会ったこともない人だが、父の妹はどんな気持ちで女学校に通い、青い目の宣教師にどんな思いをいだいただろう。想像していると、あれやこれや妖しい妄想がふくらんでくる。

以前、坂口家のほとんど使われていない部屋で見つけた革表紙の洋書を思い出す。英語だったかどうか、どんな中身なのかは、炳五にはわからない。でも、ページをめくっていくと、いくつもの挿し絵が目に飛び込んでくる。描かれているのは一目で異人とわかる人間ばかり。帽子をかぶり背広を着た髭もじゃの紳士が二人、向かい合ってピストルを構えている。決闘の場面らしい。西洋の栞《しおり》が挟まったページには、椅子にくずおれて泣き伏す美女の絵。スカートの襞まで細密に描かれた絵は、悲しげで艶めかしく、禁忌の恋と罪の匂いが漂っていた。

その洋書が入っていた小簞笥《こだんす》の抽斗《ひきだし》には、アラビア風デザインのトランプもあったし、紙切りナイフには二角帽子をかぶったナポレオンらしき男の顔が付いていた。

あれは叔母の忘れ物だったのではないか。というより、忘れようと努めて忘れきれなかった、悔恨の品々ではないのか。炳五の妄想は大人びてエスカレートする。叔母は異人の宣教師を密かに恋し、恋心の熱さをもてあました末に修道女になろうとした日々もあったかもしれない。キリスト教と異人の神父と神に身を捧げる旧家の娘――。

「アメリカの宣教師は、異人池のとこの天主教教会とは宗派が違ったそうだね」と五郎が言う。

「へえ、キリスト教にも宗派があるのかい。教会の神父はドイツ人だっていうけど」

幼い二人には何もわからないが、キリスト教そのものに異国情緒を感じていた。「宗派が違う」というのもなんだか謎めいて神秘的だと思う。

砂丘とポプラの森に囲まれた異人池も二人には格好の遊び場だった。

池のほとりの教会は一九〇八年の大火で一度焼けてしまったが、何年もたたずに新しい会堂が建てられたので、白く塗られた外壁も三角屋根もピカピカ光っていた。教会と並んで、何軒かの異人屋敷も建っている。教会からは時折、オルガンの音色に合わせて神父たちの合唱する声が聞こえた。異人の家族を見かけることはほとんどなかったが、異人池はいかにも異国の池らしく、不思議なファンタジーを感じさせた。

池のふちで釣りの真似事をしたり、水辺の昆虫やカエルを捕まえたり、相撲をとったりしていると、すぐに日は暮れた。

ある日のこと、二人は池のほとりで青い目をもつ金髪の少年に出逢った。五郎がはしゃいで炳五のヒジをつつき、その瞬間、少年はサッとこちらを振り向いた。炳五は思わず「あ」と声をあげる。同い年ぐらいと見えた青い目の少年は、みるみる険しい目つきになり、プイと顔をそむけて立ち去りそうにする。

「おまえ、どこの子だ？」炳五が慌てて問いかけると、

「何が可笑しい！」少年は挑みかかるように言う。

「誰もおまえのこと笑っちゃいない。ただ、友達になりたいと思っただけさ」

少年の表情が一瞬ゆるみ、すぐにまた口元がきつく結ばれる。

「どうしてオレなんかと。オレがガイジンだからか？」

「いや、そんな――」

五郎が言い訳しようとするのを制して、炳五が答える。

「ああ、そうさ。スゴイと思ってな。おまえの青い目、カッコいいぜ」

少年はすぐには打ち解けなかったが、二人がそばに座ることを許してくれた。

ぽつりぽつり話してくれたところによると、少年は実はハーフで、日本人の母親と二人暮らしだという。父親はアメリカ人らしいが、物心ついた時には日本を去っていたので、彼の記憶にはない。年上の子らに出逢うといつもいじめられるし、この世界のすべては、自分の

敵だと思っていた。

そんなふうに言う少年に向かって、炳五はアメリカ人宣教師の学校に通った叔母のことを話し、五郎はその学校だった家に住んでいることを話した。

「オレたち、出逢う運命だったのかもな」炳五の笑顔につられて、五郎も少年も笑った。

別れ際、またここで逢おうと約束したが、それ以後、五郎は一度も逢えずに終わり、炳五は半年ほど後に一度だけ、ここで偶然逢うことになる。

3　少年ロビンソン

幼稚園では、遊戯の時間とか唱歌の時間、図画の時間、工作の時間、砂遊びの時間など時間割があったが、炳五はどれにもあまり気乗りしなかった。たとえば粘土で何か造りたいと思っても、時間割にないことはできない。砂遊びがやっと楽しくなりはじめたと思ったら、いきなり時間終了になってしまう。

つまらないから、たいてい担任の女先生の言うことなど無視して、自分のやりたいことをやっていた。先生も初めこそ言うことを聞かせようとしたが、そのうちに諦めて、みんなの迷惑にならなければよい、と許してくれた。

本棚にある絵本はすぐに読み尽くしてしまったので、家から新聞や子供向けの物語などを持ってきて読むようになった。新聞は特に講談の連載が大好きで、毎日欠かさず読み、次の日の展開をあれこれ予想したりして楽しんだ。

また、相撲をとるのが好きだったから、場所中は新聞に載る相撲の記事も毎日たのしみにしていた。記事には必ず四十八手のどれか、前日の決まり手が挿し絵で描かれる。その絵を幼稚園に持って行って画用紙に大きく描き写すと、新聞記事よりも迫力があって、休み時間にはみんながワイワイ集まってきた。

炳五は五郎と二人で、みんなに相撲の型や決まり手を実際に演じて見せた。男子は皆、面白がって真似をし始め、そのうちに、じゃあ一つ勝負してみよう、ということになる。ふだんから好きで研究している炳五は、まわしの握り方、ひねり方、梃子《てこ》の原理、低い姿勢、ハズの押し方など、さまざまなコツを心得ていたし、四十八手のうち半分ぐらいの手も知っているから、誰ととっても負けることはない。

講談連載の切り抜きも、特に豪傑が活躍するシーンなど声色もつかってみんなに読んで聞かせるから、これも大ウケで、一躍幼稚園の人気者になった。

新聞の切り抜きはすぐに読み終わってしまう。炳五は家にあった児童向け翻案読み物の中から何冊も持ってきていた。特に夢中になって読んだのが、たったひとり無人島に漂着したロビンソン・クルーソーの物語だ。

船の残骸から見つかったわずかな食糧と道具だけが頼みの綱。水や今後の食糧など生きていくために必須のモノをどうやって手に入れるか、頭を使い、体を使い、命をつないでいくロビンソンのサバイバル日記。もうダメかと思う場面はいくつもある。アイディアや工夫でギリギリのところを乗り切った時の嬉しさと興奮。孤独なサバイバル生活のなんと羨ましいことか。いつか自分も、ひとりきりの冒険に身を浸してみたい。炳五は漂流する自分を夢みて、絶望と喜び、挫折と興奮の予感に身を焦がした。

初冬のある朝、炳五はいつものように弁当をさげて一人で幼稚園へ向かった。幼稚園まではかなり遠く、通いはじめの頃は使用人の誰彼が付き添って登園したが、すぐに道にも慣れたし、途中で金井写真館の前を通るので、そこで五郎と落ち合って二人で通うようになっていた。

その日は、五郎が熱を出したとかで、炳五はひとりきりで歩きつづけた。ひとりだと思うと、急に自由になった気がして、むくむくと冒険心が湧いた。たったひとりで生きていくことなんて、本当にできるのだろうか。ロビンソンは船の残骸と共に漂着したから、なんとか最初の何日か何十日かを生き延びられたが、もし船もなかったとしたら……。

そんなことを考えながら、幼稚園へ行く道を一本逸《そ》れ、また一本逸れ、より知らない方へ、知らない方へと道を逸れていった。初めての道だが、まだ帰れる自信はある。もしも知ってる道まで戻れなくなったとしても、いざとなれば海のほうへ進めばいい。海岸線をまっすぐ歩けば、やがて我が家へ通じる茱萸《ぐみ》藪へ出るはずだ。

そのうちに、世界はまったく見知らぬ街へ変貌していた。小さな畑や田んぼもちらほら現れ、道沿いの灌木の茂みは荒れ果てて、人の気配も少なくなる。

知ってる人は誰もいない。誰も頼りにはできない。ここからは、本当にひとりで歩いていくのだ。そう思うと、興奮で背筋がゾクゾクした。それは同時に、たえまなく襲い来る不安であったかもしれない。

小さな公園を見つけて、炳五はポプラの木の下に腰をおろし、弁当を開いた。空は曇りがちになってきて太陽の位置が探せず、時刻はわからないが、腹具合からちょうど昼頃だろうと炳五は思う。

弁当の中身は、竹の皮に包んだ握り飯が三つ。いつにも増して、ご飯粒が甘く感じられてウマい。食べていると、なんだかものすごく遠くまで来たような気がしてくる。もしかしたら、もう帰れないかもしれない、そんな不安がきざし、大急ぎで握り飯をほおばった。

よし、ここを折り返し地点としよう。

そう決めて、炳五は来た道を戻りはじめた。正確に引き返しているはずだったが、逆方向から見る街は、来たときと全然ちがって見える。あるはずのない場所に畑がある。一度も見たおぼえのない不思議な形の建物が出現する。完全に陽は翳《かげ》ってしまって、海のある方向すらわからない。帰れない不安が、現実になる。知らず知らず早足になり、途中から走り出していた。しかし、走れば走るほど、さらに新しい道へ迷い込んでいる気がして、ハッと立ち止まる。不思議な形の建物があった場所まで戻ってみようと思うが、もうどうやっても戻れない。

なんだろう、これは。道は変な角度に曲がりくねり、まるで悪い魔法使いの罠にハマってしまったかのようだ。たくさん読んだ絵本の中で、いちばんイヤな妖婆の姿が目に浮かぶ。妖婆のページを開くだけでも恐ろしくて、二度と手にとることもしなかったあの絵本。怖いのになぜか、もう一度だけ開いてみようかと、つい思ってしまうあの顔は、いちばん怒った時の母の顔に少し似ていた。

初冬の日は短い。ぐるぐると迷路をさまよい歩いているうちに、空は暗くなり、ちらちらと雪が舞いはじめた。炳五はマントを頭からかぶり、なるようになれと思いながら、だるく重い足をひきずって歩きつづけた。

どこをどう歩いたのかもわからないまま、不意になじみの通りに出くわしたのは、街じゅうに夜の灯がともった頃だった。雪は降ったりやんだりして、積もるほどではなかったが、歩くとビチャビチャ音がした。

目の前に異人池が現れ、夜の教会からクリスマスキャロルを練習する歌声が聞こえてくる。まるで天国から降ってくるような歌だな、と炳五は思う。教会の後ろには、鬱蒼と広がるポプラの森。その向こうに、古ぼけた家が何軒か並んでいて、一軒のガラス窓から鈍い光が漏れていた。

ガラス窓の影が急に濃くなったと思うと、パッと開け放され、そこに裸の男の上半身が現れた。やはり裸の女が、男の背中にしなだれかかり、二人は何か言葉を交わして楽しそうに笑う。

「何を見てる！」

背後から怒気をふくんだ声がして、炳五が驚いて振り向くと、青い目の少年がそこに立っていた。半年前に逢ったきり二度と姿を見せなかった、あの少年だ。青い目に涙がにじんでいるように見えて、炳五は胸がどきんとする。

「なんだ、おまえか」少年もちょっとたじろいだように言った。

実は炳五のほうも、泣きべそのアトで顔がぐちゃぐちゃだったのだ。

「久しぶりだな」炳五はしんから懐かしむ気持ちを声に出した。「またおまえに会えるかと思って、五郎と二人で何度もここに来たんだぜ」

少年はちょっと照れたように笑ってから、ぼそりと言う。

「いま見てたあの窓のな、あれ、オレの母親なんだ」

炳五は絶句する。娼婦宿という言葉の意味はよくわからなかったが、そこにいる女が裸になってお金を稼いでいることは知っていた。

「仕事が入った時は、オレは外にいなきゃいけないんだ。雨が降ろうと雪が降ろうと」

「そう」

炳五はしょんぼりした気持ちになり、何も言えなくなった。自分の母のことを思うと、いつになくやさしい顔ばかりが思い浮かぶ。

「それでも、オッカサマのことが好きなんだろ？」

「ああ、好きさ。こんなふうに夜、ひとりでポツンと池のほとりに立ってると、オッカサマに早く会いたい気持ちでいっぱいになる」

その時、教会の大きな扉が少し開き、黒い法衣を身にまとったドイツ人の神父が顔を覗かせた。口元から頬にかけて髯もじゃの顔が、やさしそうに微笑む。ゆっくり歩いて来て、手に持っていた包みを二人の前にさしだして見せた。

「クリスマスに渡すお菓子だけどね、今日できてきたから、君たちにもおすそ分けだ。これ持って、もう遅いから、家に帰りなさい」

二人は神父にお礼を言い、互いに「じゃ、またな」と手を振った。

あいつはこのアトどこで時間をつぶすのだろう。この先どんなふうに生活していくのだろう。炳五は家路を急ぎながら、自分自身の人生が暗い闇へ沈み込んでゆくような気持ちになった。

4　忍者になりたい

年号は大正に変わり、炳五は小学校に入学した。何か新しい世界が開けるんじゃないか、とかなり期待していたのだが、学校の授業はつまらなかった。三年に上がるまで、勉強らしい勉強の時間といえば、読み方、書き方、綴り方と算術しかない。新聞や講談本を毎日楽しみに読んでいる炳五にとっては、当たり前のことばかりでバカバカしかった。

修身の時間には、やけに甲高い声のじじむさい先生が、マジメくさって親孝行の話などクドクド喋りつづけるだけで、退屈なんてものじゃない、聞いていると腹が立ってくる。

体操の時間だけは例外で楽しいが、体操以外の時間は、こっそり講談本を読んだり、ひとの帳面にイタズラ書きしたり、面白いなぞなぞを考えたりしてやり過ごした。それでも先生の話は耳半分でおぼろげに聞いていたので、突然当てられてもスラスラ答えることができた。先生はいつも炳五の鼻をへし折ることができず、納得がいかない表情で、憎らしげに睨んでいた。

講談好きは相変わらず、というより、ますます昂じていた。それもそのはず、一冊一ヒーローを基本とする講談本の立川文庫から、いよいよ人気者の猿飛佐助が登場し、子供たちの間に一大忍術ブームがまきおこっていたのだ。

佐助が真田幸村の家来になったばかりの頃、巨体の清海入道《せいかい》が生意気な佐助を布団でグルグル巻きにしてやろうと罠にはめたつもりが、気がつくと清海自身が布団でグルグル巻きになっていた場面など、炳五は痛快さに小躍りし、何度も読み返したものだ。

神出鬼没、やりたいように敵を翻弄したあげく、アッという間に姿を消す。思わぬところからカラカラと佐助の笑い声が聞こえて、それっきり。まだ少年なのに、真田十勇士の誰よりも強いのだ。この先どこまで強くなるんだろう。あれやこれや想像するだけでも毎日が楽しかった。

駄菓子と一緒に子供の本なども置いてある店で、炳五はある日、魔法のように胸躍る本を見つけた。この方法で君も忍者になれる！　というキャッチフレーズの忍術修行の「実用書」だ。坂口家では子供に小遣いを与えない教育方針だったので、炳五は十数人分のお菓子を家からこっそり学校に持ちこみ、それを同級生たちに売りさばいて本代にした。本を買ったその日から一つ一つ、修行の実践を始めた。

体力には自信がある。相撲はもちろん、水泳でも徒競走でも木登りでもボール投げでもトンボ返りでも、同年代の誰にも引けはとらない。しかし忍術教本によれば、ただ走るだけでも人間ワザとは思えないスピードで走らなければならなかった。頭に五メートルぐらいの長さのハチマキをして、そのはじが一度も地面につかないように走りとおすのが修行第一課だ。

これが簡単にできるようになると、分身の術が可能になる。原理はこうだ。敵のまわりを目にも留まらぬ猛スピードでグルグル走りつづける。その途中、コンマ数秒ずつ急停止すると、停まった地点にだけ人がいるように見える。六箇所で停止すれば、六人の分身が出現するという寸法だ。

炳五はさっそく五メートルのハチマキを締めて、浜辺を走りはじめた。しかし、通りがかる人たちがみんな笑う。知らない上級生たちがゲラゲラ笑いながら「あれは人間タコ揚げか」などとバカにする。その時はさすがにそいつを追いかけたが、ハチマキはズルズルと地面を引きずるばかりで、なかなか修行も一筋縄ではいかないことがよくわかった。壁登りやジャンプなども大半、人間並みでは無理なことが書かれている。

隠れ蓑の術などは、事前に隠れ場所を決めて、たとえば岩の多い所なら、大きな布に岩の絵を描き、本物の岩と見分けがつかないぐらい上手に色を塗っておく必要がある。おまけに、地上にいるかぎり人間一人分の出っ張りは隠しようがない。これが成功するためには、全身を隠せるだけの穴を事前に掘っておいて、その上で隠れ蓑をかぶるとか、それこそ途方もない作業が必要で、とうてい「実用的」とは言えなかった。

水遁の術は、浅く潜水して、フシを抜いた竹を口にくわえ、これを水面に出して呼吸する定番のワザだ。これなどは修行の必要もないぐらいだったが、素潜りでかなり長く潜っていられるので、いつ何のために竹をくわえてなきゃいけないかが問題だった。

撒《ま》き菱《びし》や手裏剣などの武器は完全に「実用的」で、敵に対して有効なのは間違いないが、戦争でも起こらないかぎり、使用する機会はない。

結局、役に立ちそうなワザはほとんどなく、毎日遊びで相撲や水泳、野球、カケッコなどしているのが忍術修行には一番らしいという結論になった。


忍術修行の気持ちはもう薄れていたが、水泳は夏の楽しい日課だった。この一九一三年は七月上旬まで冷夏でなかなか泳ぎに行けず、四兄の上枝と二人でしょげ返っていると、長兄の献吉がニコニコ笑いながら部屋から出てきて、「野球でもやるか」と誘いかけた。

「やるやる！」炳五は真っ先にバットをつかんで立ち上がった。

たまたま里帰りしていた五姉のセキが、呆れた声を出す。

「献ちゃ、勉強は大丈夫かね」

献吉は早稲田大学の政経学科をめざして受験勉強のまっ最中だ。

「たまに体を動かすと、血のめぐりがよくなって、結果、勉強もはかどるのさ」

「たまにが毎日だからねえ。ほんとにノンキ屋さんだよ」

セキは炳五が幼稚園に上がる前に松之山の村山家へ嫁いでいったので、十三歳下の炳五にとっては叔母さんみたいな存在だったが、セキより二歳下の献吉や四歳下のアキにとっては、幼少期の思い出を共有する懐かしい姉だ。

「大丈夫よね、献ちゃまは」アキが笑いながら口をはさむ。「のんびりしてるように見えて、自分で立てた計画は絶対曲げない人だから。勉強の時間も遊びの時間も、全部スケジュール表に予定が組んであるの、私見ちゃったんだ」

「なかなか予定どおりには行かないけどね、実をいうと」献吉はちょっと舌を出して、弟たちのあとを追った。


七月半ば以降は陽も強くなり、上枝と炳五は冷夏だった分をとりもどす勢いで毎日二回ぐらい泳ぎに行った。

浅瀬のあたりでは、面白いようにハマグリが採れる。潮干狩りで採ってる親子連れなども見かけるが、素潜りして採ってくるハマグリはモノが違う。大きさも旨味も格別だ。胸いっぱい空気をためこんで、数メートルの深さの海底をのぞく。ハマグリの多い場所はすぐ目に入ってくる。採りはじめるとみんな砂に潜ってしまうけれど、隠れた場所はもうチェック済みだ。砂の中をざっとさらえば、ガラガラと両手に入ってくる。

網袋がいっぱいになるまでハマグリを採っていると、ときどき時間を忘れて夜になってしまうこともあった。たまたま兄が一緒に来られなくて、一人で潜っていると、知らぬ間に時が過ぎてしまう。ハマグリ大好きのオッカサマが喜ぶだろうと思うと、もう少し、もう少しだけと、つい思ってしまうのだ。

ひとりきり、陽が沈んだ海に潜ると、全身が薄青い闇にくるまれて、魂が少しずつ体外へ溶け出ていくような感覚が起こる。ぬるぬると温かく、うっとりと安らかな気持ちになる。快感が頭のどこかを麻痺させて、時間を忘れさせるのかもしれない。

ずいぶん夜も更けて帰った時には、さすがにアサにひどく叱られたが、その時は物置きに入れられるほどの怒りではなくて、ホッとしたものだ。

炳五の腹違いの姉ヌイが山辺里《さべり》村から遊びに来ていたから、アサの機嫌がよかったせいもあった。

仁一郎の先妻ハマは、三女のヌイを産んで二週間後に死んでしまったので、ヌイにとって母と呼べる人はアサ一人しかいなかった。大様なところと厳格なところと両面をもつアサは、継子の上ふたりは懐かないので嫌い、いつもきつく当たっていた。

対照的に、ヌイとは不思議なほどウマが合った。というより、幼いヌイがアサに合わせていった面が大きい。ヌイは幼くして人の気持ちを敏感に察する子だった。常に、アサとの関係を一番に考え、あらゆる場面で自分の気持ちをアサの気持ちに接近させた。自分の微妙な立場をわきまえながら、アサのことを本当の母として慕い、母のためなら何でも言うことをきく、自分に課した幼い掟があった。決して口には出さなかったその掟が、折にふれてアサには痛々しいように伝わり、これは凄い子だ、と小さなヌイを尊敬していたのだった。

次々生まれるアサの実子たちのことも、ヌイはみんなを平等にかわいがったから、アサが大ざっぱで愛想がないぶん、みんなから第二の母のように慕われていた。もちろん炳五も、十七歳上のこの姉が大好きだ。

アサはアサで、ヌイのためなら何でもしてやろうと思う。自分が大事にしている着物でも、ヌイが欲しがればその場であげてしまう。もらうヌイよりも、あげるアサのほうが嬉しくてたまらない感じだった。

そんなふうだから、この二人の関係はどこまでも良好度を増していく。

炳五が遅くまで泳いでいた日、昼過ぎから遊びに来ていたヌイは、炳五へのおみやげに少年向けの物語本を何冊か持ってきてくれた。

「おまえは忍者や剣豪が好きだって言ってたから、こんなのはどうかと思ってね」

『西遊記』『太閤記』『太平記』等々、いかにも炳五の好きそうな本ばかり。炳五はその夜のうちに、まずは『西遊記』を手にとってパラパラめくりはじめた。

忍者よりもはるかに巨大なスケールの奇想天外な物語。たちまちとりこになり、読むのをやめられなくなった。講談と同じ、というより、その原型のような、混沌とした不思議な面白さがある。猿飛佐助は孫悟空をモデルにしてるんじゃないか、と炳五は思う。すると、三好清海入道は猪八戒か。霧隠才蔵が沙悟浄かな。真田幸村は三蔵法師、うん、これで決まりだ。筋斗雲に乗って天空をひとっ飛びに駆け抜ける孫悟空に憧れ、またまた「忍者になりたい病」がぶり返してくるのを自分でも可笑しく思いながら、読みふけった。

5　空を翔ける夢

新潟初の活動写真館ができてから一年後には、市内で三館が開館していた。小学二年の炳五は、忍者の特撮写真や冒険活劇がかかると漏らさず見に行った。写真が生きた人間のように動くのは壮観で、同じ活動写真を何回見ても見飽きない。スクリーンいっぱい、自分の全身よりも大きなサイズの役者たちが見得を切り、画面の外まで一気に飛び跳ねる。

怪盗ジゴマのシリーズなども大人気だったが、炳五のお気に入りはなんといっても忍者だ。特に「目玉の松っちゃん」こと尾上松之助が次々に演じた立川文庫の英雄たちに胸躍らせた。猿飛佐助がなにやら呪文をとなえて印を結んだとたんドロンと消え、次の瞬間には空を走っている。児雷也が印を結ぶと大蝦蟇《おおがま》が出現、追っ手をパクリと呑みこんで、あとは大蝦蟇にまたがり悠々と空を行く。

鳥のように大空を自由に駆けてみたい。鳥が無理ならコウモリでもモモンガアでもいい、炳五は動く写真を見ながら、児雷也や佐助になって空を駆けている自分を空想する。自分の顔を、からだの周りを、ものすごい風が吹き抜けていく。耳の奥にもゴウゴウと風が吹く。このままずっと飛びつづけて、オレはどこまで行けるだろう。日本を過ぎ、外国を超え、空の彼方へ、宇宙へ、未来へ、無限に道は開けていく。

ある日、活動写真の本編が始まる前のニュースで、炳五は飛行機が空を飛ぶ映像を初めて見た。ライト兄弟初飛行の逸話や国産機の飛行記録などは新聞で読んでいたし、飛行機の写真も何度となく見ている。でも実物を目にする機会はないから、無声映像でもその轟音が聞こえてきそうなほど迫力があった。飛び立つ瞬間の緊張感、まるで紙のようにフワリと舞い上がる浮遊感、みるみる高度を上げ速度を上げる疾走感、そのすべてをたった一人の人間がコントロールしているのも新鮮な驚きだった。

世界中の飛行家たちが野心に燃えて、飛行機の性能や飛行記録を競い合い、すでに何人もが事故死したという。男たちの命がけのトップ争いに胸が震えた。死ぬのは怖い。暗黒の、死の恐怖を感じた危険な遊びを思い出す。魂が消えてしまう恐怖——。

それでも、いつか自分も飛行家の仲間に加わってみたい。その気持ちは強い。自分が大きくなってからではもう遅いのか、思いはじめると気ばかり焦って、居ても立ってもいられなくなってしまう。

炳五は翌日、学校でみんなに飛行機の話をした。身ぶり手ぶりを交えて、熱病に浮かされたように飛行機の凄さを語っていると、同級生の一人がポンと炳五の肩をたたき、一冊の本を見せてくれた。

「そんなに好きなら、こういうの作ってみないか」

その本には、模型飛行機の作り方が書いてあるらしい。炳五は「おお」と唸り声をあげ、奪い取るようにして本を手にとった。

「兄貴がくれた本なんだけど、オレには難しくってさ。作るのもすごく面倒くさそうだし。ほしかったら、やるよ」

少年向けに豊富な図解入りで、作り方が詳しく書かれている。炳五は大喜びで、もうその日の授業時間は全部、模型飛行機の研究に費やした。

簡単な紙飛行機からゴム動力の木製プロペラ機まで、種類は数多くある。ゴム動力でも単葉機と複葉機ではかなり違うし、どれも舵付きの本格派だ。骨組みや翼に使うのはヒノキが良い、プロペラにはホオノキが良い、などと書かれている。

材木探しが一苦労かと思ったが、問題はあっけなく解決した。学校からの帰り、近所に材木屋があるのを思い出し、とりあえず店に入って訊いてみたところ、材木屋のオジサンも模型飛行機に大いに興味を示したようだ。本の図解を見ながら、次々と部位ごとの用材を出してきてくれ、

「でき上がったら、飛ばして見せてくれよ」と、全部タダでもらえることになった。

炳五は嬉しくて、家まで走って帰り、さっそく模型飛行機づくりに取りかかった。オジサンが最適な用材を選んでくれたおかげで、大きさも厚さもあまり加工が要らない。物差しで各部位の長さを測り、ところどころ切ったり削ったりして、初日は大まかに部品を作って終

わった。

次の日も熱心に、丹念に、いとおしむように組み立て、微調整していく。接着剤が乾くのを待つ一日が、気が遠くなりそうなほど長く感じられた。

明日はとにもかくにも、試験的に飛ばしてみよう。どこまで遠く飛ぶだろうか。あまり人の来ない場所がいい。とすると、やっぱり浜辺か。そのあと最後の微調整をして、塗料をぬり、ピカピカにニスをぬって完成だ。

炳五は興奮で全然眠れない。このまま冴えた頭で、朝まで布団の中にじっとしてなきゃいけないのか、と思っているうちに、いつのまにか夢をみていた。

夢の中で、炳五は空を飛んでいた。飛行機の操縦桿を握っているのだが、機体は木の骨組みだけで、風がまともに吹きつけてくる。足の下にぐるぐる巻きのゴムが見え、ものすごい勢いで巻きをほどいていく。このままだとすぐに動力が途絶えてしまう。グライダーのようにうまく風に乗れなければ、そのまま急降下だ。

どうすればいいか考える間もなく、危惧したとおりにゴムはたるみ、みるみる機首が下がっていく。機体を上向きにしようと焦って、操縦桿を強く引くと、力が入りすぎたのか、操縦桿は骨組みからスッポ抜け、機外へ吹き飛んでいってしまう。

機体はきりもみ降下を始め、もはやなすすべもない。最後の手段。炳五は筋斗雲を呼ぼうと思って両手で印を結ぶが、気がつくと自分の体が小さくなり、無数の分身に分かれてしまっている。シマッタ、いまのは分身の術の印だった、と気づくがもう遅い。大きな叫び声をあげて、目が覚めた。

なんだか寝る前よりも体じゅうが凝ってしまったような気がしたが、今日は待ちに待った試験飛行の日だと思うと、凝りも何も吹っ飛んでしまう。朝食の前にウキウキした気分で模型飛行機を乾かしてある部屋を覗き、炳五は一気に血の気が引くのを感じた。

「ヘゴサ、ごめんよお」姉のアキが後ろから声をかける。「戸を開けたら落ちてきて、よけようとしたその足で踏んづけちゃってさ」

飛行機はバラバラに壊れていた。ボンドで接着した部分は逆にしっかりくっついていたが、翼や本体が砕けてしまって、もう修復しようがないのは一目でわかった。「飛ばして見せてくれよ」と微笑んだ材木屋のオジサンの顔が浮かぶ。申し訳ない思いでいっぱいになる。

「どうしてくれるんだ!」炳五は大きな声で怒鳴り、アキに詰め寄った。

「だから、ごめんってば。板はまた買ってやるから」

「またって……オレがどれだけの思いをこめて作ったか。もう二度と、同じ飛行機はできないんだぞ」

炳五はブルブル肩を震わせて、いきなり姉に殴りかかった。しかし、振り上げた拳は姉に届く前に、兄の上枝《ほずえ》につかまれていた。

「おい、いいかげんにしろよ、このヘゴタレが」

新潟では弱虫のことを「ヘゴタレ」と呼ぶ。上枝は炳五をバカにする時、よくこの呼称を使った。

「そんなに大事なモノを、落ちそうな所へ置いとく奴が悪いんだろ」

炳五はつかまれた腕を振りほどき、上枝を睨みつけた。

「なんだと、ホズクソ！」

「フフッ、なんだよ、それ。てんで言葉になってないぞ、ヘゴタレ」

思いきりバカにして笑う上枝を見て、炳五は怒りを爆発させた。

「おまえだけは絶対に許さん」

「ほう、許さんか。なら、どうする」

「殺す」

言ってしまってから、炳五は急に怖くなる。言ったからには、後へは引けない。よくも悪くもそれが自分の性分だ。変えられないのだ、どうあっても。本当に兄を殺すことになるのかもしれない。

「アハハ、面白い。やれるもんならやってみろ」

炳五は炊事場から出刃包丁を持ちだしてきて、刃先を兄の心臓へ向けた。兄の胸から血がどくどく溢れてくる様を思い浮かべる。兄の瞳の色が白っぽく濁り、膝からくずおれて打っ伏し、そのままヒクヒク震え、やがて動かなくなる……。

もう、何もかもオシマイだ。そう思ったら胸がギュンと締めつけられて、涙が出てきた。自分でもわけがわからず、溢れる涙は止めようもない。包丁をメチャメチャに振りまわすと、さすがに上枝も逃げ出し、炳五は泣きながら後を追った。

「炳五！」

突然、目の前にアサが現れた。いちばん怒った時の、恐ろしい鬼の顔をして、立ちふさがっている。

「ヘゴサマ、もうやめれ」

女中頭の婆やが炳五を背中から抱きしめた。そうでなくても母の顔が恐ろしくて動けなくなっていたのだが、大好きな婆やに少しでもケガをさせてはいけないと思うと、肩の力がすうっと抜けていった。


その日の夕方、炳五は自分の宝箱の中から、何年もかけて集めた珍しい石の標本を取り出し、上枝の前に置いた。

「これ、前に欲しがってたろ。やるよ」

上枝はきょとんとして炳五の顔を見る。「それ、おまえの宝モノじゃないか」

「いいんだ。もうオレの石集めは終わったから」

「ふうん」上枝はまじまじと炳五を見つめ、今朝のお詫びだなと合点がいく。

「おまえはオッカサマに似てるな。モノに執着しないとこなんか、そっくりだ。じゃ、コレはありがたく貰っとくよ」

母に似ているると言われて、炳五はあの鬼の顔を思い出し、ゾクッとした。でも、悪い気はしなかった。

6　わんぱく戦争

授業そっちのけで遊んでばかりいた炳五だが、小学一年次も二年次も成績は学年三番以内の優等生だった。特に一番になりたい気もなかったので、相変わらず予習も復習もせず、宿題も大体すっぽかして先生に叱られる日常には変わりはない。

三年生の授業時間中、炳五はおもにケンカの勝ち方を研究していた。隣町の小学校からわざわざケンカの遠征に来る悪ガキたちがいて、炳五たちは格好のライバルと目されていた。相撲が強い炳五は、自然にガキ大将の位置に押し上げられていたから、とにかくよそ者を追い払い、皆を守らなければいけない。町に平和を、の心意気だ。

研究資料はもっぱら講談本だが、ヌイにもらった本も役に立つ。『太平記』の楠木正成が、籠城戦で上から大木や岩を投げ落としたり、熱湯をかけたり、果ては糞便を落としたりする奇襲戦法には大笑いした。『太閤記』の秀吉は逆に、城攻めの天才だ。火攻め、水攻め、兵糧攻め、すべてに綿密な計画があり、戦略を組み立てる面白さにウーンと唸ったものだ。正成と秀吉が戦ったらどうなったか、ありえない空想をするのも楽しい。

そのうちに果たし状が来た。場所は互いの町の中ほどに位する丘の上。双方十人ずつ出して決闘しようという。

勝っても負けても何かが変わるわけではない。もともとそんなに隣町へ行くことはないし、子供が町を牛耳っているハズもないので、これはただの面子《メンツ》の問題だった。それに、ここで勝てば、隣町のヤツらがケンカを吹っかけに来る回数は減るだろう。町に平和を、は伊達じゃない。実利を伴うのだ。

炳五は地図を書いて作戦を練った。敵をこっちの領土へ少しずつ引き寄せ、あらかじめ仕掛けておいた罠で一気に始末する。

放課後みんなを集めて、決戦前日までに準備すべきことを一人一人に指図した。怖気づいて「その日はおつかいを頼まれてて」とか「勉強しないと叱られるから」などと逃げ腰になる者も出てきたが、一人の脱落を許せば、それだけで気持ちもバラバラになってしまう。炳五は厳しい顔で「ダメだ」と拒絶した。「来なければアトでひどい目にあわせるぞ」と鉄拳制裁のポーズをとってから、ニッと笑った。「そのかわり、こっちは無傷で勝つつもりだから、まあ安心して来いよ」

決戦の日、炳五たちは全員、木刀代わりの太い枝を腰に差していた。やって来た隣町のヤツらもほぼ同様の格好だ。

「よく逃げずに来たな、坂口」

「当たり前だ。おまえらをぶちのめす絶好の機会だからな」

「この野郎。二度とデカい口きけないようにしてやる」

「よし、じゃ始めるか」

炳五が振り向くのを合図に、全員が数歩さがって、帯に結わえてあるパチンコを手に取る。Y字型の木の枝先にゴム紐をひっかけた投石器だ。

炳五たちがさがったので、敵はつられて前へ走り出てくる。

狙いを定めて、一斉に弾を打った。弾には、辛子や胡椒を練り込んだ小粒の泥団子をたくさん用意してあるのだ。これが顔のあたりで破裂すると、辛い粉が目にとびこんで、敵は一気に戦意を失ってしまう。オオーッと雄たけびを上げ、敵陣に飛びこむかと見せて、少しずつ後方へさがっていく。怒った敵が遮二無二攻めてくると、また辛子爆弾を放つ。この繰返しで、かねて用意の落とし穴へと誘いこんだ。

交代で何日もかけて掘った大きな穴には、前日にたっぷり水を溜めてある。これにゴザをかけ、うっすらと土を振りかけてあった。まんまと罠にはまった敵軍が、面白いように穴になだれ落ちて水浸しになったところを、上から思い思いに棒でたたきのめす。

結局、炳五の宣言どおり、自軍はケガ一つしないで敵軍をボコボコにやっつけて、あっけなく勝負は決した。

「卑怯な手ェ使いやがって。これで終わったと思うなよ」

敵軍大将の高島は、殴られながらも悪態をつき続ける。

「まだ懲りないのか。根性だけは凄いな、おまえも」

「この次はオレたちの町で勝負だ」

「バカ言うな。罠を仕掛けてるに決まってる敵陣にわざわざ出向くバカはいない」

「じゃ、また同じ丘の上でなら、どうだ」

炳五は少し考えて、答えた。

「やるなら次は、一対一だ。おまえとオレと、相撲で決着をつけるってのはどうだ?」

「よし、いいだろう。相撲で勝負だ」

炳五は棒たたきの刑を終了させ、高島を穴から引っぱり上げてやった。

「まだ元気そうだな、高島。どうせなら今、やるか?」

「おう、望むところだ」

こういう成り行きで、皆ぞろぞろと丘の上へ戻った。草履で土の上にまるく線を引き、土俵とする。

二人とも相撲用のまわしは締めていないので、はじめは着物姿のままぶつかり合い、互いの帯をつかんだ。簡単にひねってやろうと思っていた炳五だが、高島も手ごわい。あちこち強く引っぱられて着物が破けてくる。膠着状態がつづくうち、高島が悲鳴を上げた。

「わあ、暑くてたまらんな」

「ホントにな。フンドシ一丁でやるか」

そのうちに他のみんなも、一丁やるか、とフンドシ一丁で相撲をとりはじめて、なんだかにぎやかな楽しいケンカになっていった。

行司もいないので、どっちが勝ったかもわからないまま、高島と二人、疲れ果てて地面に寝そべった。

「今度、浜辺で相撲大会でもやろうか」と高島が言う。

「おお、いいな。相撲でもケンカでも、受けて立つぜ」

「いやあ、あの辛子爆弾と落とし穴は、もうこりごりだ」

「アハハハ」

二人とも大笑いして、空を漂い流れる雲を見るともなく見ていた。火照った体に風が気持ちいい。

「おまえ、あんな戦法、どこで覚えたんだ?」

「ん?　落とし穴なんか戦法と呼べるほどのもんでもないだろ」

「いや、それだけじゃない。万全の準備とかさ、計画通りに一斉に動いたり、オレたちを誘い込んだりするタイミングのうまさとか、本物の戦争みたいだと感心したよ。今日は完敗だった」

「そうか。そう言われると嬉しいな。でも、ほとんど講談から仕入れたもんだよ」

高島は炳五の涼しげな顔をまじまじと見て、プッと噴き出した。

「おまえは自由だな。なんにでもなれそうだ。やっぱり将来は大臣志望か？」

「将来か？　まあ何でもいいけど、でっかい人間になりたいよな。大臣でも大将でも」

「オレは海軍大将になると決めてる」高島は力をこめて宣言する。「日露海戦の大勝利以来、日本の連合艦隊は世界にその名を轟かせた。いわば日本軍の頂上部隊だ。その総司令官になるのが夢さ。坂口は海軍大臣になって、戦略を練ってくれるといいんだがな」

「凄い小学生だな、おまえは。ビックリするよ。オレは将来のことなんて、まだ本気で考えたことはないな。なんとなく大臣や大将とは思ってたけど、飛行家になって世界記録に挑戦したい気持ちもあるし……」

「飛行家か。それもいいな。飛行機はこれからの戦争で主力になると言う人もいる」

「数年前までは、忍者になりたいと思ってたんだ」

「ハハハ、子供だ、そりゃ」

「オレの親父が政治屋だから、先に親父が大臣になっちまうと、跡継ぎで大臣になるのはカンタンで、なんか大臣もイヤな気がする」

「じゃ、おまえは陸軍大将になれよ。オレの海軍と組んで世界に打って出よう」

高島はどうしても軍隊のほうに引き込みたいらしい。炳五は苦笑するしかなかった。

「とりあえず、今度の相撲大会だ。海軍には負けないからな」

その日以来、高島とはときどき相撲をとる友達になった。


それから数日後、恰幅のよい髯もじゃの男が坂口家を訪ねて来た。母アサの兄だという。アサの実家吉田家は五泉町《ごせんまち》の大地主なので、当主の兄久平《きゅうへい》とはふだん会う機会はないが、坂口家に程近い刑務所の向かい角に吉田家別邸があった。別邸には炳五の従兄に当たる男が住まっているので、そこへやって来たついでに妹の顔も見に来たということらしい。

たまたま家にいた炳五も、アサに呼ばれて挨拶に顔を出したが、その目が妙に青いのに驚いた。鼻はユダヤ人に似た鷲鼻だし、炳五自身も鷲鼻なので、ユダヤの血が自分にも流れているなら面白いゾと思ったのだが、あとから聞いた話ではただの体質らしい。

でも、会った時の伯父の顔は、外人というより怪人っぽく感じられた。この怪人は炳五の顔をじろじろ見て、「おまえが有名なわんぱく坊主か」と言い、ニヤリと笑った。何かの共犯者めいた笑い方で、背筋が冷やりとする。

「面白い人相をしとる。ここに座って、顔をよく見せてみろ」

しぶしぶ座った炳五の顎や頬を、いかつい掌でグイグイひねくり回す。

「痛いよ」炳五は反射的に身をそらせ、怪人の顔を睨みつけた。

「おまえはな、とんでもなく偉くなるかもしれんが、とんでもない悪党になるかもしれんぞ。うん、どちらにせよ歴史に名をのこす相だ。実に面白い」

青い目の伯父はそう言って、またニヤリと笑った。

不気味な男が放った不気味な予言は、呪文のように炳五の頭にしみついた。

偉くなりたい、でっかい人間になりたい、そう思う炳五は、未来への期待と興奮で胸が高鳴るのを抑えきれなかった。

7　魂の還る場所

小学四年の夏休み、幼な子をつれて遊びに来ていた姉のセキが帰る時、炳五も一緒に松之山へついて行くことになった。信越本線の安田駅から、乗合馬車でガタゴト三、四時間も揺られて行く山奥の辺地。途中には一面の棚田が青々と光って見えるのだが、炳五は景色を楽しむどころではない。お尻は痛くなるし、途中で気分が悪くなって吐きそうになる。ようやく辿り着いた時にはもうヘトヘトだった。

「慣れたら大したことないんだけどね」セキが炳五の背中をさすりながら、気の毒そうに言う。「もう少し近くのほうまで、新しい鉄道を延ばしてるらしいけど、まだ何年間かは未開の地だわね」

村山家は鎌倉時代から続く旧家で、家長の政栄《まさえ》は村長、その妻の貞《さだ》は炳五の叔母である。かつて新潟女学校で英学を学んだという先進的な女性だ。いまは金井写真館になった建物が女学校だった。内装もしつらえもモダンでエキゾチックなその場所で、アメリカ人の宣教師から教えを受ける叔母の姿。秘めた恋の行方を妖しく想像した幼稚園の頃を思い出して、炳五は少しドキドキする。

「よう来たな、へゴサ。疲れたろう」

貞は妖しさのカケラもないニコニコ顔で迎えてくれた。まだ四十代で、思いのほか若々しい。セキにとっても叔母に当たる人だが、セキの夫真雄は政栄の前妻の子なので、血族結婚ではない。

「途中で酔っちゃって大変だったけど、もう大丈夫よね。ひたじ飯、すぐできる？」

「わあい、ひたじ飯、ひたじ飯！」まだそれほど喋れもしない幼な子の政光が大はしゃぎで台所のほうへ駆けて行く。

「すぐできるけど、もう食べられっか？」貞に問われ、炳五は大きく頷いた。

「うん、政光の喜びようを見たら、急に腹が減ってきたよ」

そのうちに、真雄と政司《まさじ》の兄弟も顔をそろえ、みんなでひたじ飯を食べることになった。

「おまえらは昼飯をたらふく食ったろうが」政栄が呆れ声で言うと、

「大丈夫。ひたじ飯は腹に溜まらんから」真雄が自分の腹をポンと叩き、政光が笑ってマネをする。

真雄は何度か坂口家へ遊びに来たことがあるので、炳五も覚えている。この義兄は二十一歳も上だが、まるで子供のような雰囲気があって、誰にも隔てがない。長いこと会わないでいても、すぐに打ち解けられた。

政司のほうは貞の実子なので、炳五やセキとは従兄弟の関係にもなる。炳五より九歳上の数え年二十歳で、画家志望らしい。

「兄さんの献ちゃまは絵が上手だったけど、へゴサも絵描くんかい」政司もざっくばらんな感じで訊いてくる。

炳五はちょっと詰まったが、大きく頷いてみせた。

「相撲の漫画とか、野球の漫画とか、講談を漫画にしたり、いろいろ描くのは好きだよ」

「ああ、相撲の四十八手とかな。献ちゃまも画帳にびっしり描いてたな」

「うん、絵は兄さんのマネで始めたから、描くモノも似ちゃってね。だから全然敵わないことも一目でわかるんだ」

「あとで描いてみせてくれよ。絵はウマイヘタ関係なしに、描く人間の味が出るもんさ」

何年か前、学校でイヤなことがあって、部屋でふて寝していた時、献吉が入ってきて「炳五しょげるの図」をサラサラと描いてみせてくれ、思わず噴き出してしまった思い出がよみがえる。いまは療養所にいる献吉には、もっといろんなことを聞いてみたかった。詩や音楽のよさも丁寧に教えてくれたが、その方面はまだよくわからなかったのだ。

食卓に出てきたひたじ飯を見て、炳五は「あっ」と声を上げた。「おけさ飯だ！」

ごはんの上に、ゆで卵の黄身と白身を別々に裏ごしにしたのと、刻み海苔とを三色に分けて載せ、ワサビを添えて出し汁をかけるだけのどんぶり飯。

「そう、おけさ飯よ」セキがニッコリ笑って言う。「坂口家伝統の味。こっちのオッカサマは、ひたじ飯って聞いて覚えたらしいんだけど、どっちの呼び方が先なんかね。こっちでは三つ葉も載ってるんさ」

坂口家では、おけさ飯だけは女中でなく、あの鬼みたいなオッカサマが手ずから作ってくれる。炳五がおけさ飯を大好きになった本当の理由はそこにあるのかもしれないが、自分ではそうと意識していなかった。

村山家でもみんな大好きと見えて、あっという間に掻っ込んで食べてしまった。

夕食までの空いた時間、炳五は家の周辺をあちこち探険して回った。

近隣でもかなり高台にある村山家だが、その背後にも覆いかぶさるように小高い山が連なり、ブナの森になっている。森からは蟬の声やいろいろな種類の鳥の声が聞こえてにぎやかだ。庭にはたっぷりと水をたたえた池が広がっている。風情よく設えられた滝が山の水を引き入れ、蛙の声がそこらじゅうから湧き起こっていた。

しゃがんで池の中をのぞきこむと、オタマジャクシも気持ち悪いぐらいに固まって泳いでいるし、そいつらを食ってしまいそうな大きな鯉や小さなメダカもうじゃうじゃいる。アメンボたちはツイー、ツイーと無心に水上のスケートを楽しむ。葦の葉ずれが人の話し声のようにあちこちで響き交わし、シオカラトンボが風に乗って、ゆらゆらとくっついたり離れたりする。

水辺の生きものたちを見守るかのように、苔むした石灯籠がやさしげに立ち、少し小高い丘のようになった奥手には薪小屋があって、菱の密生する沼があった。ひとりでいると知らぬ間に沼底へ誘いこまれていきそうで怖い。不気味なのに惹かれてしまう、不思議な魔力を秘めた空間。

オレは昔、ここに来たことがある。炳五はそんな気がした。初めてのはずなのに、なぜか懐かしい。人間などどこにもいなかった時代。太古の森。自分が生まれる以前の自分の心は、もしかしたらここにあったのかもしれない。そんなふうに思っていると、魂がすうっと体から抜け出て、どことも知れない闇の奥へ吸われていきそうになる。

危ない、と思って激しく首を振ると、森の奥で何羽もの鳥がとつぜん大きな声で啼いて飛び立った。ここでなら、何が起こっても不思議でない。誰も知らない歴史が、ここでは永遠に繰り返されている。この先、オレは何度でもここへ来ることになるだろう。炳五はそう予感した。オレにとっての本当のふるさとは、きっとここなのだと、そんなことも漠然と思っていた。

　夕食のあとは、みんなで絵を描いたり、絵にコトバを付けたりして遊んだ。真雄と政司は酒を飲みながら即興でフザケて描くので、頭の鉢だけ極端に大きな人間が出てきたり、村長らしいのは政栄のカリカチュアだが、胸をそらしてこっそりオナラをしていたりする。炳五は大喜びして、自分も真田十勇士や孫悟空の漫画を描きこんだりして遊んだ。

「思ったとおりウマイもんだな」政司が炳五の絵を手にとって褒めてくれる。「清海入道の悔しがってる表情なんか、性格までにじみ出てて、まるで生きてるみたいだ」

「ヘゴサは忍者大好きだもんね」セキが楽しそうに言う。

「じゃ、ここで一句」と真雄が口髭をひねる。「猿飛を捕らえてみればタコ入道。こんな感じか」

「そりゃひどい。場面そのままじゃないか」

　政司が笑い、真雄も照れてお猪口の酒をグイッと空けた。村山家は豪農で酒造業もやっているので、飲む酒はすべて自分の酒蔵で醸した「越の露」だ。

「この酒が飲みたくてか、親父が村長だからか、村の内からも外からも有名無名いろんな人がやって来るんだ」真雄が言い、セキがそばに置いてあった「宿帳」を開いて見せてくれる。

「旅館はやってないけど、どんな人でも大歓迎、いつまで滞在してもかまわない、それがウチの流儀。そういうわけで、泊まった人にはこの宿帳に一筆書いてもらってるのさ。もちろん名前だけでもいいが、絵でも歌でも好きなように書いていいんだ」

「ふうん、自由でいいなあ」炳五は感心する。

「おまえのお父サマの五峰先生がそういう人だった。オレは新潟中学に行ったから、五年間、坂口家に寄宿したんだがね、明治三十年から三十五年ぐらいまでかな、おまえは知らないだろうが、あのウチは昔、どんな人間でも来る者拒まずで、そりゃもう壮観だったんだ。頭のネジの何本かゆるんだようなヘンテコな人間たちが、いつもうじゃうじゃ棲みついてた。犬の鳴きマネばかりする親戚もいたし、囲碁仲間やら按摩やら、よかよか飴屋の爺さんなんてのも泊まり込んでた。その爺さんは頭の上にタライのっけて、そこへ日の丸の旗をグルリと立て並べ、『日清戦争帝国万歳！』なんぞと囃《はや》しながら飴を売り歩くんだ」

　初めて聞く話に、炳五は目を丸くした。自分の前ではいつも苦虫をかみつぶしたような顔をして喋らない、笑った顔など見たこともないあの父が、そんな大様な自由人だったなんて、とても信じられない。

「心底、感銘を受けてなあ。オレもちょっとはマネをしてみたいと思って、まずは宿帳を作ったわけさ。和歌や俳句を詠んだりしてるのも、五峰先生の影響かな。先生の漢詩とはだいぶん趣が違うけど、誰かに褒めてほしいとかは全く思わない。自分の心に感じたことを、感じたまま、自然に口をついて出たら、それがオレにとっての最高の歌さ」

真雄は酒を飲みながら、小学四年生の炳五を相手に、大人の会話を楽しんでいた。歌人ではなく、死ぬまでただの文学愛好家、アマチュアの精神を忘れたくないから、自分はどの派にも属さない、山から山へと渡り歩く漂泊民「山窩《さんか》」みたいに自由でありたいと言う。

話は次から次へと飛び移り、千里眼の御船千鶴子の話から、魔法使い、オカルトの話、宇宙や大自然の神秘、アインシュタイン、天変地異、坂口家の周囲で起こった二度の大火の話、なにもかもが不思議な運命のようにつながっている、みんな得体の知れない深い淵から湧いて出るもので、すべての物事が文学や芸術の源泉だと、そんな話を真雄は炳五にもわかるように易しい言葉で話した。

「不思議なことはオレも大好きだ」炳五は目を輝かせて言った。「人間が作るモノだって不思議だよね。電気製品や巨大な橋や、家具ひとつでもスゴイもんだと思う。自分も大きくなったら、こんなものを作れるようになるのか、なんて思うと気が遠くなるよ」

「うん。ヘゴサは山窩の仲間だ。同志だ」

真雄が変な太鼓判を捺し、政司も楽しげに杯を重ねた。

8　荒海へ

兄の上枝は新潟中学には行かず、はるか遠い五泉町の村松中学に入学したため、母の実家の吉田家に下宿して通学している。同じ年の秋には、姉のアキが結婚して出ていき、坂口家のだだっ広さが寒々しく感じられるようになった。

翌春、炳五は小学五年になり、まだ幼稚園の妹千鶴《ちず》と、家にいる兄弟は二人で全部だ。そんな寂しさを埋めるように、異母姉のヌイがよく遊びに来るようになった。ヌイは十七歳も上だが、読書家で話題も豊富、どんな話でも楽しそうに聞いてくれる。炳五は学校から帰って、ヌイが来ているとわかると、自分でも驚くほど心がはしゃいだ。

献吉から手紙が来たことが、どちらからともなく話題になる。早稲田の政経に入学後一年で結核になり、神奈川県茅ヶ崎の南湖院で療養生活に入ってから二年が経っていた。

「南湖院って、東洋一のサナトリウムなんだってね。もうほとんどよくなったから、哲学書や宗教の本を読みあさってるって書いてたけど」

「哲学や宗教なんて何が面白いんだか。退屈な時間が倍になっちゃうだけじゃないかな」

「フフフ、そうね。私らには退屈だわね。でも献ちゃは真面目な子だから、一生懸命これからの人生を考えてるんだと思う。どう生きるべきか。どんな生き方がカッコいいか」

「へえ」カッコいい人生ならオレのめざすところと一緒だ、と炳五は思う。「じゃ、そのうちオレも、そういう本読んでみようかな」

ヌイはニッコリ笑った。

「おまえたち兄弟三人は面白いねえ。献ちゃは政治、上枝さは理系の科目がずばぬけてるし、おまえは物語に夢中。みんな全然方向がちがって、ホントに将来が楽しみだ」

「将来か……。去年までは、とにかく偉くなりたい、と思ってたけど、最近は誰が偉いのかよくわからなくなってきたよ」

「おまえは昔、天皇陛下になりたい、なんて言ってたっけ」

「天皇の子に生まれれば天皇。そんなの全然偉くないじゃないか。総理大臣だって、議員の仲間をいちばん多く集めたヤツがなるんなら、ちっとも偉くない。偉いってどういうことだろう」

「私たちのお父サマは偉い人さ。いずれは大臣にもなると思うけど」

「オレは父サマなんか偉いとは思わないな。いっつも仏頂面して、オレを呼び出すときは、ただ墨をすらせるだけ。墨すってる間も、何も訊いてこないし、何も喋らない。オレのことなんか、てんで見てもいない。親なら少しぐらい親らしいこと言えないもんかね」

ヌイは少し困ったような顔をして、口もとにだけ笑みを浮かべた。

「あの人はおまえと似て、不器用なんだよ。嘘がつけないから、子供に愛想笑いもできないし、何をどう喋ればいいかわからない。でも、ちょっとはおまえとも交流の場をもちたいと思ってるのさ。墨をすってれば一緒にいられるし、できれば一緒に習字でもして、そこから会話も生まれて、なんて思ってるかもしれないけど、でも、おまえはどうせ墨をすったらすぐ部屋から出てきちゃうんだろ」

　炳五は納得はできないながらも、すぐ出てくることはそのとおりだと頷く。

「三年前、大隈内閣ができたとき、お父サマは参政官に推薦されたんだって。参政官っていうのは、その次は大臣の椅子が約束されたも同然の、一直線の出世コースなのに、お父サマはキッパリ断って、新潟市の後輩の議員さんを代わりに推したそうよ」

「え？　大臣の椅子を蹴ったの？　それは後輩のために、自分を犠牲にしたってこと？」

「そう見えるけどね。でももっと大きな理由があったって言う人もいる。大臣の地位なんてどうでもいい、自分が本当に力を発揮できる立場にありさえすれば、それでいいってことかな。新潟県民の声を中央に届けて、政府が新潟のために動く、それができるのはお父サマだけらしいのね。参政官になるとそれができなくなるし、そもそも役人が嫌いなんだって。お父サマもおまえと同じ。大臣だから偉いとは思ってないのよ」

　ヌイの話を聞いていると、全く交流のない父のことが急に身近に感じられて、あたたかい気持ちになる。松之山で聞いた、我が家を居候天国にして大様に構えていたという父の話を思い出す。ヌイの言うとおりなら父は偉いのかもしれない。

「偉いというなら、オッカサマも偉いさね。これだけ大勢の人が出入りする家で、苦しい家計をやりくりして、私たちをちゃんと学校に通わせて、それで文句ひとつ言わない」

「エーッ、そいつはオカシイや。オッカサマはオレには文句ばっか言ってるぞ」

「アハハ、それは叱られてるだけだろ。おまえは今でも、毎日オッカサマのために潜ってるのかい？」

「ん？　まあ、オレは貝採り名人だからな。オッカサマはハマグリが大好きだから、いつもたっぷり採ってきてやるんだ」

「そう」ヌイは目を細めて、嬉しそうに聞いている。

「でも、気がつくと陽が落ちてて、家に帰ると怒られてばかり。割に合わないよ」

「夜の海は危険だから。オッカサマはおまえのことを心配してるのさ」

「どうだかね」炳五は澄まして答えるが、やっぱり気持ちがあったかくなる。

「おまえは、本当は物語を作る人になりたいんじゃない？」

　唐突に訊かれて、炳五はドキリとした。誰にも言ったことはなかったが、この頃ほんの少し、自分でも講談を書いてみようかなと思い始めていた。

「うん、まあ、なんでも作るのは好きだよ。授業で題を決められて書く綴り方は面白くもないけど、自分で好きなように書くのは面白いな」

　ヌイにはなんでも本音が言える。というか、つい言わされてしまうのだった。

上枝が帰省していた夏休み中、炳五は以前のように、兄と毎日、海へ泳ぎに行った。

楽しい夏もまもなく終わろうという頃、その日は昼間から海鳴りが騒がしく、大時化《おおしけ》の予感があった。いつもならまだ明るい日暮れ時、空もどんよりと黒ずんで、ゴウゴウと空の奥が轟いているようだった。

そんな時だ。アサが炳五をバカにするような目で見て、こう言った。

「フフン、さすがの貝採り名人も、こんな日には潜れまいな」

炳五はむっとして、即座に言い返す。

「何言ってんだい。潜れるさ。どんな荒海だって、海の底はおだやかなもんだ」

炳五はバカにされることには我慢ならない。相手が母だろうが隣町のガキ大将だろうが同じことだ。性分だからどうにも仕方がない。死んでも負けるわけにはいかないのだ。

「ほう、だったら潜りに行ってみるか」

「食べたいんか、ハマグリを」

「ああ、食べたいさ。採れるもんならな。いつだって、な」

炳五はバネが撥ねるように立ち上がり、貝を入れる網袋だけつかんで外へ飛び出した。

海は大時化というほどではなかったが、そうとう荒れて大きく波打っていた。死ぬかもしれないなとは思ったが、全身に怒りが充満して、怖いとは思わなかった。

潜る時よりも、海面に浮かび上がる時が危ない。たまたま大波に出くわすと泳ぐ力なんて全然かなわないし、息を吸おうとして波がかぶさってきた時など、ガブリと海水をのみこんで本当に溺れそうになる。

絶対に見返してやる。食えないほどのハマグリを採って、あいつの口にねじこんでやる。口の中で思いつくかぎりの悪態をつきながら、何度も何度も潜り、貝をさらうごとに、水がどんどん冷たくなるのを感じた。炳五はなぜだか悲しくて、やるせなくて、気がつくと海の中で声にならない叫びを上げていた。

あたり一面ほとんど視界がきかなくなり、さすがに戻れなくなる危険を感じて陸へ上がった。網袋はずっしりと重くなった。

家はいつもどおりの静かさで、玄関をあけた炳五を迎えてくれたのは、泊まりがけで遊びに来ていたヌイだけだった。上枝が座敷の上がり口のところから顔だけひょいと出して、「炳五、もう晩メシ終わったぜ」と無表情に言う。母と婆やは勝手口のほうで洗いものをしているらしい。

炳五は見せつけるように、大量のハマグリが入った網袋を三和土《たたき》の上へ放り投げた。グシャリと大きな音が響き、奥から婆やが顔をのぞかせる。それでもアサだけは、意地でも姿を見せない。

炳五はまたムカムカと腹が立ち、早足で自分の部屋へ入ると、音高く戸を閉めた。その戸がすぐに、スルスルと開く。あまりに力を入れ過ぎた反動か、と一瞬思うが、あけたのはヌイだった。ああ、と思う。追ってきてたのがわかっていたような気もする。

「なんだよ。ごはんなら——」

言いも終わらぬうちに、背中から抱きすくめられた。すごい力で、呼吸が止まりそうになる。炳五は急に涙が出そうになって、そのままじっとしていた。

「かわいそうなヘゴサ。おまえほどの孝行息子は、どこを探したっていやしない。おまえの心の中には、キレイな、キレイな愛がある」

思ってもみなかった言葉を聞いて、炳五は少し体を離してヌイの顔を見た。姉の両頬は涙でびしょ濡れで、その顔を見たとたん炳五も泣き出してしまった。

親子ほど年の離れたこの腹違いの姉だけは、いつもオレの気持ちをわかってくれる。「孝行息子」は言い過ぎだと思ったが、でも、炳五はヌイに抱きすくめられて、身も心もサラサラと浄化されていくような気がした。


小学校六年間、炳五はほとんど欠席もなく、授業中はフザケて先生に叱られてばかりいても「操行優良」とされた。各年の成績も学年二番か三番で、毎年学術優等の賞を受けた。

小学校最後の秋、市民相撲大会の小学生の部に、炳五も選ばれて出場した。東西戦では同じ組に隣町のガキ大将高島もいて、二人とも難なく勝ちを収め、自軍の勝利に貢献した。

ところがその後の「三人抜き」競技では、なんとか二連勝しても三人めで負けたりして炳五は苦戦の末、脱落したが、図抜けたのが数人いて、その一人が高島だった。結局高島が総合優勝して、炳五は自分のことのように嬉しく、高島を祝福した。

「今日はオレの完敗だ。おまえ、ものすごく強くなったな」

「おまえと浜で相撲とってたからな。久しぶりに戦えて、楽しかったよ」

真っ黒な顔で笑う高島は、別人のように背も伸びて逞しくなっていた。

その五日後には、新潟中学秋季運動会があり、炳五は二〇〇メートル走・小学生の部に選抜出場、また高島と一緒になった。そしてここでも高島が圧倒的な速さで優勝、炳五は二着に終わった。新潟市で二着になった嬉しさよりも、高島の躍進ぶりが誇らしく、こいつなら本当に海軍大将ぐらいにはなれるかもしれないな、と炳五は思った。

9　軍隊式中学

県立新潟中学への受験者二一六名中、炳五は二〇位の成績で入学した。成績順に、甲・乙・丙の三組に分けられるため、自動的に甲組となったが、炳五はこのシステムに何かイヤな、冷たい印象を受けた。小学校では、教室は別々でも女子が半数ぐらいいたが、女子の進学先は高等女学校で、中学には男子しかいない。そのぶん余計に殺伐とした雰囲気があった。

大陸に関東軍が設置され、中国でも韓国でも抗日運動が盛んになってきたキナ臭い時代。

学校教育においても、すべてが軍隊式に統制された。朝礼では、各学年ごと一個中隊と呼びならわし、中隊のなかの各クラスをそれぞれ一個小隊になぞらえて、ラッパの合図で整列する。入学前はカッコいいと思っていた詰襟の制服や学帽も、軍隊式の一環かと思えば、窮屈な枷《かせ》としか感じられなかった。

上下の別は特に厳しく、先生や上級生とすれちがう時には必ず敬礼しなければならない。バカバカしくて吐き気がしそうだった。ほんの少し年上なだけで、そんなに威張られてたまるものか。優秀かどうかは年齢には拠らないし、そもそも何をもって優秀と決めるのか。先生たちだってオレより優秀とは限らない。こんな順位を上から押しつけて、何もかも自分の意のままに従わせようとする、汚い肚《はら》のこいつらが、オレより優秀だとは思えない。

炳五は入学初日から、上級生たちに目をつけられた。すれちがっても敬礼しないからだ。最初に出逢った上級生は二人連れで、「おいコラ、待て」と呼び止めようとする。無視して行きかけると、肩をつかまれ、有無を言わさず殴り倒された。

「上級生とすれちがう時には敬礼しろと教えられなかったか」

いきなり殴ってくるとは思わなかったので、炳五は尻もちをつき、驚いて二人の顔を見上げた。たぶん二年生ぐらいだろう。やけに大声で怒鳴っている。まるで負け犬のように吠えるな。そう思ったら、だんだん腹が立ってきた。ダメージが残るフリをしてヨロヨロ立ち上がりかける途中で、猛然と地を蹴った。自分を殴った奴の胸から顎のあたりを目がけ、右腕でカチ上げる。相手がのけぞったところを、勢いのまま押し倒す。不意を突かれて受け身もとれなかった相手は、息が詰まって苦しそうにもがく。もう一人が呆然と見ているのを尻目に、炳五はさっさとその場から立ち去った。

次の日、授業が終わって帰ろうとするところを、炳五は見知らぬ上級生五人に捕まり、校舎の裏へ連れて行かれた。そこには前日の二人と、そのほかに五人いて、あわせて十二人の上級生がズラリと並んで、ニヤニヤ笑っていた。

「今日は特別授業だ。正しい挨拶の仕方を教えてやるから、ありがたいと思え」

この人数ではどうにもならない。炳五はカンネンして歯を食いしばった。昨日やっつけたアイツは少し後ろに引っ込んでいる。

「卑怯者め」

その男を睨みすえて唸るように言うと、いちばん近くにいた奴がすぐさま殴りかかってくる。身構えていたぶん、軽くよけることができた。よろけた相手を突き飛ばすと、あおりを食って数人がバタバタと倒れてしまう。

なんだ、バカバカしい。逃げるが勝ちだな。思うより早く、炳五は駆け出していた。足には自信がある。新潟市で二位になった二〇〇メートル走で奴らを出し抜き、あとは何度か道を折れ曲がるだけで逃げおおせるだろう。その手筈だったが――。

炳五の前にゆらりと、巨体の男が立ちはだかった。他の上級生たちとは明らかに異質の、強烈な威圧感がある。炳五は気を呑まれて立ち止まってしまった。

「おまえら、さっそく新入生いじめか」男は上級生たちのほうを見てボソリと言う。「新入生一人に十人がかりで、情けない。いや、もっとおるんか」

「岡田さん、こいつ生意気で――」

そう言いかけた相手の胸のあたりに、岡田と呼ばれた男がちょっと触れた、と思うと相手の体はスッと消えて、地面に仰向けにひっくり返っていた。

「生意気だから？　でかい図体した上級生が十人で、いや、もっとか、それこそ示しがつかんのじゃないか」

岡田は炳五をかえりみて、ニッコリ笑った。

「おまえはもう帰んな。こいつらにはオレがホンモノの礼儀を教えといてやるから」

炳五は岡田の凄みと優しい笑顔に呑みこまれそうな気がして、ひとつペコリと頭を下げて踵《きびす》を返した。あれほど敬礼を嫌っていたのにな、と思うと我ながら可笑しかった。


クラスでも炳五だけ浮いた感じがあった。県立の中学で学年上位三分の一に入る甲組には、エリート意識の強い生徒が多い。授業中の態度も概してマジメだった。はなから先生や上級生をバカにしていた炳五にも、また違った意味のエリート意識はあったが、成績だのクラスの甲乙だので階級差別しようなんて、毛先ほども思ったことがない。

「坂口君、上級生には敬礼しといたほうがいいよ。あれこれ難クセつけてくる奴らに限って万年丙組の落第生だ。変にかかわると素行点に響くし、だいいち殴られるだけ損だよ」

「そうかな。じゃ、誰にでも卑屈に敬礼して、媚びを売りながら生きていけば偉くなれるんか？　偉くなれたとして、その卑屈な一生が有意義でしたと言えるのか？」

炳五が毒づくと、同級生は黙ってしまったが、すぐに別の生徒が割って入る。

「わざわざケンカを買って出るのは、バカかヤクザだけだ。将来になんの夢ももたない奴らのすることだ」

「弱い者を救うためのケンカだってある。出世なんかしなくっても、そういう奴のほうが偉いとオレは思う」

炳五は岡田の顔を思い浮かべていた。同級生たちは互いに顔を見合わせ、呆れた表情で黙ってしまった。

まもなく、嫌いな博物の授業が始まり、先生が黒板に向かっている間に炳五は教室の窓から脱け出して、浜へ向かった。海岸の茱萸《ぐみ》藪を歩いていると、心はいつも凪《な》いでいく。雨の日であろうと、心の中にはポカポカと陽が照ってくる。

波の音を聞きながらブラブラ歩いて、松林のほうへ入っていくと、体の大きな男が一人、寝そべって煙草を吹かしていた。岡田だと、炳五が気づくより先に、岡田のほうが見つけて声をかけてくる。

「よう、おまえもサボりかい」

「こないだは、どうも」

「何がさ。あいつらより、おまえのほうがウワテだったじゃないか。おまえ、柔道やってるだろ。武徳殿で何度か見かけたよ」

武徳殿は寄居町《よりいちょう》にある各種武道の道場で、炳五は小学校高学年の頃からときどきかよって柔道を習っていた。

「柔道は忍者ごっこの延長みたいなもので、まだ全然ダメです。最初あいつらにからまれた時も、つい相撲の技が出ちゃって」

「へえ、じゃ相撲は達人なのかい」

「エッヘン、幼稚園からとってるんでね。普通に歩いててもいつのまにか四股踏んでるぐらいさ。それより、岡田さんのほうこそ、あの一瞬で相手を沈めた技、柔道でしょう」

「雄司でいいよ。オレは岡田雄司。五年だ」

「オレは坂口炳五。新入生です」

「ハハハ、それは知ってるよ。まあ、敬語はナシで行こう」

「じゃ、雄……ユウサでいいか。オレに、柔道教えてくれないかな」

岡田は愉快そうに炳五の顔を見つめ、

「じゃ明日から学校の柔道場で特訓やるか」と笑った。

二人、しばらく黙って海を眺めた。海を見ていれば、言葉は必要なくなる。何も、誰にも気兼ねは要らない。しぜんに時は過ぎ、心も体も新しくなる。

岡田から煙草をもらい、初めて吸ってみる。雲を呑んだような不思議な感覚で、かすかに眩暈《めまい》がした。口の中にちょっと燻《いぶ》したような甘い香りがからみついて残る。あんがい悪くないなと炳五は思った。

「海はいいよな」岡田が感慨深げに言う。「どこまでも永遠に広がっている」

「オレもちっちゃい頃からここで、だだっ広い海や空を眺めてた」

「風に吹かれてな」

「ときどき暴風になるけど、それもまたいいよね」

「思ったとおり、炳五、おまえとはウマが合いそうだ」

岡田はまた新しい煙草に火をつけて、ゆっくり長く煙を吐いた。

「オレは来年、東京の商船学校へ行こうと思ってるんだ」

遠くを見つめてポツリと言う岡田の顔を見て、炳五は隣町のガキ大将だった高島のことを思い出した。「オレは海軍大将になると決めてる」と言った高島も、やはり商船学校をめざしていた。入学と同時に海軍予備生になれるからだ。

「海軍大将にでもなる気かい」

炳五が言うと、岡田は笑って首を振った。

「そんなものにはならねえよ。軍隊なんぞまっぴらだ。最初から大将にしてくれるんなら話は別だがな」

「ああ、確かに。ユウサに軍隊は合わんね」

「オレはただ、海の上にいられればいい。ただそれだけなんだ。人間は所詮ひとり。それをいちばん実感できるのが海の上だろ」

炳五は夜の海の死んだような静けさを思う。どこかへ引きずり込まれていきそうな怖さと、不思議なあたたかさ。海の底では確かに一人だったが、そこで生きることはできない。

「でも、こうやって二人で話をしてるから、刺激があって面白い。いろんなことが頭に浮かぶ。一人じゃ生きてる甲斐がないっていうか、むなしいだけだと思うけどな」

「そういう話じゃないんだ。生まれる時も、死ぬ時も、人間結局はひとりきりだろ。たとえ一緒に死んでくれる奴がいたとしても、死ぬまでの時間が一緒なだけで、やっぱりひとりきりで死んでいくんだ」

ああ、そういうことか、と炳五は思う。幼き日の危険な遊びがよみがえる。自分という存在、それを意識している自分の心、それがある日フッと消えてなくなることをリアルに想像できた瞬間の恐怖。中学生になった今ではもうイメージできなくなってしまったが、自分がなくなる瞬間の恐怖だけは強烈な思い出として残っている。

「それに、他人を当てにすればするほど、ひとりを思い知らされるよ」

岡田は誰かに手ひどく裏切られた経験があるのだろうか。話が違う方向へ向かったのを感じて、炳五は口を閉じた。

それから二人、また黙って海を眺めて時を過ごした。

10　純文学は面白いか

放課後には学校の柔道場へ行くのが日課になった。思ったとおり、岡田雄司はケタ違いの強さで、武徳殿の柔道師範でも太刀打ちできないほどの実力だという。

炳五には相撲で鍛えた勘のよさがあったので、マンツーマンで岡田から教わっているうちに、めきめき上達した。そのかわり、期末試験の成績は六四番に下がり、二学期からは乙組に落ちることが決まっていた。

夏休みの一日、岡田の友達が何人も柔道場に集まり、対抗試合みたいなことをやった。全員が上級生だったが、先鋒で出た炳五は数秒であっけなく一本勝ちし、自分でも強くなっていることに驚いたものだ。もちろん岡田には誰も歯が立たないが、岡田の次に強かったのが三堀《みつぼり》謙二と渡辺寛治で、炳五はこの二人ともすぐに仲よくなった。

新潟中学では修業年限五年の間に、二年続けて落第すると自動的に退学となる。小学六年からすんなり中学に入学していれば、それほどの年齢差は生じないはずだが、各人それぞれの事情で年齢差が生じていた。学制改革が何度も行われ、進路も複雑に枝分かれしていた時代。炳五が卒業した新潟尋常高等小学校では、六年を終えたのち、同じ学内でさらに二年、小学校高等科へ通うこともできた。しかし、高等科卒業後に中学へ入学するつもりなら、高等科はムダな二年でしかない。そんなふうに間違って二歳上で入学してくる生徒もいた。ムダな二年と何年かの留年などで、炳五より四、五歳上の同級生もザラにいたのである。

というわけで、学年は二つ上の三堀謙二は四歳上であり、渡辺寛治は一歳上だが留年して、炳五と同じ一年生だった。

「炳五には文学のセンスがあると思うんだ。オレは文学はカラキシだが、ケンチとカンチは読書家だから、いろいろ教わるといい。落第のマネはしないほうがいいけどな」

そんなふうに紹介されたので、三堀も渡辺も炳五のセンスとやらに興味をもった。

「で、今までにどんな本を読んできたんだ?」

三堀に訊かれて、炳五はちょっと詰まる。

「本といっても、ほとんど立川文庫さ。あとはスポーツの本とか、飛行機の本とか……」

「ウン、講談本も、ウマい作家が書いたやつはホント面白いよな」渡辺がうなずく。

「でも、純文学も面白いぞ。また全然別の面白さだ。まあ試しに読んでみろよ」

そう言って三堀が貸してくれた本が広津和郎の『二人の不幸者』だった。

「去年出たばかりの小説でな、カンチに貸してたのがたまたま今日返ってきたんだ。広津ってのはまだド新人なのに、いきなりこれが読売新聞に連載されたんだぜ。世間がこのド新人の新しさを認めてるってことさ」

炳五はこうして、純文学なるものを初めて読むことになった。浜の木陰に寝そべって読みはじめたのだが、すぐイヤになってしまう。主人公たちの誰にも魅力を感じない。この本の序文には、知識青年層の弱い心を「性格破産」と名づけ、二人の青年の弱さが憂鬱な不幸を招く話だと書いてある。つまり、青年たちを作者がわざとダメな感じに書いてるワケか？わざとだとすれば、最後には何か、思いがけない展望が開けるのかもしれない。

炳五は、面白くない、まるで拷問だと思いながらも、数日かけて読みとおした。

「ダメだ。オレには純文学は合わないよ」

炳五が正直にそう言うと、三堀は可笑しそうに頰をゆるませた。「まあ、そう言うだろうとは思ったよ。講談のヒーローものとは対極だからな。うじうじしてて」

「まさにそれさ。主人公の二人、子供っぽいし、いやらしいよ。魅力がない女を恋人にした自分がみじめだとか、不正を強要する会社にはいたくないとか、そう言いながら、稼ぐためには仕方ないとか言って、諦めた自分のふがいなさをまた、うじうじ悩んでる」

「なにしろ性格破産者だからな」渡辺がフムフムと首を大きく上下させる。

「どうしてこんな人間を書くんだろう。書くことに、どんな意味がある？」

「序文にも書いてあったろ。現代はこういう末梢神経だけで生きてるような弱い青年がふえてきてるわけだ。広津がコレの前に発表した出世作が『神経病時代』。そういう時代の病みたいな、新しい青年のすがたを小説に書こうとしてるのさ」

三堀の答えにはそれなりの説得力があったが、炳五には納得できない。

「そんなのおかしいや。時代だの現代だのって、みんなその真っただ中にいるんだから、生きてりゃ誰でも知ってるよ。弱い奴がふえてるかどうかは知らないけど、とりわけダメな奴をわざわざ取り上げて書く意味がわからんね」

「面白いことに、純文学ではダメな奴のほうが主人公に向いてるんだ。悩みとか迷いとか、一度も感じないで生きていける奴は、そりゃもちろん純文学なんて読まなくていい。ひとの気持ちがわからなくて悩んでる奴、自分の心の中に何か得体の知れない黒いモノがあるゾとか思いはじめた奴、なぜ自分はこの世に生まれてきたんだろう、宇宙はなんのために存在してるんだろう、なんて考えてる奴、そういう奴らのために純文学はある。もちろん、そんな問いに答えなんてない。ないから小説は無限に書かれつづけ、オレたちはそれを読みつづける。そういうことじゃないかな」

不可思議な心。それを表す方法としての文学。それなら炳五にもわかる気がした。

「オレだって悩むことはあるし、心の弱いことが悪だとは思わない。でも、全く夢のない物語を読むのはつらいよ。講談好きとしては、やっぱり夢と冒険の世界のほうがいい」

「もっともな話だ」黙って聞いていた岡田が、ぼそりと言った。「夢と冒険のない世界なんて、生きてる意味がないよな」

この男はあまり文学が要らない組だ。完全にまっすぐな人間だからな。炳五はニッコリ笑って岡田を見た。

「最初に読むのが広津ってのは、ちょっと特殊すぎたんじゃねえか」

渡辺が言うと、三堀もうなずいた。

「でも、夢と冒険を描いた純文学なんて、何かあるかな」

「とりあえず、コレはどうだ。コイツの夢は大きそうだぞ。オレも読んだばかりだけど」

渡辺がカバンから取り出した本は、島田清次郎の『地上――第一部・地に潜むもの』。二十歳の新人が書いた小説だが、六月の刊行後、各紙誌で天才作家の出現と激賞されて、日に日に評判が高まり、あっという間にベストセラーになっていた。

「そいつはオレも読みたい。炳五が読んだらこっちに回せよ」と三堀が言った。

『地上』の主人公大河《おおかわ》平一郎は、広津作品に比べれば確かに豪快で情熱的だ。でも、誇大妄想狂ではないか、と炳五は思う。中学三年と書かれているから自分と年齢の近い少年だが、同級生の和歌子に恋文を渡す、ただそれだけの行為を讃える文章が異様だった。その「勇敢」な「精神はいずこより来たか」と問いかけ、「それを知るものは平一郎の内なる平一郎を生みたる宇宙の力そのものである」と書く。たかが恋文一通で。自己過大評価もここまで来ると笑いも出ない。すでに半ば狂気の人ではないかと疑ってしまう。

まだあまり純文学の構造に慣れていないから、性格造型とか文章がどうとか構成がどうとか、よくわからない。いいところももちろんある。それはわかるが、自分に合わないのもわかる。ひそかに燃やす復讐の念はメロドラマっぽいし、「ああ、荒れすさぶ嵐よ、吹け！」といった詠嘆調の文章が出てくるたびに、冷めてしまう。のめりこめない。

渡辺と三堀の二人に会った時、炳五はこのベストセラーをこっぴどくやっつけた。

「島田って作家は、根が単純だな。単純な目でしか周りの人間を見られないから、出てくる人間がみんなウソっぽくなる。中一のオレだって、もっともっと複雑だよ。自分でも、次の瞬間に自分がどう行動するかわからない。そういう気持ちがこの作者には描けないいんじゃないか」

「そこんところはオレも同意見だ」渡辺が言う。「でも、島田はまだ二十歳だぜ。書いた時はオレたちと同じ十代なのに、芸者の世界の浮き沈みやら、小競り合いやら、そういうところの描き方はメチャクチャうまい。いい女がちゃんと書けてる」

「芸者のことは、オレは……」

「おまえも小説書く気があるんなら、花街ぐらいは行っておけよ」渡辺がニヤリと笑う。

「いや、オレは別に小説を書くなんて言ってないし――」

炳五は少しドキリとする。小学生の終わり頃から漠然と思っていたことを言い当てられた気がした。言いよどむ炳五にはお構いなしに、渡辺が続ける。

「いい女とはどういうものか、偉そうに見える人間がいかにゲスか、そういうことがキッチリ書いてあれば、まあ小説としては及第だとオレは思う」

「オレはまだ読んでないけど」三堀が口を挟む。「昔の人情本みたいな感じか？」

「まあそんなもんだ。かなりクサい浪花節も入ってる。でも、これもまた、ベストセラーに必須の要件だろうさ」

本と女の話題になると、渡辺と三堀が自分よりずいぶん大人に見える。経験しないことは書けないなら、自分など、まだ何も書く資格がないのかもしれない。それ以前に、小説なんて自分に書けるものだろうか。広津や島田のダメな点をあげつらったけれど、それはつまり、自分にはとうてい書くことすら思いつかない部分だったから、逆にすぐ気がつくのだ。全方位を同時に見渡してるような視点。いろいろな事件が起こる複雑な世界をまとめ上げる構成力。講談よりも書くのは難しそうだ、と炳五は思った。


二学期始まりの朝礼で、炳五は乙組の列に並んだ。渡辺は丙組の列にいる。

「新学期から喜ばしいニュースが届いています」校長が誇らしげに訓辞を始めた。「つい先頃、わが校の一人の生徒が強盗を捕まえました。三年生の三堀謙二君です」

炳五はビックリして渡辺のほうを見た。渡辺も目を丸くしているので初耳らしい。

「三堀君が夜遅くに帰宅したところ、強盗が刀を持って潜んでおりました。三堀君は臆せず素手で立ち向かい、強盗の利き腕をひねって、あっという間に組み伏せたということです。わが校にとっても非常に名誉なことで、今日は三堀君を表彰するために県知事と警察署長もお越しになっております。三堀君、ちょっと前へ出てきてくれますか」

三堀は照れくさそうに前へ出て、促されるまま壇上へのぼった。

「三堀君には賞金十円が授与されることになりました。みなさん、盛大な拍手を！」

校長にペコンとおじぎして賞金を受けとる三堀の姿がぎこちなくて可笑しい。

「まさかオレたちの仲間から英雄が出るとは！　天地がひっくり返らなきゃいいがな」渡辺がいつの間にか炳五の隣に立って笑っている。「これからケンチの綽名は『十円』だ」

「ケンチは柔道強いからなあ。強盗もビックリしただろう」炳五も誇らしい気分だ。

「おいコラ、そこ！　列を乱すな」

めでたい表彰の場でも先生の注意は容赦なく飛んでくる。渡辺は肩をすくめて炳五の後ろに体をすべり込ませた。

11　妄想と現実の間

三堀と渡辺から薦められて記憶に残っていた谷崎潤一郎と芥川龍之介の名前を、炳五は雑誌で偶然目にした。父の書生か誰かが置いていったものらしい。「秋期大附録号」と銘打たれた『中央公論』一九一九年九月号の附録ページに、五つの作品が掲載されていた。芥川と谷崎に、正宗白鳥、菊池寛、佐藤春夫という、炳五でも名前ぐらいは知っている作家ばかりの、贅沢なラインナップだ。

炳五は掲載順に正宗白鳥の「有り得べからざる事」から読みはじめ、広津や島田どころではない、驚くほどのつまらなさに啞然とした。冒頭からまるで無意味な会話がだらだらと続き、それらを相当読まされた挙句に「興もない老人同志の雑談を殊勝らしく聞いて」などと主人公の感想が出てくる。

なんだこれは！　最初からこの一文を書いて、つまらない雑談は全部省けばいいじゃないか。自分の綴り方の文章でももっとましだ、と炳五は腹を立てて、読むのをやめた。もういっさい、純文学なるものとは縁を切ろうかと思うぐらいだったが、正宗のは飛ばして、次の芥川「妖婆」へとページをめくった。

三堀たちが推賞するだけあって、芥川のは序盤から面白い。超自然の力で人を操り、人を呪い殺すこともできる占い師の妖婆。妖婆に神下ろしの巫女として囚われている美女を、彼女の恋人の青年とその友人とが、なんとしてでも助けんとして策略を練る。しかし、すべてを見とおす妖婆の声がどこからともなく聞こえ、巨大な目が物陰に出現したりする。

講談のように臨場感があり、サスペンスで引っ張るテクニックもうまい。二人の極秘計画の結果がどう出るのか、ドキドキしながらページをめくったが、次号へ続く、ということで終わってしまった。

面白さは抜群だが、これは三堀の言う純文学とは違うな、と炳五は思った。怪奇小説とか探偵小説と言ったほうが当たっている。講談にも、こういう怪奇と冒険の物語はある。

なんにしても面白いことは大事だ。ちょっと気分がよくなって、菊池寛の戯曲「順番」へと読み進める。これはごく短い、兄弟二人の対話劇なのだが、バックヤードで展開される狂人の叫び声や惨劇のようすが、じわじわと我が身に迫ってくる構成が巧みで、生々しい恐ろしさがある。先祖から連綿と続く、遺伝的な狂死の宿命、あるいは殺意の連鎖。どす黒い運命の魔手にギリギリ首を絞められるような苦しさ。狂い死ぬか、殺されるか、どこまでも追いつめられていく緊張感は、講談にはないものだと思った。「順番」というタイトルの怖さがアトから効いてくる。これも面白かった。

次は、佐藤春夫「海辺の望楼にて」。事故死した妹への禁忌の恋とメランコリヤが、美しく豪奢な文章で綴られた抒情詩のような小説。幻想に憑かれた主人公と一緒に、読んでいる自分も同じ死と狂気へいざなわれていく気分になる。神経がふるふると震え、魂がうつろに消えかかる。黄昏どきの、または未明の、霞がゆらめきのぼる美しい光景。これもまた全く違った味わいで、魔術的な文章の魅力は類のないものだった。

最後は、やはり三堀たちお薦めの谷崎潤一郎による「或る少年の怯れ」。これは主人公の少年が自分と年齢も家族構成も似ていて、ずいぶん親近感をもって読み進めた。文章は徹底して少年の内面に焦点を絞っている。少年の兄嫁への思慕から始まり、兄の浮気疑惑、兄嫁の突然の死によって、少年と兄とは互いに疑心暗鬼に陥って目を見交わすこともできなくなる。兄は兄嫁を殺したんじゃないか。やがては自分も兄に毒殺されるかもしれない。不安に苛まれながら、夢うつつに救いを求める少年の切なさ。

まぎれもない純文学ではあるのだが、殺される恐怖を描く作品なので、芥川のと同様、探偵小説趣味もかなり混じっている。

少年の見た世界とその時どきの気持ちを書いていく、この形式なら自分にも小説が書けるかもしれない。炳五も読み始めはそう思ったが、これほど繊細な文章はマネできそうにない。神経症的な疑惑と不安と悲しみを、あの手この手ですくい取っていく文章は、まさに練達のワザだ。少年の心理だけを描いているのだが、少年が想像する周りの家族たちの心理も、少年の目で様々に、深く濃く描かれる。

炳五は心理表現の見事さに溜め息をついた。純文学の面白さを初めて実感できた。

秋も深まり、前の年に世界中で大流行したスペイン風邪の第二波の兆しが出てきた。しかも今度のほうが悪性らしく、より多くの死者が出るのではないかと心配されていた。

そんなある日、坂口家の門前で一心に手を合わせて拝む人がいるのを炳五が見つけた。

「なんだ、あれ。気が変になったんかな」

炳五が呟くと、姉のアキも一緒に玄関の外を覗きみた。

アキはこの春に離婚して出戻りの身だったが、早くも次の嫁ぎ先が越後川口の古田島家に決まったらしい。相手も再婚で、前妻は松之山の村山千代。真雄や政司の妹である。炳五やアキにとっては従姉妹だったが、数え年二十二歳で早逝したのがこの二月のことで、ちょうど独り身になった者同士、とんとん拍子に縁談が進んだ。

「お寺か何かとまちがえてるんだわね、きっと」アキも不審げに言う。

「裏手にある神社の、ここが入口と思ってるのかな」

「ああ、大神宮ね。あれは明治にできたんだけど、それより前、この家は曹洞宗の小坊主さんたちの学校だったそうよ。ヌイちゃまが子供だった頃には、玄関の式台に賽銭を投げ込んでく人もいたんだって」

坊主の学校だった話は、炳五も知っている。女中たちのいる屋根裏部屋の梁が一本だけごっそり切り取られていて、それは昔、小坊主の一人が首を吊った梁を不吉だとして切り取った跡だと聞いた。寺院建築なので屋根裏もだだっ広く薄暗い迷路のようで、いつしかフッと迷路から戻ってこられなくなり、首吊り小坊主の幽霊とそこへ永遠に閉じこめられてしまうような、そんな怖さを感じたことも一度や二度ではない。

しかし、大正の世に江戸時代の寺参りの習慣が残るなんて、ありうるのだろうか。

「なんにしても、オレたちが拝まれてるみたいで気色悪いよ。拝まれた末に、ウチの誰かがウイルスにやられでもしたら、身代わり地蔵としてますます崇拝されるんじゃないか」

「やめてよ、縁起でもない。でも、確かに気味が悪いねえ」

災厄の時ほど、寺や神社に祈りたくなる気持ちはわからないでもない。でも、たとえば受験生全員が合格祈願をしても、合格する人の数は変わらないことぐらい、子供でもわかる。それでも人は祈る。みんな多少は神や仏をバカにしながら、でもわりと真剣に手を合わせる。万が一、ばちが当たったら怖い。願いを叶えるための、万が一の障害は除いておきたい。とすると、すべての祈願は、厄除けにつながるのかもしれない。

炳五は青い目の伯父の言葉を思い出す。

「おまえはとんでもなく偉くなるかもしれんが、とんでもない悪党になるかもしれんぞ」

占い師でも神官でもない伯父の予言が呪文のように頭にこびりついたのは、それが自分の信じたいことだったからだ。信じたいことだけ、ひとは信じるのだ。

逆に言えば、神仏への祈りという形を借りて、自分の強い願望や恐怖や執着が、想像を現実化させることもあるのか？　もしそうだとしたら、このウイルスも……。炳五は怖くなって、考えるのをやめた。

　炳五は三堀と二人で下校する途中、貸してあった『中央公論』の感想など、いろいろ話し合った。炳五は谷崎の心理描写の凄さを力説し、三堀は芥川の「妖婆」を褒めた。妖婆の超自然の呪力の話から、ひとが占いを信じたり神仏を拝んだりするのはなぜかという話題になり、炳五は我が家を拝まれた話をした。

「そりゃ面白い」三堀は少し笑って、首をかしげる。「しかし、御神体を確認もしないで拝むなんて、ずいぶん早とちりな人だな。中に鬼や悪魔がいたらどうすんだ」

「おいおい、オレんちだぜ」

「仮におまえんちに神様がいるとしてもさ、疫病神を祓《はら》う牛頭天王《ごずてんのう》ってのは、面白いことに悪魔みたいな怖い顔してんだよ。赤いツノをもつ巨大な牛の顔。疫病神もこの顔が怖くて退散するワケさ。人間も怖がって、誰も近寄らない。あまりの怖さから一方では疫病をもたらす神ともされてるんだ」

「へえ、やっぱり博学だな、ケンチは」

「まあ姿カタチは人間が勝手にイメージしたものだろうけど、神様はどこに宿るかわからないし、炳五んちの玄関にいる可能性だってゼロではないよな」

「フフッ、バッカだねえ。せっかく褒めてやったのに、台無しだ。オレより四つも年上のくせに、神様がいると思ってんのか」

「なんだと」温厚な三堀もさすがにムッとする。「姿は見えなくても神様はいるさ」

「試してみようか」炳五はニヤリと笑って、前方に見えてきた小さな神社を指さす。「あの神社の御神体に石をぶつけてみればわかるよ。神様がいるなら怒って出てくるだろ」

三堀が制止するのも聞かず、炳五はずんずん歩いて行って、小石をつかむと野球のピッチャーさながら大きく振りかぶり、ホコラめがけて投げた。

ホコラの扉にぶち当たる音が高らかに響き、途端にコラーッと番人の怒鳴り声が聞こえる。炳五と三堀はわれ先に逃げ出した。

「出てきたのは神様じゃなかったな」走りながら炳五が笑うと、

「あれは鬼だよ、鬼の番人。捕まったら釜ゆでか針山だ」三堀も息をはずませて笑った。

三堀と別れ、そのまま家まで走り込むと、いきなりアサの凄い剣幕に驚かされた。

「炳五！　玄関の戸ぐらい静かに開けれんのか！」

ホコラに石をぶつけたのが、もうバレたのかと一瞬思うが、そんなはずはない。顔は見られなかったし、ずっと走ってきたのだ。

アキも千鶴も押し黙って、見るからに不穏な空気が漂っている。

「何か、あった？」

婆やを物陰に呼んで訊くと、ひそひそ声で婆やが言うには、いちばん上の姉シウが、婚家の曽我家で姑の椀に猫いらずを入れ、大騒ぎになっているらしい。間違えて入れてしまったとシウは言い張るが、もともと姑との仲は険悪だったため、誰もシウを信じなかった。離縁するかどうするか、坂口家にも苦情と叱責の嵐だという。

炳五は読んだばかりの「或る少年の怯れ」が、自分の現実世界を侵蝕しはじめたように感じた。毒殺は怖い。いつやられるかわからず、気づいた時には死にゆく途中だ。そんな恐怖を婚家の姑に味わわせたのが、腹違いながら実の姉だという。炳五自身とはほとんど接触のない姉だったが、大好きなヌイにとっては、母を同じくする大事な姉サマだ。遠く山辺里《さべり》村にいるヌイの驚きと悲しみが、自分のことのように痛く感じられた。

12　やるせない反抗

小学校の時からすでに近視だった炳五は、中学に入るとますます視力が落ち、二年に進級した頃には、黒板の字が最前列でも読めなくなった。それを先生に申し出れば、一人だけ最前列よりさらに前に机と椅子を置くしかない。そんな席では、ほとんど囚人か奴隷ではないか。黒板が読めないなんて、とてもじゃないが言い出せなかった。

国語は授業など聞かなくても出来るが、代数や博物など理系の科目や英語などは完全に置いていかれた。一年一学期の甲組から始まって、乙、甲、乙と、合計点の少しの差でジグザグに上がり下がりしていたが、二年二学期にはついに丙組に落ちることが決まった。

成績が下がっても別にどうということはないが、さすがにこのままでは不便なことも多い。夏休みが終わる頃、ついでを装って母に実情を打ち明けると、

「フン、おまえなんぞ、眼鏡買ったってどうせ勉強なんてしやしないだろ」

アサは全然とりあおうとしない。

マジメに話した結果がコレか。炳五の中で急激に怒りが湧き起こり、黒い渦を巻いた。

「チェッ、勉強しなくていいんだったら、学校もやめちまおうか。お金のムダ遣いだ。貧乏なんだろ、ウチは」

「何を言やあがる。それが親に対する言いぐさか！」

「眼鏡も買えない貧乏人は、勉強する資格もないのさ。飯を食うのも、生きてることも、何もかもムダなんだよ、オレたちは！」

炳五は言いも終わらぬうちに家を走り出た。後ろから母のどなり声が聞こえる。バカバカしい。いいさ、おまえの言うとおり、勉強なんてしてやるものか。唸り声を上げながら浜まで走り、砂丘の松林にすべりこんで、そのまま寝ころがった。自分でも知らぬ間に涙が頰を伝っていて、それがまたシャクに障った。悔し涙なんて、子供が流すものじゃないか。そう思っても、感情は自分の思いどおりにならないのだ。

腹立ちまぎれに考える。勉強はやらないにしても、眼鏡はほしい。それなら勝手に家の貯

金通帳から金をおろすしかないな。いずれバレるだろうが、バレる前に使いたいだけ使ってやるさ。アトで蒼ざめるあの女の顔が見ものだ。

理屈に合わないことに従う必要はない。みんなが従っていることだとしても、オレは、オレだけは、絶対に従ってやるものか。

一年前、松林で同じように寝ころんでいた岡田雄司は、宣言どおり東京の商船学校へ行ってしまった。自由な船乗りでいたいと言って、やっぱり海兵になるのを拒んでいるだろうか。学校の荒くれ男たちのどれだけを敵に回し、どれだけを投げ飛ばしていることだろう。炳五は岡田の頼もしい姿を想像すると、嬉しくて可笑しくて、一人でくすくす笑った。岡田を懐かしんでいるうちに、怒りはすっかり治まっていた。

夕方になって家に帰ると、自分の勉強机の上に「眼鏡代」と書いた封筒が載っていた。思ったより多い金額が入っている。罪滅ぼしのつもりかとも思うが、「貧乏」と言われた腹いせかもしれない。ひねくれて考えればどんなふうにも考えられたが、眼鏡が買えることの嬉しさが先に立って、その他のことはどうでもよくなった。

翌日さっそく眼鏡屋で視力検査をし、フレームのデザインを選んで、眼鏡ができる日を指折り数えて待った。

しかし、どこでどう間違ったのか、できてきたのは黒っぽい色ガラスのはまった伊達眼鏡だった。すぐに眼鏡屋で取り替えてもらえばよかったのだが、なにしろ初めての眼鏡で気持ちが舞い上がっていたせいか、ちょっとレンズが黒いなと思っただけで、それほど不審にも思わなかった。二学期は始まっていたので、そのまま黒眼鏡を持って行った。教室でかけてみると、たちまちクラス中が大騒ぎになる。みんながオレに貸せ、オレが先だ、と引ったくり合って、たちまちツルが折れてしまった。

買ったばかりの眼鏡が壊れるのを呆然と眺め、何人かが謝ってくれるのを聞き流し、こうなる運命だったのかもしれないな、と思った。丙組にはまだ知らない顔が多いし、誰を責める気にもならない。眼鏡をかけないと黒板の字が読めないほど目が悪かったことを、みんなに知られるのは恥であるような、そんな感覚がもともとあったので、ああこれで目が悪いことを知られずに済むと、ホッとする気持ちのほうが強かった。この先二度と黒板を読む必要もない。これでスッキリだ。

それ以来、わからない授業には出ないことが多くなり、浜の松林で寝ころがって過ごすようになった。木陰で潮騒を聞きながら、三堀や渡辺が貸してくれた本を読んでいると、谷崎や芥川の描くきらびやかな魔性の沼へずぶずぶと引きずり込まれていく。まだ知らぬ愛欲の世界も、自分の間近でくりひろげられているように狂おしく、切なく、胸が張り裂けそうに愛おしい。体のなかの繊細な芯が疼き、ぶるぶる震え、興奮で身をよじりたくなる。みやびな平安貴族の世界には憧れや渇きを感じ、闇の奥から人に襲いかかろうとしている盗賊の話に恐怖よりも陶酔を感じる。次々湧き起こる情念にとまどいながら、炳五は時を忘れて読みふけった。

十月になると、再び長姉シウの殺人未遂事件が発覚した。今度はいっそう本格的なもので、シウはすぐ下の妹ユキに頼んでモルヒネを入手、ユキ経由で薬剤師から使用法を詳しく聞き出し、モルヒネを丸薬にして姑に呑ませたらしい。姑は死にかけたが持ち直したので、シウは改めてユキに致死量がどれだけか問い合わせた。ここでとうとうユキは恐怖を感じ、家族にすべてを打ち明けたため事件が発覚、警察の取り調べを受けているという。

もはや離縁するかどうかの段ではない。義理の母であるアサも、シウやユキの婚家に出向いて平謝りに謝りつづけ、賠償請求に応じ、警察にも足を運んだ。

炳五はそこまで詳しくは知る由もなかったが、アサが始終イライラして、心の内で怒りの火を燃やしつづけていることは、誰よりもよくわかっていた。

「おまえ、また成績下がったそうじゃないか」アサの目が意地悪く光る。「眼鏡買ってやったのに、どういうことだ」

また、怒りのハケ口をオレに向けてきたな、と炳五は思いながら、軽く受け流した。

「買ってもらえた時には、もう遅かったのさ」

「なに！　何が遅い」

「一度置いていかれたら、追いつくまでには時間がかかるってことさ」

「そんな言い訳が通るか。勉強ができんのはおまえの頭がカラッポだからだろう。この家で、こんなバカが生まれるとは、情けなくてならん。丙組の落ちこぼれが！」

「丙組の落ちこぼれとは何だ。オレのことはともかく、クラスの友達までバカにする気か、このクソババア」

アサは手を振り上げて折檻しようとするが、炳五は素早く立ち上がって部屋を出た。二人の喧嘩はただ相手を貶《おとし》め、へこませることだけを目的としていたから、もとより勝ち負けはない。喧嘩が始まる前から、互いにそこにいるだけで険悪なムードが漂うのだった。

こうなったら意地でも勉強などしてやるものか、と炳五は思う。本当は黒板など見えずとも、やる気さえあれば勉強はできると自分でもわかっていた。教科書をちゃんと読むだけでも、期末試験で合格点をとるぐらいなら、たぶんできただろう。

もともと代数や博物など何の役に立つかわからない科目は、勉強する気になれなかった。医学関係とかエンジニアとか、理系科目を有効に生かせる職業に就きたい者だけ勉強すればいい。兄の上枝などは、そっち方面だ。オレにはほぼ一〇〇パーセント無用だろう。英語は、いつか洋書を読む必要が出てくるかもしれないが、とりあえず今は要らない。

教科書すら一度も読まずに期末試験に臨み、文句なしの丙組で三学期を迎えた。

年が明けて、炳五は渡辺寛治と初めて同じクラスになり、互いの落ちこぼれぶりを讃え合った。渡辺の家はわりと裕福らしく、五年生の兄は成績のいい優等生で、めざす慶應義塾大学に合格まちがいなしと、先生たちからも太鼓判をおされているらしい。

弟の寛治は豪放で単細胞っぽく見せているが、本を読む感性は鋭くて目のとどく幅が広い。やればできるはずなのに、わざと落ちこぼれの道を進んでいる。コイツも親との確執があるんだろうな、と炳五は思う。互いに家族のことはいっさい喋らないし、訊こうともしなかった。反抗せずにいられない気持ちは、ツッパッていればいるほど、弱くて、もろくて、痛いものなのだ。

嫌いな授業は徹底してサボった。全授業時間の半分近くはサボっただろうか。だから、渡辺とはせっかく一緒のクラスになっても、授業で顔を合わせることは少なくて、放課後になってから学校の柔道場に顔を出すと、渡辺もときどきいて「やあ久しぶり」などと言い合う変なクラスメートだった。

渡辺は相撲の選手でもあったから、炳五や三堀と柔道場で会うと、柔道から相撲の勝ち抜き戦に変わったりした。それも楽しかったし、一汗かいたあとで、読んだ本の話をするのも楽しみだった。これはこれで充実した日々といえた。

積極的に落第しようと思っていたわけではない。それでも年度末の時点で五〇点未満の科目が二つ以上あると落第になるので、毎年丙組の十人ぐらいが落第になる。さらに欠席が多いことも落第の判定材料になるので、嫌いな授業を欠席しつづける炳五は、どこから見ても落第するほかなかった。

学年末試験では、結構早くに二科目を落としたことがわかったので、あとは試験を受ける意味がなくなった。いつ何の試験を受けたのだったか、もう自分でもよくわからない。答案用紙が配られた途端にヒラリと白紙の答案をつまみあげ、ドスドスと足音高く教壇までもっていくと、みんなにニヤリと笑ってみせて教室の外へ出た。背後でドッと笑う声と喝采する悪友たちの声が聞こえる。

本当に落第したのか、おまえは。なんという――。母の嘆く顔が目に浮かぶ。やってやったぞと報復を果たした気分と、なんのために落第したのかという根本的な疑問と、無意味な喝采をうける虚しさと、また二年生を繰り返さねばならぬ徒労感と、胸の中をいくつものイヤな塊がグルグル回りつづけた。

結局、炳五は英語Ⅰ、英語Ⅱ、代数、博物の四科目を落とし、欠席日数の如何にかかわらず立派に落第となった。

13　六花会結成

年下の連中といっしょに、また二年生をやらなければならない。そう思うだけでも憂鬱で、早々に逃げ出したい気持ちだったが、さらに悩ましいことには、春休みから新潟医科大学の秀才が家庭教師としてやって来るという。

バカにしやがって、と炳五は思う。勉強なんて、やる気さえあれば独学でもできると日頃から豪語していた。つまり、やる気がないことの表明でもあったが、家庭教師をつけたのは炳五の発言を信じていないせいだろう。本当に勉強のできないバカだと、あの鬼ババアは思っているに違いない。

家庭教師は盛岡出身の学生で、予想したとおり、マジメを絵に描いたような人だ。きちんと自己紹介する金野巌《こんのいわお》先生に対して、炳五はわざと横柄な態度をつくり、ろくに先生の顔を見ようともしなかった。先生は辛抱強く予習のたいせつさを説き、その上で、誰にでも予習を勧めるわけじゃない、と言う。

「炳五君はやればできる子だと聞いてるよ」

早々に逃げ出そうと企んでいた炳五は、聞き違いかと思って先生の顔を見た。

「君のお父さんがそう言っていた。僕は五峰先生から君のことを頼むと言われてここへ来たんだ」

オレに墨をすらせるだけの、子供に無関心なあの親父が、いつどこでオレを見ていたか。

「ウソだ。父サマはオレのことなんか知らないはずだ」

「ウソじゃない。五峰先生は君のことを随分買ってるみたいだったよ」

全部、作り話だ。みんなしてオレをバカにしやがって。炳五はもう何も言わずに立ち上がり、家を走り出た。青白いインテリ学生なんぞに先生づらされてたまるか。逃げて逃げて逃げまくってやる。そう思って、茱萸《ぐみ》藪をぐんぐん走った。

かなり走ったところで、背中に何やら自分のと違う息遣いを感じ、振り返ると、金野先生が真剣な顔で追っかけて来ていた。炳五は仰天して、さらに速度を上げて走った。油断したせいか、先生の手が肩にかかりそうになる。思ったより足が速い。青白いインテリ学生ではないな。炳五は金野先生を見る目を変えた。でも徒競走なら大人にも負けない自信がある。どこまでついて来られるか、勝負だ。

追いつかれそうになったり、また引き離したりを繰り返しながら、何キロぐらい走っただろう。毎年の学内マラソンの時も、たいてい途中サボって遊んでいたので、こんなに真剣に走ったのは初めてかもしれない。息が切れて、もうダメだと思う瞬間が何度か訪れ、そこをクソ意地で乗り越えていると、フッと苦しさが消え、なんだか楽しくなってきた。どこまでもどこまでも走って行ける気がした。

ハイな気分で息は続いても、砂地で足がもたなくなる。気がつくと足がもつれて砂丘に倒れこんでいた。少したってから金野先生も追いついて来て、同じように炳五の横に転がった。二人、大の字になって荒い息を吐いた。

「速いな、君は。驚いたよ」

「先生のほうこそ。まくのは楽勝だと思ってたのに」

「こう見えても僕は、大学のマラソン大会じゃ結構上位に入るんだよ」

「そりゃ相手が悪いや」炳五はニッと笑った。「しょうがない、生徒になってやるか」

金野先生が気に入った炳五は、春休みの数日間は家で勉強することにした。黒板の字が見えないことは話さなかったが、欠席が異常に多いことはバレていて、先生はとにかく最低時間数でいいから授業に出ることを誓わせた。

「別に出席したからって、学校の先生の言うことなんか聞かなくてもいいんだよ。黒板も写さなくていい。できる子にとっては、自学自習がいちばん頭に入る。疑問点もまずは自分で解いていくことだね。学校の授業時間中には、次の日の授業の予習をしてればいい。予習が終わったら、そのまた次の日の授業と、先回りしてどんどん予習しちまうのさ。一年分予習し終えたら、アトの時間は好きな本でも読んでればいいよ」

こんな具合なので、科目ごとの勉強でも、それぞれうまく炳五の興味をひきだすように教えてくれた。意味がないと思っていた代数も、解き方がわかってくるとゲームのようで面白い。博物でも、動物や植物のふしぎな生態や鉱物のでき方など、知れば知るほど神秘的で、炳五にとっては昔から大好きになれるはずの科目だったのだと初めてわかった。

同じ頃、三つ上の兄上枝《ほずえ》とふたごの、七姉下枝《しずえ》が坂口家に帰って来た。生まれてまもなく魚沼の上野村、星名定太郎の養女にもらわれていった姉である。炳五に不気味な予言をした青い目の伯父吉田久平の、娘ソノが定太郎の妻。つまり炳五や下枝にとっては従姉《いとこ》に当たるソノが、下枝の養母であった。従姉といっても年齢は三十歳も離れているので、実の親子に見られた。下枝が正式に星名家から離籍するのは翌年のことだが、数えで二十歳になるのを区切りとしたのか、跡取りの長男に二人めの子ができたので手狭になってきたせいか、詳しい事情はよくわからない。

下枝は鷹揚でやわらかな雰囲気があり、ごくすんなりと坂口家の家族になった。炳五や千鶴にとっては、突然新しい姉が湧いて出たようなもので、気持ちがフワリと浮き立った。

炳五たち以上に、金野先生の気持ちが高まってしまったのは、炳五にも一目でわかった。家庭教師をしている時間、下枝がお盆にお茶と茶菓子をのせて持って来ると、金野先生は全身をこわばらせて、うまく喋れなくなる。下枝が上目づかいにチラッと先生を見て微笑むと、先生はますます緊張して湯呑みを取り落としそうになった。

下枝がいなくなると、炳五にそれとなく下枝のことを訊くのだが、炳五もほとんど知らなくて、露骨にガッカリするようすが可笑しかった。二人がうまく行くといいなと思う。自分にもそのうち好きな女の子ができて、チラッと目を見交わしたりする様を想像すると、なんだか胸の奥がザワザワした。

二年生やり直しの一学期は当然丙組で、炳五と同い年やさらに年上の者も少なからずいた。

一つ上の渡辺寛治も落第して、また同じクラスだったが、渡辺は自分と同い年の年長グループでつるんでいることが多く、教室では挨拶を交わす程度のつきあいだった。

その穴を埋めるように、初めてクラス内に親友ができた。始業の日、左隣の席に、丸っこく愛嬌のある顔立ちだが体が締まって敏捷そうなのがいて、ニッコリ笑いかけてきた。

「坂口君だろ。オレは北村。柔道場で上級生たちと組み合ってるとこ、よく見かけたよ」

「ああ、君も柔道やるのか?」

「オレは柔道はイマイチだけど、水泳なら一番をとれるよ」

「そうかい。そりゃ夏が来るのが楽しみだ。オレも水泳は大好きだよ」

北村は実際、水泳部ピカ一の選手で、いずれはインターミドルの一〇〇メートル自由形で全国制覇することになるが、それは後の話。

北村が一年の時からの仲間たちは、つまりは炳五よりも一つ下ばかりだが、みんな悪ガキで春から授業をサボって遊んでいた。学校の隣にあるパン屋の二階が仲間たちの溜まり場である。店に長居する不良少年たちはじゃんじゃんパンを食ってくれるので、パン屋にとっては上得意なわけだ。店のオカミサンは自分も昔は不良女学生だったのか、ちょっとガラッパチな威勢のよさがあり、みんなから「パンかかあ」と呼ばれて親しまれていた。悪ガキたちとバカを言い合うのが楽しそうでもあり、見回りの先生などが来ると完全防備でかくまってくれるのだった。

パン屋の二階に来た者から順に組をつくって、百人一首のカルタ取りを始める。一対一の対戦だ。仲間の磯部が暇つぶしに持ちこんだカルタが、そのうち逆に、みんなカルタがしたくてサボる、というぐらいに熱中した。明治の終わり頃から競技カルタが全国で流行しはじめ、各地にナントカ会、カントカ倶楽部などのカルタ会が結成され、対抗戦や競技大会が催されていた頃である。

炳五たちサボり仲間は総勢六人。新潟市の紋章である雪は六方晶系の花形なので雅語で「六花《りっか》」ともいわれる。人数もピッタリだから「六花会」と命名しようと磯部が言い、ますますサボりたくなる雰囲気が醸成された。

もっとも炳五は、一学期の間は金野先生との約束もあり、あまり授業はサボらなかったが、放課後にはパン屋に駆けつけて、カルタ修行の成果を試す毎日である。

初めは言いだしっぺの磯部が頭ひとつ抜けていたのだが、すぐに皆、カルタ必勝法の本を読んで熱心に勉強しはじめ、かなり白熱した勝負の場となった。

花札や麻雀は坂口家でもやることはあるが、配られる札や牌《ぱい》の運に左右されることが多いゲームは、あまり炳五の好みではない。一から十まで自分の頭で陣取りをしていく囲碁などのほうが好きだったが、兄は二人とも早くに家からいなくなってしまったので、上枝が帰省する夏休みと正月ぐらいしか囲碁をやる相手もいない。

カルタは頭だけでなく、運動能力でも大きな差がつくので、炳五にはもってこいのゲームだった。ハマりだすと非常に面白い。決まり字のすべてを頭に叩き込んでおくのは初歩の段階で、自陣と敵陣に並べられた札の位置をどれだけ暗記できるかも勝負になる。最初の一文字で取れる札は七枚あり、二文字読めば取れる札も十枚ある。読む直前の緊張感は居合斬りの決闘さながら、相手の吐く息までも大きく聞こえた。反射神経、動体視力、筋肉の瞬発力、すべてを発動して対戦に臨むのだ。

金野先生直伝の予習作戦は如実に効果をあらわし、ほとんどの授業はバカみたいに簡単に感じられるようになった。嫌いな授業時間はノートに漫画を描いて過ごした。前日の野球の試合スコアを見ながら、ありありと場面を想像し、どんな球をどんなふうにヒットしたか、フライを取ろうとして慌てすぎて脳天でバウンドさせてしまう選手がいたり、センターからノーバウンドでホームへ剛速球を返してアウトをとる選手がいたり、面白おかしくエキサイティングに描いてみせる。クラス内には自然とファンがついて、欲しいと言われると、炳五はその場面を切り取って気前よくあげた。幼稚園の頃、相撲の絵を描くとこんなふうにみんなが集まってきたことを思い出す。みんなが喜ぶなら、いっぱい漫画を描いて、漫画冊子を作ってみてもいいいなと思う。

一学期末の試験直前、六花会の中でいちばん無頼で、いつも薬瓶に酒を詰めて持ち歩いている大谷が、英語の試験問題をこっそり盗んできた。いちばん英語のできるヤツが教科書など参照して解答をつくる予定だったが、炳五は初見で全部解けてしまった。つまりカンニングの必要はなかったわけだが、だからといって一人だけ抜けるのもイヤラシイ。みんなに答案を見せて一蓮托生の道を選び、仲間たちは大喜びで書き写した。

期末試験の結果は、前年度末に落第点だった英語と博物の成績などが学年トップクラスになり、総合成績も三三番、二学期からは久しぶりに甲組へ上がることが決まった。もっとも炳五にとっては、六花会の仲間たちとクラスが離れるのが残念なだけだった。

14　甘苦い初恋

夏休みになってもカルタ熱は治まらず、パン屋の二階に行けば六花会の誰彼がいて勝負が始まった。炳五は例年どおり浜へ泳ぎに行くが、パン屋にも顔を出すという毎日だ。六花会の北村・磯部・大谷と四人で初めて泳ぎに行った日、北村の宣言どおりのスピード泳法に、みんな舌を巻いた。

アントワープオリンピックに出場した佐渡出身の斎藤兼吉《かねきち》選手が、日本にも欧米の新式泳法クロールを普及させたいと念願して、この夏から新潟中学にも泳法を教えに来てくれていた。しかし新潟中学にはプールがない。カラダで覚えるには海へ行くしかなく、夏休み前の授業で、斎藤先生からクロールの実地指導を受ける機会はほとんどなかった。

北村は授業とは別に、水泳部で斎藤先生から直々に教わったらしい。クロールで鮫のように海面を切り裂き、異次元のスピードであっという間に沖へ出ていた。

炳五も斎藤先生の授業で泳ぎ方の基本は聞いていたが、クロールではなかなかうまく泳げなかった。潜水好きの炳五は、潜水したままでも五〇メートルぐらいは泳ぎきれるし、遠泳なら、昔ながらの片抜手のほうが体勢がラクだし、呼吸もしやすい。だからオレはクロールはいいや、と思っていたのだが、北村の泳ぎを見て考えを改めた。

ひとしきり泳いだあと、みんなで浜茶屋の一軒に入った。店へ入るなり大谷がビールを注文する。給仕をしていた娘がチラッとこちらを見て、少し眉を顰《ひそ》めた。見るからに中学生たちだとわかるからだろう。生徒の悪事を見つけた女先生のように、ずかずかと大股で歩いて来る。スラリと伸びたむきだしの脚に、炳五の心臓は一瞬ドキンと大きな音を立てる。

「ビール大瓶ね。何本？」

「とりあえず二本かな。一本を二人で分ければいいだろ」

娘はフンと頷いて、さっさと奥へ引っ込んでしまう。

「おい、オレ、酒なんて飲めないぞ」炳五が大谷を小突くと、

「何事も経験さ。酒も女も」大谷はワルぶって不敵に笑う。

ビール瓶二本とコップ四個を卓の上に並べていく娘の腕は、脚と同じ小麦色につやつや光っている。よく見れば同い年ぐらいか、鼻筋がとおって、かなりの美人だ。

「ほかに注文は？」

ぶっきらぼうな物言いに、かえって純朴な少女らしさがにじむ。炳五は少女の一挙手一投足に目を凝らしている自分に気がついて、仲間たちが笑ってやしないかと窺うように見やったが、誰も自分のほうなど見てはいなかった。自然に頬が火照ってくるのを感じた。姉の下枝を見つめる金野先生も、こんな気持ちだったんだろうかと思う。

「そっちのお兄さんは？」

炳五は娘に問われて、どぎまぎしながら「オレは何も」と言葉を濁す。娘がちょっと微笑んだ気がして、炳五は高ぶる気持ちを紛らすようにコップのビールを一口飲み、思わぬニガさにたじろいだ。なんだ、これは。こんなものを大人は喜んで飲むようになるのか？　炳五はそれ以上コップに口をつける気にはならなかった。

六花会では、少しは大谷の相手をして酒を飲む者もいるが、自分がウマイと思わないものを格好つけて飲むような見栄坊はいない。みんな自然体で、我が道をゆく雰囲気があるところも炳五は気に入っていた。

自由な心を失わない者は、どうしても軍隊式の教育からはハミ出てしまう。授業をサボってカルタに興じている今の生活だって、望んでこうなったわけではない。渡辺寛治や三堀謙二もそう。みんなただ、自由でいられる場所を求めているだけだった。

わりと飲むほうの磯部は、ビールをひと息に飲み干して、炳五の顔をじっと見る。

「いい女だよな。惚れたか?」

「バカ言え」炳五は慌てて首を振る。「初めて見る子じゃないか」

「一目惚れってなァそういうもんだ」

大谷と北村がオオーッと囃し立て、炳五も苦笑した。

「でも、あの子も来年ぐらいには妓楼へ上がるんだろう」磯部が声をひそめて言う。

「妓楼って、大谷んちへか?」炳五は驚いて大谷を見た。

「大谷楼へ来るかどうかは知らんが、この辺の漁師の娘は、だいたい下町《シモ》の花街へ奉公に出るみたいだな」

炳五は絶句して、帳場のほうにいる娘を見やった。あんな可愛い子が――。運動のできそうな健康そのものの、なんのケガレもなさそうな子が、陽の射さぬ部屋に閉じこめられ、汗と垢にまみれた酒くさいオヤジたちのオモチャになるのか。

大谷は炳五の顔色を見て、なだめるように言った。

「女は漁師にはなれないからな。でも奉公には行かねば食っていけんし、奉公先は遊女屋しかない。どうにも仕方ないことなのさ」

「たけくらべ」の世界だ、と炳五は思う。ヒロイン美登利の憂い顔にふしぎな気品と色香が匂い立ったのは、悲しい運命に一歩踏み出したからだった。

逃げられないのか。それとも家族を思うゆえに、もとより逃げる気はないのか。娘の行く

きり、思い合って突き進む道は幸せなんじゃないだろうか。
うか、とも思う。暗い道行き。行く先にはもっと大きな困難が待っているとしても、ふたり
末を思うと、いじらしく、憐れで、胸が苦しくなってくる。彼女の手をとって一緒に逃げよ

　夏休みが終わり、久しぶりに甲組に復した炳五だが、新学期早々ケンカになってしまった。丙組のように悪ふざけする生徒もいないかわりに、反社会的なモノや道徳に反するモノを排除したい、異常な正義感をもつ生徒がいる。

　そういう生徒の一人が、新潟毎日新聞に連載中の記事を切り貼りして持参し、クラス中に回覧しはじめた。「恐ろしき女」という仰々しいタイトルで、九月一日から毎日連載されているらしい。炳五の異母姉シウの数度にわたる姑毒殺未遂事件を詳しく追った、実名入り連載である。

「誰だ、こんなもの持って来たヤツは！」

　炳五は猛る心そのままの勢いで立ち上がり、クラス中を睨み回した。

　数人が示し合せて炳五のほうに歩み寄ってくる。

「おまえの姉ちゃんだろ、それ」

「毒薬の姉ちゃんも凄いが、裏で財産横領させてたのがおまえの親父らしいって――」

　炳五はみなまで言わせず、そいつの胸倉を力いっぱい摑んだ。クラス中の生徒が集まって

来る。しかもその全員が敵と見えたから、炳五はそいつを突き飛ばして教室を出た。

その日はずっと砂丘に寝ころんで過ごした。風に吹かれ、波の音を聴く。何もない空を見上げ、何もない海を見下ろし、はるかに延び広がる砂丘を眺めわたす。

心を無にしたい。でも、一向に気分は晴れなかった。

腹の虫が治まらず、放課後になった頃、学校の体育室から砲丸や円盤を引きずり出して、校庭に何度も何度も投げた。円盤や砲丸の投げ方は、クロールの斎藤兼吉先生直伝で、格好もサマになっている。水陸両棲生物とあだ名された斎藤先生は、円盤投げでも槍投げでも全国優勝したスポーツ万能選手だった。

感情を一気に爆発させるように投擲《とうてき》を繰り返すうちに、少しずつ怒りは治まっていった。

新聞連載はその後も欠かさず続き、炳五は読みたくもなかったが、やっぱり何をどう書かれたのか気になって、十九回にわたった連載記事をパン屋の二階で読み終えた。

新潟毎日新聞は立憲政友会系。父仁一郎が社長をつとめる新潟新聞は憲政会で、ライバル紙である。この悪意に満ちた新聞連載のさなかに、憲政会の北陸大会が行われ、同時に憲政会新潟支部の屋舎新築落成式も開かれた。いっさいを取り仕切ったのが、新潟支部長の仁一郎だ。めったに地方の式には出ない加藤高明総裁をはじめ、幹事長、党務委員長ほか五百名余りが出席する一大イベントとなった。

立憲政友会がこれにスキャンダル攻撃を仕掛けてきた意図は明白だったが、シウやシウの妹ユキが出した手紙、関係者の証言、警察での取り調べ内容まで克明に書き写されており、少なくともシウとユキが毒殺未遂にかかわった事実だけは疑いようがなかった。

　珍しく実家に長期滞在する仁一郎だが、家ではいっさい喋らないし、眉間のシワは刃物でえぐったように消えなかった。女中たちも、ひそひそ話などしようものならアサから物凄い剣幕でどなられるので、たえず神経を張りつめさせていた。

　炳五も口を開けば母とケンカになるので、できるだけ家にはいたくない。金野先生に恨みはないが、家庭教師の時間には確実に雲隠れした。学校にも行きたくなくて授業をサボっていたら、欠席時数はあっという間に過去最多となっていた。

　十一月に仁一郎が東京の借家で危篤となり緊急入院した際も、炳五は学校におらず、連絡を受けとることができなかった。夕方に帰宅して初めて婆やから聞かされ、驚いて母をかえりみると、アサは炳五を忌々しそうに睨んだだけで、もはや何を言う気も起こらぬようだった。

　幸い父の容態は奇跡的によくなったと東京から知らせが来たが、この一件以来、アサの炳五を見る目つきは、完全に他人のそれであった。炳五は母の目を見るたび、自分自身が異物であるように感じられ、胸が張り裂けそうなほど苦しくなる。

　授業をサボるツケとして、パン屋に払うパン代が大幅に増えたが、子供の頃と同様、小遣いは一銭ももらえない。初めは母から預かった授業料を、学校に払わずに少しずつパン代として抜いていたが、授業料を使い込むのが母への腹いせになる気がフッとして、盛大にみんなのパン代まで支払ってやり、大谷や磯部には酒を買ってやった。

二学期の終わり頃、授業料未納者は掲示されたうえ家へ通知が行くとわかり、今度は授業料の穴埋めのため、家の物置きにしまいこまれていた古い刀剣などをひそかに持ち出して、古物商に売り払い、これを授業料に充当した。

「刀を売るなんざ、武士の風上にも置けねえ野郎だ、なあ」

炳五は仲間たちの前で、自分を嗤《わら》ってみせた。すると本当に、自分がどうしようもないヤクザになり下がった気がして、体のまわりにイヤな生ぬるい風が吹き溜まるのを感じた。

15　末は博士か

炳五に逃げられつづけた金野先生は、それでもマジメに時間どおり坂口家を訪問し、応接に出た下枝とデートしているような形になっていた。話し込むほどに二人の関係は深まり、そのまま結婚するのだろうと誰もが思った。

しかし、炳五の家庭教師の時間がずっと空白だったこともあり、二学期で坂口家に通うのはやめることになった。同時に、下枝との交際もそこで終わりになったという。

なぜ破談になったのか、下枝は何も言わない。ひとことだけ、次回が最後の家庭教師になるから、最後ぐらいは家にいてほしいと下枝に言われ、炳五は金野先生を詰問するつもりで、家で待った。

もしも、あの忌まわしい新聞記事が原因なら許せない。許せないが、その程度の男であったのだとわかれば、姉をやるわけにはいかない。

久しぶりに会う金野先生は、爽やかな好青年のままだった。

「君のお父さんにも僕たちの仲は全部見抜かれてててね、下枝さんと結婚するつもりがあるなら、新潟で開業医になれって言われたよ。開業医になれるよう全部手配してくれるって言うんだ。正直、悶々としたよ。下枝さんとは本気で結婚したいと思ったから。でも、僕の夢はもうずいぶん前から決まってるんだ。ここを卒業したら実家の盛岡に戻って、岩手医大で脳膜炎治療の研究を続けたい。だからこれ以上、下枝さんと交際するわけにはいかない。今なら、よい友達として別れることができるからね」

「それはちょっと、おかしいな」炳五は不満を隠さず顔に出す。「どうしても盛岡に帰らなきゃならないなら、姉貴と結婚して、一緒に盛岡に行けばいいじゃないか」

「もちろん真っ先にそう考えたし、そうできないかお願いしてみたよ。でも、いろいろ事情があるみたいで、五峰先生は下枝さんを新潟から出したくないらしい。だから至れり尽くせり、僕に開業医の道を世話してくれようとしたわけさ」

「あのクソ親父のせいか」

「そんな言い方しないでくれよ。五峰先生のほうにも深い思いがあるんだから」

「それにしたって……」

それなら、奪って逃げればいいじゃないか、と炳五は思う。

でも、この二人に泥沼の逃避行は似合わない。本当は炳五にもわかっているのだ。

「姉貴よりも学問を選び、医者よりも医学博士を選ぶわけだ」

わざと皮肉な言い方をすると、先生は思った以上に表情を暗くした。

「それはそのとおりだよ。弁解はしない。一つ言えることは、医者になっても自分の一生で診られる患者さんの数は限られてるけど、医学博士として、研究で難病を一つ克服できたら、未来の、無数の患者さんの命を救えるかもしれない。僕にその力があるのかどうかはまだわからない。でも可能性が少しでもあるなら、そこに向かって進むべきじゃないかと僕は思うんだ」

炳五は先生の顔をじっと見つめた。やっぱり、最初から最後までマジメな先生だったな、と思う。短い夢だったが、こんな兄貴がいたら、よかった。

「それに、本音を言えば、僕は下枝さんを連れ去りたいよ。本当の本当に、その気持ちはある。でも、そのあとの人生、僕はきっと後悔しつづけるだろう。下枝さんを苦しませることになるだろう。やってみなきゃわからない、と君なら言うだろうけど、僕にはありありとわかる」

「うん。先生のことだから、囲碁や将棋の名人並みに何十手も先まで読んだんだろうなって想像はつくよ。いいんだ。先生を責める気はないんだ」

結局、お礼だかお詫びだか、よくわからない挨拶をして、炳五は先生を見送った。

下枝はほんの少し微笑んで、静かに頭を下げた。

炳五はなんだか切なくて、浜のほうまで歩いた。もう一度、あの浜茶屋の娘に会いたいと思ったが、海水浴客のいない初冬の浜は、生き物の死に絶えた廃墟のようで、立ち並ぶ浜茶屋はみなトタンや木の板で入口をふさがれていた。


正月には病後の仁一郎も新潟に戻り、年始の客がひっきりなしに訪れた。金野先生と姉の仲を裂いたのはオヤジだと、まだ少し怒りもくすぶっていたし、知らないオジサンたちに挨拶しつづけるのも面倒なので、炳五は三堀《みつぼり》家へ遊びに出かけた。

三堀謙二の両親は、たまに炳五と顔を合わせても穏やかに「いらっしゃい」と言うばかりで、少年たちの世界に首を突っ込んでくることは一切ない。誰がいつ行っても自然に受け入れてくれるこの家を、炳五は気に入っていた。

正月だろうが何だろうが、三堀と会うとたいてい文学や映画の話になる。まだ弁士の付く活動写真の時代だが、芸術性の高いものは「映画」と呼ばれることが多くなっていた。三堀は映画にも詳しく、東京では何が流行っていて、評判はどうとか、たいていのことは押さえている。

一九二一年公開映画で話題の筆頭に挙がるのは、なんといっても「カリガリ博士」だ。谷崎潤一郎や佐藤春夫、竹久夢二らがこぞって絶讃したドイツ表現主義の怪奇映画。見るからに怪しいカリガリ博士が、眠り男チェザーレを操って起こす連続殺人事件。話は二転三転し、語り手は実は精神病患者で、カリガリは病院長だったとわかる。

「ケンチに薦められて見に行ったけど、あのゆがんだ背景とか、シュールなデザインの建物とか、そういうとこばかりに目が行って、なかなか筋が頭に入ってこなかったな」

「うん確かに。すべては精神病患者の妄想ってオチだと思うけど、あれ、狂ってたのは、いったい誰だったのか、アトから考えるとだんだんわからなくなってくるよな」

三堀は灰皿を二人の間に置き、煙草に火を点けた。炳五も一本もらって、深く肺に入れる。煙を肺に長く溜めていると、ほんの少し酔ったような気分になる。

「精神病院の医者と患者と、どっちがどれだけ狂っているのか、そういうテーマは面白いと思った」炳五は煙を吐き出しながら、考えを組み立てた。「もしも服装が同じなら、どっちが患者かわからない。狂ったほうに捕まってしまったら、正常なはずの自分のほうが狂人にされてしまう」

「虚実が反転するわけだ。多数決でね。でも、あの映画はそういう方向には行かなかったな。どうだい、それをテーマに小説を書いてみたら」

三堀に言われて、炳五は本当に書いてみたいと思う。とてつもない傑作を書いて、みんなをアッと驚かせたい。いつかきっと、そんな日が来る。でも今はまだ、照れ隠しに笑うしかなかった。

「小説なんてオレには無理さ。書き方もわからないし、谷崎なんか読んでるともう、どれだけ頑張ってもあんな文章書けっこないと思うよ」

「まあ谷崎は別格としても、炳五には文才があるよ。何の話をしても、目の付け所がひとと違うし、性格的にも小説家に向いてると思う」

三堀の言葉は、また一つの呪文のように、炳五の胸に刻み込まれた。誰にもハッキリと小説家志望だと宣言したことはない。けれども三堀は、ときどき思わぬところで炳五を小説家に仕立てようとする。炳五の将来を信じて疑わない感じがあるのだ。

「カリガリの前にケンチが薦めてくれた『狂へる悪魔』も、正常か狂気か、せめぎ合いみたいな映画だったな」

「あれはジキル博士とハイド氏の、二重人格の話だから、正常か狂気かっていうより、善か悪かだよね」

「そうそう、ジキルが善で、ハイドが悪ってね。映画は面白かったけど、テーマはくだらないんじゃないか」

「というと？」

「前にケンチと、性善説か性悪説かどっちをとるかって話をしただろ。今から思えば、どっちをとっても偏ってる。善だけの人間も、悪だけの人間もいるはずがない」

「ああ、それはそうだな。善とは何、悪とは何ぞやって話にもなる」

「そもそも性質に善も悪もないよ。獣は生きるために他の獣を殺して食う。そこに善悪はカケラもない。人が人を殺す場合だって、殺す動機の中にはいろんな欲望が渦を巻いて、複雑な葛藤があるんだろう。どの欲望が善で、どの欲望が悪だなんて決められるわけがない。ただ生きたい、生き延びたい、それだけの欲望が殺人につながることだってある」

三堀は腕組みをして黙然としている。炳五はふと気がついて、言い足した。

「広津和郎の『二人の不幸者』とか、面白くはなかったけど、善悪の概念を揺るがすところはあったよ。神経症の人間を描くことには、一つ、真実がある。自分の複雑な心をどこまで突きつめて見つめられるか、どれだけ文字に定着させられるか、これからの小説は、きっとこういう方向へ向かっていくんだろうな」

三堀は煙草の煙をほそく長く吐いて、二、三度頷いてみせた。

「それにしても、映画に出てくる博士ってのはみんな狂ってるよな。炳五もちょっと狂ってるようなところがある。博士か小説家向きの資質だよ」

「それは……褒めてるのか?」

「もちろんさ。喜んでくれ、博士」

金野先生の医学博士とはだいぶ違うが、博士と呼ばれるのも悪い気はしない。三堀といると、話のタネはいつまでも尽きず、その日も夕方まで共に過ごした。

16　通り名は暗吾

久々の甲組から、三学期はまた丙組に転落した。欠席時数がこれまでより遥かに多かっただけでなく、トップに近い成績だった英語や博物、それに代数など、また落第点に戻っていたので、どこをとっても丙組に間違いない。

炳五としては、六花会のメンバーもいる馴染みの丙組は、気安く楽しいクラスで、出席時数も日ましに多くなった。渡辺寛治とその仲間たちも丙組のヌシのように相変わらずいる。新聞記事のことで陰険な話を仕掛けて来る者など一人もいない。みんな似たり寄ったりの環境で暮らす余計者ばかりだから、自分の親も家も嫌いだし、ましてや他人の家などに興味はないのだ。

出席はしても、授業をマジメに受ける気はない。教え方のヘタな先生ほど威張っていて腹が立つ。変に甲高い声の先生や、生徒の目も見ないで指導書を読みつづける先生、語尾がいつもハネ上がる癖のある先生、顔をいじってばかりいる不潔な先生、いろいろ観察していると、さながら動物園のようで、だんだん面白くなってきた。

軍事教練の斎藤先生は、ヒョロリと痩せて首も細いのに、かすれ声を大きく張り上げて号令をかけるので、軍鶏《しゃも》と呼ばれている。陸軍現役将校の各学校への配属令が公布されるのは三年後だが、斎藤先生は現役の陸軍大尉でもあった。炳五はノートにサラサラと軍鶏の胴体の漫画を描いて、細い首の上に斎藤先生の顔をのっけた。漫画の余白に「ワシは陸軍大尉じゃ。どれだけ首を絞められても、どれだけ声がかすれても、正確に時を告げるのがワシの役目じゃ」と書いた。隣で見ていた北村が笑いをかみ殺して、よこせと催促するのでノートをちぎって渡すと、あっという間にクラス中に回覧され、笑いが伝染した。

炳五はますます面白くなって、次は博物の岡村先生を描いた。赤ら顔で鼻が大きく、皮膚が粘り気を帯びた感じなのでタコと呼ばれている。かなり気色の悪いタコ坊主に仕立て、「オレはタコ博士。タコのことなら何でもきいてくれ。なんなら、裏返ってみせようか」とコメントを書いてから、先生が去年スペイン風邪にかかって長らく大学病院に入院したという噂を思い出した。自然に綽名がつく先生はそれなりに人気がある。スペイン風邪では、一昨年の二月に新潟中学の先生も二人罹患して亡くなっていたし、岡村先生の容態を気にかける生徒も少なくなかった。

「一度は宿敵の風博士にやられてしまったが、オレはまだ必殺技を隠しているのだ。この次は負けぬぞ」と書き添えた。これも人気は上々だ。

放課後、六花会のメンバーで集まり、先生たち全員に綽名をつけた。怒鳴り声ではシャモに負けない漢文の渋谷先生は、コワモテで四角い顔だから、カバ。国語の丹羽先生はやっぱりその顔が似ているので、ウマ。図画の上田先生は気弱で女性的な物腰が、画家より似合いそうだと、モデルと名づけた。

「モデルか。そいつァいいや」磯部が炳五の命名を褒め、

「ヌードモデルだったりしてな」と大谷が茶化す。「ポーズばかりとってて、ちっとも絵が出来上がりませんってか」

「どうせなら、先生一人に一枚ずつ似顔絵とコトバを付けて、回覧冊子を発行しよう」北村が提案すると、

「よし、じゃ表紙は丈夫なラシャ紙で、中身も画用紙にしてキッチリ作ろうか」いつもはおとなしい布田も大乗り気のようすだ。

「用紙はオレが調達してくるよ」と星野が言う。

誰が何をするか、即座に分担も決まった。炳五はとにかく面白く漫画を描き、コメントを考える、カナメの役割だ。

悪童たちは、よくも悪くも面白いことは速攻で実現してしまう。カルタと同じ。集中力、瞬発力と勘のよさが取り柄で、漫画冊子は数日で完成した。

冊子は授業中もクラス中に回覧された。冊子を開いたとたん噴き出してしまう者もいて、

あっという間に先生に見つかってしまった。漢文の時間で、先生はコワモテのカバだ。

「坂口、立て！　おまえだろ、これ描いたのは」

炳五は何発か殴られることを覚悟して、ゆっくり立ち上がる。「そうです」

カバ先生は炳五を立たせておいて、一枚一枚じっくり眺めていき、途中でプッと噴いた。

あんまり怒ってないのか？　炳五はちょっと測るように目を細めて先生の顔を見た。

「偉大な五峰先生の息子ともあろう者が、これでは情けないぞ」

カバ先生はそう言って、黒板の前に立ち、まず「炳吾」と書いた。「おまえの名前の炳吾というのは、どんな意味かわかるか」

「ヒノエウマの生まれだからです」

さらに五男だから、と言うべきところだが、学校では試験でもなんでも「炳吾」と記していた。父も「阪口」と書いたり「五峰」の号を「五峯」と書いたり、自由気ままに署名していたから、炳五も父にならって、小学校の頃から「炳吾」と記してきた。ヒノエウマだけでも厭なのに、五男の意味まで重ねられてたまるか、という気持ちだ。

「それもあるが、この炳の字にはアキラカという意味もあるんだ。吾に明らかとは、素晴らしい命名で、五峰先生の苦心の賜物じゃないか」

本当は「吾」ではないけどな、と炳五は心の中で舌を出す。

「こんな不肖の息子に育ってしまって、名前がもったいない。オレもおまえに、いい綽名をつけてやろう」

先生は言いながら黒板の「炳吾」の文字に×をつけ、大きな字で「暗吾」と書いた。

「おまえは、吾に暗い奴だから、アンゴだ」

クラス中が大爆笑になり、カバ先生もなんだか気をよくして、それきり回覧冊子の件での説教は終わりになった。ただし、冊子は返してもらえず、その後職員室で先生たちの話題になったらしい。炳五に恨みを結ぶ先生もいたようだ。

それ以降、仲間うちでは「アンゴ」が通り名になった。暗吾。アンゴ。悪くない響きだ。新潟では弱虫をヘゴタレと呼ぶし、ヘーゴ、ヘゴなんて臭そうな名前よりずっといいや。炳五はちょっと拾い物をしたような気分だった。


一九二二年四月、なんとか中学三年に進級した炳五は、自分でも意外なことに乙組になっていた。金野先生のおかげで二年一学期の成績が異常によかったから、年度合計点が押し上げられたのかもしれない。同じ組に渡辺や北村ら馴染みの顔がいくつもある。つくづく、肌の合わない甲組じゃなくてよかったと安堵した。

新年度に合わせて落成したばかりの新校舎に入ると、教室は天井も壁も床もピカピカで、陽の光が倍ぐらい射し込んでくるかと錯覚するほど明るい。最初は気分も華やいだが、授業内容は相変わらずだ。大したことも教えないくせに高圧的な先生が多い。よそごとをしていても、先生の声が耳に入ってくるだけで嫌気がさす。

好きなはずの体操の時間でも、サボらずにいられない課目ができた。それまで武道ならば柔道か剣道のどちらかを選べばよかったのだが、軍事教練の拡大にともなって柔道も剣道もどちらも必修になったのである。

初めての剣道の時間、先生は指導する気がないのか、いきなり二人ずつ組んでの試合形式になった。炳五の相手は剣道部の猛者《もさ》で、まともにやり合えば勝てる見込みはない。相撲に猫だましがあるように、大きな敵に小さな者が勝つにはダマシ討ちが一番だ。炳五は対戦の順番が回ってくる間に素早く策を練った。上段から「面！」と叫んで竹刀を振り下ろせば、相手は受けようとして籠手《こて》をガラ空きにする。その籠手を斬ればいい。作戦は見事に成功したが、先生は一本と認めず、「あんなのは剣術ではない」と、冷ややかに首を振った。炳五は防具をはずしてサッサと体操場を出た。以来、剣道の授業には出ていない。

「何が『剣術ではない』だ。真剣だったら、斬られて終わりじゃないか、あの野郎」

炳五はむしゃくしゃした気持ちが一向に引かなくて、柔道場で三堀や渡辺に愚痴っていた。同じ授業に出ていた渡辺は、剣道の心得も多少あると見えて、カラカラと笑った。

「真剣だって、あの程度の力で籠手打っても全然斬れやしないさ。剣道の一本ってのは、あんがい合理的なものだよ。気合いがこもってないと一本にならないのも、単なる形の問題じゃない。気合いが入ってない打ち込みは、骨には達しないってことさ」

「真剣でもかい？」

「真剣ならなおさらだな」三堀があとを引き取って言う。「真剣では斬り方も違う。手前へ引きながら斬るんだ。料理人の包丁さばきと同じさ」

「ふうん」炳五はまだ納得がいかないが、この二人が言うならたぶんそうなのだろうと思う。

「でも、あの先生はそこまで考えてないよな。真剣なんて握ったこともないだろう。やみくもにルールに固執して、戦場ではすぐ犬死にするタイプだ」

「それは言えてる」渡辺が頷く。「生き残るためにはあらゆる手段を考える、おまえみたいな野武士タイプの奴が、戦場ではいちばん強いと思うぜ」

「なかなか、吾に暗くはないな」三堀が笑う。「アンゴのアンに何か別の字を当てはめたほうがよさそうだ」

炳五も実はすこし考えてはいたのだが、まっ暗な「暗・闇」か、案じる意味の「案・按」、安っぽい「安」ぐらいしか候補になる漢字はなくて、どれもダメだなと思っていた。

17　落伍者志願

母とはもう口もきかなくなって久しい。授業をサボる張り合いというか、母への反抗とサボることとがつながっていた落第二年の頃と違って、いまではサボって浜で寝ころんでいても、心に何もない虚しさばかり実感されて気分がザラつく。

よく晴れた日だと、パン屋の二階に行っても誰も来ていないことのほうが多い。カルタに熱中していれば、少なくともその時間だけは気が紛れるのに、うまくいかないものだ。

仕方がないので、放課後になってから学校の柔道場に顔を出したり、そこにも相手がいないと、校庭に出てひたすら走った。ある程度以上のスピードで走っていると、いろんなことが頭から消えていく。スッカラカン。スッ、カラ、カンとリズムをとりながら走ってみる。乾いた笑いがこみあげる。

中学に入学した時いちばん嬉しかったのは、ちゃんと土の固められたグラウンドがあることだった。小学校の頃は運動のできる校庭がなかったから、浜辺などの砂地で徒競走の練習をするしかなく、その余徳で足腰が鍛えられたというのはあるにせよ、やっぱり走りやすいグラウンドで、存分に駆けまわれるのはこの上なく爽快だった。

何十分か走りつづけて、瞬間、視界のほんの片隅に何かが閃いた気がした。あたりの空気がシュッと裂ける。

かまいたちか?

心臓が止まり、足も止まって、炳五は尻餅をついた。

広げた股のその間に、長い槍が突き立った。

「すまんすまん、大丈夫かい、君」

駆け寄ってきたのは、ときどき校庭で槍投げをしていた陸上部の選手である。

「君がこの辺に走り着くのはまだ先だと、頃合いを測りそこねた。本当に申し訳ない。ケガとか、してないよね」


炳五はのろのろ立ち上がり、少しぼうっとした頭で槍を見つめた。

小学校の、あれはいつだったたか、炳五が浜で野球のボールを追っかけていたら、目の前すれすれに円盤投げの円盤がかすめて飛んで行ったことがあった。

数センチでも間違っていれば、死んでいたかもしれない。いや、小学生のあの時、オレは本当は死んだのかもしれない。あの時も、恐怖は後になってからジワジワ襲いかかってきた。しばらく無意識に封印して、忘れていたのに、みるみる恐怖が甦る。この先、しばしば悪夢をみることになりそうだ。

陸上部の選手には「大丈夫だ」と微笑んでみせ、炳五はふわふわした気分で帰途についた。死にかけたことは誰にも話さなかった。暗い秘密。思い出すたび、胸がつぶれ、暗黒の世界へ落ち込んでいく気持ちになる。

不思議なことに、その暗黒は燦燦ときらめいて、変に明るいのだ。


六月半ば、長兄の献吉が久しぶりの帰省をした。結婚式を挙げるためだ。献吉は五年間の闘病を経て、一九二〇年に早稲田大学政経学部に復学、それから三年めの今年度末で卒業予定である。まだ学生の身とはいえ、適齢でもあり、卒業にも就職にも全く支障はないので、五泉町の吉田家からアサの姪の徳《のり》を妻に迎えることとなった。

炳五たち三兄弟の従姉妹に当たる徳は、献吉より六歳下で、上枝《ほずえ》より二歳上、炳五より五歳上、やはり少しアサに似た雰囲気がある。炳五もこれまで何度か顔を合わせたことはあったが、ほとんど喋ったことはない。母に似ているせいか、ちょっと怖いイメージがあったし、逆に、昔からいる家族のようにも感じられた。

結婚式は数日先だが、献吉が来たのと同じ日に、徳も坂口家にやって来た。

炳五は献吉に会ったらいろいろ話したいことがあったはずだが、それは昔の話で、今となってはもう、自分の近況も自嘲しながらでなくては語れない。でも敬愛する兄だから、この結婚は心から祝福したい。そんな気持ちで、ちょっと離れた場所から見まもっていた。

徳となんだかぎこちなさそうに会話していた献吉が、炳五の視線に気づいたのかフッとこちらを見て、照れくさそうに笑う。炳五も笑った。献吉のほうから徳を連れて近寄って来てくれ、それでようやく、兄嫁になる人と挨拶を交わすことができた。

この年から早稲田大学の機械工学科に入学していた上枝も一緒に帰省していて、ニコニコ笑いながら寄って来る。

「おのりサマ、戸塚の家ではよろしく頼んます」

父仁一郎と献吉、上枝が住んでいる戸塚諏訪町の借家に、徳も一緒に住むらしい。上枝は中学時代、五泉の吉田家に下宿していたので、徳とは新郎よりも打ち解けて話ができた。

「炳五、おまえもそのうち来るんだろ。いま、東京でおまえを受け入れてくれる中学がないか、オレが探してやってんだぜ」

初耳だったが、そんな話を家の中で他人事のように聞いた気もする。今年はいちおう三年に進級したので、落第になっても二年連続ではないから、退学にはならない。そのハズだが、このまま行けば次の年には退学となるだろう。アサはそう思って炳五を転校させる準備に入っていたわけだ。


期末試験では、落第点確実な科目がぐんと増えた。まだ一学期だから具体的な落第の話にはならないが、のちのち学年最後の点数に響いてくる。

歴史は三年から楠田先生に変わっていて、渡辺が出席時数のことで先生に相談に行くと、出席が足りなくても試験さえできていれば落第点は付けないと先生は言うので、歴史の得意な渡辺も炳五も安心していた。実際、試験問題はほとんど解けたハズだった。

二年の終わりに七九点だった炳五の歴史は、いきなり二〇点に下がっていた。こんな点はありえない。計算しなくてもわかる。あの嘘つき野郎。渡辺と二人、職員室へ直談判に出かけたが、先生は頑として譲らない。

「ここんとこの問題ができてなければ、こっちの派生問題は解けるはずがない。それができてるのはインチキをした証拠だ。だから落第」

「インチキなんかしてません。ここの問題とは別個に、勘で気づくことだってあるでしょう。歴史の研究には勘を働かせなきゃいけないんじゃないですか」炳五が先生に反論するが、もちろん受け付けてもらえない。

「生徒を信じないで、よく先生がつとまるな」渡辺が声を低くして威嚇するように言う。

「生徒は信用するさ。おまえらみたいなゴロツキ予備軍はまた別だがな」

のらりくらりかわされて、二人はインチキ生徒のレッテルを貼られてしまった。

数日後、炳五はパン屋の二階でカルタをやる合間に、北村や大谷たちと楠田先生の声色をまねて散々こきおろしていた、ちょうどその時、当の楠田が二階へ上がって来た。

「ゴロツキどもの根城はやっぱりここか」

「勝手に上がらないでくれ。あんたはお客さんじゃないだろうが」パンかかあが怒って楠田のアトを追ってくる。

「もう授業は終わったハズだ。何しに来たんだ」炳五が楠田の前に立ちはだかる。

「なんだと、この生意気な」

楠田は炳五の胸倉をつかみ、力いっぱい捩じ上げようとするが、炳五が顔の前で両手をグルンとひと回しすると、楠田は簡単に腕をはずされ、ガクンと後ろへ倒れかかる。

「おいおい、しっかりしてくれよ、先生」

大谷が楠田の背中を押すと、今度は前のめりになる。楠田は焦って体制を立て直し、憎悪のこもった目を炳五に向け、いきなり殴りかかってきた。

炳五は先生を殴る気はなかったが、なりゆきで顔面にカウンターが入ってしまう。

「ゴロツキはアンタじゃないか、先生」炳五の声は暗く沈んだ。「嘘つきのインチキ野郎はアンタだ」

どうしようもない。これで退学決定だな、と思う。落伍者、という言葉が頭をよぎる。でも、他にどうする手立てもないのだ。どうしようもない。

先生を殴ったことは大問題になり、アサが学校に呼ばれるなどして、にわかに転校するのが必至の状況になった。上枝が探していた東京での転校先も、何校めかの交渉でやっと承諾を得たらしい。はなればなれだった男の家族四人が、初めて長期間ひとつ家で暮らすことになる。そこには不思議な感慨があったが、あまり楽しそうでもない。

夏休みの中頃、炳五は自分で退学届を出しに行った。校庭には幾人か運動部の生徒の姿が見えるが、校舎の中はひっそりと静かだ。新校舎にはほとんど思い出もない。スッカラカンの頭にはうってつけだ。思ったほどの失意もない。半途退学者となった自分の将来は不安ばかりだが、かすかな期待もある。

「おまえはな、とんでもなく偉くなるかもしれんが、とんでもない悪党になるかもしれんぞ。

うん、どちらにせよ歴史に名をのこす相だ」青い目の伯父の言葉が浮かんでくる。

落伍者になるなら、とんでもなく偉い落伍者になってやろう。期待のほうが無謀に大きくふくらんでくる。

炳五は自分の教室に入り、机の蓋を開けた。蓋の裏側には、ゴヤの「裸のマハ」に似せた横たわる裸婦像が大きく刻まれている。退屈な授業の時間に、彫刻刀でカリカリ彫ったのだ。裸婦像のデッサンの隙間を縫うように、炳五は文字を刻んだ。

「余は偉大なる落伍者となつていつの日か歴史の中によみがへるであらう」

よし、なかなか、いい出来だ。東京には懐かしい岡田雄司もいる。また互いの夢でも語り合おうか。夢を持ち続けるために、序列の人生から脱落するのだ。運命は自分で切り開く。東京進出はその第一歩になるはずだ。

学校を出ると、浜へ向かった。夏になると浜茶屋が一斉に建ち並ぶ。去年、六花会の連中と入ったあの浜茶屋を探した。ぶっきらぼうで、でも純朴な優しい目を向けてくれた給仕の娘を思い出す。スラリと伸びたむきだしの脚を思い出す。東京に出ればもう会えなくなるから、一目だけでも会っておきたい。そう思って店を覗いたが、そこに娘はいなかった。しばらく店のそばの砂地に座ってぼんやり待っていると、やはりあの娘目当てに来たらしい学生たちが店を指さして、「あそこの子、もう下町《シモ》へ出たってよ」と噂してるのが耳に入ってきた。下町の花街へ奉公に出たのだ。

炳五は暗くなりかかる気持ちをグイッと空へ向けた。他にどうする手立てもない。オレたちはただ前を向いて、空を向いて、燦燦たる暗黒の中を突き進んでいくだけだ。そう思うと、気持ちはバカみたいに晴れて行った。

18　与太者の巣窟

三学年の二学期から東京の豊山《ぶざん》中学への転校が決まり、炳五は夏休みの間に上京した。炳五の世話をしたいと志願して随《つ》いて来てくれた婆やと二人、上野駅に降り立った時には、溢れかえる人波に圧倒されて、自分が小さく感じられた。

戸塚諏訪町の借家の周りは、緑も多く、新潟の街とよく似た雰囲気の学生街で、炳五はホッとひと安心したものだ。兄たちの通う早稲田大学は家のすぐ東隣にあり、豊山中学も家から歩いて二十分程度の距離にある。マジメに通学する気があるなら、至便の立地だった。

「おまえも早稲田めざす気なら、ここは便利でいいぞ。起きて十分で講義に間に合う」

上枝がそう言って笑うが、落ち武者気分の炳五には、自分が大学に行けるのかどうかもわからない。大学に行ってどうするのか。何もするべきことがないなら、行かないほうがいいのではないか。いまはそうとしか考えられなかった。

借家はかなり大きな建物で、部屋数も多い。新潟のだだっ広いばかりで仕切りの少ない実家と違って、小ぢんまりした部屋がたくさんあるのが新鮮で、快適に感じられた。

ちょっと母に似て怖い感じもあった兄嫁の徳《のり》だが、婆やが来てくれたおかげで食事の支度がラクになる、と喜んでいるようすに好感がもてた。

東京に出てきたらやりたいと思っていたことは山のようにある。ホンモノの落語や講談も聴きに行きたいし、ホンモノの演劇も見てみたい。何もかもが新しくなる。まっさらな心で、すべての新しいものに臨むなら、オレはどんなモノにでもなれるだろう。炳五はカラダの芯から今までにない力が満ちあふれてくるのを感じ、一つブルッと身震いした。

夜には父仁一郎も帰宅して、皆で食卓を囲んだ。転校の理由が理由だけに歓迎会めいた雰囲気にはならないが、新潟で母アサと姉下枝《しずえ》、妹千鶴《ちず》と女ばかりに囲まれた食卓とは全然違う雑駁さがあって、思ったより気楽でいいなと思う。父が昔、我が家に来る人を誰でも迎え入れ居候させたという話を思い出す。無口なことには変わりないが、冷たい感じもしない。それまで知らなかった父の本来の姿を、炳五は初めて見たように思った。

豊山中学の案内パンフや編入学準備資料などを、みんながとっかえひっかえ手にとって見る。護国寺境内にあることは聞き知っていたが、昔は真言宗豊山派の教義を末寺の子弟に教育する仏教学校だったらしい。

「でも今は、それほど宗教色もないらしいな」上枝がそう教えてくれる。

「そんなことより校歌がいい」と献吉が言う。「作曲は山田耕筰、作詞は白秋先生だ」

献吉は茅ヶ崎のサナトリウムを退院後、小田原の伝肇寺《でんじょうじ》へ移って療養したが、その折、境内の「木菟《みみずく》の家」にいた北原白秋を何度か訪ねて歓談したという。

「現代日本を代表する大詩人なのに、ちっとも偉ぶらなくて、優しい、いい人だったよ。この校歌だって全然力を抜かずに作ってるのがわかる。『慈悲は芽ぐむ閑《しず》かに、閑かに』なんて、ほかの誰にも書けない、深い心境から出てくる言葉だよ」

献吉に言われると、炳五にも素晴らしい校歌に思えてくる。白秋の詩を読んでみたいと言うと、献吉はすぐに立って、一冊の詩集を出してきてくれた。

「白秋先生の詩集はどれも格別なんだが、最初に読むなら、たぶん、それがいい」

タイトルは『思ひ出―抒情小曲集』。ダイヤのクイーンをあしらったデザインの函に入って、まるで宝箱のような小型本だ。取り出してパラッと中を開くと、本文もトランプ風に朱色の線で囲われて、おとぎの国をイメージさせる。ここにも、炳五のこれからの、新しい生活の薫りがあった。

新学期が始まるまでの間、炳五はまず長年の懸案だった眼鏡をつくり、近隣の探険も兼ねて、豊山中学へ行く最短ルートを探そうと歩きまわった。懐かしい岡田雄司にも会っておきたくて、一日、東京商船学校の寮がある深川まで遠出したが、岡田は入れ違いで新潟に帰省していて会えずじまいだった。タイミングが少しずれただけで、一生会えなくなることもあると、炳五は後に思い知らされる。

新しい中学に入ってまず驚かされたのは、教室にいる生徒の誰もが自分より遥かに年上らしいことだった。半分以上はどう見ても二十歳は越えていそうで、みんな髭ヅラのオッサンだ。もっとも、岡田雄司も三堀謙二も同じように二十代になっているわけで、年齢差に気おくれすることはない。ただ、みな異様に体格がよく、髪も髭もぼうぼうで、腰に汚い手ぬぐいなどブラさげて蛮カラを気どっているから、威圧感が凄まじかった。

炳五は見た目は坊ちゃん風の涼しげな風貌なので、とても彼らの仲間に混ぜてもらえそうにない。転校の挨拶からすでに、オッサンたちから無視されているのがわかった。

眼鏡もできて黒板がよく見えるし、心機一転、勉学に励んでみるかとも思っていたのだが、授業がつまらないのはいずこも同じ。特に初めて習う「用器画」の時間が苦痛だった。水彩画なら描いていても楽しいが、用器画は定規やコンパス、分度器などを使って、モノの形を正確に写しとる、製図の作図法である。絵画というより数学の図形問題に近い。

先生がまた、痩せぎすで土気色の顔をした病弱そうなオジサンで、線を引くことの何が面白いか、将来どうタメになるか、何も教えてくれない。炳五はバカバカしくて、先生や生徒たちの似顔絵を描いて遊んでいた。

定規もコンパスも手にしてないから、先生にはすぐにバレる。背後から忍び寄ってきた先生に、サッと落書きをとりあげられてしまった。

「おまえみたいな生徒は出て行きなさい。私の授業には二度と出席しなくてよろしい」

「はい、わかりました」

他にどう言いようもない。その日の最後の授業だったから、炳五はそのまま鞄を肩にかけ、スタスタと教室を出た。二度と出席するなと言われたからには、二度と出てやるものか。あんなバカバカしい授業、出なくていいとは幸運だな。心の中で陽気に呟いてみるが、頭の隅になんだか厭なモヤモヤが残る。

炳五はすぐに家には帰らず、学校の裏に広がる護国寺の墓地へ向かった。こんもりした森の中に、大小さまざまな墓石が建っている。有名人の墓は大きく、一個の堂宇のように墓標までの参道がのびている。この年の初めに大隈重信と山県有朋が相次いで没し、この護国寺に埋葬された。

大隈の死に際して、仁一郎は親友の葬儀委員長市島謙吉に頼まれて墓碑銘を鉛板に揮毫したという。市島が催した国民葬には、およそ三十万人が集まった。みんなに好かれる珍しい政治家だったのだ。一カ月後、山県有朋も国民葬で送られたが、閑散としていたらしい。

父は生涯大隈を推しつづけたし、兄二人は大隈の創立した早稲田に通っている。だから大隈の墓の話なども自然に耳に入ったが、炳五にはあまり興味がない。特に誰の墓を探すこともせず、大きな桜の木の陰に腰をおろして、内ポケットから煙草を取り出した。

学帽は脱いでいるが学生服を着ているから、大っぴらに煙草は吸えない。あまり人が来ない場所を選んだつもりだが、吸いはじめてすぐ、近くの藪からにゅっと坊主頭が現れて、一瞬心臓が止まった。炳五は慌てて火を消そうとしたが、出てきたのは同じ豊山中学の生徒らしい。そのままそのまま、という感じに両掌を下に向けて、ニヤッと笑った。

「転校そうそう授業サボって煙草吹かしてるなんて、大した奴だな」

やっぱり二十歳は越えたオッサンだが、髭は生やしていないし、痩せ型で精悍な顔立ちだ。

「オレも三年の同じクラスだよ」

「ああ。じゃ用器画の時間——」

「あれ、つまんねえだろ。なんのためにちまちまと。オレは憎んでるよ、用器画を」

東京に来てもサボり仲間ができるのは一緒だな、と思いながら、炳五はすぐにその真田という男と打ち解けた。

真田が言うには、全国から中学を追い出されたハグレ者たちが集まってくるのが豊山中学だという。九州に不良の溜まり場として有名な不良中学があるそうで、そこをも更に追い出されたツワモノが、最後には豊山に落ちてくるらしい。

「まあそれでも中学だけは卒業したいと思って流れてくるわけだから、みんなああ見えて苦学生なんだぜ。新聞配達やら人力車夫やら、夜中に支那ソバの屋台引いてる奴もいるし、がんばって生活費かせぎながら勉強してるのさ」

「道理で。みんな筋肉ついてて強そうなのは、そういうアルバイトをしてるせいか」

「ケンカも日常茶飯だけど、オレはボクシングやってるから、誰もケンカ吹っかけてこないな。数カ月前、靖国神社で日米拳闘大試合ってのがあって、そこで勝ったから、いちおう小さい階級のタイトルをもってるんだ」真田は結構自慢げに語ってから、皮肉っぽく笑った。「まだボクシングやってる奴が少ないからだけどな、ホント言うと。オレより強い奴なんて山ほどいる。だから将来は――」

　不意に真田が目つきを変え、口の前に人差し指を立てた。

「坂口、ちょっと動くなよ」

　真田の見ているほうを横目で見やると、大きなマムシが鎌首をもたげていた。蛇嫌いの炳五は一気に力が萎えていくのを感じながら、必死に踏んばって動かずにいた。

　真田はそっと木の枝を拾い、おもむろにマムシに近づいたかと思うと、急に狂ったように枝を左右に揺らした。枝に咬みつきに来たマムシの頭をバシッと地面へ叩きつけ、もう一方の手で尻尾をつかむ。間髪を入れず尻尾から持ち上げ、猛然と振り回しはじめた。

「もういいぜ。あとは五分ぐらい回しつづければ終わりだ。こいつ、なかなか目を回さないんで、いつもこの回す作業に骨が折れる」

「いつもって……」

「こいつがいい金になるのさ。上野に持ってくと一匹一円二十銭になる」

　炳五は驚いて息を呑んだ。「スゴイな。活動写真が四回見に行ける」

「支那ソバなんて食い放題だぜ」真田が笑う。「人力車夫なんかも割のいい仕事なんだが、一日引いてもこの額にはならない。マムシさまさまだよ。支那ソバもうまいが、オレは金を溜めて支那へ、満洲へ、行ってみようと思ってる」

「へえ、満洲に行って、馬賊にでもなる気かい」

「そう。まさにそれだ。知ってるか、馬賊には当然悪いのもいるが、民衆の英雄になる奴もいる。いま彼の地で一番の英雄は日本人なんだ。日本人が全馬賊の頭目になってる」

「ああ、新聞や雑誌でチラホラ読んだことがある」

「俺も行くから君も行け、狭い日本にゃ住み飽いた、ってな」

真田は流行りの「馬賊の歌」の歌い出しを朗々と歌ってみせた。

「俺には父も母もなく、生れ故郷に家もなし」炳五も一番の歌詞を歌ってみせる。「オレもふるさとを追われた身だし、気分はピッタリだ。馬賊にはロマンがあって、いいな」

行く手には青い空と広大な草原しかない見晴るかす原野。そこを馬で駆けぬける爽快感、無限の自由、冒険への誘惑、白系ロシア美人との恋……心は羽をつけて、まだ見ぬ原野を馳せめぐるのだった。

19　ノスタルジア

転校から二カ月が過ぎ、東京の空気にもすっかり慣れた十一月初め、炳五は仁一郎と夜行列車の車中にいた。村山政栄《まさえ》の三回忌で久しぶりに松之山を訪れるためだ。

小学生だった炳五を、下がり眉の温厚な眼差しで優しく見まもっていた、あの何でも許してくれそうな爺サマが死んで二年になる。葬式も一周忌も、炳五が新潟中学でいちばん荒れた日々をおくっていた時期のこと。父の危篤の報でさえ知るのが相当アトになったくらいなので、遠く松之山の法事に呼ばれなかったのは無理もない。

今度ばかりは是非ともと思ったのだが、まさか父と二人きりで長時間向かい合うことになろうとは、思いもよらぬことだった。献吉夫妻と上枝が今回は行かないことが事前にわかっていたら、自分も遠慮していただろう。

炳五の気分が反映したのか、もともと父も困っていたのか、上野から汽車に乗り込み、座を占めると早々に、父は目を閉じてしまった。チェッと舌打ちしたいところだが、自分のほうも気持ちが楽になる。

献吉から借りた白秋の詩集『思ひ出』はひととおり読み終えていたが、どこでもページを開くたびに、自分の幼き日の思い出がよみがえる。新潟市内の街並や松之山の自然も思い浮かぶので、この旅にも持参していた。

開巻すぐ「わが生ひたち」と題された、エッセイのような散文詩のような文章が延々と続く。これが実にいい。

「驚き易い私の皮膚と霊《たましひ》はつねに螽斯《きりぎりす》の薄い四肢のやうに新しい発見の前に喜び顫《ふる》へた」

「さうしてまだ知らぬ人生の『秘密』を知らうとする幼年の本能は常に銀箔《ぎんぱく》の光を放つ水面にかのついついと跳ねてゆく水すましの番《つが》ひにも震慄《わなな》いたのである」

ここの「水すまし」は甲虫のミズスマシでなく、アメンボのことのようだ。炳五は村山家の池を眺めて過ごした日を思い出す。ああ、ここがオレのふるさとだ、となぜかそう心に思い決めたあの日、松之山の自然を全身に浴びて、心は新しく生まれ変わった気がした。

白秋の描く暖かな南国の風物はエキゾチックで、見たことのない風景なのに、妙に郷愁を誘われる。新潟と違って風はやわらかく、花の薫りを運んでくるようだ。水車はのどかに、眠るように音を立てる。

夜になると「青い眼をした生胆取《いきぎもとり》」がやって来る。夜泣きする子を寝かしつける方便だろうが、生胆取はこの本の中に何度も何度も出てくる。よほど怖い印象が残ったのだろう。炳五は自分に不気味な予言をした青い目の伯父を思い出す。生胆取はああいう顔だったのかもしれない。

「忘れたる、／忘れたるにはあらねども……………／ゆかしとも、恋ひしともなきその人の／なになればふともかなしく、／今日の日の薄暮《くれがた》のなにかさは青くかなしき」

ほとんど話したこともない浜茶屋の娘。恋をしたわけでもないのに、どうしてだか思い出すと心が揺れる。少女の未来は暗澹として、いつも薄暮に包まれ、どうしてこんなに「青くかなしい」のだろう。まるでオレの気持ちそのままを歌っているような詩だ。

「ボオドレエルの『悪の華』をまさぐりながら解《わか》らぬながらもあの怪しい幻想の匂ひに憧がれた」

そんな一節に導かれて、『悪の華』も学校の図書室で借りて読んだ。やっぱり難しくてまるで理解できない詩も多いが、白秋の詩集とおなじように、胸の奥にこつんと響く言葉があちこちにあった。邪悪な秘法のようにきらびやかで、色彩あざやか、時に饐《す》えたにおいのする官能があった。

白秋から詩に興味をもち、二カ月余りの間に何十冊もの本を手にとった。中では石川啄木の短歌に、少なからぬ衝撃をうけた。こんな身近な言葉で、こんなに突き刺さる歌を詠めるのか。自分でも歌を詠みたくなり、いくつもいくつも歌を作ってみた。なかなか啄木の歌の境地には至らない。心の中の獣が、まだ足りないのだと思う。ふるさとを「石をもて」追われた落伍者啄木の思いは痛々しく、まるで病み朽ちてゆく獣のようだ。

オレもまた――。過剰なる自意識をもてあまし、将来の大成を夢みながら、なにものとも知れぬ不安におびえているこのオレも、ふるさとを追われた落伍者だ。顔を挙げると、仮寝から熟睡に入ったらしい父の寝顔が目に入る。オレに似ているという人もいる。普通の会話もろくにできない、この父と子のかなしさよ。

「無作法にねむる老人《オヤジ》の顔見ては我も爾《シカ》らんと顔をおほへき」

「一ツ一ツ停車場に止る我が汽車のもどかしきかな　ねむれ、ねむれ、」

夜は長い。オレも早く眠ってしまいたいのに、胸が変に熱くて寝つかれない。炳五は歌を記した手帳をしまって、ぎゅっと目を閉じた。汽車の揺れるのに合わせて、車両灯の暗い光がまぶたの裏で変拍子の踊りを踊った。

年末年始は兄たちのほうが実家に帰省し、炳五が婆やと二人、東京で留守番をした。

十一月の三回忌では、姉のセキをはじめ村山家の人たちと再会でき、時間のないお伽の国の懐かしさを改めて味わうことができた。越後川口にいるアキも来ていたし、アサや千鶴にも会えた。一緒にいる時は無視するか悪態をつくかどちらかだったアサだが、離れていると叱るタネがないせいか、普通に言葉を交わしてくれた。

あの日、本当の「ふるさと」に帰ることができたから、いい思い出をよごさないようにしたい。心のどこかにそんな気持ちもあって、留守番を選んだのかもしれない。

豊山中学では、まだ親友と呼べる友人がいないし、授業をサボって一人でいることが多いので、もっぱら読書に時間を費やすようになった。文芸誌などめくるようになると、時代の流行の文学が見えてくる。一つを知ると次が知りたくなる。新潟中学の頃から追っかけていた谷崎は、この頃戯曲ばかり発表していた。文芸誌各誌でも戯曲評や翻訳劇の紹介が多くなり、新しい戯曲ブーム到来の感があった。

炳五も舞台を見るより先に戯曲を読むようになり、シェークスピアやイプセンの会話づくりのうまさに感嘆したが、最も強い感銘をうけたのはチェーホフで、特に『桜の園』や『ワーニャ伯父さん』など四大戯曲は繰り返し読んだ。

会話のなかに葛藤をもちこんで物語を動かしていくのだが、各人があまりに饒舌なため、話は混沌とし、眩惑される。たわいないフザケた会話かと思っていると、その中に苦しみや悲しみのタネが丹念に植え込まれていたりする。会話の中にさまざまな心理が溶け込み、やりとりのうちに本筋からねじ曲がったり、思わぬ方向へ転がりだしたり、人間の行動なんて、心理の罠に簡単に引っかかってしまうのだとわかる。語気の微妙なニュアンス、小さな咳払いだけでも、運命の流れが変わってしまうことがある。

そうして、何もかもがどうにもならないほうへ、没落のほうへと向かっていく。運命の跫《あし》音《おと》がしずかに聞こえてくる。ひたひたと、ひたひたと。冷たい感触だ。でも、その荒涼とした時間には、寂しさの中にやすらぎが含まれている。生きていきたい希望がかすかに残る。

もしかしたら小説よりも戯曲のほうが、人間心理の襞を深く広く、すくいとれるのかもしれない。面白い。オレの行く道はここにあるぞ、と炳五は思う。自分でも戯曲を書いてみたい。猛烈な欲求が湧き起こり、炳五は元旦から、一人の部屋で構想を練った。

『桜の園』のように、田舎の旧家を舞台にする。どこかに置き忘れられたような桃源郷。村長は酒を醸し、自らも大量に飲む田舎詩人で、誰に見せるでもない詩を、感じたままに書き綴る。同じ家に絵描きもいるし、山から山へ渡りあるく漂泊の民もいる。

これじゃ松之山そのままだな。炳五は苦笑して、でもどうにかして、この線で書き進めてみたいと思う。ストーリーよりも感情がぶつかり合い、こすれ合う様を描くほうに重点を置きたい。場面を描くこと。会話の端々に、没落の兆候を盛り込んでいくこと。

いざ書き始めると、松之山が頭にあるせいか、ノスタルジックな感傷が先に立って、あまり葛藤が生まれない。登場人物がみな、独りの世界に閉じこもった感じになってしまう。

笑いが足りない。チェーホフの戯曲を見返すと、憂鬱なムードの『桜の園』でさえ、自ら「喜劇」と銘打っているとおり、あちこちに笑いがまぶしてある。もっと笑いも勉強しなきゃいけない。まだまだ経験も読書量も少なすぎて、このままでは先へ進めない。

三学期が始まって二回めの土曜日、炳五は思い立って浅草へ落語を聞きに行った。笑いのリズムやテンポ、身ぶり手ぶり、構成、モチーフ、すべてを吸収してこようと思ったのだが、気がつくとバカみたいに笑ってばかりで、なかなか研究するどころではなかった。

浅草からの帰途、また深川の東京商船学校の寮を訪ねたが、今度も岡田雄司は新潟にいると言われ、会えなかった。もう学校は始まっているはずなのに、いったいどうしたのか、不審でならない。炳五は手帳を一枚破いて、自分の家の住所を書き、一度訪ねて来てほしいと記して、寮の管理人さんに手渡しを頼んでおいた。

落語を聞いて気分がリフレッシュされたせいか、創作欲はますます高まり、新潟の三堀謙二に宛ててその思いを綴った。松之山行きの汽車の中で作った歌など七首を書き写し、岡田に会えていないことも書いた。

　三堀から折り返し返事があり、意外な事実を知らされた。岡田は近ごろ銃猟に凝っていたようで、年始が明けても毎日のように二連銃を肩にさげ、数人の狩猟仲間と猟犬とをつれて、森や林へキジを撃ちに出かけていたという。三堀も一度会ったが、鼻から頬へかけて無精ひげに覆われた岡田には昔の精悍な面影はなく、ハッキリは言わなかったがもう船乗りになる気はなくなってしまったらしい。ある日、運悪く仲間の撃った銃弾が岡田の胸のあたりを貫き、岡田は病院に行く間もなく死んでしまったそうだ。

　炳五の足元がグラリと揺れる。自分が銃弾を受けたみたいな衝撃が襲う。信じられない思いと、ああやっぱりそんなことだったかと納得する思いがあった。岡田のことだ、きっと海軍予備校めいた商船学校の、何もかもが性に合わなかったに違いない。自由も、夢も、輝ける海も、未来も、最後には色褪せてしまったのだろうか。

　中学に入学したての炳五の前に颯爽と現れ、卑劣な上級生たちを軽々と投げ飛ばした岡田の雄姿と、優しい笑顔を思い出す。

「オレはただ、海の上にいられればいい。ただそれだけなんだ。人間は所詮ひとり。それをいちばん実感できるのが海の上だろ」

「生まれる時も、死ぬ時も、人間結局はひとりきり。ひとりきりで死んでいくんだ」

岡田は死という逃れられぬ終止点をつねに頭に置いていた。それは誰にでも、思わぬ時にやって来る。本質的に孤独な人間だったのだな、と思う。いつも、絶対の孤独の中にいたのだ。せめてもう一度だけでも会いたかった。会えるチャンスはいくらでもあったのだ。

今更どうしようもないとはわかっていても、後悔の念は尽きることがない。炳五は冷えきった悲しみの中で、岡田の死と、すべての人間の死とを考えつづけた。

20 沢部と山口

授業時間の全部を欠席した用器画を落とすのは確実で、あと数科目も危なかったから、豊山中学でもまた落第することになるのかと半ば諦めていた。ここも退学ということになったら、もはやどこにも転校する当てはないし、たぶん就職も難しくなるだろう。前にボクサーの真田と話していたように、狭い日本など飛び出して、満洲で馬賊にでもなろうかと真剣に考えはじめていた。

しかし本当に世間にはじかれて逃げて行くのでは、前途は暗い。考えれば考えるほど憂鬱だったが、学年末テストの結果、用器画は乙で及第だった。二学期も三学期も白紙答案を出したのに乙になる道理は微塵もない。先生は自分の授業で落第する生徒を出したくなかったのだ。徹底的に反抗し尽くしたオレは、先生をどれだけ苦しませたことだろう。どう考えても非はオレにある。オレにしかない。今年も用器画の時間があると思うと、四年の教室に向かうのも気おくれがした。

新しいクラスでも半分ぐらいは前と同じ顔ぶれで、九州の与太中学を追い出されたオッサンや、濃いヒゲを生やした図体のでかいオジサンたちが、炳五の顔を見るやいなや肩を並べて近寄って来る。何事かと身構えた。

「おまえ、凄い奴だな。先生を一人、辞めさせたんだって？」

「授業に出るな言われたら、いっさい出んとは、ぬしゃ肥後モッコスのごたるな」

何人かは、まるで勝ち力士の福をもらうように炳五のカラダに触ってくる。どうやら用器画の先生は、自信をなくして辞めてしまったらしい。先生は教室に来ると必ず、最初に炳五の空席に目を走らせ、「また休んだか」と呟いていたという。

先生の病弱で神経質そうな顔の印象がおぼろに霞んでゆく。

何か困ったことが起きたら、オレたちに言えよ。力になるぜ。腕っぷしの強そうなオッサンたちが口々にそんなことを言う。用器画の先生には悪いが、なんだか面白いことになってきたな、と炳五は思った。

新しいクラスには、ちゃんと中学生らしい年格好の生徒も炳五のほか二人いて、お坊ちゃん風なのが逆に目立った。共に炳五と同じ三年次からの転校生で、読書の話題など共通点も多く、すぐに仲よくなった。

細身で度の強い眼鏡をかけたほうが沢部辰雄。炳五と同い年で秋田出身、小学校卒業と同時に上京して、早稲田中学に通っていたという。合格するのも難しいエリート校だが、中退したからにはそれなりの理由があったのだろう。理由については黙して語らなかった。

快活で剽軽《ひょうきん》な顔立ちの山口修三は、大阪商業学校からの転校生。舞台俳優になりたくて東京に出てきたと言うだけあって、大阪弁と東京弁をうまく使い分ける。年齢は二歳上だが、見た目も雰囲気もむしろ年下に見えた。

「舞台俳優っていうと、シェークスピアとかチェーホフとかか？」炳五が山口に訊く。

「いやあ、そんな大層な劇は、オレの顔では無理だ」

山口が堂々と胸を張って答え、炳五も沢部もプッと噴き出した。

「理想はチャップリンだな。演劇のイノチは、動きで笑わせることだよ」

「なるほど。カラダの動きで笑わせるのは、舞台や映画の特権だもんな。チャップリンは最近の『キッド』とか、泣きの演技も入ってきてるけど、あれはダメか？」

「ダメとは言わんが、泣かせるのは文章でもできるからなあ」

炳五は山口の意見を聞きながら、この男、ちゃらんぽらんに見えて意外にマジメに考えてるんだなと思う。

「でも、笑いはアトに何も残らない」沢部がぽつりと言う。

「そこがいいんじゃねえか。世の中、深刻になりすぎなんだよ」

「それでいい奴は、それでいいさ。僕はそれじゃ満足できない。ひとに笑わされて、自分が本当に楽しくて笑ってると思い込む。それって、ニセの感情なんじゃないか」

「何言うてんのかわからへんな」山口が急に大阪弁になる。「劇みて、わろて、ハイそれまでよ、そんでええねん。おまえみたくグルグル深刻めかして考え込んで、疲れてボロボロになった頭も、大笑いして気分一新。薬みたいなもんやで。特効薬や」

「辰雄が言いたいのは、自分の感情は自分でコントロールしろってことか」炳五が口を挟む。

「うーん。ちょっと違う、かな。プラトンの洞窟の比喩ってあるだろ」

「プラトンってのは、あの、空ばっか指差してる奴やろ。延ばした指が固まってしもて、下におろせへんねん」

「何かにそんな絵が載ってたな」炳五が山口に合いの手を入れる。「あれはアリストテレスのほうがつらいぞ。腕を水平に保ちつづけるのは――」

「僕は――」沢部が鋭くさえぎった。「僕は、洞窟の比喩をいつも考えてる。自分がいま目の前で見てるこの世界は、本当にホンモノなのか。洞窟の壁に映る幻灯みたいに、ときどきひどく薄っぺらく感じることはないか」

　沢部の強い語気に気圧《けお》されて、炳五は少し考え込んでしまった。ジョークだけで成り立ってるはずの中学生の会話に、こんな不似合いな哲学の話を、しかも真剣に持ち込んでくる奴がいるなんて、やっぱり東京の中学は一味ちがうな。そう感心しながら山口のほうを見ると、山口は相変わらずというか、持って生まれた顔なのか、からかいのタネを探してウズウズしている感じだ。

「わからないでもないよ」炳五が山口の機先を制して言う。「映画を見てると、画面に映る世界はホンモノじゃないってわかってても、ついついのめりこんで、映画の世界に入り込んでる時がある。自分の記憶だってそうだ。過去の記憶を思い返してみても、全部が全部、現実にあったことじゃないのかもしれない。夢や想像なんかも無意識に混ぜて記憶のフィルムに焼き付けて、そいつを何度も何度も反芻しているうちに、創り変えられた記憶がホンモノになりかわってしまう」

「それを言うなら、演劇はもっとそうだぜ」山口もマジメな顔になる。「役になりきった役者は、その演目が長く続けば続くほど、心が現実に戻って来られなくなる。その挙句に気が狂ったり自殺したりする者だって、極端な話、いないことはない。なりきり型の役者は、もともと少し狂気を孕《はら》んでるようなところがあるよ」

沢部は山口の顔をジロリと睨んで、かすかに頷いた。いちおう認めた形だ。

その日から、三人は急速に仲よくなった。

つまらないと思う授業は三人とも大体同じなので、サボって喫茶店で話すことが多くなった。次の授業にはどうしても出たい時とかは、学校と目と鼻の先、護国寺門前にある鈴蘭へ行くことが多い。二教科以上連続してサボれる場合は、少し距離はあるが神楽坂の紅屋へ出かけた。紅屋は一階が洋菓子店、二階が喫茶店、三階はダンスホールになっており、いつ行っても女学生やモダンな女性たちで賑わい、華やかな気分が伝染する。

紅屋でテーブルに着くとすぐ、女性客のほうをちらちら盗み見ながら、品定めをするのが日課だ。山口は肌に弾力がありそうな野性的・肉感的な女性が好みで、自分の好きな演劇のヒロイン役を頭の中で当てはめて楽しんでいるようだった。沢部は浮ついた話になると途端に無口になるのでよくわからないが、女嫌いでないことは確かで、最も熱心に盗み見ているのは沢部だ。炳五は品定めではだいたい清楚な感じの美人を選ぶ。ただ現実に付き合うなら、気っぷのいい陽気な娘のほうが好きかもしれず、ときどき山口の趣味に賛同したりした。

三人で話していると、あっという間に時間が過ぎた。三人とも性格も思考パターンもかなり違うから、少し背伸びしていろんな議論を吹っかけてみたくなる。自分が述べた意見の中にも、新しい発見がある。オレはこんなことを考えていたのか、と意外に思う。

「なあ辰雄」炳五が訊く。「この前、話に出たアリストテレスの中庸ってのはさ、儒教の中庸とどう違うんだ？」

「ああ、それは僕も考えたことがある。厳密には違うんだろうけど、でも、過剰でもなく不足でもない状態といえば、そりゃ真ん中だからね」

「つまんねえよな、真ん中なんて」山口が周囲を見回しながら、少し声を潜める。「紅屋も鈴蘭もマルクス主義の学生が多く出入りしてるから、その手の話は気をつけないとな。で、たとえば政治だ。その道ひと筋に勉強してきた政治家たちが、互いに正反対の説を信奉してたりするじゃないか。総理大臣が各派の主張するその真ん中を採ってけば、どうなる？　最終的には何もできない。真ん中ってのは、ただ凡庸なだけじゃないか」

「中庸ってのは、そういうことじゃない。アリストテレスだって儒学だって、中庸の徳は、常にニュートラルな〝心〟の状態をいうんだ。どっちつかずなわけじゃない」

「ニュートラルっていうと――」炳五が考えながら言う。「柔道でいう自然体みたいなものか。静心の構えとか、不動の構えとか、いろいろ言われるけど、無駄な力をいっさい抜いて、何が起ころうとも瞬時に対応できる構えだ。馬庭《まにわ》念流の基本だし、宮本武蔵もそうだな」

「そりゃ脱線だ」山口が笑う。

「あんがい脱線でもないよ。炳五が言うのは本質的なことだ。後世まで残る哲学はたいていの場合、本質的なものだから、何百年何千年たっても変わらないし、みんな同じことを言ってるんだと思う」

「ああ、それはオレもそう思うぜ」山口が頷く。「結局いちばん偉いのはブッダとキリストと、宮本武蔵だ」

炳五は大笑いしたが、沢部はむすっとしていた。

21　何でも見てやろう

炳五たちが入り浸っていた護国寺門前の鈴蘭は、窓がなく照明も最低限にしてあったので、戸外から突然店に入ると真っ暗なのに驚く。席に座り、だんだん目が慣れてくると、この暗さが居心地よくなってくる。何かにくるまれているような、守られているような感覚。子供の頃の、秘密基地の感じも少しある。社会主義に共鳴する学生たちが溜まり場にしていたのも、この暗さに理由があったかもしれない。

炳五は、献吉から社会主義関連の本や冊子を数冊借りて読んだので、思想の根っこのところは理解したつもりでいる。献吉は早稲田に復学した一九二〇年、佐野学が学内に作った建設者同盟に参加し、マルクス経済学をみっちり勉強した。その結果、献吉の得た結論は、生きた人間を考えないシステマティックな思想は「独断」であり、「唯物史観には哲学的基礎は与えられない」というもので、わずか一年で同盟を脱退していた。

炳五も思想の紹介文や概略などを読み、徹底した平等志向には共感するところもあったが、そのために個人の自由を犠牲にしなきゃならないのは、ちょっとイヤだなと思った。読めば読むほど、相いれない気持ちが強くなる。おおよそ献吉と同じ理由で、こいつら、人間をわかってないゾと思ったのだ。色と欲、夢や野望、闘争本能、自分だけの自由な場所、芸術に対する感動、そういうモノがここにはない。生きて動く「人間」が抜け落ちている。炳五はそう思った。

炳五たち三人の中では、思想方面なら沢部がいちばん詳しいが、政治がらみの思想にはあまり興味がもてないようすで、山口のほうがむしろ、演劇方面で社会主義について見聞きすることが多いようだった。

三者三様、社会主義思想について思うところはあるのだが、それでも、三人の間で社会主義について語り合うことはあまりなかった。その程度の関心しか持てないことの表れでもあった。


六月下旬、いつものように鈴蘭へ行くと「村山知義の意識的構成主義的第三回展覧会」という長ったらしい名前の前衛芸術展が開催されていた。店の壁面やテーブルを使って十数点の作品を展示している。

「絵、なのか、これは」山口が頓狂な声を出す。

「抽象芸術みたいだね」沢部もさすがに言葉少なだ。

炳五は、東京の喫茶店はこんなこともやるのかと驚いたが、口には出さなかった。

普通の絵画らしいのもあるが、木版に何やら立体的にくっつけたような作品もある。細長い板をいくつも並べた上に、金属製の奇妙な物体がコラージュされたもの、額の上枠から小さな人形が吊るされたものもある。

　タイトルは「踊り子ヨランダ」「窓に倚《よ》れる女友達」などイメージできそうなものもあるが、「題の無い絵」「紙の上に：a」「重要なるコンストルクシオン」など、何かをイメージされることすら拒否したような作品もある。

「異物の集まり、って感じだな」炳五が言う。「無機質なモノばかりのようで、でも攻撃的ではない」

「木が使ってあるからかな」山口は結構気に入ったようで、しきりに頷いている。「いい感じに曲線も入れてるし、木の色合いに合わせてるからか、全体の色彩が優しいんだな」

「ふうん、修三でも絵がわかるのかい」沢部がちょっと小馬鹿にしたように言う。

「この野郎。演劇の舞台にも、こういう前衛芸術っぽい背景は多いんだよ。流行りだからな。辰雄にはこういうの、わかんねえだろ」

「わかるもわからないも、こんなの何も表現してないじゃないか。コケオドシだよ」

　山口はお手上げといった表情で炳五のほうを振り向く。

「いいんだよ、人それぞれで」炳五は沢部をなだめるように笑った。「芸術はわかるかわからないかじゃない。感じるモノがあるかどうかだ。世間で褒めてるから褒めなきゃいけないって法はない。自分がいいと感じた作品がいい。ただそれだけ。それがいちばん大事なことだとオレは思うな」

「そうそう。演劇の魂もそれだよ。話の筋なんかわからなくっても、感じられる演劇が一番なのさ」

沢部は少し押し黙って、頭の中だけでいろいろ考えているふうだった。

村山知義の作品群が飾ってある下に、次の展覧会の案内チラシがたくさん積まれていた。

山口が三枚拾い取って、炳五と沢部にも手渡す。来月、村山らが浅草で開催する「マヴォ第一回展覧会」の案内チラシで、堂々たる宣言文が目に飛び込んでくる。

「私達は尖端に立つてゐる。そして永久に、尖端に立つであらう。私達は縛られてゐない。私達は過激だ。私達は革命する。私達は進む。私達は創造する。私達は絶えず肯定し否定する。私達は言葉のあらゆる意味に於て生きてゐる。比べる物のない程」

「スゴイな、これは」炳五は感嘆の溜息をもらした。

「作品そのものより、宣言文のほうがいいんじゃないか。グッと来るよ」山口が言い、

「これなら僕にもわかるよ。大した気概だね」沢部も頷いた。

炳五は、自分もいつか「尖端に立つであらう」ことを半ば確信し、半ばはそれが落伍者への道でもあることを予感していた。胸の底に、くろぐろと渦巻く夢があった。暗く底光りのする夢は、角度によって煌びやかな金いろに輝いて見えた。

山口と沢部は少し興味の方向が違うが、炳五は何にでも興味があった。

山口と二人では浅草の演劇や落語などを見に出かけた。浅草オペラというのが流行っていて、普通の演劇に舞踊や音楽を付けるのだが、通俗的なエロ・ショーも多かった。

山口のおすすめは浅草で大人気だった「サロメ」で、連れられて入ったその小屋には異様な熱気が満ちていた。ほとんどの観客は、サロメ役の女優めあてで来る。肌もあらわな肢体をなめらかにユラユラとくねらせる、その一つ一つの動きに、ふしぎな官能が匂い立つ。目つきも誘惑的で、エキゾチックな艶っぽさがあった。

王女のサロメが、自分になびかない預言者ヨカナーンの首をはねさせ、血のしたたる生首に口づけしながら踊る、そのシーンには通俗を超えた狂おしいエロスがにじみ出ていた。倒錯的な恋の炎に当てられて、炳五はヨカナーンの首に嫉妬しそうになる。帰りの電車の中でも、サロメの肉感の残り香でカラダが火照って仕方なかった。

沢部と二人の時は、もっぱら宗教や哲学、宇宙の成り立ちなどについて語り合った。倫理の教科書だけでも、どんなふうにも深読みできるし、互いに本を交換し合い感想を語り合っていると、知的興奮でワクワクする。

世界のすべてを知り尽くしたい。この世にありとある書物を読み尽くしたい。聖書も仏典も、ゾロアスター聖典もコーランも、全部。ギリシャ哲学も、デカルトもカントも、ヘーゲルもフロイトも――。でも、一回限りの人生では、とうてい時間が足りない。全部を見尽くすことはできそうにない。悲しいことに。

それならばせめて、根源にある何かを探り当てたい。あらゆる思想、あらゆる哲学の中心には、いつも大きな謎がある。なぜ宇宙は存在するのか、宇宙には始まりや終わりはあるのか、意識する「自分」とは何ものなのか、人間は死ぬとどうなるのか。

宗教や哲学の始まりまで遡っていくと、仏教の始まる前の古代インド哲学に突き当たる。最も神秘的な、最も混沌とした、まるで宇宙そのもののような教義体系は、眩惑的で、何か異常な力を秘めているように見えた。

沢部の家のすぐ近く、牛込区榎町《えのきちょう》の禅寺で、日曜日に座禅会が開かれるという。炳五は沢部と語らって、これに参加した。とにかく一度は、本格的な座禅修行を体験してみたい。体験会程度で何がわかるものか、とも思うが、何事も経験が大事。自分自身の体験を通してしか何も語れない。これが炳五の信条だった。

その日は、炳五たちを入れて二十人ほどの参加者があった。禅堂では、足や手の組み方、呼吸法など、かなり長い時間をかけて教わり、般若心経など唱和してから座禅が始まった。

結跏趺坐《けっかふざ》を少し崩した形で許してもらい、目を閉じて全身から力を抜き、心を無にする。口で言うのは簡単だが、完全に何も考えずにいるのは難しい。普段以上に、さまざまな思いが浮かんでは消える。悟りを開いた時、覚者はどんな気持ちでいるのだろう。気持ちも何もないのか。いわゆる境地というやつなのか。いや、ダメだ、考えてはいけない。無念無想。

心に何もない状態。無へ、無へ。想念を消そうと努力する意識が逆に焦りとなって、想念の渦巻が発生する。全身がこわばってくるのが自分でもわかる。

パシリと肩を打たれた。この日の警策《きょうさく》第一号が炳五のようだ。痛くはないが、ビックリしてカラダの力が抜けた。打たれた瞬間に、炳五は剣道や柔道を思い出す。あらゆる武道において、自然体であることが最も大事であること、そう、自分はその訓練を積んできたはずじゃないか。無になるのは無理でも、無心でいればいい。風に身をまかせるように、水の流れに従うように。

警策の音はあちこちで鳴っていたが、炳五はそれきりで打たれることはなかった。あとで聞くと、沢部は五回も打たれたそうだ。

抹茶と和菓子をいただきながら、和尚さんから公案についての話を聞く。臨済禅では特に、師から与えられた一つの公案を一日中、時には何日にもわたって、考えつづけるのが大きな修行になるらしい。公案一つ一つは短いが、意味のわからない難問ばかりで、知性や分別では絶対に解けない。それを、まさに知性や分別を使って解いた気になる優等生気質の者が、いちばん正解から遠いのだという。

簡単な公案集の見開き冊子をもらって、寺を出た。

冊子には公案が三つ載っている。炳五はチラッと目を通して、思わず噴き出した。

沢部にも指さして見せる。『無門関』第二十一則。雲門《うんもん》という僧が「仏とは如何なるものか」と問われ、「糞カキベラだ」と答える、たったそれだけの話である。

「糞カキベラって何だろう」沢部が呟くのに、炳五が答えた。

「昔は尻拭き紙がなくて、うんこのあとは木の皮とか枝で拭いてたって聞いたことがある。そういうモノのことじゃないかな。仏が糞カキベラだとは、冒瀆的で面白いや。まさに、知性や分別では解けない難問だ」

「坊さんの名前が『雲門』ってのもワザとかな」

「うふふ、そこまでは気がつかなかったよ」

こんなふうに茶化してその日の座禅修行は終了した。

糞カキベラとは何か——。とるにたりない、なんでもないもの。どこにでもあるもの。無用のようで必要不可欠の道具。この世のすべてに相渉《あいわた》るもの……

炳五はバカバカしいと思いながらも、その晩、寝床の中で一人で考えつづけた。

22　地震雷火事親父

小石川にある山口修三の家の門には「白眼学舎　小西久遠」という麗々しい看板が掛かっていた。山口の両親は大阪にいるので、叔父の小西こと白眼道人なる易者の家から豊山中学に通っている。初めて訪問する炳五にも叔父さんはにこやかに挨拶してくれたが、甥のことは自由にさせているのか特に話しかけてもこないで、すぐ奥へ引っ込んでしまった。

そのかわりに、茶の間にいた叔父さんの奥さんが、長火鉢にかけてあった鉄瓶から湯呑みにお茶を注ぎながら、炳五の顔を上目遣いにジロリと見て、唐突に言った。

「おまえさんは色魔だね」

炳五は何を言われたのか一瞬理解できなくて、きょろきょろと視線をさまよわせた。色魔？　色魔と言ったのか？　女に飢えて、ハアハア鼻息荒く女体をもとめる野獣。オレがそういうケダモノの顔に見えるのか。オレの目つきが奥さんのカラダをなめまわしてでもいたのだろうか。

山口の話では、彼女は花柳界育ちで、独特の眼力をもち、夫を手伝って占いの真似事もできるらしい。改めて彼女の姿を見れば、まだ若々しく肉づきもよくて、下から見上げる目つきには男を虜《とりこ》にせずにはおかない凄艶な色気がにじんでいる。

炳五はようやく言葉の意味を理解して「何を」と反発する気持ちになったが、考えてみれば同級生の誰よりも色魔なのかもしれない、と思い直す。山口と浅草で「サロメ」を見た帰り、電車の中でもカラダが火照って悶々としつづけたことを思い出す。性衝動は絶え間なく湧き起こる。性交とはどんな気持ちがするものか、そのとき自分は、また相手は何を考えているのか、何を考えればよいのか、いろんな妄想をふくらませた夜もある。なんだか自分でも気づかずにいた我が精神の本質を射抜かれたような気がして、炳五は「色魔」である自分を、粛然たる思いで閑《しず》かに受け止めた。

沢部辰雄と参禅して以来、炳五の真実探求欲はいっそう強くなった。夏休み前、松浦一の『文学の絶対境』という本が刊行されたのを書店で見つけ、タイトルに惹かれて買いもとめた。何かに呼ばれでもしたかのように、この本は炳五の欲求にぴたりとハマり、頭のあちこちを刺激した。

アメリカの詩人ホイットマンの解説本なのだが、詩の言葉と仏典の言葉がピッタリ一致する箇所を列挙している。半ば以上は仏教哲学の本になっており、さらにこれが「文学」の絶対境へもつながっていく。自分の魂の声を聴きとり、その声をもって大自然と、万物すべてと、対話すること、それこそが文学であり、哲学であり、宗教であるという。

論理や感情を超えた世界。「感ずるがまゝに悟りとなる清浄なる魂」の世界。「無限」を希求し「永遠」をもとめる「魂の叫び声」が聞こえる世界。人は瞑想によって、そういう神秘的な世界に出ることができると松浦は述べている。

トンデモ本的な話の流れだが、東京帝大文学部の公開講義をまとめたものらしい。仏典や哲学的散文の引用だらけで、松浦自身の文章も詩的で難解だから、全体の論旨をつかみとるのは容易でない。それでも炳五には、自分が今いちばん疑問に思っていることに、真っ向から答えようとしてくれている、真摯な文章だと感じることができた。

禅寺での瞑想体験も、この境地に近づく細い道の一本なのかもしれない。何事でも、やってみるとみないとでは天地の差がある。オレはもう少し、この道を本気で探ってみたい。何もないかもしれないが、探求する行為自体にもきっと、意味がある。

炳五はこの本を沢部に貸し、松浦一のもう一冊、八年前に出ていた『文学の本質』も購入して、読みふけった。こちらも主張内容はほとんど変わらない。やはりインド哲学の宇宙観や神秘主義思想がよりどころになっていて、老荘やベルグソン、ダンテ、ワーグナーまで引用されているのが斬新な感じだった。

こうして読まなければならない本がふえていく。この類の手引書を読むとどうしてもそうなる。途方にくれもするけれど、新しい発見が未来に待っている、そう思うだけで、吠え猛りたいような興奮がこみあげてくる。

夏休みの間ずっと、炳五は目につくかぎりの思想書や哲学書を読みあさった。

合間に、日本文学史をたどって、漱石、鷗外から白樺派まで、有名な小説も手あたりしだいに読む。哲学や思想のムダに難解な文章にどっぷり漬かったあとで文学の言葉に触れると、清流を口にふくむ爽涼感があって、やっぱりいい。感覚表現にも肉の厚みがある。脳味噌をひっかき回す思想の言葉には、肉体がない。本当に実感したことなど一つも書かれていない気がする。それでも、思想の言葉も今の自分にとっては必要な養分なのだ。

夏休み最後の日、関東地方を通過するおそれもあった台風は、夜の間に日本海側へ抜けた。明くる九月一日の土曜日、雲間には青空も見えていたが、ときおり強い風が一陣のカタマリとなって吹き抜けた。

そんな天候のせいもあって始業式は早めに切り上げられ、この日は炳五も寄り道をせず帰宅した。昼ごはんまで中途半端に時間が空いたので、自分の部屋でトランプ占いを始めた。四枚ずつ十二束を時計状に並べ、真ん中にもう一束置いて、そこから一枚めくり、たとえば六が出たら六時の位置の札の外側に置き、次は六時の上の札を引く。同じように、引いて出た数字を時刻に合わせて順繰りに開いていくだけの、簡単な占いだ。真ん中はキングの場所で、キングが四枚全部開いた時点で終了。この時点で、もし全部の札が開いていたら、その日は最強の運勢となる。

一度めがあまりに悲惨な結果だったので、これはなかったことにして、もう一度丹念にトランプを切り、並べ直していると、献吉も早ばやと家に帰って来たようすだ。

献吉はこの四月に早稲田大学政経学部を卒業し、銀座京橋の長岡銀行東京支店に勤めていたが、土曜日は半ドンで、昼前に帰宅できる。

仁一郎は夏休み前から臥せっていることが多かったが、ここしばらくは特に体調が悪く、寝たきりの状態が続いていた。

上枝《ほずえ》は大学がまだ夏季休暇中なので、昼まではとにかくウチで時間をつぶしている。

つまり、この昼、たまたま家族全員が家の中にいた。

徳《のり》と婆やに昼ごはんができたと呼ばれて、炳五が立ち上がろうとした時、強烈な縦揺れが来た。地面の下から誰かが棒で殴りつけているような衝撃で、思わず尻餅をついてしまう。ほとんど間をおかず、目の焦点が合わなくなるほどの横揺れが来る。カラダのバランスがとれない。空間がぐにゃりと曲がったような感覚。漆喰の壁が剥がれ、時計状に並ぶトランプの上に崩れ落ちる。

とにかく、この部屋から逃げなければ――。机の上の本棚は倒れ、部屋のあちこちがガタガタ鳴る。視界はまだ大きく揺れる中、炳五は気を張って立ち上がり、倒れてくる障子をよけて縁側から庭へ出た。同時に、屋根瓦が数枚、バラバラと落ちかかる。頭に直撃しそうで冷やりとする。庭のほうが、かえって危ない。

何かの下にもぐれ、火は消したかと、兄たちが口々に叫ぶ声が聞こえる。

ハッと寝たきりの父を思い出し、炳五は跳ねるように縁側を蹴って、父の部屋へ走った。

寝室の柱や梁はとりあえず大丈夫だ。父の寝床、とくに頭上に、落ちてくる物がないか周辺を見まわすと、床の間の鴨居が落ちて花瓶が割れている。床柱と壁とを横に支える長押《なげし》も少しぐらついているのがわかった。父の枕もとに転がってくるおそれがある。絶対に落とさぬよう支えなければ。

炳五は他の一切を考えず、長押を両手で支えた。揺れはほとんど治まっても、手を離した途端に落ちてきそうな気がして、懸命に支えつづけた。

しばらくして駆け込んできた上枝は、すぐに事態を見てとって、父を布団のまま部屋の中ほどまで引きずった。「炳五、もういいぜ」

言われてはじめて、ああ、布団を移動させればよかったのかと気がついた。そおっと手を離し、長押の接合部を確かめた。

「皆、無事ですよ」上枝が父を安心させるように語りかけていた。

揺れたのが正午近くだったことと、日本海側を進む台風の影響で風向きが刻々と変わったこととで、下町のほうは大火が広がりつづけているという。号外や、下町方面から逃げて来た人の話で、東京が大変なことになっていることはおおよそわかった。

献吉の通う京橋の長岡銀行も焼けただろうが、新入行員が出向いても何ができるわけでもない。献吉は、この先なにが起こるかわからないから、と情報収集に努めていた。

幸い自分たちの住まいのあたりは比較的被害が少なく、火災も起こっていない。

夕方には、東のほうの大火によって積乱雲が空一面を覆うほどに膨れ上がった。あちこちで、目がくらむような稲妻が光を散らし、落雷の音が空気を揺るがした。

「これぞまさに、地震雷火事親父だな」上枝がニヤリと笑い、

「ご近所に聞こえますよ」徳がちょっとたしなめる。

その途端、空全体が長く点滅するように光り、ゴロゴロゴロとあんがいショボい雷鳴が後を追った。父の寝室に集まっていたみんな、顔を見合わせてプッと噴き出した。

「まあ、なんにしても、父サマも無事でよかった。炳五のおかげだな」

献吉に褒められて、炳五は少し照れた。「いや、あの時は夢中だったから」

「家全体を支える意気込みだったぜ」上枝もからかい半分に褒める。「仁王立ちとはこのことか、って感じだったよ」

「炳五」寝床から父が呼ぶ。

父に名指しされたことなどあまりない炳五は、少しドキッとした。

「明日、市内の火事が治まったら、私の名代で火事見舞いに行って来てくれまいか」

父はいつになく優しい目をしている。

炳五はこくんと頷いた。「どこへ行けばいいですか」

「うん、本郷駒込の大和郷《やまとむら》、加藤高明邸と若槻礼次郎邸へ、それぞれお見舞いの手紙を届けて来てほしいんだ。手紙はあとで書くから」

その二人の名前は炳五でも知っていた。総理大臣に最も近い位置にいる二人だ。

「わかりました。火事の状況に注意して、行ってきます」

どうして兄たちを差し置いて自分が、と思うが、献吉は一家の大黒柱として緊急事に対処する必要がある。父としては、自分を守ってくれた炳五へのお礼の気持ちで、大事な用事を頼んでくれたのかもしれない。

家庭教師だった金野巌《こんのいわお》先生の言葉をフッと思い出す。

「五峰先生は君のことを随分買ってるみたいだったよ」

炳五は我知らず顔が上気してくるのを隠そうとして、外の様子を見に、庭へ出た。

23 父の死

震災翌日の新聞には、関東全域が水没するとか、大津波が赤城山まで達するとか、まるで世界の終わりが来たかのようなデマ記事が並んだ。朝鮮人や監獄から解放された囚人たち数千人が、手に手に刀や鉄砲を持って暴れ騒ぎ、そこらじゅうに放火して回っているというデマについては、政府もマスコミも情報確認の手段さえないまま、東京じゅうに警報が発令され、戒厳令が布《し》かれた。

そんな中、炳五は学生服をきちんと着こんで、火事見舞いに出立した。仁一郎は起き直ることもつらくて手紙は結局書けず、炳五が持参するのは父の名刺だけである。

「こんな際だから、見舞いの品も持っていかなくていい。モノよりも、若いおまえが案じて来てくれた、そういうのがいちばん嬉しいんだよ」

炳五は父の言葉を誇らしく胸に抱きしめて歩いた。戒厳令下だろうと構うことはない。父サマに頼まれた大事な用件なのだ。何ものにも優先して、オレは行かねばならない。

下町のほうはまだ鎮火していないようだが、山の手までの延焼はなさそうだ。このあたりでは全壊した家屋もほとんど見かけない。

いつもの通学路を豊山中学まで歩き、そこから不忍通りをまっすぐ、二キロ余り歩くと、本郷駒込の大和郷《やまとむら》に着く。旧加賀藩の武家屋敷があった高級住宅街だ。外からは森のように見える六義園の向かいに、加藤高明邸があった。広大な敷地に建つ小綺麗な洋館。憲政会が今は野に下っているので私邸にいるわけだが、華族の邸宅ならではの近寄りがたい雰囲気があった。

不良中学生と次期総理の対面。場違いなのはもとより承知の上だ。あれこれ考えると気おくれしてしまうから、このヘンテコな対面を楽しもうと気持ちを切り換えた。大魔王の城に乗り込む少年ヒーローの気分だ。

玄関で取り次ぎの人に父の名刺を渡し、来意を告げると、程なく応接間に通された。調度品などは思ったより渋い色味のものが多く、過度な装飾はどこにもない。長く待たされることを覚悟していた炳五だが、ゆったりした着物姿の巨人が、なんの前触れもなくヌッと現れた。カラダもでかいが、顔も海坊主のようで、いかつい。

「やあ、いらっしゃい」

炳五の顔を一目見て、海坊主がニコニコッと笑う。魔物めいた顔が、一気に溶けくずれて、好々爺の雰囲気に変わる。

「こちらのほうこそお見舞いに伺わねばと思っておったところでしたが――」加藤高明は中学生の炳五に対しても敬語でやさしく話しかけてくる。「お父さんのご容態はどんなですか」

炳五はしどろもどろになりながらも、父のようすをできるかぎり丁寧に話した。加藤は本当に心配そうに、炳五の顔をまっすぐに見て、何度も頷きかえす。

「そうですか。坂口さんには少しでも長く頑張ってほしいな。あの人は、生きてるだけでもみんなの力になるんです。坂口さんのためなら、私は何だってやりますから、遠慮なく何でも言ってください」

ちょっと驚いて二の句が継げないでいる炳五に、加藤はまた例の好々爺の笑顔に戻る。

「一昨年、憲政会の会合で私も新潟に行ったんだけど、君はその時――」

「あ、ハイ、新潟にいました」

「あれで坂口さんには無理をさせちゃって、病状が急変したのはあのすぐアトだったから、いまでも責任を感じているのです」

「でも、あの時はすぐによくなりましたから。責任どころか、加藤総裁が来られるっていうんで、あの日の父は本当に生き生きして、嬉しそうでした」

「そう。それを聞いてちょっと安心しました。私は常々思ってるんですが、政治家としていちばん大事なのは、自分を勘定に入れないことなんだね。私もそうあるよう努めてるんだが、なかなか、できない。お父さんはそれができる数少ない人の一人です。自分のことのように他人のことを思いやり、国のことを思う。全幅の信頼を置ける、かけがえのない人ですよ。大事にしてあげてください」

「はい、わかりました」炳五は自分でも不思議なほど素直にハッキリと答えた。

加藤邸を辞したあと、すぐ近くの若槻礼次郎邸にも訪れたが、あるじは留守で、名刺を置いてきただけで終わった。


豊山中学も震災の被害はそれほど大きくなかったので、一週間後には授業が再開された。

昼休み、炳五は久しぶりに護国寺へ煙草を吸いに出かけた。いくつか倒れたままの墓石がある。それだけで以前より荒涼として、廃寺にも見える境内をブラブラ歩いていると、ボクサーの真田に会った。四年のクラスは別々になったので、顔を合わせる機会も減っていたが、同じクラスだった時も真田と会うのは大体ここだったな、と思い出す。

二人で煙草を吹かしながら、馬賊の夢やボクシングのその後のことなど語り合った。真田はボクシングに関する雑文をあちこちの雑誌に発表しているらしい。

「坂口、おまえ英語、得意か」

「英語？　なんだよ、急に。成績は悪いけど、結構読めるほうだとは思うよ」

「アメリカのボクシング小説を翻訳する話が来てるんだけど、おまえ、訳してみないか。オレは英語は苦手だが、ボクシングの専門用語はだいたいわかる。翻訳者名義はオレになるが、原稿料は半々で、翻訳を引き受けてくれると助かる」

「ふうん、雑誌に載るのか」

「そういう話になってる。『新青年』だ」

自分の名前が出ないのは残念だが、雑誌に自分の文章が載る、そう思うだけで少し胸が高鳴る。炳五は二つ返事で、やってみようと答えた。

翌日、真田から英語の小説の切り抜きを受けとり、辞書と首っ引きで翻訳に取り組んだ。これが思いのほか楽しかった。

英語ではきちんと主語述語のある文が多く、動詞の時制も過去なら過去ばかりが続く。これを日本語に直訳すると、主語がうるさくなるし、文末は「だ」や「た」ばかりになってしまう。何か一本調子にならない工夫はできないか、炳五は頭をフル回転させた。

直訳の時と同じ意味を保ったまま、視点・構成・表現などを組み換えてみる。そうこうするうちに、日本語の文章では、時制が自由自在にできることに気がついた。たとえば過去の話で三つの文がある場合、中の一文を現在形にしても、逆に臨場感や勢いを付加できて、過去である事実の妨げにはならない。主語もいくらでも省くことができる。魔法のようなテクニックが使えるのは日本語の特殊性だろう。

面白い。少し表現を変えるだけで、全体が生きて動きだすのがわかる。翻訳でもなんでも、書くことは、物事を考える手立てになる。今まで思ってもいなかった事が、自分の書く文章のあちこちからポロポロと見えてくる。オレはこんなことを考えていたのか、という驚きと発見。

炳五は文章を書く楽しみを、以前にまして実感した。

小説のタイトルは、原文の意味をたがえないように注意しつつ、粋な感じに仕上げたい。結構長く考えて、「人心収攬術」とした。

真田も喜んでくれ、掲載まちがいなしと言っていたが、その後たまに真田に会っても、結局雑誌に載ったかどうかすら定かではないのだった。

十一月二日、仁一郎は寝たきりのまま後腹膜腫瘍《こうふくまくしゅよう》により逝去した。炳五が震災見舞いに加藤高明邸を訪問してから二カ月の間、加藤は人力車に乗って何度も仁一郎の病床を見舞いに来てくれた。死期が近いと悟ってのことと思われたが、親身に父に語りかけ、励ましてくれた加藤の大きな姿は、炳五たち家族にもこの上ない慰めになったものだ。婆やに至っては、ありがたい、ありがたいと、涙をこぼして拝んでいた。

牛込原町の縁雲寺で四日に行われた父の葬儀には、加藤、若槻をはじめとして憲政会の重鎮が全員あつまり、漢詩界の主だった顔ぶれも含めて三百人以上が列をなして、霊柩車を見送った。翌五日には献吉が遺骨を持って新潟へ発ったが、上野駅にも加藤ら憲政会の重鎮がびっしり顔をそろえて見送ってくれたのは、さすがに献吉にも意外なことであったと、これは炳五が後に聞いた話である。

新戸主となった献吉は、多額の借金だけが遺っていると知って、少しでも収入を上げるべく、その月のうちに長岡銀行から横浜鶴見の日英醸造に転職した。カスケードビールの醸造工場を数年前に建設したばかりの新興会社である。銀行での経験を生かして会計係に採用され、おもに有楽町の事務所で勤務することになった。

戸塚の借家は家賃七十円で、当時の公務員の初任給とちょうど同額。毎月これだけ払うのでは、献吉一人の給与で一家五人の生計は立てられない。上枝があちこち探して、池袋村の丸山という所に家賃四十八円の四軒長屋を見つけてきた。周りは田んぼだらけで、とても東京市内とは思えない辺地だが、省線山手線の池袋駅が近いので交通の便は悪くなかった。

炳五にとっては、前より豊山中学まで近くなったので、まったく文句はない。いちばん通学距離が遠くなったのは、見つけてきた上枝自身だが、ラグビーやバスケットボールに凝っているので練習がわりに走って通学、彼もなんの頓着もない。

「なんだか都落ちの気分だねえ」婆やは冗談っぽく笑うが、少し不安げだ。

「家があるうちは大丈夫。なるようになりますよ」兄嫁の徳《のり》は、大家族を切り盛りしたアサの姪だけあって、小言ひとつ言わず、どっしり構えていた。

四十八円でもまだ高すぎたので、年が明けた春には、同じ池袋近辺で家賃二十七円の古びた二階屋へ転居した。二階は八畳間ひとつで、そこを上枝と炳五の部屋とし、一階の八畳に献吉夫婦、その隣の三畳に婆やが寝起きした。築何十年になるのか、隙間風がひどく、雨が降れば雨漏りした。炳五も上枝もやっぱりなんの不満もなく、雨漏りがあれば上枝が二階から屋根の上へスルスルと登り、なんだか楽しそうに修理していた。

24　見るまえに跳べ

中学の最終学年である五年になっても、山口や沢部と一緒にいることが多かったが、ヒゲのオッサンたちからも多方面の誘いを受けた。用器画の一件もまだ語り草になっていたし、それ以上に、体操の時間や放課後の遊びなどで、炳五は何をやらせても抜きんでていることがわかったからだ。九州出身の大男たちは力は強いが、正式にスポーツや武道を習った者はほとんどいないから、砲丸投げでも相撲でも力まかせにねじ伏せようとする。どちらもタイミングやワザの勝負だから、炳五は楽々と勝ち、運動の面でも一目も二目も置かれることとなった。

初めは中学対抗の駅伝レースで、新聞配達や人力車夫のアルバイトをしている年配の同級生たちがこのレースに執心していた。当然圧勝できる実力はあるのだが、車夫などのいわば走りのプロが参加するのはいかがなものかと抗議の投書をした学校があって、何年か前に優勝旗をとりあげられたことがあったという。

そこで炳五に白羽の矢が立った。しかし、短距離なら自信はあったが、今までマラソンで選手になったことはない。辞退しようとすると、

「じゃ、練習を兼ねて、いっぺん人力ひいてみないか。バイト代も稼げて一石二鳥だぜ」などとウマく乗せられて、一日人力車夫もやってみた。

雨の日の夕方を選び、銀座の車宿《くるまやど》へ行って幌付きの人力車を借りる。歌舞伎座から有楽町駅まで、ふつうに歩いても十数分しかかからないが、金持ちの客が雨の中を歩く距離ではない。人力車で片道十銭から十五銭程度だが、三往復もすると六十銭から九十銭ぐらいになった。真田が話していたマムシ一匹一円二十銭に比べると少額だが、時間と労力さえ惜しまなければ、一日でマムシを超えられる。実際、雨の日の車引きだけで自活している同級生もいた。

我が家の苦しい家計の足しにもなるか。チラリと思うが、炳五としては、銀座で車を引くことには少なからず抵抗があった。ねぎらいの言葉をかけてくれる客ばかりならいいが、人を見下したような横柄な態度の金持ち客にもしばしば出くわす。ケンカしそうになるのをグッとこらえて車を引きつづけるのは、精神衛生上よくない。

結局、駅伝の選手にはならなかったが、そのかわり、秋の全国中等学校競技会や学内の各種大会への出場登録を打診され、適当に頷いていたら、六種目ぐらい出場登録させられてい

た。決め方は適当でも、自分の得意種目ばかりだ。期待には応えたいし、実力をみんなに見せたい気持ちも強い。

以後、夏休み中は毎日、各競技の練習に励んだ。


運動とは別に、炳五のまわりでは演劇熱も巻き起こっていた。

演劇に関しては山口が詳しいので、山口オススメの舞台とあれば、たいてい炳五も一緒に見に行っていたが、この夏休みの上演作品では「思ひ出」が注目のマトだった。ドイツのマイヤー＝フェルスターが書いた戯曲「アルト・ハイデルベルヒ」の翻案である。

ハイデルベルヒの大学で過ごした主人公カールが、故郷の国の大公になるため町を去る。恋人ケーティとも離れ離れになるが、後に町を再訪、ケーティとも再会を果たす。だが町にはもう昔の面影はなく、青春の思い出はすこし寂しい傷心とともに終わる。

大正初年の頃は松井須磨子がケーティを演じて話題になったが、今回は二カ月前オープンしたばかりの築地小劇場で、ヒロインは田村秋子だ。少し西洋風の面立ちの美人。健康的な色気がある。いつもは演劇に興味のない沢部まで、この作品は見たいと言いだしたので、さては沢部のタイプは田村秋子だったかと、山口と炳五に散々からかわれた。

見終わったあと、三人はしばらく何も言わず、それぞれの感傷に浸った。ケーティは酒場の女給で、大公となるカールとはもともと釣り合わないと諦めていたのかもしれない。見ている間、炳五は何度も、新潟の浜茶屋で給仕をしていた娘を思い出した。小麦色の肌がまぶしく、ぶっきらぼうだけど優しい目をしていた、あの娘はやっぱり噂のとおり下町《シモ》の花街へ奉公に出たのだろうか。

「十月の豊山祭で、オレたちの『アルト・ハイデルベルヒ』を上演してみないか」山口が唐突に提案した。

「いいな。やろう」炳五が即答する。

この二言で素人演劇の初挑戦が決定した。演劇好きの同級生を何人か集めて、夏休み中はおもに坂口家で抱負や構想を語り合った。

問題は、主役のカールよりも、誰がケーティをやるか、ということだった。

「炳五は女役、似合いそうじゃないか」山口がわりと本気で言う。

「バカ言え。眉は太いし、鼻も顔もでかくて、とてもじゃない。グロテスクだよ」

「じゃ、誰が……」

誰からともなく、沢部がいい、となる。

「カラダの線は細いし、眼鏡はずして伏し目になると色っぽいよ」そう言われて、「そうかい?」まんざらでもなさそうな沢部だったが、「でも主役なんだろ。セリフ多いのはイヤだな」と首を振る。

「フム、確かにな。主役がコケたら全部おじゃんだ」

「やっぱり、どこかから女の子を呼んでくるしかないだろう。結城んちの妹なんて、どうだ。あの子をこっそり舞台に忍び込ませてさ」

「そりゃ人気出すぎて、すぐバレちまうよ。職員室に呼び出し食らって終わりさ」

なかなか話はまとまらないが、とりあえず炳五が全一幕の台本を書いてみることになった。モトの戯曲を簡略化して、どう見せ場をつなげるか、アレンジが勝負だ。

炳五は浜茶屋の娘の面影を思い浮かべながら、彼女と架空の対話をする気持ちでダイアローグを組み立てていった。空想の対話は甘酸っぱく、時に愉快で、絶えず胸の奥が疼く。小さな痛みさえ、大切な、幸せな時間のように思えた。


八月二十二日と二十三日、東京調布のプールで第一回全国中等学校水泳大会が開催された。新聞の見出しを読んで、六花会の仲間だった北村の顔がフッと浮かぶ。あいつのクロールは本当に凄かった。新潟の海のはるか沖へ、あっという間に泳ぎ去った雄姿を思い出しながら記事を読んでいくと、一〇〇メートル自由形の優勝者として「北村博繁（新潟中）」と名前が出ていた。

「おおっ」思わず叫び声が出た。炳五は北村の快挙が自分のことのように嬉しく、婆やや兄たちにも声高に自慢しまくった。

その日は自分も学校のプールへ出かけて、北村のように、北村のように、と意識してクロールを泳いでみた。やっぱり自分には泳ぎにくい泳法だと再確認してグッタリ疲れたが、全身の細胞が生まれ変わっていくような、気持ちのいい疲労だった。

次は自分の番だ。カラダの底から大きな力が湧いてくるのが自分でもわかる。

九月二十日と二十一日の土日には、駒場農大の競技場で全国中等学校競技会（インターミドル）が行われ、炳五は走り高跳びに出場した。

新潟中学では、オリンピアンの斎藤兼吉《かねきち》先生から幅跳びも高跳びも習っていた。高跳びのほうが脚力よりもテクニックの差が出る。炳五の得意種目だったが、例年のインターミドル優勝者の記録には及びもつかない。順当に進むなら優勝は不可能だ。

なんとか予選は通過したが、記録は決勝に進んだ六人の中では低いほうだ。予想どおりだが、出場したからには北村のように優勝したい。なんとか勝つ方法はないものか。諦めきれなくて、答えのない問題を行ったり来たり考えあぐねていた。

決勝が始まる直前のこと、晴れていた空にみるみる黒雲が湧き、ぽつぽつ来たかと思うとすぐ、どしゃ降りになった。にわか雨なのですぐにやんだが、フィールドの地面は柔らかく、水はけが悪い。

これじゃみんな泥まみれだな。いい記録も出ないだろう。となると――

炳五は、わずかな勝機を見いだした。

二十年ほど前から、跳び方は「ウエスタンロール」が主流になっている。左斜め方向から助走した場合、左足で踏み切り、バーの上での体勢は右足を上にした横向きになる。残りの左足を体に引きつけてバーを越え、左足を先にして着地する。勢いよく振り上げる足が右足になるので、右利きの選手は左方向から跳ぶことが多い。この日、炳五以外の五人は左から跳ぶので、試技で何度も走るうち、左の助走路は泥でグチャグチャになった。炳五も右利きだが右から跳ぶのが好きなので、右跳びは炳五だけだ。ここが勝機だった。

記録は一メートル五七センチ。例年よりかなり低い数字だが、炳五が優勝した。

北村、やったぞ、と勝鬨《かちどき》をあげるほどではないが、やっぱり勝つのは気分がいい。

この優勝に味をしめたわけでもないが、翌月の十月十八日には豊山中学の運動会で、炳五は縦横無尽の活躍をした。同級のオッサンたちの推薦で、各種陸上競技に選手登録されていたので、言われるまま、砲丸投げ、ハードル、短距離走などに出場、どの種目でも好成績を収めた。十一月一日にはやはり学内での相撲大会に、二日には柔道大会にも出場、これらも自分の出番ではきっちり勝ちを収めた。スポーツの秋、全開の年だった。

運動会と相撲大会の間の十月二十五日と二十六日、土日に開催された豊山祭で、山口たちは予定どおり「アルト・ハイデルベルヒ」を上演した。炳五は運動のほうで時日を費やし、演技の練習に出られなかったので、かかわったのは台本だけである。

仲間たちの演技はお世辞にもウマイとは言えないシロモノだったが、ケーティ役が誰なのか、目を凝らしてもわからなかった。女形の臭みも感じさせない化け方は見事なもので、そんな素質のあるヤツがいたかな、と炳五は幾度も首をひねった。あとで知ったことだが、演出の山口がケーティ役もこなしていたのだった。

舞台を見ていると、台本を書いていた時の自分の気持ちが痛いほどに込み上げてくる。山口はうまく炳五の気持ちを酌みとって演出してくれていた。

今回は原作ありきの台本だったが、それでも創作する喜びは、セリフの端々に染みついている。ケーティの中には浜茶屋の娘がいて、我が身の不幸を、人を愛する喜びで吹き飛ばそうとした。炳五は、学生服の胸のあたりをギュッとつかんだ。

もっと本格的に、創作をしてみたい、と切に思った。

25　真冬のプール

小説を書きたい。いままで誰も書いたことのない斬新な小説を書いて、みんなをアッと言わせたい。思いは昔からあるのだが、いざ本気で書こうとすると、何をどう書いたらよいのか途方にくれてしまう。オレにしか書けない世界なんて、本当にあるのだろうか。

勉強が足りないのだ。いままで誰も書いたことがないと断定できるのは、世界じゅうの本を読んだ人間だけだ。読まねばならない本はまだ無数にある。

炳五はなんの構想も浮かばなくて、映画を見に出かけた。

山口と知り合ってから、浅草の寄席やレビュー、映画館などあちこち覗くうちに、落語より映画説明のほうが話芸として優れているのではないかと思うようになった。特に、美文調・講談調で朗々と語る生駒雷遊は、観客の感情をくすぐるのがウマイ。弁士の聴き比べをするために、同じ映画を別の館で見たこともある。

戸塚の家に住んでいた頃は、神保町の東洋キネマに徳川夢声がいた。こちらは雷遊とは対照的に、ハイセンスな文学の薫りがあって、炳五は初めて聴いてすぐ夢声のファンになった。東洋キネマは震災で焼失してしまったが、夢声は目黒や新宿など山の手を中心に映画館を巡回していたので、夢声が近場に来ると知れば、炳五は必ず予定を組んで見に行った。

「サロメ」や「カルメン」の映画版も、夢声の説明で見た。坦々とした語りで、知らぬ間に映画の世界に惹きこまれていく。悪女の映画にはいつも感情を乱される。映画の作者も弁士も観客も皆、振り回される哀しい男の側に立っているのだな、と炳五は思う。

中心点にいるのは悪女だ。巨大で、深い、闇のような存在。永遠の謎。強烈な毒が美しく燃えさかる。悪の華。ボードレール。愛と死。文学の源泉。

その日の弁士は夢声ではなく、映画自体もつまらないものだったが、炳五の頭の中では毒々しい美女の顔が大写しになって、まだ形のない悪女の物語が渦を巻いていた。

二学期の終わり頃、五年の生徒は進路相談で一人ずつ職員室に呼ばれた。

自分の番が来るまで、炳五は沢部や山口と将来の話をした。

山口は初志貫徹、卒業と同時に俳優養成所のような所へ行くらしい。ゆくゆくは築地小劇場の性格俳優として名を上げるつもりだという。

「炳五は作家になれよ。おまえの『アルト・ハイデルベルヒ』、よかったぜ」

「あんなのは、まだ全然ダメだ」炳五は苦笑して、首を振った。「とりあえず今は就職するつもりだよ。死んだ親父の借金が膨大な額らしいんで、オレも稼がないとな」

「そうか、そいつはちょっと残念だな」

「辰雄は？　やっぱり大学行くんだろ」

沢部は薄ぼんやりした目つきで炳五を見、かすかに溜め息をついた。

「あんまり考えられないな。いま、鬱の時期に入ってるんだ」

周期的に躁と鬱の時期が交代するというのだが、沢部の場合、躁状態でもあまり感情が出ないのでわかりにくい。最近やけに突っかかってくるな、と思っていると躁の時期だったとアトでわかる程度だ。

「修三んちのすぐそばにある東洋大学なんか、どうだ。こないだ覗いて来たんだけど、印度哲学倫理学科ってのがある。辰雄にピッタリだよ。仏教が始まる前の、最も根源的な宇宙哲学を究めてみたいって、前に言ってたじゃないか」

「ああ、それもいいね」沢部は他人事のように答える。

東洋大に興味があったのは実は炳五自身だった。宇宙の根本原理を究明したいと思っているのも炳五のほうだ。創作欲求と同じぐらい強く、真理探求欲がある。知らないことはとことんまで追求したい。納得がいくまでやってからでなければ、創作の道には進めない。

「おまえみたいな学業の嫌いな奴が、大学など行っても仕方なかろう」

新潟にいた頃、なにかの拍子に母がそう言い、今は上枝が同じことを言う。

確かにそうだ。悟りを開くためなら、大学など行かず、どこかの山に籠もって瞑想にふけるほうがいい。文明と隔絶した山奥の洞穴で、自然の息づかいを感じながら暮らす、そんな日々にこそホンモノの真理がおりてくることもあるのではないか、と思う。

献吉はおそらく、炳五にも大学へ行かせたいと考えていて、だから炳五のいる前では借金のことはいっさい口にしない。全部自分ひとりで背負い込もうとしている。カッコつけやがって、と思うが、自分も献吉の立場なら同じことをするだろう。だからなおさら、兄貴一人にカッコつけさせておくわけにはいかなかった。自分の食い扶持《ぶち》ぐらいは自分で稼がなければならない。それが最優先事項だ。

そう心に決めて、東洋大入学への未練を断ち切ったばかりだった。

面接の番が回ってきて、炳五は就職の意志を告げた。先生は、就職口を探してるなら小学校の先生はどうかね、と提案してくれる。豊山中学の卒業生向けに、小学校の代用教員募集

をやりさえすればいい。オレが生徒なら、たぶんそれが最高の先生に思えるだろう。
だと思う。オレの知ってる先生たちは皆、オレにとっての反面教師だ。だから、彼らの反対
働き口を得る手段はなさそうだ。現時点で教員の口が残っていたのは奇跡であり、運命なの
本音を言えば、先生などになりたくはない。学校の先生には不信感しかない。でも、他に
「ぜひ、お願いします」炳五は即答した。
の話が来ているというのだ。

献吉は日英醸造の会計係から宣伝広告係へ異動が決まり、年明けからは有楽町だけでなく横浜鶴見のビール工場へ出向くことも多くなるため、池袋から一家で引っ越すことになった。今度の借家は、早くから電車が通っていた京浜線の大井町駅そばで、鶴見へも有楽町へも電車一本で行ける好立地だ。その代わり、上枝と炳五の通学には不便になった。

一月半ば、アサが借金の相談で上京し、大井町の借家に四、五日滞在した。炳五と上枝は二階に追いやられていたが、直接聞かなくても大体のことはわかる。

「それで、あのバカは卒業できるんかね。またサボってばかりでは――」

アサが言いかけるのを、献吉が押しとどめている気配だ。

炳五は階段を下りて行って、母の顔にジロリと一瞥《いちべつ》をくれた。

「オレは小学校の先生になるよ。下宿先も探すし、誰にも迷惑はかけない。家門とやらにも

キズはつけないから、安心してくれ」

　憎々しげに炳五を睨んだまま何も言わないアサを尻目に、炳五はさっさと二階へ戻った。

「炳五が自分から言い出したことですから、大丈夫でしょう」

　階下で献吉がなだめるように言うのが聞こえた。

　同じ頃、学校で炳五は同級生と言い争い、無謀な賭けをすることになった。

　たまたま寒中水泳の話題になり、炳五はつい、新潟ではどんな寒い日でも二〇〇メートルぐらいは泳いだものだ、と少し大げさに自慢した。

「海の中は、底のほうへ行くほど温度は一定してる。秋や冬には、外気にさらされてるより水中にいるほうがあったかいぐらいさ」

「なるほど。海の中は知らねえが、でもやっぱりプールじゃ冷たすぎて泳げないだろ」

　意地のわるい同級生の、それは罠だった。

「凍ってなければ泳げるさ。つまり零度よりは高い水温ってことだからな」

「チェッ、ホラ吹きやがって。じゃ一度泳いでみせてくれよ。真冬に学校のプールで、二〇〇メートルを泳ぎ切れるかどうか」

「いいだろう。見せてやるよ」

　話がついたあと、そばで聞いていた沢部が炳五を図書室へ誘った。

「この小説を読んでごらんよ」

沢部は書棚から小泉八雲の『怪談』を抜きとり、「かけひき」と題された短篇を開いてみせた。数ページで終わる短い話なので、炳五はその場で読んでみた。

ある武家の使用人が、過ちによって処刑される寸前、皆を呪ってやると言い放つ。主人は、本当に呪えるものなら、首を斬られても首だけであの庭石にかじりついてみよ、と挑発する。処刑された男は一念を凝らし、本当に首だけで跳ねとんで庭石にガッキとかじりついた。その執念や恐るべしと、家臣たちは震えあがったが、主人は涼しげに言う。ヤツは石にかじりつくことだけを念じて死んだ、だから怨霊にはなれないだろう、と。

「挑発に乗って、くだらない勝負に命をかけることに、なんの意味があるかって？」

「そう。生首で石にかじりつく〝偉業〟ならまだしも、真冬のプールで泳いで死んだって、誰も褒めてくれないよ。笑い話にもなりやしない」

沢部の言うことはもっともだし、自分でもバカげてるとは思う。けれども、堂々と宣言したからには後に引けない。これは性分なのだ。バカにされるのは我慢ならないし、誰とどんな勝負をするかは重要じゃない。何よりも自分自身に、負けたくないのだ。

石かじりに一念を凝らした男の気持ちが炳五にはよくわかる。かけひきに勝ったのは主人かもしれないが、男のほうも自分に、そして全宇宙に、勝ったのだ。石にかじりつくことができれば本望、自分のすべてをそこに集中させて、それで死んでも悔いはない。

「わかったよ。少し考えてみる」炳五はそれだけ言って、ちょっと微笑んでみせた。

その後、例の同級生はカランでこなかった。奴は九州出身のオッサンたちが苦手なようで、オッサンたちに一目置かれている炳五に、少なからぬ悪感情をいだいていた。そして、オッサンたちの目をかいくぐって炳五を再度挑発しに来る度胸はないのだった。

自分の書きたいものの片鱗がぼんやり見えてくる。

一念を凝らし、全宇宙に、賭けを挑む。それぐらいの気迫をこめるのだ。松浦一『文学の絶対境』のエッセンスを思い出す。自分の魂の声を聴きとり、その声をもって大自然と、万物すべてと、対話すること。その感覚が初めて、わが肉に実感として沁みわたってくる。

スポーツや格闘技の緊張感が極点に達した一瞬、次元の違う、時間のない境地に入ることがある。その境地に入った時、心はカラダを離れて浮遊しはじめる。カラダを離れた心は何ものの束縛も受けない。あらゆるものを感知できる、万能で、狂的な状態にある。

子供の頃、死を実感するまで想像を凝らした危険な遊びを思い出す。あと一歩で死にかけたことも何度かあった。槍投げの槍が一瞬の光を閃かせて、空気を切り裂く。燦燦たる暗黒が目の前に広がる。ああ、あの時オレは確か、死んでいたのだったな。だとすると、いま生きて小説を書こうとしている、このオレは何ものなのだろう。大いなる虚無か。

炳五は時計を見て、原稿用紙にこう記した。

「一月二十八日深夜零時、初めて、創作と内心とのピッタリと合一した境地を味わう」

翌日、炳五は沢部と山口にその境地を語ろうと頑張ったが、ほとんど伝わらなかった。

「なんにしても、炳五は小説を書くべきだよ」山口が嬉しそうに言う。「ペンネームも考えなきゃな」

「ペンネームねえ。新潟中学ではアンゴって綽名だったけど……」

「サカグチアンゴ？　それ、いいじゃないか」

「字はこれかな」沢部が鉛筆で「安吾」と書く。

「ええっ、そんな安っぽい」炳五が笑うと、

「そんなことはない。安心立命《あんじんりゅうめい》の安だよ。『いずくんぞ』と読めば、疑問・反語の副詞にもなる。どうして僕は…点々々、って感じさ。迷いの言葉みたいだね。『安居《あんご》』にも通じる。夏の集中修行を意味する仏教語だよ」沢部は巧みに弁じてみせた。

「ますますカッコいいじゃないか。坂口安吾、これで行けよ」

二人に薦められて、炳五もやっとその気になった。響きはいいと前から思っていたのだ。

以後、公式の文書にもその名で署名するようになり、豊山中学の卒業アルバムにも、顔写真の下にキッチリ「坂口安吾」と印刷された。

第二章　修行

1　あんこ先生

初めて創作と内心とのピッタリ合一した境地を味わったあの日、一月二十八日深夜零時、あの時からずっと、オレの心はカラダを捨てて、宙を漂っている。オレを縛るものは何もない。やろうと思えば何でもできる。でも、オレには何もすべきことはない。自我も捨ててしまったからだ。そう決めたのだ。何も望むまい。何も悩むまい。心さえも捨ててしまおう。そう決めたとたん、たとえようもない幸福感に襲われた。

いつかは死んで、なくなってしまう自分の心というやつを、大いなる虚無と観じたあの時、オレは一段、目に見えない階段をのぼったのだと思う。

豊山《ぶざん》中学最後の日々、沢部辰雄と交わした哲学問答が、しぜんと頭の中で反芻される。

――ストア派とエピクロス派だと、辰雄はストイックな学究肌だからストア派だろ。

――そうでもない。僕はどちらかといえばエピクロス派だよ。

――そいつは意外だな。おまえにエピキュリアンの傾向があったとは。

――ストア派は禁欲主義、エピクロス派は享楽主義って誤解されるけど、本当はふたごみたいにそっくりなんだ。ストア派のめざした『アパテイア』は、あらゆる欲望や感情に支配されず超然としていられる境地のこと。エピクロス派のめざした『アタラクシア』は、外界の何事にも動じない平安な心の境地のこと。どうだい、そっくりだろう。

――じゃ、どうしてそんな対照的な言われ方をしたんだい。

――めざす境地はそっくりでも、方法論が違ったんだよ。ストア派は自己改造。超然とした不動の人格をつくるため、自らに禁欲を課した。エピクロス派は自分をとりまく世界から苦を除くために、隠者の道を選んだ。

――それならオレはストア派だな。逃げるだけじゃ根本的な解決にはならないよ。

――形としては逃げてるみたいだけど、隠者の道も別種の自己改造なんだろうと僕は思う。エピクロス自身、苦のタネになるものを避けるために、酒を断ち、女性を遠ざけたらしいから、それはつまり禁欲と同じことだよね。

――なるほど。エピクロスは大きな矛盾だな。快適な状態をもとめて禁欲する、か。

――心に苦痛がないことが最上の快楽と考えたんだ。

――どっちにしても、いまのオレは快楽には興味がない。どうしたってストア派だ。苦しみたいって言うとヘンだけど、苦しんで苦しんで、苦しみ抜いた先に光明が見える、そういう世界にこそ真実があるんじゃないか。そんな気がしてるんだ。

――それが例の、創作と内心とのピッタリ合一した境地ってヤツかい。

――なんだ、わかってるじゃないか。

――坂口炳五あらため坂口安吾の新境地。僕がわからなきゃ誰にもわからないさ。

――まあな。オレ自身にもよくわからないオレの心を、たぶん辰雄がわかってくれてるんじゃないかって、ときどき思うよ。

――小学校の先生になっても、またときどき話をしにおいでよ。坂口安吾はもっと自分の内面を形にしたほうがいい。

――うん。でもまだ内面を形にする段階じゃないな。一遍上人みたいに、もっと、もっと、自分の中の何もかもを捨ててしまわなければダメだ。よくわからないけど、そう思う。

安吾は満十八歳で、荏原《えばら》尋常高等小学校下北沢分教場の五年生を教えることになった。初出勤の朝はまだ空気が冷たくて気持ちよく、さすがに全身が張りつめた。

初めての教室の扉をあける時、黒板消しとか落ちてきたりするのかなと、少し期待していた。おかしなもので、十歳の生徒たちの側から自分を見て、イタズラに引っかかるかどうか、ワクワクしながら見守っているのだ。

扉の上から垂れ下がってきたのは、小さな蛙だった。生きたヤツが、入って来る先生のちょうど目の前で揺れるように紐で結わえてある。楽しくて、つい笑ってしまう。

「アマガエルかい、これは」

安吾は紐をほどいて、蛙を掌に載せた。

「あれえ、先生驚かねえのか」生徒の一人が大声で言う。

「こんな可愛い生き物に、驚く奴があるかい」

「へえ、今度の先生は蛙デンカンじゃないんだ」

「おまえ、名前は？」

「えっ、いや別に、オレが仕掛けたわけじゃないよ」

「誰もそんなこと言ってやしない。名前を聞いてるだけだよ」

「牛乳屋の田中くんでーす」女子生徒の一人が笑いながら答える。

男女共学で、七十人ぐらいの生徒がギュウ詰めに押し込まれている。しかもよく見れば洋装の生徒も少なくない。さすが東京の小学校は違うな、と安吾は思う。

「ああ、おまえが田中か。聞いてるぞ。四年生の時、担任の先生が蛙デンカンだったんだってな」

「そうそう、チョーク箱ン中に蛙が入ってて、先生それ見たとたん引っくり返って泡吹いちゃってさ。あれには、みんなビックリしたよな」

「やっぱりおまえのしわざだな」

「そうでもないよ、ウフフ」怒られないとわかって、田中は半ば白状したふうだった。

そのイタズラが原因で、前の先生が本校に戻ってしまったために、代用教員の募集があったわけだ。安吾は豊山中学三年の時、用器画の先生の授業に出ない宣言を実行しつづけた結果、先生が辞めてしまったことを思い出す。

「楽しいイタズラは大歓迎だ。蛙のイタズラもオレには楽しかったけど、人によっては命にかかわる。もしも先生が蛙デンカンで死んでしまってたら、おまえ、あとで自分がツラくなるだろう？　それは悲しいイタズラだ」

田中は神妙に聞いていたが、「うん」と一つ頷いた。「でもオレ、バカだから。どれが楽しいイタズラで、どれが悲しいイタズラか、わかんねえよ」

大人数のクラスで何十人かが笑う。結構なさざ波となる。

「笑うことじゃない」安吾はピシリとたしなめた。「楽しいか楽しくないかは人それぞれだ。野球が好きな子もいれば、野球は大嫌いだという子もいる。正しい答えは一つじゃない。だから、わからないと答えた田中は間違ってないよ」

教室中が息をひそめたようになる。素直な子たちなのだ。

「前の先生が蛙デンカンだって知らなくて、楽しいイタズラのつもりで蛙を仕掛けたんだろ。でも、先生が倒れて病院へ運ばれた。その瞬間から、それは悲しいイタズラに変わってしまったんだ。それはもう笑い話にならない。笑うたびに自分がツラくなるだけだから、よしたほうがいい」

安吾はここでようやく黒板に「坂口安吾」と大きく書いて自己紹介をした。

「さかぐちあんこ？」「あんこ先生だ！」

皆、口々に「あんこ先生」と囃し立てて笑う。初日から綽名ができあがったようだ。

「なあんだ、怖い先生じゃないじゃないか」田中の近くにいた生徒が言う。

「怖いって誰か言ったのかい」

「誰ってことはないさ。ヒゲもじゃの、酒呑童子みたいな恐ろしい先生が来るって噂で、みんなビクビクしてたんだ」

「アハハハ、そりゃいいや。でも、先生も本当は、怒ると怖いんだぞ」

「だって先生、怒らないだろ」

「まあな。先生もまだ修行中の身だからな。みんなと一緒さ」

「へヘッ、修行中かあ。そうだよなあ。オレたちとあんまり年かわんなそうだもんなあ」

「数えでちょうど二十歳。先月まで中学生だったんだ。新米なんで、まあよろしく頼むよ」

初日は生徒たち一人一人にも自己紹介をさせた。七十人もいると、一人一人の顔と名前を覚えるだけでも一苦労だ。得意教科でも、自分の性格でも、家族のことでも、なんでも好きなように話してもらった。喋るのが苦手な子には無理強いはしない。周りの子に助け舟を出してもらったりしながら、一つでもいいところを見つけて褒めた。

誰にでもいいところはある。もちろん悪いところもあるが、小学生のいまは、いいところをどんどん伸ばすべきだ。だから、決して生徒をけなすようなことはしない。それが本当によい先生になるための、自分で決めたルールだった。

できうるかぎり、考えうるかぎり、自分は人格者であらねばならない。子供たちを導くということは、そういうことだ。本来の、生身の自分は、落第し放校されたハグレ者であるとしても、その自分とは別個の自分が、いまここで教壇に立っている。

そう考える自分の心は、やっぱりカラダの少し上を漂っている感じだ。人格者の自分は抜け殻かもしれない。大いなる虚無。それでもいい。いまは、それでいい。

一年半前、総理大臣になる直前の加藤高明が、中学生の安吾に言った。

「私は常々思ってるんですが、政治家としていちばん大事なのは、自分を勘定に入れないことなんだね」

同じ心境かどうかわからないが、いまの自分にはしっくり来る。

捨てる、捨てる。なにもかも捨てる。心も捨てる。悲しみも喜びも怒りもない。常に平安な心。これはアタラクシアか、アパテイアか。どちらでもいい。抜け殻の人格者でもいい。

オレはこの子たちの先生なのだ。

生徒たちの話に耳を澄ましていると、各人に一つずつ、質の違う悲しみが潜んでいるのに気がついた。子供たちの悲しみの多くに、運命の嘆きがあった。

自分の親が恥ずかしい。絶対に女学校には行かせてもらえない。寝たきりの母親の面倒で手いっぱい。弟妹の世話。生まれつきの障害。

それぞれの悲しみに心を浸していると、悲しみの色に応じた顔と名前がしぜんと頭に入っていった。

早いうちに一度、家庭訪問でもしてみるか。子供たちのことはその家庭を見ないと本当にはわからないものだ。安吾はそう思って一人一人の顔を熱心にみまもった。

2　エピクロスの園

二年前、山口修三の寄宿する占い師の家で、初対面の奥さんから「おまえさんは色魔だね」と言われたとき、安吾は自分の運命を言い当てられたような、イヤな気分になった。修行僧の気分で毎日を過ごす今の自分とは無縁の言葉のようだが、自分では気づけない心の奥底に、性的な煩悶がとぐろを巻いているのかもしれない。

ブッダの修行を妨げようと悪魔が美女に化けて誘惑してきたように、代用教員への採用が決まった直後から安吾の「女難」は始まっていた。

荏原尋常高等小学校を初めて訪れたのは冬の終わり頃だった。渋谷駅から西へ四キロほど、竹藪や草っぱらの続く武蔵野を歩いた先。本校と分校とで住所が違ったので、とりあえず世《せ》田ケ谷町《たがやまち》の町役場に隣接した本校へ行ってみた。職員室に顔を出すと、スラリと背の高い驚くほど美人の先生が立ち上がって、安吾の勤務先は分校のほうだと教えてくれた。

「私、ちょうど今日の授業終わったところですから、分校までご案内しましょう」

世界の文学や絵画に描かれた夢のような美女に、憧れめいた気持ちをいだくことはあったが、現実の世界にこれほど美しい人間が存在するとは思いもよらぬことだった。七つぐらい年上だろうか、清楚で高雅、この世の俗に一切かかわりをもたない気品に満ちていながら、ひとを包みこんでしまう柔和な雰囲気がある。並んで歩くのも憚られる神々しさだ。

安吾は千々に乱れそうになる気持ちを抑え、捨てる、捨てる、身も心も捨てる、と自分自身に言いきかせて歩いた。本校から一キロ半ほどの距離を歩くのが、苦行のようにも、果てしなく長い巡礼のようにも感じられた。

これが第一の女難。この先、安吾はこの先生の面影を胸にいだき続けることになる。

分校の職員室では、始業式までに準備すべきことなどを聞いたあと、分校のすぐそばにある下宿屋を紹介してもらった。さっそく引っ越したのはいいが、ここで第二の女難にぶつかった。下宿屋の巨体の娘が安吾にメロメロになってしまい、間断なく部屋へ遊びに来るので、全く授業の準備ができない。幸い分校の主任先生の家の二階を間借りさせてもらえることになり、ようやく住居も落ち着いたのだった。この一件については、尾を引くほどの動揺もなく、まあ女難というほどのものでもない。

授業が始まってからは、日に日に学校の生徒たちの人気も上がって、特に数名の女子生徒がやけにへばりついてくるのが厄介だった。子供だからと甘く見ていたが、かなり積極的にカラダをこすりつけてくるし、すでに大人っぽく胸もふくらんでいるのがわかる。もう少し突っ放さないとどうにもならなくなりそうで、これが最も女難らしい女難といえた。

学校の正面に森巌寺《しんがんじ》という、お灸で有名な寺があるほかは、竹藪と麦畑ばかりが延々と広がる荒涼とした武蔵野地帯だった。学校の裏手には、こんもりした原始林の丘が広がっていて、マモリヤマ公園と呼ばれている。安吾はよく生徒たちをここへ連れて来て、おもに写生の時間とした。

生徒たちが画板と絵の具を持って散らばってから、一人の女子が不平満々な顔でやって来る。

「あんこ先生、写生はこないだもやったじゃない」

「そうだったかな。でも、この前の写生は森巌寺に行っただろう」

「そういうことじゃなくて。あたしは唱歌の授業をやってほしい」

「ああ、すまないな。先生、音楽はからきしダメで、教えられないんだ」

「へえ、先生なのに？」

「まだ修行中だと言ったろ。でも、たとえば君たちの中で音楽の得意な子がいれば、その子を中心にして歌の練習をやっててもいいよ。算術のときと同じようにさ」

「ふうん。先生、正直だね」

「正直だけが取り柄さ」

「じゃ、ミッちゃんにリーダーやってもらおかな。あたしたちの班は合唱の時間にしてもいい？」

「ああ、いいとも。そのうち先生にも合唱聞かせてくれよ」

女子生徒は大喜びでミッちゃんたちを呼びに行った。

入れ違いに、トルコ帽をかぶった無国籍な風体の男がこちらへ近づいて来る。

「やあ、炳五くん」男はニッコリ笑って片手を上げた。「いや、今は安吾くんだったか」

長兄献吉と新潟で同窓だった伴純という男だ。この冬あたりから、献吉が借りた大井町の家へ何度か訪ねて来たので、安吾も話に加わったことがある。大自然と共に生きるべく、伴は妻をつれて青梅の山中で自給自足の原始生活を営んでいたらしい。そうした体験を論文にして、いろいろな雑誌に発表しているという。献吉は伴とウマが合うのか、どんなことでも相談しているようだった。

「この公園で授業してるって聞いたから、ちょっと寄ってみたんだ。本当にいたね」

「週に二回ぐらいですけどね」

「さっき少し聞こえたけど、面白い授業してるじゃない」

「音楽はダメって話ですか。あれはまあ本当の話、音楽や算術は僕には教えられないんで、習いたい生徒がいれば自由に習わせようと、ただそれだけですよ」

「それでも、あの女の子、喜んでたね」

「写生の時間が多くなるのは仕方ない面もあるんですよ。僕のいるのは小学校の分校で、僕の担当してる五年生が最上級、つまり分校には五年ぶん、五クラスある、先生も五人いるんですが、なぜか教室が三つしかない。体操の時間とか、図画、修身なんかは教室要らないわけだから、僕は野外が多くても全然平気で、他の先生に頼まれればすぐ教室を譲るんでね。この公園に来ることも多くなるワケです」

「ふむ、ますます面白い」

「今日のこの時間は、図画の再履修みたいな余分の時間だから、読み方の復習をやりたければ、この時間に先生に質問しに来てもいい。みんな自由にしていいって生徒には言ってあるんです。その代わり、週の初めの図画の時間は、みんな揃って絵の勉強だ、ってね。メリハリがついて、結構みんな言うこと聞いてくれますよ」

「まるでプラトンのアカデメイアだな。自由教育を地で行ってる。さすが献吉くんの弟だ」

「森厳寺やマモリヤマ公園みたいな原始林の多い場所は、本当は自分が好きなんです。新潟にいた頃、授業サボって浜辺の松林なんかでずっと寝ころがってたから。だから伴さんのやってる原始生活にも大いに興味ありますね」

「君のがアカデメイアなら、僕のはさしずめエピクロスの園だな。小さな園に隠遁して、小さな畑を自分だけのためにせっせと耕す。そんな生活を続けていると……」伴はそこで言葉を濁して、首を振った。「こういうのは自分で体験してみるのが一番かな。どうだい安吾くん、いま山小屋には誰もいないから、夏休みにでも原始生活を体験してみないか」

「そいつは是非！」

願ってもない話だ。提案した件がたじろぐほど、安吾は大乗り気で承諾した。

夏休みになるのが待ち遠しくてならず、同じ世田ヶ谷町に住む伴純の家をときどき訪ねた。青梅の山小屋は伴みずから杉の木を切って組み立てたもので、屋根も杉皮葺きだ。谷川まで距離があるので、川の水を小屋のそばまで引いてくるのに最も苦労したという。杉の木で頑丈な樋を作り、上流から樋を継ぎ足して水を通すまでに何週間もかかったが、それもこれも楽しい作業で、引いてきた水が露天風呂に溜まった時には、思わず喝采を上げたものだ。

「僕たち夫婦以外、誰もいない森の中で、素裸になってお湯につかり、満天の星空を見上げる。いろんな夢が次々と立ち現れてね」

「ああ、いいなあ」安吾は嘆息した。「中学の頃、満洲を放浪してみたいと思った、あの時の気持ちが甦ってくる」

「放浪と隠遁は似てるのかもね。誰に気兼ねもいらない、大自然と自分だけ」

あくまでも自給自足なので、食べるのは鳥獣虫魚、特にムササビの身がおいしいと言う。竹にタコ糸を張った弓もつくって置いてあるから自由に使っていい。よく魚が釣れるスポットはココとココ、などと地図を広げて事細かに教えてくれる。土間には煮炊きができるように囲炉裏をつくり、梁から自在鍋が吊るしてある。布団も蚊帳も残してあるし、本も二百冊ぐらい置いてあるから、生活に不自由することはないだろう。

伴は安吾の熱心なようすが嬉しくて、なんでも話してくれた。

「本当に楽しそうな隠遁だなあ」

「そうだろう？　もっと内省的な生活になるかと思ったけど、意外といろんな作業に時間をとられて、無駄なことは考える暇がない。煩悩なんて全く生まれない。満ち足りていくんだ。『楽しむのに最も安く済ませられる者こそ、最も富める者である』、アメリカで同じように二年半の山小屋暮らしをしたヘンリー・D・ソローの言葉だよ」

「まさにエピクロスの園じゃないですか。最小に切り詰めた隠遁生活の中で幸福を味わう。でも以前、エピクロスの園は逃避ではないかって、友達と話したことがあったなあ」

「そのことは僕も何度も考えたよ。でも、ソローは隠遁生活に入った理由をこう語ってる。『私は深く生き、生きることの精髄を心ゆくまで吸い尽くしたいと切望した』とね。大自然と自分自身が一体となる感覚。自然界のあらゆるものはつながり、干渉し合って生きている。そんな感覚を実感するために、ソローは自身のカラダと心で実験してみせたのさ。僕もまた、自分自身で実験してみなくちゃダメだと思ったんだ」

　安吾は伴が開いて見せてくれたソローの『ウォールデン 森の生活』のページをパラパラとめくってみた。インド哲学や儒教、道教、ギリシャ哲学まで、いろんな思想が引用されているようだ。松浦一の『文学の絶対境』なども こんな感じだったな、と思い出す。あれもやっぱりインド哲学の宇宙観が基本にあった。

「私はこれまでに、孤独ほど気の合う仲間に会ったことはない」

本の中の、そんな言葉が目に入る。伴が聞かせてくれた隠遁生活のあれこれが、夢のような楽しさで頭に去来する。夏休みの一カ月間、オレも自分自身の実験をしてみよう。性に合えば、そのまま代用教員もやめて何年か山ごもりしてもいい。晴耕雨読の隠遁生活が自分の心をどこへ運んでいくか、楽しみながら確かめてみよう。

「もう少し草地を育てたら牛を放牧して、ますます『裕福』な暮らしになるはずだったんだけど、いろいろあって切り上げることにしたんだ」

伴は下界に戻ってきた自分を残念がるように、少し寂しそうに微笑んだ。

3　ドッペルゲンガー

心待ちにしていた夏休みが始まると、安吾はひと夏を過ごせるよう準備をととのえて、青梅駅へ向かった。ところが、その日は予報どおりの悪天候で、駅に着く頃には暴風雨になった。多摩川は濁流となって橋のすぐ下まで溢れかえっている。山の上り口である日影和田まで四キロほどの道のり。米や味噌、カボチャからキャベツまで、大量の食糧をリュックで背負っていたから、激しい風雨に逆らって歩くのは骨が折れた。

もらった地図では、日影和田から谷を渡る丸木橋に出るはずだったが、橋は流れ去ったのか見当たらない。しかたなく別の橋を探して谷沿いの小道を歩きまわるうちに、足もとがズルリと滑った。巨大な力が、全身をリュックごと谷底へ引きずりこむ。転落の瞬間、死を確信した。あっけない。こんな簡単に、人間は死ぬんだな。たったそれだけ、他人事《ひとごと》めいた考えが頭に一瞬閃き、ガクンと谷底へハマっていた。

たまたま大きな岩と岩の間にリュックが挟まった格好で、氾濫する谷川に流されるのを免れることができた。生かされた、と思う。全身はほとんど谷川に浸っている。このままではどんどん体力が消耗していくのは明らかだ。なんとか気力をふりしぼって這い上がり、どろどろのリュックを背負い直した。

谷底を川に沿って歩き、ようやく伴純の山小屋に辿り着いた時には日没寸前だった。

小屋に入ると、一気に疲れが出た。全身コブだらけで、そこかしこ腫れあがっている。山にたった一人、このまま寝て高熱が出ると危ない。服を脱ぎ、カラダを拭いて、替えの服を身に着けると、ポカポカと温かくなってくる。リュックの中から、砂糖だか塩だかわからなくなったドロドロのものをなめると、少し気分が軽くなり、そのまま昏々と眠った。

カラリと晴れた翌朝、安吾は痛むカラダをもみほぐしながら、小屋のうちそとを見てまわった。いちばん楽しみにしていた露天風呂には、家主が消えて一年ぐらいの間に泥水が溜まり、何匹もの蛙が楽しげに合唱している。風呂まで水を引く樋には落葉が詰まっているので、もしやと思い、引き入れ口まで歩いて行ってみると、上流のほうの樋はすっかり流れ去っていた。これでは、露天風呂はおろか、谷川までかなりの距離を何度も往復しなければ煮炊きもできない。飲み水も運んでおく必要がある。

それでも、伴が一人で整えた設備なのだから、オレだって、やってやれないワケはない。自分で新たな樋を作って露天風呂まで水を引けたら、星空の風呂につかる喜びはひとしおだろう。ゲテモノは苦手なので、ムササビは狩るのも食うのも無理だが、とりあえず今日のところは、囲炉裏の自在鉤と鍋を使って、持ってきたアズキでも煮てみよう。

そう思うと、だんだん楽しくなってきた。独居の隠遁生活は、これからもきっと不測の事態の連続だろう。樋の計画まで至らぬうちに、一日はあっという間に過ぎた。

夏でも囲炉裏の熾火《おきび》は消さないほうが風が通り、虫よけにもなっていいと聞いていたので、熾火を明かりにして本でも読もうと二百冊の書棚を眺めていると、棚の上に張り渡された梁に、一匹の蛇が巻きついているのが目に入った。

驚いてのけぞり、数歩あとずさりした。豊山中学に転校してきた頃、ボクサーの真田が護国寺の墓地で捕まえて数分の間グルグル振りまわしていた、あのマムシに似ている。毒蛇はゲテモノ以上に苦手だ。昨夜は泥だらけで、それこそ泥のように寝てしまったが、やっぱりヤツは夜の間ずっと梁に巻きついていたのだろう。

安吾は恐ろしくなって、布団の横に畳んであった蚊帳を広げた。吊り紐を掛ける金具の位置もすぐにわかる。大急ぎで蚊帳を吊り、下からマムシが入って来られないよう、伴の蔵書の半分ぐらいを引っぱり出して蚊帳の裾を厳重に本の重みで押さえた。それでもなお心配は消えず、マムシの居場所を確かめるために、朝が来るまで何度も起きた。

蛇一匹で退散するのも情けない話だが、生理的に受けつけないものは仕方がない。何より睡眠不足で参ってしまう。エピクロスの園の果実を味わうに至らなかったのは残念だが、野人になれない人間に隠遁は無理なのだとわかった。一所不住、放浪の民のほうがオレには似合いだ。むしろ、屋根すらないほうがいい。星空の下で眠ればいいのだ。

早々に山を引き上げてきた安吾は、ブランクになった夏休みを、がらんとした学校の職員室で過ごすことが多くなった。

伴純には恥ずかしくて報告にも行けず、かといって下宿にこもっているのも気が滅入る。下宿の大家である分校主任は、強い者にへつらい、弱い者を虐げる典型的な俗物で、発作的に暴力をふるうこともあった。以前の安吾なら間違いなく大ゲンカになっているところだが、行雲流水の今はすべてを受け流すことができる。それでも、できることなら分校主任とはあまり顔を合わせていたくなかった。

気持ちを常に平静に保ち、何事にも腹を立てぬこと、何ものにも執着や欲心を持たぬことを自らに課してきた。意志の力が強ければ、不良中学生と聖人と、実はそれほど隔たってはいない。ただ、そのようにして保つ聖人の態度は、あらゆるものに無関心でいることと同義なのかもしれない。物事の本質には決して食い込むことがない、そんな聖人に存在価値はあるのか？　疑問は常に隣にあるのだが、そんな疑問に対しても聖人の態度は有効なのだ。行雲流水。何が起ころうと心に波風は立たない。

一人で職員室にいると、窓から窓へ吹き抜けていくそよ風が、学期中よりも少し肌に冷たく感じられる。ほんのりと麦畑の匂いがする。窓の外は光の洪水だ。校庭の砂は白さを増し、まぶしくて長くは見続けていられない。校舎の背後には、マモリヤマ公園の原始林が見え、樹々の葉のそよぎまで聞こえてきそうだ。

なんのことはない。山奥に籠もらずとも、大自然と同化することはできるのだ。目を閉じれば、新潟の浜辺に寝ころんで聞いた松籟《しょうらい》や波の音が耳奥にこだまする。風は音を巻き込み、カラダの周りをリズミカルに踊る。光の一粒一粒は、全宇宙に遍満するエーテルの波だ。オレの肉体もいずれ、エーテルに融けて消えてしまうのだろう。

壁の柱時計の音がコチコチとやけに大きく聞こえる。こんなにうるさかったかな、と柱時計を見上げた時、そこにもオレがいた。柱時計の陰から小さな顔をひょっこり出して、もう一人のオレが「やあ」と大きな声を出す。「珍しや、安吾！」

こいつは何者だ。幻覚か、夢を見ているのか？

「おい安吾、今のおまえは腑抜けだな。自分をどこへ捨ててきたのだ？」

「何がいけない。オレは不動心の修行をしてるんだ」

「何ものにも動じない、常に平安な心で、おまえ、それが本当に修行になるのか？　もっと苦しまなきゃいけないんじゃないか？」もう一人の自分は怖い顔をして睨みつけてくる。「満足しすぎて、心になんの痛みも感じなくなったら、人間オシマイだぜ」

「オレは満足してるわけじゃない。先生として、生徒たち皆がそれぞれ幸せになる道を見つけてくれればいいと、それだけを願っている」

「ダメだな。嘘ばかりだ。おまえは自分に嘘をついて、修行の夢をみてるだけだ。平安な心はラクで気持ちいいだろうが、それは阿片窟《アヘン》でみる夢と同じだぞ」

半ば醒めた意識に、幻の自分の言葉がザクザクと刺さる。聖人の自分はニセモノだとハッキリわかっていた。常に平安な自分は、生きた人間とは言えない。空虚なハリボテだ。

「本当の欲望を全部さらけ出してみろ。そうすれば、おまえは不幸になれる。うんと不幸になって苦しむのだ。不幸と苦しみが人間の、生きた人間の魂のふるさとなのだから」

それはもはや、自分の声なのか、もう一人の自分の声なのか、どちらとも知れなかった。


大井町の献吉宅では早々とラジオ受信機を購入し、この春から始まったラジオ放送を楽しんでいた。献吉夫妻、上枝《ほずえ》と婆やの四人、暇さえあればラジオを聴いているらしい。

「今はまだ落語や音楽ぐらいしか番組はないけどな、ラジオは無限の可能性を秘めてると思う。これから何ができそうか、考えるとワクワクして夜も眠れなくなる。やがては民間放送も始まるだろうから、オレは必ず、新潟で放送局を作るつもりだよ」

いつもは物静かな献吉が勢いこんで夢を語るのが、安吾にはまぶしく映った。献吉は十一月から新潟新聞社に勤めることになったという。かつて父が経営していた会社だ。いまの社長から直々に、社の経営困難を救うため入社してほしいと懇請され、献吉は伴純を誘って入社することに決めた。献吉が営業主事、伴が編集主事となる。

「伴くんに会社員は似合わないから、彼だけはなんでも自由にやらせてほしいと言ってある。彼はいま、これまでのユートピア実験の成果をまとめてて、『改造』の十二月号に発表するそうだよ。『牛の王様』ってタイトルだ。彼らしくて、いいだろう」

献吉は準備の都合もあるから、九月中には大井町の借家を引き払って新潟に帰るという。

「もう坂口家の家計は心配ないから、おまえも自由にするといい。上枝はもともとノンキだが――」

「オレは婆やと池袋の借家に戻るよ」と上枝が言う。「おまえも、また一緒に住むか」

思わぬなりゆきで戸惑っているうちに、安吾が教員をやめる前提で話が進んでいる。

「誰にもまして炳五は、やりたいことを思う存分やってみたほうがいい。本来の自分を殺さず、力を出し切れば、おまえはきっと何事かを成すだろう。オレはそう信じてるよ」

献吉の力強い言葉が嬉しく、安吾は「じっくり考えてみる」と言って、献吉宅を辞した。

小説家になりたい。心の底からの、それは切なる願いだ。でも、まだ小説を書くチカラがない。本当に書きたいもの、書かねばならないものが、いまの自分にはないからだ。
いまは印度哲学を、悟りというものの本体を、底の底まで突きつめてみたい。中学卒業の頃、思い描いた進路がまざまざと甦る。献吉宅にいる時から、すでに心は決まっていた。

秋には生徒たちを連れて渋谷から電車に乗り、逗子海岸へ遠足に行った。この夏から横須賀線が全線電化されたので、山手線から東海道線、横須賀線とすべて電車で行けることになったと、乗り物好きの生徒が教えてくれたのだ。かなりの遠出だったが、各班ごとにリーダーを決めて自主行動させたのが功を奏して、あまり細かく面倒を見なくても、みんなハグレることなくついて来てくれた。

あんこ先生にいつもへばりついている、少し発達の遅れた女の子が一人、決められた班に馴染めず、ずっと先生の片手をつかんでいた。いつも口が半開きで、目の焦点も合わない感じだが、言われたことは何でも素直にきく。話しかけると全身で喜びを表す。まだ子供なのにヘンに艶っぽさのあることが逆に哀れで、いじらしくて、やりきれない。ほとんど育児放棄されて育ったこの子を、オレが学校を辞める時、一緒に連れて行こうか。二人でどこか、巡礼の旅に出てもいい。まるで逃避行のように。

しかし、夢想の旅は寒々として、どこまで行っても風景はモノクロームだ。ロマンのかけらもない。ひゅうひゅうと吹く風だけが、心の傷を冷ましてくれる。

安吾は猛然と首を振った。自分が孤独を深めたいだけだ。この子のためにはならない。

一年足らずだが、聖人修行の体験は自分の中で新たな発酵を始めたようだ。来年からは徹底した苦行に入る。自己改造の果て、悟りの境地に至れるか否か、実験だ。安吾は年度末での退職届を提出し、久しぶりに鬱勃たる闘志がみなぎってくるのを感じていた。

4　誓いの休暇

たった一年で代用教員をやめて、安吾は身ひとつで上枝と婆やのいるアパートに引っ越した。前と同じ池袋で、最も安かったボロ家よりも更に安い、平屋建てのふた間だ。

献吉夫妻が新潟に帰るとき、婆やも一緒に帰るかという話になったが、婆やは断固として残ると言い張った。ヘゴサマが戻られるなら私がお世話をしたい。つまり、上枝一人だけの世話ならイヤだと言っているに等しいが、幼い頃から安吾専属のように面倒をみたので、露骨に贔屓《ひいき》した。

「やっと、またヘゴサマと一緒に暮らせる」

婆やに嬉し泣きされて、安吾はこそばゆく思いながら、一気に聖人から劣等生に引き戻された気分にもなる。

東洋大学印度哲学倫理学科には無試験で入学できた。当時の大学はどこもそんなもので、定員を超えた場合だけ試験があるという。

入学手続きを済ませたついでに、大学のすぐそばの旧友宅を久しぶりに訪ねてみた。「白眼学舎 小西久遠」と易占いの看板が掲げてある、その家のあるじが山口修三の叔父だったが、山口は豊山中学卒業後に引っ越したという。応対に出たのは、昔、安吾を一目見て「おまえさんは色魔だね」と言い放った花柳界出の奥さんだが、安吾の顔を覚えてはいないようだった。友達なので引っ越し先を教えてほしいと言うと、玄関の上がり口から怪しむふうにジロジロ見て、「いま何やってんだか知らないけどね」などと言いながら、それでも住所を書いてくれた。

教えてもらった転居先は豊山中学に程近い一軒家で、かつて山口の叔父小西の妾宅だったらしい。妾だった娘は早死にして、その母親が小西から生活費をもらって住んでいる。本宅の白眼学舎には例の正妻がいるので、死んだ妾の母親なんぞに本宅に出入りしてほしくない。本宅には来ない条件で、相応のお金を出しているわけだ。

「体《てい》のいい厄介払いさ。あのインチキ占い師め。めんどくさい身内は一緒くたに放り込んでおけってわけだ。オメカケさんの母親なんて身内とも言えないが、でも婆やとして使ってるよ」

山口は少しヒゲが伸びて、何だかくたびれた風貌になっていた。

「まあ、ちょっと外に出よう。この家は辛気臭くっていけねえ」

それなら沢部辰雄の家に行こうということになり、二人で神楽坂方面へと歩いた。

「オレも辰雄には一年会ってないな。辰雄んちってさ、廃屋みたいに風が吹き抜けて、夏でも寒い感じだったろ。オレあの家、苦手だったよ」

「そうかい。オレは好きだったけどな。二階で寝ころんでると、新潟の浜辺にいるみたいな気がしてさ」

沢部の家の二階で幾度となく哲学問答したことを思い出す。一、二年前のことなのに、安吾にとっては、もう懐かしい思い出になっている。ある日、沢部の母は武家の女のようにシャキッと背筋をのばして、安吾に言ったものだ。

「男の魂を高潔にするために、妻となる女はお勝手の仕事などしてはいけないのです。働きに出てもいけません。ただ美しい装飾として、男のそばにいるだけでいいのです」

どこで養った知識なのか、独自の感覚でつかみとった実感なのか、「女大学」とも全然違う不思議な宣言が、中学時代の安吾の胸に強く響いた。まるで自分が「美しい装飾」だと自慢しているようで少し可笑しかったが、あまり幸せそうでもない中年女のやつれた雰囲気に、妙な色っぽさを感じたことも覚えている。

一年ぶりに訪れた沢部の家は、一階部分を改装して小さな食料品店になっていた。店番をしていた沢部の母は、安吾の顔を見てちょっと表情が動いたが、笑顔で迎えてくれたわけではない。二階にいた沢部は、明らかに鬱状態にいるようだった。

「去年、父が死んじゃってね、それで兄が下で食料品店を始めて、僕もときどき店に出てるんだ」

安吾は山口と顔を見合わせて、「ああ、それで――」と言ったきり、あとの言葉が出てこなかった。自分の父仁一郎ももうこの世にいないが、十三人の子供をつくったので短命とはいえない。沢部の父はかなりの早逝だろうと想像できた。母親に歓迎の色が全くなかった理由はこれかと思う。

「辰雄のオッカサンは、オヤジさんのことを頼りにして、ひとすじに愛してた感じだったからツライだろうな」

やっとそんなふうに哀悼の意を述べると、沢部はキッと顔を上げて、強く首を振った。

「母は、父との結婚を心底後悔してたよ。父が死んでも、ひとすじに憎みつづけてるばかりだよ」

安吾は混乱した。あの、夫の「美しい装飾」として色っぽさまでにじませた貞淑な妻と、いま店番している疲れきった無表情の女と、憎しみに憑かれて夫を悪罵する女。どれも同じ女の像だとは容易に結びつかない。

「それじゃ辰雄も大変だな」山口が話題を変えるように言う。「商売の仕事は、おまえには人よりキツイだろう」

「そうだね。僕の人生はこれで終わったよ」沢部は唇をゆがめて笑う。

「そんなこと言うなよ。なかなか、人生うまく行かねえもんだぜ」山口は沢部をなだめるようにおどけた顔を見せた。

山口は目当ての築地小劇場に道具係でもぐりこみ、もっぱら上演される舞台を見つづけているという。劇団員になれるかどうかより、もっと不安な要素があちこちに転がっている。業界再編の気配、芸術派とプロレタリア派との対立、主体を翻訳劇にするか創作劇にするかの対立などなど。

「安吾はこの四月から東洋大学で印度哲学を勉強するんだってさ」

「へえ」沢部はあまり気のなさそうな声を出す。

「へえ、じゃねえよ。坂口安吾は小説を書くべきだって辰雄も言ってただろ」

「おいおい」安吾が口をはさむ。「オレは別に小説を書くのをやめたとは言ってないぞ。いまは印度哲学の探究に集中したい。悟りというものがもしあるのなら、そいつを感じとってみたい。うまく説明できないけど、これはオレにとって、避けて通れない道なんだ」

「修行するのかい」辰雄が訊く。「ストア派のように、禁欲して」

「うん。一心不乱に勉強し、修行するつもりだよ」

「いいなあ。安吾が羨ましいよ。僕も一緒に修行できたらどんなにいいか」

「そうかな」山口は不満げだ。「修行の末に、どこぞの寺の坊主になりましたってんじゃ笑えないぜ」

「ハハハ、そいつはたぶん心配ない。オレは寺の坊主になりたいわけじゃないからな」

「なるとしたらシッダールタだね、安吾は」

「さすが辰雄だ。よくわかってる」

「なんだい、そりゃ。おシャカになりたいってか」

「なんにせよ安吾はいよいよ、本来の道に踏み込むわけだよ。僕は応援したいな」

「そう言ってもらえると嬉しいよ。これから一年、いや、何年かかるかわからないけど、修行期間中は君たちとも会わないし、小説とも、他の一切のモノとも絶縁して頑張ってみるつもりだ」

「よくわかんねえが、まあサッサと励んで、小説に帰って来てくれよな」

安吾は笑って頷いた。山口の気持ちも、沢部の気持ちも、ありがたく思えた。

「さっき辰雄の話を聞いていて、オレのほうが辰雄を羨ましいなあと思ってたんだ。要するに、不幸になりたいんだ、オレは。自分を苦しめたい。代用教員の一年間は、平和で幸福な、愛に包まれた毎日だった。怒ることも心の底から笑うこともなく、ほとんどオレは聖人でいられた。でも、オレの意志はゼロだった。自殺したも同然だったんだな。だから今度は逆に、イバラの道を歩きたい。苦しみ悲しみを友達にしてさ。孤独を友達にさ」

「ブッダの言葉にあったアレだね。犀《さい》の角のように、ただ独り歩め」

「安吾がそう決めたってことは――」山口が腕を組んで言う。「オレたち、とにかく一年は会わないで、それぞれの道を行くわけだな。ならオレは来年会うまでに、なんとしてでも役者になって、プロの初舞台を踏むよ」

「大きく出たな、修三。まだ道具係のくせに」

「自分を追い込まないとな。宣言しておけば、逃げ場がなくなるだろ」

「なるほど。そりゃいい。来年会うときは、オレたち三人とも一歩成長した姿を見せ合おう。今日、そのための誓いを立てようか」

「そりゃ二人は夢があるからいいけど、僕は――」

「辰雄だって、今この生活を続けたいわけじゃないだろ」安吾は沢部の肩に手を置いた。「どんな手を使ってでも、今の生活から脱出する。それを目標にすればいいじゃないか」

「決まりだな」山口がポンと膝をたたく。「オレたちはまだ二十歳前後で、何モノにもなれていない。一年も会わないでいると、大きく変わることもあるぜ」

「今日だって、そうだったよ。三人とも生活は大きく変化してたな」

「激動だ」山口が笑う。

「聞いてると、僕だけいじけててもしょうがないと思えてきたよ」沢部もふっきれた顔で笑った。「実はちょっと考えてることもあるし、もう少し準備をすませたら、賭けに出てみるよ」

「おっ、いいねいいね。何する気だい、辰雄は」山口がひとひざ乗り出して訊く。

「それはまだ言えない。でもその時には、みんなアッと驚くことになるよ」

「そいつは楽しみだが、でも、あんまり無理するなよ」安吾が心配そうに言う。「目に見えて何かが変わるか、変わらないか、そんなことは重要じゃないからな。自分の内部で起こる変化だけを見つめていればいい、とオレは思う。その変化によって自分の人生が決定的に変わるなら、それ以上の激動はないよ」

沢部は少し考え込むふうに沈黙し、代わりに山口がもう一つの決意を語った。

「本当はオレも演劇の台本か小説を書こうと思ってるんだ。まだ気持ち先行だけどな」

「いいじゃないか。それじゃ、オレと競争だ。オレのほうは修行先行だけどな」

「ひとつ思ったんだけど、悟りって一年で開けるものなのか」沢部がボソリと言う。「比叡山には十二年間ずっと山籠もりする行があるっていうし、達磨大師でさえ悟りを開くまでには面壁九年かかってる」

安吾は眉を八の字にして天を仰いだ。「オレの一生から十二年も奪う気かい」

「十二年も山籠もりしてたら、カラダじゅうキノコだらけだぜ、きっと」山口が茶化し、

「生えてくるキノコをむしっては食べ、むしっては食べ――」安吾も乗っかる。

「究極の自給自足だな。何はともあれ、サッサと修行しちまってくれよ、安吾」

三人は中学時代に戻って、ひとときの会話を楽しんだ。

5　修行開始！

雪の降り積もった新潟の夜は、すべての音が深雪に吸いとられて、あたりは怖いぐらいに静まりかえっていたものだ。どれだけ耳を澄ませても、振動のけはいは闇の奥へ、奥底へ、ぐんぐん吸い込まれて、カラダごと闇に溶けてしまうようだった。

東京の夜は、池袋北郊の原っぱばかりが延々とつづく広漠とした町でも、無音になることはない。深夜、家の外で座禅を組んで瞑想していると、静かなはずの夜にさまざまな音が湧き、こだまし、響き合うのがわかる。そう遠くないところに田んぼか池があるのだろう、いつも深夜から蛙の大合唱が始まる。上枝や婆やは眠っているから知らないだろう。

毎夜十時から深夜二時までの四時間が睡眠時間。蛙の大合唱の中で目覚めるとすぐに玄関を出て、座禅を組む。パーリ語の三帰文《さんきもん》を唱え、そのまま瞑想に入る。この修行を一日も欠かさず続けて、もう二カ月近くになる。感覚は研ぎ澄まされてきたが、自分が無になるどころか、鋭敏な神経のカタマリになったような気がする。あらゆる音が耳に入って、うるさいぐらいだ。ふだん、どれだけの音に耳をふさいで生きてきたことか。

遠蛙《とおかわず》のさらに奥の闇から、夜の鳥の鳴く声も聞こえる。梅雨入り前だが、空気が以前より湿ってきた。

何の音だろう。空の上から、かすかな音が煌めいて降ってくる。ころん、ぽろん。星のまたたく音か。一瞬、本気でそう思い、ありえない夢想を素直に信じてしまえる自分を笑う。少しずつ音が強くなり、ああ、あれは隣のピアノの音だと気がついた。

気づいたとたん、他の音の一切が届かなくなった。弱音装置を付けたピアノで、いちおう隣の我が家に気遣いながら弾く、その控えめな音にかえって意識が集中してしまう。

修行が足りないせいだ。耳に届く音にいちいち脳が反応しているようでは、自分を無にすることなんてできるはずがない。

音がするなら、自分も音になればいい。自分が音になり、風景になり、やがてはここに座っているはずの自分が、自分でなくなる。そうなるはずだったが、なかなか、無念無想は難しい。何も思うな、と思い続けてしまうこともある。

ピアノの音は、頭蓋骨の内側をカラコロとはねかえる。もう瞑想に戻るのは不可能だ。

また引っ越しだな、と安吾は思った。

東洋大学印度哲学倫理学科の一学年には五十七人の学生がいた。安吾は平日の全時間、可能なかぎりの講義に出席しつづけた。印度哲学（梵語、パーリ語、倶舎論、起信論）、印度仏教史、教育心理学、国文学講読、支那哲学（老荘、宋学）、西洋哲学史、論理学、日本文化史、英文学講読など、中学まで欠席だらけだったのがウソのように、勉強に熱中した。

もとより友達をつくる気はない。もう山口や沢部にも会わないと決めたのだ。バカ話をしている暇はなかった。

この大学で得られるかぎりの知識を、オレは概念として頭に詰め込む。概念はオレの心と体をくぐり抜ける間に、実感として吸収されなければならない。知識のための知識はムダなだけだ。全部を、実感することが肝要。そのために、深夜の瞑想が役に立つ。昼間は頭を使い、夜は心を使うのだ。

上枝と婆やと同居を始めてまもない四月にも、隣家のミシンの音がうるさくて引っ越した。振動をともなって間断なく続く機械音ほど、勉強のじゃまになるものはない。何を読んでも、頭に詰め込むまえに気が散って、意欲がそがれてしまう。

より寂れた町で借家を探したつもりだが、まだピアノ講師の住む家と隣り合っていた。安吾は不動産屋に相談して、さらに北西の、畑が多くて人家の少ない町に借家を見つけた。

上枝はまだ早稲田大学在学中なので、池袋から離れるほど通学に不便になるが、住む場所に関しては全く頓着しなかった。この兄は、勉強はほとんどやらないが、運動には殊のほか熱心で、ボートとラグビーとバスケットボールの練習にあけくれている。大学まで相当な長距離になっても、通学がトレーニングになると言って、問題にしない。さらには、引っ越したその日のうちに、床の間をつぶしてボートのバック台を作ってしまう。

バック台は、分厚い板に金属製のレールを二本並べて打ち付け、そのレール上をシートの滑車が前後に滑るようにしたもの。前方に据え付けたストレッチャーボードに足の裏を載せてベルトで結わえ、シートに座ってボードを思いきり蹴る。蹴った力でバック台全体が前に進んでしまうので、上枝はバック台全体を床の間に釘づけした。オール代わりに擂《す》り粉木を握って構え、ローイングのシミュレーション練習を朝晩おこなっている。

バック台は本来、一人でやっていてもあまり意味がない。水をキャッチするタイミングなど、漕ぎ手の全員が完全に同一の動きができるように、ユニフォーミティの練習に使うことが多い。また、単純にフォームの確認や矯正にも使用するが、それでさえ動きをチェックする人間がそばにいる必要がある。野球やテニス、ゴルフ、剣道などの素振り練習は、試合と同じ道具を使うので効果は大きいが、ボートのバック台は全く負荷がかからないので、乗艇時の感覚を得るのは難しい。

安吾も見よう見まねで一度バック台に乗ってみたが、これを一人で黙々と練習する意味がつかめなかった。どれだけ漕いでも疲れないボートのニセモノ。誰も見てくれず、誰も褒めてくれない。力を込める練習にすらならないのだ。

自分のやっている座禅修行に似ている。意味があるかどうかは関係ない。たった一人、一つ事を一心不乱に続けること。これは忍耐と禁欲のトレーニングなのだろう。兄貴もオレと同じ、俗事が念頭にない修行バカだな。いわば同志みたいなものだ。そう思うとまた少し、修行への意欲が増すのだった。

六月四日には、本籍地で徴兵検査があった。本籍の阿賀浦村は半年ほど前に「新津町」の大字に編入されている。本籍とはいっても、そこにかつて祖父得七の家があったというだけで、安吾にとっては全く縁のない土地だ。父仁一郎でさえ、その家には十四歳の頃から六年ほど住んだだけで、父の生家や坂口家代々の墓所は本籍地とはまた全然別の場所にある。安吾が生まれた十日後に祖父は死に、祖父の家は大安寺尋常小学校になったので、安吾は祖父も祖父の旧宅も見たことがない。

新津町の徴兵適齢者は、小須戸町尋常高等小学校に早朝集合というので、安吾はできるかぎり修行を中断しないで済ませるため、前夜の夜行列車で新潟方面へ向かった。信越本線の矢代田駅で降りて検査場に直行すると、ちょうど所定の時刻に間に合う。午後三時頃まで身体検査や学力検査が行われた結果、安吾は極度に目が悪いこともあって、戦時になるまで召集されない第二乙種歩兵補充兵に決まった。

さらに翌月には、大日原《だいにちがはら》演習場にて第二期検閲があった。暑い盛りの七月半ば、今度はとんでもない辺地で、水原《すいばら》駅から一時間以上歩かねばならない。こうなるともう最短でとんぼがえりするのも不可能で、安吾は諦めて数日間帰省することにした。

帰省先は、献吉が新潟市の学校裏町に建てた新しい家だ。西大畑町の生家に比べれば小さいが、二階建てで部屋数は多い。献吉夫婦の部屋、母アサ、七姉下枝《しずえ》、妹千鶴《ちず》それぞれの部屋に、居間、女中部屋、客用にも余分の一部屋があったので、安吾はそこに寝泊まりした。

食事どき以外は家族と顔を合わせず一人で勉強していられるので、東京にいる時とほぼ同じように修行に専念できた。

　夕食の時、献吉が安吾に、新潟新聞の切り抜きの束を見せてくれた。「海の征服者」とか「海の王者」などと讃えられる水泳の達人・岩田敏《びん》が、新潟と佐渡の間を遠泳してみせるという話が連日の記事になっている。

「新潟新聞の後援企画だから、いま社内はそうとう盛り上がってるよ。記事はかなり大げさに書いてるけど、まあ話半分にしても、遠泳は失敗に終わるとしても、面白そうだろ」

「トビウオか人魚か、はたまた海獣か？　凄い見出しだなあ。だけど、この岩田ってのは食わせ者だよ」

　安吾は苦笑して、紙の上で計算しはじめた。

「三十二海里、つまり約六十キロの距離を十一時間半で泳ぐらしいけど、これ、時速五・二キロ以上で泳がなきゃならない。オリンピックで優勝したカハナモクだって百メートル一分だから、最速のクロール選手の短距離全力でも時速六キロだ。カハナモクでさえ、この速度では一キロももたない。それを平泳ぎのコイツが、この速度で六十キロ泳ぎきるなんて、天地がひっくり返っても無理だろ。ほんの百メートル泳ぐだけでも倍の時間がかかるよ」

「なるほど」献吉は安吾のメモを見ながら、しきりに頷く。「説得力があるな。おまえの言うとおりだ」

「そんなら、この企画、うまくいかないんじゃないかね」兄嫁の徳《のり》が少し心配そうに訊く。

「大丈夫さ。当日はモーターボートや水先案内の汽船も並走させるし、手配は万全だよ。この男の大言壮語ぶりが記事になるんであって、泳げるか泳げないかは二の次なのさ」献吉はカラカラと笑った。「新聞屋もこういうところはチョット山師の気味があるかな」

「やめれ。山師はジサマだけで沢山だ」アサが苦々しげに言う。

兄弟たちの祖父得七は、米相場や鉱山の投機に入れあげて、近村屈指といわれた坂口家の財産の大半を失っていた。

「それにしてもヘゴサマは、複雑な計算なのに速くできるねえ」千鶴が感心する。

「そんなに複雑な計算でもないさ」安吾は照れ隠しに笑う。「カハナモクとか、同じオリンピックで泳いだ斎藤兼吉《かねきち》先生とか、水泳の達人たちには憧れがあったから、記録の数字も覚えてるんだ。兼吉先生がよく言ってた、昔本当に佐渡まで泳ぎきって復路で行方不明になったっていう村山臥龍……だったかな、ホンモノの達人は人間離れしてるよ」

「村山正臣のことだね。地中に雌伏している龍の意味で、蟄龍《ちつりょう》と号した人だ。斎藤先生を新潟中学の教師に招くとき僕も間に立ったから、蟄龍の話はよく聞かされたよ」

「しかし炳五は、あんなに勉強嫌いだったのに、人が変わったように勉強してるなあ」

アサにマジメな顔で言われて、安吾は自分でも驚くほど胸が躍った。母からこんなストレートに褒められたのは初めてかもしれない。

「ヘゴサはやればできる子だから」下枝が誰かの口マネのように言って笑った。

家庭教師だった金野《こんの》先生が安吾に伝えてくれた、父の言葉だ。下枝は金野先生と出逢った日のことを懐かしんでいるのだろうか。すでに新しい縁談が決まったらしいが、悲しい思いをしたこの姉には、誰とであれ、幸せになってほしい。安吾は心の内でそう願った。

七月二十一日、岩田敏の遠泳は、早朝だというのに千余の人だかりで騒然としていた。新聞社や芸者衆らの華やかな激励を受けて、大いばりで泳ぎだしたが、安吾が見抜いたとおり、途中の大部分は汽船に乗って進んだようだ。虚しい茶番で、怒る気にもなれなかった。

東京へ戻る間際、安吾は三堀謙二宅を訪問した。三堀は中学卒業後、新潟師範学校に一年通い、母校新潟中学の教師になっている。

「落第生のオレたちが共に学校の先生になるなんて、人生は面白いな」

「オレのほうは先生も一年で落第したけどね」

「兵隊も落第で助かったな」などと笑い合って、でも長話はせずに切り上げた。

「修行を途切れさせたくないんだ」三堀にはハッキリ決意を伝え、その日の夜行で東京へ舞い戻った。

6　ひびわれ

大学の同級生に友人はいないが、一学期末試験の成績がトップだったことや、誰よりもマジメに授業に出ていることなどで、一部では有名になっていたらしい。秋も深まったある日の講義のあと、細川と名のる先輩に呼びとめられた。細川はすでに学部を卒業して研究生になっていると言い、自分が主宰する原典研究会に入らないかと誘われた。

「いや、僕は研究も修行も自分一人でやりたいので――」即座に断りかけると、

「それで結構だよ。研究会には出席しなくてもいいんだ」細川はそう言って、一冊の冊子をカバンから取り出した。「この秋口に創刊したばかりの研究誌なんだけどね、こいつで仏教界に一石を投じてやろうってぐらいの気組みで、みんな論文を書いてるんだ。学年末までには第二号を出したいんだが、どうだろう、ここに一つ、君の論文を載せてみる気はないかな」

手渡された冊子のタイトルは『涅槃《ねはん》』。中は手書き文字のガリ版刷りだが、きわめてマジメな論文雑誌のようだ。

「今年の一年生からは豊原くんと三世《みつよ》くんも誘ってて、豊原くんのほうは『因果律と弥陀法』というテーマで書いてくれることになったよ」

豊原という同級生の顔は知っている。受講者の少ない講義にもきちんと出席する学生は少

なく、豊原もその一人だった。

安吾は執筆のみの会員であることを念押しして、『涅槃』に論文を書くことにした。最近集中して読んでいた龍樹《りゅうじゅ》の「中論《ちゅうろん》」について、自分なりの読解をまとめておきたい。その意義がわかる人間に読んでもらって、反応も聞いてみたい。小説とは違うが、これも一種の自己表現になるのではないか。豊原と張り合う気はないが、皆の驚くような文章が書けそうな気がする。久しぶりに、執筆への欲望がふつふつと込み上げてきた。

龍樹の説く「空《くう》」の理論は、まるでギリシャ哲学の命題を変奏しているかのように思える。この世界のすべては因縁によって生じ、因縁によって生じたモノはすべて「空」である。存在しない。在ると見えているものは幻影にすぎない、という。

豊山中学にいた頃、沢部辰雄が何度となく話題にした、プラトンの洞窟の比喩を思い出す。世界のすべては洞窟の壁に映る影という、あれに似ている。

龍樹によれば、人間の意識も「空」だ。「在る」と認識することはできない。意識は時間の進行といっしょに動く、常に「現在」の一点だ。だから「コレが意識だ！」とキャッチした瞬間、それはすでに「過去」の足跡にすぎなくなっている。無限に縮小されていく「現在」の一点が「意識」の本体なら、それはつまりゼロ、存在しないに等しい。

これなどは、ストア派のゼノンが説いたパラドックスとそっくりだ。飛ぶ矢は止まっているとか、英雄アキレスが前を歩く亀に決して追いつけないとか、例の、一瞬を無限分割していく論理と同じ。堂々めぐりのような、詭弁のような。意味を懸命に追求すること自体に意味がある、としたら、その意味とは底なしの無意味ではないか。頭がグルグル回る。右回りしたり左回りしたり、ヘンな回転だ。まさに机上の「空」論か。

でも、一瞬に潜む永遠——そこには心躍らせる夢が、たしかに潜んでいる。

中学卒業を間近にしたあの夜の感覚は、いまでもハッキリ覚えている。閃光のように一瞬だけ降ってきた、宇宙と一体になる感覚。思い出すだけで幸福な気分が込み上げる。あの感覚を自分の中に長く保つことができれば、その時オレは、悟りを開く状態になれるんじゃないか。人間やら動物やら、あらゆる命の集合体のようなものが、そこに漂っていて、オレはその中を突き抜けて、どこか無限に広々とした場所へ出る。そこではもはや、小説を書く意味すらなくなっているのかもしれない。

そんなことを思っていると、やっぱり小説を書きたくなる。龍樹の説を自分なりに展開した論文には、こんな曖昧な感覚的な話は入れ込めない。文学でしか表現できない世界は、どうしたって、ある。

論文には「意識と時間との関係」と題を付けた。「坂口安吾」名義で発表する初めての原稿だ。これで一つ、区切りがついた気がする。

クリスマスの日に大正が終わり、昭和元年もわずか一週間で終わった。

皮膚を刺すように空気が冷たい真冬の深更、安吾はいつものように戸外で座禅を組んだ。睡眠不足が積もり重なったせいか、極寒でも座禅中にウトウトしてしまう。

思いきりよく立ち上がって水場へ行き、頭の後ろから冷水をかけた。夏の間から何度もそうしてきたのだが、この時期だと背筋に震えが来る。たてつづけにバケツに二杯。髪の毛からしたたる水を振りはらい、掌で絞ると、早くも凍りかけていてジャリジャリと音をたてた。

仕方なく室内へ戻り、「唯識」の教本など開いてみるが、何も頭に入ってこない。寒けが治まらず、敷きっぱなしの布団にもぐりこんだ。

そのまま高熱を発して、丸二日、寝込んでしまった。

弱っていた体は、簡単には元に戻らない。安吾は一週間、ゆっくり休むことにした。本も読まず、時間が空けば近所へ散歩に出た。歩いていると、目に入るものが全部新しく、脳味噌に新鮮な血が流れ込んでくる気がした。

かつては引っ越しをすると近所を探検するのが楽しみだったが、修行に入ってからは、通学のため池袋駅へ向かう、その一本道しか知らない。池袋から省線山手線に乗り、巣鴨駅から東洋大学前まで東京市電を利用している。家から大学まで全部歩きとおせば一時間半から二時間ぐらいかかるところを、電車に乗れば移動中も勉強できて一石二鳥だと喜んでいたが、そのぶん体力は衰えていたようだ。

婆やに頼んで好きな物をいっぱい作ってもらい、モリモリ食べていると、毎日すこしずつ体力が回復してくるのがわかる。体力には意力も付いてくる。睡眠を削っての禁欲修行が、知らぬ間に食を細らせ、運動を減らし、意力もそいでしまっていたのだ。

自分一個の限界まで突きつめて修行することによって、何か、今まで知らなかった境地に入ることができたら面白い。そんなふうに考えて修行を始めた当初は、意識が冴え、感覚も研ぎ澄まされるのがわかったが、このごろは気がつくと意識が朦朧として、五感全部が鈍くなっていた。

おそらく、この修行からは何もつかめない。もっと早い時期から薄々わかっていたのだ。修行に賭ける熱意には、もう修復不可能な亀裂が入っているのに、亀裂から目をそむけて、半ば惰性のように修行を続けていた。

それでも、自分で決めたルールなのだ。一年以上は守り抜く覚悟で始めた修行である。逃げたら負けだ。苦しい修行の日々が、本当に全部、無意味だったことになってしまう。それに残り数カ月、絶対に何も見つからないとは限らない。

安吾は新たな覚悟を固めて、修行を再開した。

三月初めから十日間ほど続く学年末試験に、安吾は猛勉強の成果すべてを注ぎ込んだ。受講科目数が多いので、朝二時に起きてからの長い復習時間を使って、カオス状態の脳味噌をその日の試験科目だけに集中させた。時間ギリギリまで、山手線でも、巣鴨からの市電でも復習しつづけた。

　試験も終わりに近づいたある朝、教本を読みながら大学前で市電を降りた時、耳もとで金属的な軋り音が轟いた。なにやら暗い影が視界の隅をよこぎり、反射的にふりむくと同時に、体が宙を飛んでいた。自分とぶつかった自動車がやけにくっきりと見えた。

　すぐに車は視界から消え、いくつかの雲がすごい速さで空を走る。空中で一回転したのだ。みるみるコンクリートの地面が迫ってくる。カラダはやや左向き、頭が下だ。

　咄嗟《とっさ》に左手を先に突いて受け身をとろうとした。左からの受け身はタイミングがとりづらい。左頭部をしたたかコンクリートに打ちつけて、地面をごろごろ転がった。

　車から運転手が降りてきて「大丈夫ですか」と駆け寄ってくる。

　ああ、前にもこんなことがあったな、と思う。新潟中学を去る頃だ。槍投げの槍がオレの股のあいだに突き立って、陸上の選手が大慌てで走り寄ってきたっけなあ。

　あの時と同じように、安吾はゆっくり立ち上がった。車が接触した横腹のあたりは少し痛むが、骨も内臓も異状はなさそうだ。

「頭を打ったみたいだから、精密検査を受けたほうがいいね。病院まで送りましょう」

「うん、そのほうがいい。そうしてあげなさい」

　車の後部座席から降りてきた髭の紳士が、安吾のカバンと本を持ってきてくれ、心配そうに顔をのぞきこんでくる。

「大丈夫です、なんとか」安吾は二つ三つ首を振って、右掌をかるく上げてみせた。「今日は大事な試験があるんで、もう、これで」

あとは振り返りもせず、校門をくぐった。

試験にはそれほど影響なく、どの問題もいちおう解けた。たぶん、いい点がとれるだろう。問題はやはりコンクリートに打ちつけた頭で、試験の途中からズキズキ痛みだした。

帰りに病院で診てもらったところ、頭蓋骨にヒビが入っているという。思わぬ結果に絶句してしまった。頭の骨が割れたら、もう治らないのではないか。死ぬか廃人になるか、どちらかしかないのではないか。そこで思考がストップしてしまう。暗澹とした気持ちで医者の顔とレントゲン写真を交互に見返した。

「手術、するんですか」不安で声が震えた。

「手術は必要ないな」先生はあんがい明るい声だ。「これぐらいのヒビなら、時間がたてば自然にくっつくよ。早くて半年、長いと二年ぐらいかかるかな」

診察は簡単に終わり、痛みが強い時は飲むようにと水薬を処方された。ブロム剤という薬で、中枢神経の興奮や緊張を抑制する代わりに、思考機能や運動機能の低下、眠気などの副作用があるという。修行には大きなマイナスだが、時間がたつほど痛みは増していて、薬を飲まずにいられない。

骨そのものに痛覚はないらしいが、翌朝起きてみると、左頭部にできたコブの奥、まさに骨のあたりにキリキリと揉みこむような痛みが走った。続けて水薬を飲む。これから二年間、頭が痛みつづけ、ヒビから毒がしみこんで、オレはやっぱり廃人になるんじゃないか。あの医者はヤブじゃないのか。考えるとどんどん憂鬱になる。

あと数日で試験が終わり、自分自身との約束だった、とりあえず一年の修行は満期になる。印度哲学の研究は継続するつもりだが、少しずつ、一歩ずつ、文学に立ち戻れたらいい。ただ、この頭蓋骨では、もっと先を急いだほうがいいのかもしれない。

まだオレは、何も成し遂げていない！　その思いが最も痛切だった。

気分転換と療養を兼ねて、今よりさらに人家の少ない板橋町の中丸へ引っ越すことにした。四月から早稲田機械科の最終学年になる上枝は相変わらず、住む場所へのこだわりはない。「ああ、いいぜ」と二つ返事だった。婆やだけがやや不満げで、「そんな遠い所では不便になりやしないかねえ」などとブツブツこぼしていた。

7　魔界からの手紙

安吾はしばらく午前二時起きの修行を休んで、薬を飲んだあとは眠れるだけ眠ることにした。目が覚めても、印度哲学の教本を読んでいるとすぐに眠気が襲ってくる。眠気はブロム剤の副作用だ。

そんなときは朗唱できるものがいい。親鸞が龍樹を讃えた和讃が十首あるのを見つけて以来、ときどき気分転換に読んでいた和讃集を開く。

「龍樹大士世にいでて／難行易行《なんぎょう》のみちおしへ／流転輪廻のわれらをば／弘誓《ぐぜい》のふねにのせたまふ」

難行易行は自力と他力を表し、弘誓は人々を救う菩薩の誓いだ。短歌の形式ではないが、ほとんどの歌が七五調でリズミカルなのがいい。いまは夜中ではないから、盛大に大声を出して読んでみると、ぼんやりした頭がスッキリする。

「善知識にあふことも／おしふることもまたかたし／よくきくこともかたければ／信ずることもなをかたし」

こんなのはちょっとコミカルな味がある。ホトケなんて簡単に信じられない自分のことを親鸞は歌っているのだ。自分を愚かなハゲと卑称して「愚禿悲嘆述懐」なる括《くく》りで、こんなふうにも詠む。

「浄土真宗《しんしゅう》に帰すれども／真実の心《しん》はありがたし／虚仮《こけ》不実のわが身にて／清浄《しょうじょう》の心《しん》はさらになし」

「悪性《あくしょう》さらにやめがたし／こころは蛇蝎《だかつ》のごとくなり／修善《しゅぜん》も雑毒《ぞうどく》なるゆへに／虚仮の行《ぎょう》とぞなづけたる」

自分の中の悪性を親鸞は死ぬまで払い落とせず、落とせない自分をまっすぐに見つめて歌を詠んだ。こういう悪魔みたいな男は、宗教の世界に安住などできないんじゃないか。

安吾は北原白秋の詩集『白金之独楽《こま》』を思い出していた。長兄献吉から借りっぱなしになっていた詩集を本棚から取り出す。上品な薄黄色の表紙で、中央に一筆書きの仏像のようなイラスト。仏像の高く掲げた左手の、人差し指の上で独楽が回っている。

白秋の最も仏教に接近した詩集で、七五調のリズムが親鸞の和讃によく似ている。

「人妻ユヱニヒトノミチ／汚シハテタルワレナレバ、／トメテトマラヌ煩悩ノ／罪ノヤミヂニフミマヨフ。」（「野晒《のざらし》」）

人妻との姦通罪で牢屋に入れられた白秋の、狂おしい思いがストレートに表れている。

「両掌《モロテ》ソロヘテ日ノ光掬《スク》フ心ゾアハレナル。／掬ヘド掬ヘド日ノ光、／光リコボルル、音モナク。」（「日光四章」）

「大千世界ノ春ノ暮、／光リカガヤクナニモノカ、／墜チテトドロク音コソスナレ。」（「天魔墜落」）

「苦悩《クルシミ》ハ我ヲシテ光ラシム、／苦悩《クルシミ》ハワガ霊魂《タマシヒ》ヲ光ラシム、／ワガ憎キ天上界ヲ光ラシム、／ワガ一根《イッコン》ヲ光ラシム。」（「苦悩礼讃」）

魔界に堕ちる自分を肯定しているような読みっぷりが壮烈だ。修行を始めた頃のオレの心境は、白秋のこの感覚に近かったな。苦しみが足りないと思いつめたあの時、自分の心から光が薄れていたのだ。

「真実、諦メ、タダヒトリ、／真実一路ノ旅ヲユク。／真実一路ノ旅ナレド、／真実、鈴フリ、思ヒ出ス。」（「巡礼」）

白秋の思う巡礼の旅は、孤独になりたい願望から発したものだ。諦めと侘びしさの中にあっても、純朴な心で、心底愛した人を哀惜したいのだ。

「心ユクマデワレハワガ思フホドノコトヲシツクサム。アリノママ、生キノママ、光リ輝ク命ノナガレニ身ヲ委ネム。繚乱タレ、燦爛タレ」と始まる序文がまたカッコイイ。読めば胸の奥から熱い思いがこみあげる。

安吾は自分でも歌を詠みたくなって、思いつくままに数十首作ってみた。なかなか白秋のようにスタイリッシュな輝きは出てこない。中学時代に作った啄木調の歌のほうが、まだ素直でよかったかもしれない。

詠むほどに、頭痛がぶりかえす。自分の心がいくつもの自分に分割されていくような気がする。『涅槃』に寄稿した龍樹論、あれはあれで精いっぱいの思考実験だった。飛んでいる矢だけが現在にいて、それは一瞬たりとも止まらない。誰にも、止められない。

「燦然と夜陰を突いて飛ぶ矢あり　虚空に消える現在の我」

「百方へ飛びちる意識あをく光る　無数の我の巡礼の旅」

こんな心境がいちばん素直なところか。「巡礼の旅」と自然に口をついて出て、安吾は幼稚園のころ一人さまよい歩いた日のことを思い出す。オレにはいつも放浪への憧れがあった。

巡礼の思いは、宗教よりも文学に近い。文学や、たぶん恋愛に――。

頭上に降ってきた「巡礼の旅」に、中学のころ馬賊に感じたのと同じロマンを、安吾はうっとりと夢想した。

伴純の論文「牛の王様」が載って以来、本屋に入ると毎月『改造』の目次ぐらいは覗いていたが、いまは切実に〝文学〟の言葉を欲して三月号を買いもとめた。芥川龍之介の小説「河童」が目当てだ。

久しぶりに読む芥川は、やっぱり群を抜いて面白い。河童の国は奇想天外でファンタジック、ユーモラスで楽しい。ぬめぬめした肉感も奇妙にエロティックだ。

子供のころ何度も読み返した『ガリバー旅行記』の、なかでも「馬の国」をほうふつとさせる。価値観が人間界と正反対なところに皮肉な可笑しさがある。赤ん坊はこの世に生まれたいか否か、母の胎内で回答するなど、このあたりまでは極上のホラ話だった。

でも、だんだん笑ってばかりもいられなくなる。死の影や厭世観が前面に出てくる。工場の機械化により失業した職工はみんなで共食い。横暴な検閲もあり、戦争もある。保険金殺人だって起こるのだ。

戦慄を感じながら読み進める中、どうしても引っかかるところがあった。河童の詩人トックは、自由を縛るモノすべてに反抗し、家族制度の破壊をめざす自由恋愛家で、少なからず共感していた。しかし、ある月の夜、通りがかりの家の小さい窓から河童一家の楽しそうな団欒風景を見て、トックは溜息をつく。うらやましい、と言うのだ。

「あすこにある玉子焼は何と言っても、恋愛などよりも衛生的だからね」

意味がわからない。結局トックは、そして芥川は、恋愛はけがらわしいものだと思っていたのだろうか。その思考回路もヘンだが、玉子焼を衛生的と見る感覚は理解不能だ。神経のしわざか、とも思う。

トックはやがて緑色の猿の幻覚をみるようになる。まるで芥川自身の体験でもあるかのように、それは唐突に現れ、真に迫っていた。この作家は精神的に危ないところへハマり込んでいるんじゃないかと思った。

『改造』の同じ号には、志賀直哉「暗夜行路」第五回なども載っている。五年ぐらい前に本になった第一部は読んでいたが、まだ連載していたのかと驚いた。昔はスゴイ小説だと思ったこともあるが、平坦な日常描写が多すぎるのと、主人公に共感できないのとで、続きを読む気はなくなっていた。

同号にはほかに、谷崎潤一郎の「饒舌録」という連載エッセイがあり、そこでは芥川の谷崎批判に対する反論がくりひろげられていた。なんでも芥川が「筋の面白さに芸術的価値はない」と言ったとかで、谷崎作品の奇抜な筋を攻撃したらしい。この号だけだと具体例がわからないのでチンプンカンプンだが、安吾は面白いテーマだと思った。

純文学を初めて読んだ新潟中学の頃から、谷崎と芥川は別格にウマイ作家だと思っている。筋の面白さを否定したという芥川のほうが、むしろ奇抜なストーリーの物語を書いていた。センス・オブ・ワンダー。日常で感じることのないフシギな感動をねじくり出す、その手段としてのストーリー構成が見事だった。

谷崎のほうは逆に、恐怖と魅惑の雰囲気が先行し、筋はあるようで曖昧なものも少なくなかった。蜃気楼のようにおぼろに溶けていく世界は、谷崎の十八番だ。芥川は実はこの谷崎の幽明分かちがたい独自の芸術表現に舌を巻いていたのだろう。

谷崎は谷崎で、芥川のストーリーテリングの才を高く評価していたからこそ、芸術の営為から面白さを省いてしまったら、それは書く意味を奪われたに等しいと感じられたのではないだろうか。同志としての芥川への強い思いがあるからこそ、反駁したのではないか。

二人は互いを認め合っている。安吾にはハッキリわかる。二人は何も論争することなどないはずだった。


東洋大の二年に進級した四月、『改造』には案の定、芥川による再反論「文芸的な、余りに文芸的な」が載った。筋の面白さを否定するつもりはない、ただ筋よりも詩的精神の高さを云々したい、ということらしい。どれだけ読者の胸にうったえるものがあるか、どれだけ読者の心に響くかが大事。これはこれで正論だと安吾は思う。

でも、あっちこっちへ話題がそれ、先輩作家には妙な婉曲表現を多用するので、わかりにくいことこの上ない。鷗外の史伝『渋江抽斎』をヤッツケルにも、「森先生」は「詩人よりも何か他のものだつた」として、ケナすことの代用とする。ついでのように「僕はアナトオル・フランスの『ジャン、ダアク』よりも寧ろボオドレエルの一行を残したい」などと書く。どうせ書くなら、無味乾燥な鷗外の史伝よりも芭蕉の一句のほうが文学的だと、そう書けばいい。簡単だ。でも、芥川には書けない。

三月号の「河童」と併せて読むと、芥川の文章はところどころ狂人の論理で書かれているように安吾には感じられる。不穏な気配が文章のあちこちに漂っている。

安吾は自分自身もこのごろ、頭が少し変になってきているのを感じていた。芥川の文章が幾重にも韜晦《とうかい》しているせいもあるが、文章の意味がなかなか頭に入ってこなくなった。

朝はもう二時起きは難しくなったが、それでも朝一番には、まずパーリ語の三帰文を唱える。何度か唱えれば眠気は去り、頭がくっきり明瞭になる、そのハズだったが、いまは逆だ。唱えるほどに頭は朦朧として、意識が分裂しはじめる。

大学でも講義している先生の声がちゃんと聞きとれない時がしばしばあった。別に梵語でもパーリ語でもない、日本語のはずなのに、意味がとれない。懸命に聞き耳をたてていると、聞こえるはずのない別人の、女性の声やら鳥の声やらが聞こえてきたりする。気のせいだとはわかっていても、だんだん不安が増す。神経衰弱になりつつあるのだ。

夏休みには新潟に帰省して、昔のように毎日海に潜れば、神経衰弱ごとき、すぐに撃退できるだろう。そう楽天的に考えて帰省の準備をしていた七月下旬、芥川自殺の報が新聞に載った。

8　発狂する予感

新潟に帰省する前夜、安吾は久しぶりに山口修三を訪ねた。芥川の訃報について語り合いたいと思ったからだ。山口は安吾の顔を一目見て、何事か察したように頷き、近所のオデンの屋台へ誘った。

「芥川が自殺する直前どんな心境だったたか、このごろありありと想像できるんだ」

ビールをうまそうに飲む山口に向かって、安吾は自殺の話ばかりしている自分に気がついた。それが山口に対するポーズなのか、狂気がむくむく膨らんできたせいなのか、自分でもよくわからない。安吾はビールの苦さにはまだ慣れないが、夏に熱いオデンを食べると冷たいビールを口にしたくなる。それでつい飲み過ごしたのかもしれない、ふしぎな酩酊の中で興奮して喋っていた。

「夜中に目が覚めると、オレは独りだってことを強く感じてさ。死の世界が目の前まで迫って来てるような……修三はそんなふうに感じたこと、ないか?」

「おまえ、それはブロム剤の飲みすぎじゃないのか。頭の痛みを止めるために、心と体を蝕んでるんじゃないか」

「あるいは、そうかもしれん。でも、原因はどうでもいいんだ。ただ、真剣に生きている作家ほど、狂気に陥ったり自殺したりしてしまうんだなって、わかるようになってきた。書くことの業ってヤツさ。熱狂する心、白熱し、沸騰する思い。こいつを、このエネルギーを、文章の形にできるか、どうか。そういう問題に直面した作家は、最後には狂気か死へ追いつめられるんだ」

「確かにな。芸術家や作家なんて、狂ってなきゃできない職業だもんな。オレ、つい最近、岸田國士や岩田豊雄らが立ち上げた新劇協会に入ったんだけど、演劇の虫みたいな連中はホントにみんな気が狂ってるよ。何かが憑依してるんじゃないかって、よく思う」

「それでいいのさ。オレにも幸い、発狂する予感がある。書くことと狂うことは真っ直ぐにつながってると今はわかる」

「じゃ、狂ってないと書けないのか?」

「そうじゃない。狂うまで書けばいいのさ」

「なんだか怖くなってきたよ。オレもこないだから脚本を書きはじめたから、暗示を受けてオレまで発狂しそうな気がしてくる。辰雄は真っ先に狂っちまったし、オレたち三人、みんな狂ってしまうのかな」

安吾は修行三昧で全く知らずにいたが、沢部辰雄は心を病んで巣鴨保養院に入院したという。

「辰雄は元から少し狂ってたから驚きはしないな。そのうち見舞いに行ってみるよ」

「まあ自殺するよりかは狂うほうがマシだ。さっき芥川の話をしてる安吾はちょっと危ない感じだったぜ」

「オレが自殺しそうだって？　可能性はないこともないが、オレは、明晰な意志をもって自殺することはしないよ。自殺衝動はオレにとって他動的なものなんだ。なによりオレはまだ、この世に何も証しを残していない。死ぬわけにはいかないよ」

「それを聞いて少し安心した。もう例の修行は、終わったんだな」

「ああ、勉強は続けるが、苦行は終わった。悟りなんてマヤカシだとハッキリしたからな」

「一年と四カ月ぶりだ。待ってたよ」


八月いっぱいは、昔のように毎日二回、浜で泳ぐつもりで新潟へ帰省した。泳いでいれば神経衰弱なんてあっという間に吹っ飛んでしまうだろうと意気込んでいたが、潜っていても高揚感が湧きあがってこない。しかも体の動きがギクシャクして、気を抜くと溺れそうになる。自分でも危うく思い、海へ行く時間も少なくなった。

学校裏町の家にはまだ馴染みがないが、母アサや献吉夫婦、妹千鶴らとひと夏を過ごすのは、なんだか懐かしい感じだった。昔のアサは安吾の一挙一動を憎々しげに睨み据えていたが、いまは異常なほど勉強に集中する息子を感心して見ている。居心地がいい。母のいる家がこんなに安らかに感じられる日が来るとは、かつては想像したこともなかった。

この年の初めに姉の下枝が嫁ぎ、空いた部屋が安吾用になったので、ほとんど干渉されずに勉強できる。大いに励もうと机に向かうのだが、薬を飲んでいない時は頭がズキズキ痛むし、飲めば眠くなる。本の文字を追っていても、あっちこっちへ意識が飛び、ほとんど文章の内容が頭に入ってこない。うっかり眠りこけて、朝だか夜だかわからないことがしばしばあった。

「もう御飯でございます。お起きなさいませ」

小間使いの娘が蚊帳を外してくれている。してみると、いまは正真正銘の朝だ。まずは朝の一服と思い、「ちょっと」と娘に声をかけた。

とたんに娘の動きが止まる。硬直して、心もち顔が蒼ざめる。行儀見習いのため通ってくる娘だが、安吾の部屋の掃除や寝床の支度、洗濯まで万事面倒をみてくれていた。

オレがこの子を襲うとでも思ったのか。十八歳ぐらいで、可愛らしい顔立ち。全く世間ズレしていない、素直で懸命なようすが好もしく、つい彼女の一挙一動を見まもっている自分に気がついていた。とはいえ、否、だからこそ、純粋な好意をヘンに邪推されるのは不本意だ。安吾はわざと不機嫌な声を出した。

「煙草！」

娘は自分の疑心が逆に恥ずかしくなり、大慌てで煙草と灰皿を差し出した。

「お着替えはこちらにございます。一服されたら、下へおりてきてくださいませ」

ちょっと上気した顔を上げた、その一瞬、娘の目に優しい潤いが満ちた。慰謝と信頼のしるしのように思われた。この子のほうもオレのことが好きなのだ。その時から、安吾はむしろ、自分のほうが娘に強く惹かれているのをハッキリと意識した。

新潟中学にいた頃、浜茶屋で働いていた娘を思い出す。下町の娼家へ奉公に出たというあの娘と、少し顔立ちが似ている。雰囲気や肌の色つやはまるで違うが、同じように素直で、ひたむきな哀れさを感じる。守ってあげなければ、と思ってしまう。

唐突に始まった恋の予感に目がくらみ、以来ますます意識は分裂しはじめた。


「男イコール獣《けだもの》だと、相当刷り込まれてたんだろうな。そんなことがキッカケで、その子はオレにガッチリ信頼を寄せてしまったんだ」

久しぶりに三堀謙二宅で話していると、ウソのように神経はおちついて、昔に戻った気分になれた。

「夕凪ぎの時間には毎日、一家総出で庭に水をまくんだけど、オレはいちばん遠くまでバケツを持って水まきに行くんだ。まき終わって振り向くと、そこに尻はしょりした娘がハアハア息を切らして随《つ》いて来ててビックリしたよ。誰も来ない、離れの便所の裏だ。『ハイ』と重いバケツを手渡してニッコリ笑う、その子の目が潤んでるように見えてね。オレのカラになったバケツを受け取ろうとして、指が触れる。サッと手を引くんだけど、厭そうではないんだ。顔じゅう真っ赤にして走り去っていく」

「いいじゃないか。キレイな子に惚れられて、なんの問題があるんだ？」

「問題はいろいろある。まず、読書ができなくなった」

「走って逃げてく子のせいでか？」

「あの子の顔が、映画のワンシーンみたいに網膜に貼りついて、ずっと消えないんだ。今じゃ一行も文章を読めなくて、神経衰弱は悪化するばかりさ」

「ふうん、そりゃ本気で惚れちまったってことじゃないか」

「オレもそう思って、オッカサマに何度か言いかけたよ。あの子と結婚させてくださいってさ。でも、よくよく考えてみれば、オレはあの子のこと何も知らないし、一目惚れって感じでもない。あの子の顔が消えないのは頭のヒビのせいかもしれないし、薬の副作用で妄想に憑かれてるだけかもしれない。自分でも混沌として、よくわからないんだ」

「そうか。そいつはチョット厄介だな」三堀はながく煙草の煙を吐いた。「だけど、どんな場合でも女に惚れられるのはいいことさ。安吾が孤独で、バカみたいに優しいから、心に弱い部分のある女性が寄ってくるのさ」

「そんな、オレは優しい言葉なんか全然――」

「そういう雰囲気を醸し出してるんだよ。オレも落第しまくったから、落第ボウズの悲しみはよく知ってるし、孤独な少年に惹かれる娘の気持ちもオレにはわかる」

安吾は三堀の顔をまじまじと見て、何度か頷いてみせた。「ケンチが中学の先生だなんて、初めは似合わない気がしたけど、あんがい向いてそうだな」

「まあね。先生になってみて、オレは教えるのが好きなんだとわかったよ」

「オレも小学校だけど代用教員やってみて、悪い子ほど可愛いと思ったよ。悪いことをしないではいられない子は、哀れで弱い心を持ってるからな」

「中学時代の安吾がそうだったようにな。オレが先生になろうと思ったのは、安吾みたいな悪童の、才能の芽をつぶしたくないってのが一番にあるのさ。オレには創作や芸術の才能はない。でも鑑賞する力はある。子供の才能を見抜く目もある。正義をふりかざす高圧的な先生たちから生徒の将来を守って、才能を育ててやるのがオレの役目さ」

勉強熱心ではないが、誰にでも公平で、優しく穏やかな性格の男だ。強盗を捕まえる勇敢さもある。こんな先生がいたら、自分の中学生活も相当違ったものになっただろう。

「ケンチと話してたら、いよいよ本気で小説を書きたくなってきたよ。さすがはケンチ先生。オレの育て方をよく知ってる」

「アハハ、悪童教育にも磨きがかかってきたかな。でも、安吾は必ず有名になれるよ。中学時代からオレはワクワクして待ってるんだぜ」

懐かしい話から文学論まで、三堀といると話題は尽きず、すっかり神経衰弱も治ったかと錯覚するほど楽しい時間だった。

夏休みを半分以上残して東京へ戻ると、婆やは大喜びで出迎えてくれた。


新潟から帰って以来、神経衰弱は悪化する一方で、特に、自分の意志とカラダの動きがかみ合わないことに衝撃をうけた。小さな水たまりが飛び越せない。子供のボールが転がってきたのを投げてやろうとしても、ほんの少しの距離が投げられない。芝居小屋の番台に靴を脱げと言われれば、脱ぐのが当然だから脱がなきゃと思っても、カラダが言うことをきかない。番台に殴られても足はずんずん前へ進む。周囲の人たちはよっぽど意地のねじ曲がった半狂人と思っただろう。

二年の二学期が始まり、毎朝大学へ行くにも必ず逆方向の赤羽行きに乗ってしまったりした。意志に反する方向へカラダが動いてしまう恐怖——。自己暗示の一種かもしれないが、意志で制御できないのが唯一の現実では、どうにもしようがない。

このままでは確実に、廃人になる。絶望的にそう思うことがまた、病状悪化に拍車をかけた。

9　ルーティンワーク

九月半ば、安吾は上枝、婆やと共に、池袋駅まで一分もかからない借家に引っ越した。婆やが、板橋の中丸住まいでは買い物へ行くにも遠距離すぎて体にこたえると、こぼしていたからだ。半年近くも我慢しないで、もっと早く言ってくれればすぐ引っ越したのに！　オレが探してきた家だったから婆やは文句を言いたくなかったんだろうな。気がつかなくて、婆やにすまないことをした。

大学の講義はまるで内容が頭に入らなくなったが、それゆえに一層、出席することが新たな「修行」の様相を帯びた。難解な教本の意味を考えつづけることは、神経衰弱を悪化させるモトだ。経験上そう思う。だから、頭に何もとどめきれない今の状態は、自己治癒能力が自然発動しているのかもしれない。大学では毎日、カラッポの時間が過ぎていく。

夏休みに山口修三や三堀謙二と久しぶりに話をしている間、楽しく心地よい時間を過ごすことができた。少しの間でも、神経衰弱の妄想から離れていられた。孤独がいちばんいけない。たった独り、思念の檻に閉じこもっていると、神経を脅かす妄想が次々と現れる。

そこで、大学の講義が済んだあとは、毎日とにかく人と会うことにした。上枝や婆やとでは興味の方向が違いすぎ、生活の基本スタイルも違うから、ほとんど会話にならない。

まずは、夏に会えなかった沢部辰雄を巣鴨保養院に訪ねた。大学前から市電に乗り、終点の巣鴨車庫前で降りて中山道を下れば、まもなく保養院の厳めしい石門が見えてくる。まるで誂《あつら》えたようにルートができてるな、と思う。

保養院の面会室は板敷で、学校の講堂ぐらいの広さがあった。その隅っこにテーブルと破れた椅子が置いてある。こんな広い部屋が必要になるほど面会人があるはずもないから、面会に来た人を居心地わるくさせて、早く帰ってもらおうという魂胆かと邪推してしまう。

まもなく面会室に入って来た沢部は「ああ」と上ずった声を出して、駆け寄って来た。

「よく来てくれたね。よく、こんな僕のことを忘れずにいてくれたね」

ほとんど泣き出さんばかりに喜ぶ沢部を、安吾は呆気にとられてボンヤリ見ていたが、みるみる熱い感情が込み上げた。

「あたりまえじゃないか。忘れるはずがない」少し怒ったような声になる。

「うん、そうだね。ごめんよ、ごめんよ」

沢部は相当気が弱くなっているようで、見ているのも哀れだった。

「まあ、とにかく元気そうでよかった」

「うん。実をいえば、僕はもう治ってるんだ」沢部はニッと自虐的な笑みを浮かべる。「もう半年前から治ってる。でも公費患者は、身元引受人がいないと退院できないんだ」

「ヒキウケ人って……おふくろさんや、兄さんがいるだろ?」

「母は面会に来てくれないから、治ってること知らないんだよ」

安吾は絶句した。そんなバカな話があるか、と口にしかけて、未亡人になった沢部の母の、やつれて険を含んだ横顔を思い浮かべた。

「それにね、入院して半年ぐらいは三等患者だったから、入院費で累計百円ぐらいの借金になってる。退院するには、これも返さないといけないんで、なかなか厳しいね」

沢部は毎日、他の患者たちと席を並べて、せっせと封筒貼りの仕事をしているという。

「でも、頭を使わない単純作業は、続けてると精神病の治療にもなるらしいね」

面会時間は三十分しかないので、これまでの事情など聞いている暇もない。何か入用のものはないか尋ねると、沢部は自分の家が食料品店をやってるので、チーズやバターみたいなものをもらってきてほしいと言う。公費患者でも最低限の食費は払わねばならず、一日十銭で豚のエサみたいな食事が出る。味は我慢しても栄養が全然足りないらしい。

「で、封筒貼りは一日いくらの稼ぎになるんだい」

「七銭ぐらいかな。そう。気がついただろ。借金返済どころか、ここにいればいるほど赤字は増えてく仕組みだよ」沢部はまた自虐的な笑みを浮かべた。

保養院を出てすぐ、山手線から中央本線を経由して牛込駅へ向かい、沢部の実家を訪ねた。一階の小さな食料品店には沢部の母が、一年半前からそこに固まっていたように、まるで愛想もなく店番をしていた。近寄りがたい雰囲気だったが、勇を鼓して戸口をくぐった。

見舞いに行った帰りだと話し、「もう全快してるそうですよ」と一言添えると、

「フフン、あの病気は決して治りませんよ」沢部の母は唇を曲げて冷ややかに笑った。

「まあ、おっしゃるとおり、あの病気は全快は難しいけれども、ただ辰雄みたいな才能のある人間が、毎日封筒貼りをしてるなんて、もったいないことだと思って」

安吾が言うと、彼女は眉間にクッキリと皺を刻んだ。

「あなた、知ってますか？　アイツは発狂したとき、私を殺そうとしたんですよ。私に馬乗りになって、ぎゅうぎゅう私の首を絞めたんだ。ホラ、ここのところ、今でも痕が残ってるでしょう。アイツが娑婆へ出て来たら、私は今度こそ本当に絞め殺されてしまう」

彼女は憎々しげに言いつのり、三白眼で安吾の顔を睨む。コイツも少しおかしいんじゃないかと怪しむ風情で、小刻みに頭を揺すった。沢部を病院に隔離しておきたいのだろう。この調子では、百円の借金を肩代わりしてやってくれ、などとほのめかすのも憚《はばか》られた。

「明日も辰雄くんの見舞いに行くつもりですが、病院食では栄養が足りないらしいので、チーズかバターみたいなものがあれば――」

「実の母を殺そうとしておいて、チーズやバターをねだるとは、なんと図々しい。だいいち、バターもチーズも冷蔵庫から出したら明日までには溶けちまいますよ。頭がおかしい奴の考えることは、やっぱりどこかネジがはずれてる」

この母が沢部の面会に行かないのは至極当然と思われた。

沢部は発狂する直前、家の金をこっそり持ち出して大量の株を買ったらしい。ひと月足らずで持ち出しがバレ、買った株を沢部の兄が調べると、暴落して紙くず同然となっていた。沢部は厳しく糾弾されたのがもとで気が変になり、ついには大暴れに至ったという。

一年半前、安吾と山口の前で、沢部は何か「賭けに出る」準備をしていると言った。「その時には、みんなアッと驚くことになるよ」と。あれは、株で大儲けする夢だったのか、と思い当たる。中学時代、安吾が真冬のプールで泳げるか否か、バカな賭けをしようとした時、真剣に止めてくれたのは沢部だったのに――。

なんの成果もない訪問とはなったが、安吾にとってイヤな思いをするだけの時間でも、神経衰弱から逃れていられる貴重な時間だった。一つの決まった目的をもって人と会い、会話を続けることが大事なのだと改めて実感する。

話し相手は、沢部と山口しかいない。

山口とは芥川が死んだ直後に会ったせいか、ホンモノの作家となるために自分も発狂しなければならないなどと口走り、自分でも驚いたものだ。口に出すと、思いは一つの形をつくりはじめるので、気をつけないといけない。

もう夕食どきではあったが、予定どおり、山口の家を訪ねることにした。沢部の実家から、豊山中学のある護国寺を過ぎて少し行った所。山口の叔父の妾宅だった家で、お妾サンは早逝したがその母親がまだ叔父に養われている。

訪ねると山口は不在で、妾の母親が独り、寂しそうにしていた。一度会っているから、婆さんは安吾のことをよく覚えていて、喜んで迎えてくれた。山口は劇団員といってもまだほとんど稼ぎはないし、彫刻家の卵だという弟のほうは完全に無職で、それなのに毎晩二人で遊びあるいているという。山口の叔父からもらえる婆さんの生活費がめっきり少なくなったのは、山口兄弟が使い込んでしまうかららしい。

「あたしはあの兄弟とは全然血はつながってないんだし、お金をもらえるはずの娘はとうに死んでしまったんだから、何も文句を言えた義理ではないんですけどね。でもあたしと全然関係ないことで、ある日突然くるしい状態に追い込まれるなんて、ひどいと思いませんか」

婆さんは無類のおしゃべりで、安吾があんまり熱心に聞いてくれるので嬉しくなったのか、娘がどれほど可愛かったか、自分がどれだけ苦労して娘を育てたか、山口の叔父にどこでどう見初められ、娘の生前は親の自分までそれはもう親切に面倒をみてもらえた、どんなワガママでもきいてくれた、それなのに今は金をくれるだけで、実家へ顔を出すことは一切まかりならんと言う、おまけに悪童を二人も押しつけられて、という具合に、婆さんは一人で延々としゃべり続け、ひととおり話が終わると、ごく自然に最初の話へ戻っていた。

話の途中で、婆さんはアアと気がついて、夕食の膳を出してくれた。常備菜みたいなものばかりだと謙遜するが、なかなかの美味だ。一日の疲れもあって飯の旨さが際立って感じられる。婆さんは安吾の食べっぷりをうっとりと眺め、茶碗がカラになるとすぐにおかわりをよそってくれるのだった。

山口は結局帰って来なかったが、かなり遅い時間まで婆さんの話を聞き、とにかく人と会って話すという目的は達成できた。

池袋の自宅までは近いので歩いて帰れる。最適の巡回ルートだった。


翌日、巣鴨保養院へ手ぶらで行くと、沢部は一瞬ガッカリした表情になったが、

「やっぱり無理だったみたいだね」と、すべてを受け入れるような寂しげな笑顔をみせた。

安吾はちょっと胸を衝《つ》かれて、「いや、昨日はあれから用事を思い出して、沢部んちへ行けなかったんだ」とごまかした。

「ああ、そう。それなら仕方がないね」沢部はやっぱり寂しげに笑うばかりだ。

本当は全部気づいているのだろう。訊きもしないのに、大量の株を買った話をしはじめた。一年半ぐらい前から強い霊感が働いて、少し先の未来が読めるようになったのだという。特に、家の食料品店で番をしている時など、金銭のやりとりで客と指が触れ合ったその瞬間、宿命の指令を受けるようになった。予言はさまざまで、天候の急変だったり、事故の回避だったりするのだが、ごく稀に、株式市場の情報がひらめくことがある。あとで確かめると、その予言はたいてい当たっていた。これは僕の一生を賭ける時だ、とハッキリ意識したその

日、それまでにない強い予言が降ってきた。この株を買え、と。

「僕は勉強を続けたかったんだ。そのためにお金がほしかった」

搾り出すように言う沢部の言葉は安吾の胸を打った。しかし、沢部は続けてこう言った。

「結局その予言はハズレたわけだけど、それはたぶん、僕がお金をかき集める機会をうかがっている間に、時間がたちすぎたんだろうと思ってる」

沢部はまだ治っていないな、と思う。おふくろさんがヒステリーになるのも無理がない。

それでも、別れ際には涙を流すほど感謝されるので、また沢部の店を訪問し、明日も見舞いに来る約束をしなければならなかった。

そのようにして数カ月の間、大学を終えてから三箇所を巡回する日課が続いた。

ある日には沢部の兄が店番をしていて、常温でも二、三日は大丈夫な硬いチーズをくれた。

山口の家にはいつも婆さんしかいなかったが、毎晩、料理を作って待っていてくれた。

10　巡礼の年

一日の講義が終わり、大学の門を出たところで、アラビア人らしい濃い目鼻立ちの男がビラを配っていた。たぶんイフラームという服装だろう、白い大きな布を体に巻きつけた格好も目立つ。安吾はなんだか胸騒ぎがした。自分が招かれているような気がして、自ら手をのばし、ビラを一枚もらった。

回教への入信勧誘だ。回教徒になる気があれば、これから一年半かけて、毎夜二時間、アラビア語とトルコ語の無料講習を受けられるという。講習終了後は入信儀礼として、必ずメッカ・メジナ巡礼に参加しなければならない。

夜間の授業なら出られるし、神経衰弱のひどい時でも語学の勉強時間だけは妄想に攻め立てられることが少ない。それにアラビア語を習得すれば、回教だけでなくキリスト教の研究にも役立つだろう。ひととおり仏教の周縁は経《へ》めぐってきたので、世界三大宗教の残り二つの探究に入るのも悪くない。何でも実際に見て、体験してみなければ、本質を理解することなどできないのだから、これはいいチャンスかもしれない。

安吾の心は大いに揺れ動いた。二年前に刊行された田中逸平の『イスラム巡礼 白雲遊記』という本をたまたま読んだばかりだった。巡礼と名がつけば、四国四十八ヶ所でもなんでも一度は経験してみたいと思っていた矢先、イスラムのエキゾチシズムにも惹かれるものがあって、その日本人回教徒の巡礼記録を手にとった。

砂漠横断の旅は想像以上に苛酷で、高熱の中、日射病や疫病、水や食料の欠乏で巡礼者たちはバタバタと死んでいく。人々の死体を踏み越えて、ひたすらコーランを唱えながら聖地へ、聖地メッカへと一心不乱に行進するのだという。激しい。それほどの熱情を自分は持ちうるのか、まるで試されるような、自ら試すような、激越な思いが去来する。

苦難の時間が長ければ長いほど、邪心は薄れていく。ほとんど永遠とも思える時間、心は充実感に満たされ、昂揚する。同じ涅槃を求める修行でも、座禅より巡礼のほうがロマンの香りに満ちている。

この年の五月、アメリカのリンドバーグが単葉プロペラ機「スピリット・オブ・セントルイス」号で、ニューヨークからパリまで単独無着陸の大西洋横断に成功した。かつて憧れた飛行家の夢。新聞記事を読んだとき、少年時代の自分がそこにいると思った。あの日のまま、まっすぐ飛行家への道をめざしていれば、自分が記事の中にいたかもしれない。そして、リンドバーグの三十三時間半に及んだ苛酷で孤独な旅にも、かたちは違うが巡礼の匂いがあった。

砂漠横断の旅に出るまで、猶予は一年半ある。大学の講義が早く終わったある日、ロマンへの憧れに追い立てられるようにして、唐突に決心した。沢部の病室を見舞ったあと、沢部の実家を訪問する前に、電車で東京駅へ向かった。講習会場の丸ビルまで来て、階段をのぼり、入口の前を何度も行ったり来たりした。ここまで来て、何を迷っているのか！　自分で自分を叱りつけてみるのだが、どうしても入って行けない。神経衰弱のせいではない。心はすでに、より強く、文学の道へ結びつけられていたからだった。

三箇所を訪問する日課も、見方を変えれば巡礼のようなものである。毎日毎日、自分が苦しむためだけに他人に尽くす。安吾はそれが修行になると信じて数カ月を過ごしたが、もしかすると自分が関係する人たち皆を、自分のエゴで苦しめているんじゃないか、そんなふうに思えることがしばしばあった。

沢部の母は安吾の顔を見るだけで顔をゆがめる。狂人の仲間が来た、という顔だ。百円の借金を支払って退院させてやってくれ、などと一言でも口にすれば、皆まで言わせず店を叩き出されるだろう。

山口の婆やは、修三兄弟が生活費の全部をつかい込んでしまったから、このままでは生きていけない、なんとか山口の叔父に掛け合ってもらえないか、自分は出入り禁止の身の上だから是非ともあなたに、と安吾に頼みこむ。しかし安吾自身は、山口の叔父とはそんな立ち入った話ができる関係ではないし、修三兄弟の素行をどうにかしないかぎり無理な話だろうと思う。のらりくらり、かわし続けるうち、どうにか保っていた糸が切れて、ついに山口家へ行くのをやめてしまった。

沢部は相も変わらず退院手続きを母に頼んでほしいと懇願し、安吾が昨日もお母さんには会えなかったと言うと、それは嘘だとあからさまに指弾するようになった。

「僕には何もかもわかってるんだ。君は毎日、母のもとを訪ねてくれているんだろう。でも、母は僕のことを悪く言う。だから君は毎日ここへ嘘をつきに来る。わかってるんだ。でもね、君は誤解してるんだよ。僕の母は僕のことを愛してるよ。間違いない。それはもう誰よりも僕のことを、愛してくれている。本当の母の心は君には見えないだろうけど」

安吾は毎日イヤな思いをして沢部家を訪問し、母親の言葉のはしばしまで聞き逃さず、本音を見誤ることなど決してないと思っている。だから沢部の言葉に逆上して、手ひどく罵ってしまった。「辰雄は妄想惑溺家だ」と決めつけ、あの母親の憎々しげな態度や悪口を、思い出すままに全部バラしてしまう。こんな話をしてはいけない、絶対にダメだ、と心に思いながら次々と口をつく悪罵に、安吾は自ら震撼し、ますます混乱した。最後には確実に自分の心とは正反対のことを喚いているのだった。

「オレが毎日ここへ来るのは辰雄のためじゃない。精神病院というものをつぶさに観察して、小説に書くためであって、辰雄に友情を感じたことなど、かつて一度もない」

「それもわかってるよ」沢部は力なく笑う。「君がすべてを観察してることにも気づいてた。安吾はこれから小説を書いて生きていくんだろ。それなら、精神病院の実態をありのままに見つめて、いろんな患者のようす、看護人たちのようすを全部見つめて、いつか小説に書いてほしいな。だから、僕のためなんかじゃなくていい。これからも面会に来てくれたら嬉しいよ」

沢部の傷つき方があまりに無残で、安吾は自分が放った下劣であくどい言葉に、吐き気がするほどの自己嫌悪を感じた。

「ああっ！　オレはどうしようもない悪党だ」

思わず呻き声をあげると、沢部は安吾の腕をギュッとつかんだ。

「僕のほうこそ。君みたいに善良な友をこんなに苦しめるなんて、僕は本当に悪い奴だ」

沢部はボロボロ涙をこぼしていた。

「悪かった、辰雄。さっきのは全然本心じゃない。信じてもらえるかどうかわからないが」

「信じるよ、もちろん。僕は君という友達がいることを誇らしく思ってる。でも、さっきの話の、精神病院を舞台にした小説は、本当に書いておくれよ」

「ああ。きっと書く。芥川の『地獄変』や菊池寛の『藤十郎の恋』みたいに、オレは小説を書くために自分が精神病院に入ったっていいとさえ思うよ」

「そいつは頼もしいな。けど、患者になるのはやめときなよ、全く自由はなくなるから。今この病院に、むかし流行作家だった島田清次郎も入院してるらしいけど、いっさい姿を見せたことがないからね。独房に入れられてるのかもしれない」

純文学を読みはじめた最初の頃、安吾は島田の『地上』に誇大妄想狂の異常さを感じた。芥川とはまた違う種類の狂気だが、狂ってしまえるほどの情熱は、確かに島田にもあったと改めて思う。

この日、沢部と安吾はそれぞれにこじらせていた感情をさらけ出したことによって、よくも悪くも関係性が少し壊れてしまった。少なくとも安吾には、もう沢部の実家との橋渡しはできない。山口家訪問が終わるのと相前後して、巣鴨保養院へも沢部の実家へもしだいに足が遠のいた。

どんな相手とであれ、人と会って話すことが妄念を鎮める最善の方法だったので、日課がいちどきに全部なくなって途方にくれた。日課があると思うだけでも効果があったのだ。

メッカ巡礼への憧れはまだ完全には消えていない。やはり申し込みに行ってみるべきか。がむしゃらに目的地へ向かう苦難の旅。日射病でバタバタと倒れる人々。熱にうかされたように、ひたすら前へ前へと歩きつづける日々。

眠れない夜、巡礼する自分を空想しているうちに、見たこともない沼地へ踏み迷っていた。丈の高い樹木が密生するジャングルの中。細い枝や葉が顔にも体にも絡みついてくる。

なんとかジャングルを抜けると、広々とした草原に出た。びっしり生い茂る草は丈高く青青として、ときおり強く吹く風にキシキシと音を立てる。

隣を歩いている女は、絵のなかの聖母マリアとよく似た顔立ちだ。清楚で一切ケガレのない高貴な雰囲気。そうだった、オレたちは巡礼の旅に出たのだった。

女はオレの視線に気づいてフッと見返り、恥ずかしそうに笑う。ギュッとオレの右腕にしがみついてくる。互いの衣服を通して、女の乳房を生々しく感じる。思いがけず温かくて、ふわりと溶けてしまいそうに柔らかい。ああ、このまま二人、どこまでも歩いてゆけたらいいのに、と思う。

いけない。邪心を持ってはいけない。

気がつくとマリアは子犬のように小さくなって、オレの腕の中にすっぽり収まっていた。

草原を抜けた先に、葉の厚ぼったい樹々が現れる。あれは菩提樹か、沙羅双樹か。

あれは魂の生《な》る樹。アンモラ樹《じゅ》よ。女が言う。あの葉の一つ一つが、大きく育つと赤ん坊になるの。

子供はそうやって生まれてくるんだっけな。自分が何を知っていて、何を知らないのかも、あやふやになっている。周囲一帯、乳白色の闇に包まれて、少し先も見えない。

大きく膨らんだ葉が一つ、見る間にパックリ割れたかと思うと、実の外と内とが裏返りはじめた。誕生の時が来たのだ。

割れた実は、ジュルジュルと奇怪な音を立てて変形していく。まもなくヒトガタになった赤ん坊は、皮膚が全部めくれ返った粘膜だらけの姿で、ウウ、ウウと唸りだした。ふと、腕に抱いていた女を見ると、女も粘膜状になっていて、細い目をおもむろに開く。

オレは思わず手を離してしまった。粘膜のマリアは変な叫び声をあげて落ちていった。

——ぼんやり目が醒めて、安吾はブンブン頭を振った。

煩悩だ。こんな夢をみるようでは、オレの巡礼の思いもたかが知れている。

マリアの顔は、代用教員時代に憧れた本校の美人先生に似ていた。清楚なあの人を絶対に汚してはならない。あの頃はそう思いつめたこともあった。

いつも口が半開きで憐れを感じさせた女子生徒の面影もすこし重なる。先生をやめる時、あの子を連れて行こうかと思った。なんならウチで働かせてもいいと思った。

もう一人、新潟に帰省したとき水まきのバケツをかかえて懸命に安吾の後をついて来た行儀見習いの娘も思い出された。その潤んだ目にほとばしる光の強さに、痺れるような陶酔が潜んでいた。

11 鬱をねじ伏せる

沢部や山口を訪ねるのをやめると、とたんにまた妄想がぶり返してきた。妄想を鎮めるには、何か明確な目的をもって突き進むことが大事だ。人と会うことがなくなった今は、ひたすら語学を勉強することに集中した。意味をとろうとする読書がいけないので、外国語の丸暗記に一日を費やすことが多くなった。

大学では、英語、梵語、パーリ語に加えて、チベット語も学び始めている。梵語とパーリ語は親戚みたいなものだから、一単語を両方の語で覚えていくと覚えやすい。ただし、文字はまるで違う。パーリ語の文字は全部まるっこくて可愛いが、記号にしか見えない。梵字は横に並べると長テーブルのように見えるし、毛筆で書けば漢字の草書にも見える。チベット文字も梵字に似ていて、チベット語は語彙も梵語からの借用が多い。

メッカ巡礼のアラビア語やトルコ語にも惹かれたが、聞いたこともない言葉を習うのは面白い。語学には少し謎解きの要素もあるし、多くの言語を知るとその派生関係や祖語は何かとか比較言語学への興味も湧いてくる。

もっとも、梵語やパーリ語の動詞を覚えるのは至難のワザだ。英語などと違って不規則変化するものばかりだから、一動詞ごとに何十もの変化形を全部覚えていかねばならない。語学学習そのものが目的となっている今の安吾には、それも楽しい驚きではあった。

以前山口が、アテネ・フランセの入学案内パンフが新劇協会に置いてあったと話していたので、一部もらって来てくれないかと頼んであった。山口家ではほとんど会えたためしがなかったが、手紙を出せば日にちはかかるが返事が来る。

しかし今回は何日も待っていられなくて、神田三崎町のアテネ・フランセを直接訪ね、案内パンフをもらうついでに、四月からの入学申込も済ませてしまった。

案内パンフには、フランス語の補助語学としてラテン語やギリシャ語も教授する、と書かれている。梵語、パーリ語、チベット語、英語、フランス語、ラテン語、ギリシャ語、全部習得すれば日本語とあわせて八カ国語マスターだ。だからどうしたという話でもないが、新しい事への挑戦は何によらず楽しい。

語学学習に身を入れている昼間はほとんど妄想も起こらなくなったが、深夜に目が覚めると、次から次へ妄念が襲いかかり、朝まで眠れないことがあった。

夏休み前に一度、山口とオデンの屋台で話したのを思い出し、眠れぬ深夜、すがるような思いで家を出た。

屋台の暖簾《のれん》をくぐると、先客が腰かけている。くたびれた洋服の四十男。何かのセールスマンだろうか。とにかく話しかけてみようと思っていると、向こうから「学生さんかい」と話しかけてきた。正直に答えても面白くないので、絵描きの卵だと言ってみる。

「おお、そいつはちょうどいいや。オレはケイズ屋——って言ってもわかんねえだろうが、何でもいろいろ裏のモノを売りますよってな商売でね。いちばん売れるのが春画や春本なのさ。兄さん、どうだい、明日にでもオレんち来て、ちょいと小遣い稼ぎしてみないか」

安吾は二つ返事で話に乗った。なんでもいい、目的ができれば妄想はやむはずだ。それに、この貧相な男、どうせイカサマ商売だろうし、春本なら平賀源内の「長枕《ながまくら》褥合戦《しとね》」や柳亭種彦の「春情妓談 水揚帳」など、いくつか読んだこともあるから、書けないことはないだろう。面白いことになってきたぞ。そう思えただけでも、成功だった。

翌朝、男にもらった名刺を頼りに訪ねて行った。池袋の自宅から歩いて行ける距離だが、ゴテゴテと奇怪な向きに軒の重なり合うオンボロ長屋で、表札のある家が一軒もない。苦労して探し当てると、ケイズ屋は「本当に来たのかい」と少し照れたような顔だったが、アルバイトの話は嘘ではなかった。安吾はこの手の仕事なら絵よりも文章のほうが得意だからと言って、春本の文章を書くことにした。

見本の何冊かを読み、アイディアを少し練る。原稿用紙にして七、八枚ぐらいで一冊にできるらしい。春本のストーリーパターンは大体決まっているから、それほど悩む必要もない。書き出すと面白くなって、源内ふうの少し大げさな滑稽談、種彦ふうのしっとりした情話など、夕方までに三作書き上げた。書いてみると、あんがい傑作ができたような気がする。肩の凝らない、こんなふうに楽しく読める小説もあっていいんじゃないか、と思う。こんな話なら、神経衰弱に障ることもなく、いつでもスラスラと書ける。

留守番のおかみさんに渡すと、字が読めないのか、ろくに目も通さず、ちょっと難癖をつけながらも三十銭くれた。子供の駄賃みたいな額だ。

外に出ると、ちょうど飴売りが来ていたので、三十銭分の飴を買い、長屋のあちこちで遊んでいた子供たち皆に飴を分けてやった。自分の分も結構残ったので、飴をしゃぶりながら家へ帰った。

また、いつでもおいで、とケイズ屋には言われたが、もう二度と行く気はない。春本書きも一度は面白いが、次はきっと退屈になる。すると逆に、神経衰弱悪化の要因となってしまうことは容易に想像できた。

もう頭痛の薬はほとんど飲んでいない。薬をやめると頭痛はひどくなるが、妄想は起こらなくなった。副作用の産物だったのかもしれない。

妄想のタネになってしまうので日本語の小説はほとんど読まなかったが、語学学習として英語の小説はときどき読んでいた。ポーは大好きで翻訳本でもたくさん読んでいたから、英語の原文で読むのは新鮮で楽しかった。チェーホフは、やはり戯曲のほうが人気で、小説の日本語訳はあまり多くなかったが、英訳本なら小説も手に入りやすい。以前読みたいと思って買ってきた英訳の短篇集を開いてみる。辞書を引きながら読むので時間はかかるが、内容やテーマに深入りしないで読み進めることができた。

確かに深入りはしないのだが、チェーホフ作品は人間関係の編み目が細かいので、些細な言動にも複雑な思いがにじむ。読んでいるあいだ、何人かの心に同化しては、スッと誰の心からも離れていたりする。すると途方もない虚しさだけが世界にかぶさってくる。英語でゆっくり読みこんでいると、知らぬ間に小説世界にカラダ半分つかりながらプカプカ漂っているような状態になる。悪い気分ではない。不安定で厭世観の濃い小説でも、なんだか懐かしくて、ずっと漂っていたい気持ちになる。

「六号室」は、精神病院を舞台にした小説で、沢部のことや保養院の患者たちを思い出しながら読んだ。患者たちや医者たち一人一人の言動や感情がこまかく描かれた小説かと思って読んでいくと、徐々に、主人公の医者が無理やり患者にされていく。昔、映画「カリガリ博士」について三堀と話したテーマそのままだ。患者と医者の立場が逆転する怖さ。一度疑われてしまうと、どうあがいても二度と出られない。ただ単に、哲学のわかる唯一の相手が患者だったというだけなのに――。

　こんなことは日常にもありそうなことだ。誠実に、突きつめた生き方をする者ほど、他人とうまく付き合えない。沢部もその一人だ。オレもたぶんそうだろう。人嫌いで孤独を欲する人間は、いつしか狂人の烙印をおされてしまう。だから人は皆、精神異常を疑われまいとして愛想よくし、日常のふるまいを取り繕い、戦々兢々として周囲の人間たちを窺っている。精神病院の内と外と、どちらがどれだけ狂っているのかわかったものではない。

　最も心に残った作品「退屈な話」には、「夜、眠らないでいると、たえず自分が異常であることを意識させられる」と書いてある。オレの不眠の時をそのまま表現してくれているようだ。妄想のはびこる不眠の時間。永遠とも思える痛苦の時間。それはチェーホフが言うように、動物的な恐怖だ。何が怖いのかもわからない原始的な恐怖。

「夜中に目が醒め、ベッドから跳び起きる。なんの理由もなく、今まさに死が迫っているのを実感する。……空には皓々と月がのぼり、雲一つない。辺りは静まりかえって、樹々のそよぎもない。あらゆるものが私をじっと見つめている。死につつある私のようすを窺っている」

　老教授ステパーノヴィチの思いは痛ましい。厭世観が強烈で、何事にも興味をひかれない。生きる意味すら感じられない。不眠のつづく中、死の影だけが無慈悲に襲いかかる。妻や実の娘のいる家でも、大学でも、俗物どものいやらしさにウンザリするばかり。亡き友人の娘カーチャだけが掛け値なしに自分を信頼して、なんでも打ち明けてくれる。オジサマ、オジサマと慕ってくれる。まるで最後の希望のように。ステパーノヴィチは最後の最後、カーチャの祈りさえも断ち切ってしまった。

チェーホフ作品を英語で読んでいると、自分も小説を書きたいと強く思う。まだ日本語の小説は読むのも書くのも避けているが、準備はしておきたい。

外国文学では登場人物の外見をわりと細かく描写していて、外見からも大まかな人間性が知れるようになっている。小説を書くなら、体形や人相と性格類型の関係をもっと勉強しておいたほうがいい。山口が以前、人相学の本なら二、三知っていると言っていたのを思い出し、手紙を書いた。しかし、山口からは一向に返事は来なかった。

冬の終わり頃、山口家の婆やから手紙があり、修三兄弟は貯金を全部持って夜逃げしたという。婆やは無一文となり、かねてより信仰する金光教の教会に身を寄せているらしい。安吾から何通手紙を出しても返事が来なかったハズだ。なんでも語り合える親友だと思っていただけに、裏切られた思いは強く、深い傷痕になって残った。

同じ頃、沢部の兄からも手紙が届く。辰雄は巣鴨保養院を退院して、千葉県の水田地帯に延びる私鉄の小駅で、改札係の仕事をしているそうだ。そのうち、訪ねて行ってみよう。安吾は少しホッとした気分で、千葉の田園風景に思いを馳せた。

池袋の家では、兄の上枝《ほずえ》が早稲田大学理工学部機械工学科を卒業し、小石川の東京計器製作所にエンジニアとして入社することが決まった。これでもう、毎日うるさかったバック台の滑車の音からも解放されるし、いちだんと家は静かになるだろう。

何もかもが新しくなる。四月からはアテネ・フランセの授業も始まり、自分の心も一新される。頭痛も程なく治まるにちがいない。そうしたら思うぞんぶん小説を読み、いままで誰も書いたことのなかったような小説を書こう。世界中の読書人をあっと驚かせてやろう。オレの時代はオレがつくる。安吾は晴れやかな夢想に胸を躍らせた。

12　めざせ新人賞

『改造』懸賞創作の第一回は龍膽寺雄《りゅうたんじゆう》「放浪時代」が受賞した。大手雑誌の公募による文学新人賞ということで注目度は高く、安吾も妄想のひどい時からこれに挑戦したい気持ちがあった。

『改造』一九二八年四月号をさっそく買い求め、自分に課していた読書の禁を解く。日本語の小説を読めない時期が長く続いたから不安もあったが、少しずつ読めば大丈夫そうだ。

受賞作は、風来坊の若い男女三人が奇妙な共同生活をする話で、ストーリーの起伏はあまりない。特異なのは人間関係と性格設定だ。十七歳で誰もが気おくれするほど美人の魔子と、その兄の曽我、友人の「僕」とが一つ部屋で寝起きする。半裸だったり全裸だったり、絡み合ったりふざけ合ったり、それでいていつでもあっけらかんとして、性欲が高まったとかの心情はいっさい描かれない。やけに虚しいとか負の感情だけは綿々と書く。

不自然すぎる。大好きな娘と肌をくっつけ合って、この若者はどうして欲望を爆発させないのか。無理に抑えつけているなら、もっと鬱屈した描写がなければおかしい。つまり、これは甚だ表面的に生きる放浪者たちの、ニセモノの心理だけを描いた身辺雑記小説なのだ。無一文なのに豪勢に外来語だらけの食事をしたりするのも不自然きわまりない。

文章は悪くないが、単なる装飾のための文章は、ウマいほど虚しいものだ。なんのために、何をめざして、が根本的に欠けている。虚しさを追求するなら、もっと葛藤を描かなければダメだ。葛藤、苦悩、不安、欲情、憐憫、あるべきはずのそういった感情から逃げているだけの小説ではダメなのだ。

応募総数千三百三十篇とある。すごい数の作家志望者だが、こんな珍奇なだけの小説が受賞する新人賞というものに、オレは何を書けばいいというのか。安吾は虚しさから神経衰弱が悪化しそうな気配を感じて、考えるのをやめた。

東洋大学では三年に進級し、神経衰弱の根治をめざして梵語、パーリ語、チベット語の学習に一層の熱を入れた。

新学年が始まって早々、学生自治会委員長の吉田という男が現れ、今年度の副委員長を安吾にやってほしいと頼みに来た。なんでも大学制度改革が進行中で、修業年限から教科、時間数まで大幅に変わるらしく、学生自治会のメンバーはこれに断固反対、同盟ストライキを打ったという。学部長らとの団体交渉にも及んだが、その際、安吾と内藤という学生が大活躍をしたという話だった。

しかし、安吾自身はほとんど覚えていない。話を聞いて理不尽だと怒った記憶はかすかにある。頭痛薬でフラフラ酩酊したような状態で、一人で激していたのかもしれない。

安吾は神経衰弱であることを大げさに語って、副委員長はどうか別の人にと固辞した。

大学の授業が終わると、白山上から本郷三丁目まで市電に乗り、神田三崎町の川べりに建つアテネ・フランセへ向かった。姿は学生服のまま、帽子だけ学帽からソフト帽にかぶり替えた。フランス語を全く知らない初心者向けの入門クラスは夕方五時から始まる。このクラスだけは日本語の教科書を使い、フランス語の基本文法や発音などを学べる。新学年は九月始まりで、初等科からはいっさい日本語を使わずに授業が進むらしい。

初等科五カ月のあと、予備科五カ月、中等科一年、高等科二年と続くが、七月七日から九月十五日までは夏休みなので、一年とは実質十カ月である。

安吾はここでも熱心に授業を受け、帰宅後も独習に励んだ。上級の科へ進級することに関心はない。世界文学の最先端をゆくフランス文学を原語で読めるようになりたいとは思うが、まずは語学を頭に詰め込んで、神経衰弱を撃退することだ。

五月には、長兄の献吉が新潟新聞社の理事兼東京支局長に就任して、夫婦で池袋の借家に同居することになったが、献吉も徳《のり》も、朝から夜中まで勉強に励む安吾の姿に驚いていた。

「あんなに勉強嫌いだった炳五がなあ。これほど変われる人間ってのは、もうそれだけで傑物だよ。意志のカタマリだな」献吉は徳と婆やに誇らしげに語った。

安吾びいきの婆やは「そうですとも、そうですとも」と何度も頷き、目に涙をためる。

「あいつはちょっと偏執狂的なところがあるからな。一度やると決めたら、病気になっても気が狂ってもやめないんだよ」仕事から帰った上枝が笑い話のように言う。

「なんてことを」婆やは口をとがらせる。「上枝サマはヘゴサマのお小遣いまで全部つかいこんで遊んでばかりだったのに、ヘゴサマは全然怒りもしない。仏様ですよ」

「アハハハ、婆やにゃ敵わねえや」

「炳五は神経衰弱だったんだろ?」献吉が二階で勉強中の安吾の部屋を見上げる。「去年、炳五が新潟に来たときにオッカサマも気づいたが、病状はどうなんだ」

「なんだ、兄貴にまでバレてたのか。オレはあまり一緒にいないからよくわからんが――」

「もう随分いいんですよ」婆やが事こまかに安吾のようすを語り、上枝まで「へえ、そうだったのかい」と感心して聞いていた。

アテネ・フランセと東洋大が両方とも夏休みに入ると、安吾は新潟に帰省した。大半は松之山の村山家に滞在して、涼しく懐かしい風を浴びながら本を読み、小説の構想を練ろうという考えである。

語学に集中することで神経衰弱を退治しようという計画は図に当たった。もう頭痛もほぼ治まり、ブロム剤も飲んでいない。思考能力や身体機能の低下、眠気、妄想など全部、薬の副作用だったのかもしれないが、安吾は自分の意志力で退治したと信じている。

新潟駅から歩いて信濃川を越えるとき、萬代橋が二列になっていて驚いた。一本は昔からの木橋で、横に架設中の鉄筋コンクリート製の橋がその頑丈な骨組みを見せつけていて壮観だった。

「面白いことになってたでしょう」妹の千鶴がニッコリ笑う。「新しい橋は来年の夏にできあがるんだって」

「じゃ日本一ながい木橋も見納めか。鉄橋だかコンクリート橋だかになるって話はオレが小学生の頃に決まったんだよ。日本一の橋がなくなるってんで、そりゃ悲しい思いをしたもんさ」

「おまえたちの父サマの仕事さね」アサが誇らしげに言う。「父サマは信濃川の治水に力を尽くしてたからな。大河津《おおこうづ》分水の開削には大隈様に直談判なさって、分水が成ったから川幅も狭めることができたし、鉄橋架設の計画ももちあがったわけさ」

「ふうん。父サマの仕事なんて全然聞いたことがなかったな」

「あたしは知ってたよ。オッカサマから何度も聞かされたもの」

「いま、献吉が父サマの生涯と業績をまとめた本を作ってるそうだよ。これも来年できあがるから、読んでみるといい」

「へえ、そいつは楽しみだなあ。ウン、必ず読むよ」

安吾が宣言するように言うと、アサはしんから嬉しそうに微笑んだ。

前の年には行儀見習いの娘との仮想恋愛で本当に気が狂いそうだったが、母と妹しかいない家にはもう娘も通って来ない。完全に平和だったが、少し物足りない気持ちもあった。


松之山へは、新たに国鉄十日町線が開通、飯山鉄道の越後外丸《とまる》駅もできて、そこから十二キロの距離を乗合自動車で行けるようになった。

真雄とセキの長女喜久《きく》が満十歳、長男の政光は満三歳、次男の玄二郎はまだ赤ちゃんで、前にもましてにぎやかだ。最初の子も政光だったが早逝したため、次に生まれた男子をもう一度長男と見立てて、同じ政光の名を付けていた。

喜久は幼い頃に会った安吾叔父のことを覚えていると言う。鞠つきやお手玉、あやとりなど、なんでも一緒にやってくれる安吾叔父が大好きで、ときどきはしゃぎすぎて引きつけを起こしそうなほどだった。

夕方になると義兄の真雄はビールや冷酒を飲みはじめ、安吾はソーダ水や冷えた抹茶を飲みながら、絵画や文学の話に興じた。真雄はしきりに白樺派を褒める。というのも、弟の政《まさ》司《じ》が絵を習っている先生が、白樺派と交流の深い椿貞雄であり、その縁故で政司は椿の義妹の操と結婚している。操の長姉もまた、白樺派の作家長与善郎の奥さんだった。政司はいま、献吉の後継のような形で長岡銀行に入行し、横浜鶴見に居を構えているので、安吾が松之山に着いたときにはまだ帰省していなかった。

真雄は志賀直哉が好きで「とくに『和解』がいい」と言う。「最初の子が死んでしまう場面は身につまされたよ。もっと大きく泣け、もっとしっかり泣けないか、って死んでく赤子を叱りつけるとこなんて、もう何回読んでも、つられて泣いてしまう」

「ああ、オレも『和解』は好きだな。子供のまんま大きくなった男の話だね、あれは。エゴも意地も全部子供っぽくて、でも、だから家族全員で嬉しさのあまりオイオイ泣き出すシーンなど圧巻だったね。志賀にしか書けないし、ほかの誰も書かない小説だと思った」

「生《き》のままのすがすがしさがあるんだな」

「芥川が志賀のことを『最も純粋な作家』だって褒めちぎってたのも、そういうところだね。でも、同じ白樺派でも有島とかは、宇野浩二や葛西善蔵と通じる、自分を痛めつける小説だから、読んでると苦しくなる。そんな気持ちにさせてしまうってことは、そこに真実の苦悩があるからだろう。ツクリモノじゃないんだ。志賀みたいな生のままの作家はまた別として、最近の新人作家とか、昔なら漱石とか、みんな真実の苦悩から逃げてると思う。オレは、小説はそれじゃダメだと思ってる」

「ふうむ。ヘゴサ改め坂口安吾の文学は、思ったより重厚なほうへ向かいそうだなあ」

「いや、いろいろ言っても『ドン・キホーテ』みたいな突き抜けたホラ話も大好きだし、どっちへ向かうかは自分でもまだわからないんだ」

話しているうちに夜も更けた。寄せては返す波のように創作への意欲をかきたてられる時間が心地よくて、二人ともぐずぐずと話しつづけた。

第二回『改造』懸賞創作を受賞すれば、新人作家になれる。いま、安吾の目標はこの一点に絞られていた。第二回の締切は十一月末。規定枚数は百五十枚以内。じゅうぶん時間の余裕はあったが、何を書くべきかが定まらない。

このごろ思い描く理想の小説はチェーホフの「退屈な話」だ。死にゆく老人の病的な心理を、チェーホフは三十歳ぐらいの若さで書き上げたという。あの小説には、いまのオレ自身の心境とも合致するところがチラホラあった。つまり、数えで二十三歳になる現在のオレの心境を、そのまま老人のそれとして描いてもいいわけだ。ふるえつづけ、絶望をはねかえしつづけた、この神経の一本一本を、丹念に解きほぐすように書いていけばいい。

松之山の、すこし寒いぐらいの夏の夜、安吾は自分の小説が立体的に浮かび上がるのを感じていた。

政司がお盆休みで帰省してからは、昔のように三人で漫画や戯《ざ》れ書きをして楽しんだ。喜久が三人のそばにへばりついて、一枚描くごとに大喜びする。そのようすが可愛くて、三人とも競ってキテレツな漫画を描いてみせるのだった。

13　落伍者の文学

夏休みの間に、山口から手紙が届いていた。新しい住所と無沙汰の挨拶が簡単に書かれ、安吾からの手紙はあらためて全部読んだとも記してある。世話してくれた婆やの金を奪い、親友を裏切った、その重大な罪を山口はあまり自覚していない。

返事は出さずにおこうかと思ったが、あまりの無神経さにムカムカと腹が立ってくる。

「俺は俺の真実を見たいと同様に、何者からも亦《また》真実を見せてもらひたい。宇野、志賀といった人々から見せてもらへる真実を、ほかの誰からも見せて貰ひたいと願ってゐる。俺もまた、俺の真実を皆にみて貰ひたいと願ってゐる。皆がして真実でありたいと願ってゐる」

山口への返事は、怒りよりも祈りのほうが強く出てしまう。まだ傷痕がなまなましくて、書けば書くほど悲しくなってしまうのだ。志賀直哉については、安吾自身はあまり評価しないが、松之山で義兄と話したとおり、作品に志賀なりの真実がこもっていることは間違いない。山口にはきっと、読めば糧になるだろうと思った。

九月十六日からアテネ・フランセの新年度が始まり、安吾は晴れてフランス語初等科に入学した。身なりも年齢もさまざまな男女がいりまじり、パリッとした背広の外交官が座っている隣に、ベレー帽をかぶった絵描きらしきオッサンがいたり、まだあどけなさの残る女学生の隣で、華族の奥方然とした年配の女性が派手な扇子を使っていたりする。

そんなクラスの中にも、安吾と同世代の文学青年がいた。一七三、四センチある安吾の長身と学生服姿も目立ったが、その男、長島萃《あつむ》は女学生よりも低い一五〇センチほどの背丈ながら、小劇場の劇団員がかぶっているような鳥打帽に紺絣の着物姿が人目を引く。何よりフランス語会話の力がずばぬけていて、先生に流暢なフランス語で質問を投げかけるので、先生も驚いていた。授業後、安吾は長島に話しかけた。

「スゴいな、君のフランス語は。なぜ初等科に入ったんだい」

長島は目をパチパチさせながら、自分よりはるかに長身の安吾の顔をまぶしそうに見上げ、

「いやあ」と照れたように目を伏せた。

「独学なんで、全然ダメさ。やっぱり語学は基礎から学ばなきゃと思ってね」

あんがい素直に答えてくれる。片手に抱えているのは洋書らしい。安吾が指さすと、ルノルマンの戯曲で『Les Ratés《レ・ラテ》』だと言う。

「落伍者って意味だけど、複数形だから、ダメな奴がうようよ出てくるんじゃないかな。まだ少ししか読んでないんだ」

「落伍者かあ。そいつはオレの代名詞みたいな言葉だよ」安吾はニッと笑う。

新潟中学を中途退学した六年前の夏、誰もいない教室で机の蓋の裏側にせっせと刻みつけた言葉を思い出す。

「余は偉大なる落伍者となつていつの日か歴史の中によみがへるであらう」

目を閉じれば、いまでもくっきりと文字が浮かぶ。あの当時から、オレは「落伍者の文学」に憧れをいだいていた。

「オレも読んでみたいけど――」全篇フランス語の本を読むのはまだ早いかな、と思う。

「それじゃ、二人で読み合わせ、やってみるかい」長島は嬉しい提案をしてくれた。

安吾は平日は東洋大にも通学しているので、毎週末、アテネで二人とも授業のない時間を選び、喫茶部で読み合わせをすることになった。

独学でほとんどフランス語を習得してしまったかに見えた長島でも、初見の単語はたくさんあるらしい。二人で辞書を小まめに引きながら読みはじめた『落伍者《ラテ》』は、全一幕、十四場の現代劇で、残念ながら一向に面白くならなかった。

舞台脚本家の主人公は、信じていた自分の才能がすでに枯渇していることに気づき、諦めきって腐ってしまう。大言壮語だけが取り柄だったのに、自信すら失ったらもう浮かぶ瀬はない。才能のない芸術家ほど惨めなものはない。

安吾としてはフランス語を覚えること自体が面白いので、とりあえず内容は二の次だったが、それでも、読み進むほどに「落伍者の文学」への憧れが汚されていくようで、憂鬱な気分になる。

「こいつらはオレの思う『落伍者』とは違う」

安吾が呟くと、長島は変わった動物でも見るように目をまるくする。

「オレの思う『落伍者』って、なんだい。落ちぶれてしまえば、誰がなんと言おうと落伍者だろ」

「こいつらは、怠惰なだけだ。何も成そうとしていない。落伍する以前の問題だよ」

「だけど主人公は、堕落の底の底まで落ちて初めてホンモノの芸術家になれる、ってなことを宣言してるじゃないか。ホンモノの芸術家になりたいとは思ってるワケだよ」

「ダメだね。口先だけのニセモノさ。酒に酔っている間だけ『一筋の光』を信じていられる。でも酔いが醒めたらおしまい。だからまた飲む。その連続だ。どこまで逃げ回れば気がすむんだって思うね」

安吾はフッと山口修三の顔を思い浮かべた。金を持ち逃げして遊びほうけていた山口は、もっと痛みを感じなければダメだ。今のままでは本当に、口先だけのニセモノだ。

「つまり……安吾の思う『落伍者』ってのは、才能が豊富で、大きな志をもって、常に前向きに戦いを挑む者、ってことか? 全然、落伍してないじゃないか」

「そんなことはない。まっすぐに、本音をつらぬきとおして生きる人間は、いつも必ず、世間からつまはじきにされる。落伍者になるしか道はないんだ。文学の世界では、否、オレの好きな文学作品のなかでは、そういう人間たちが主人公だった」

たとえば、と訊かれたらすぐには思い浮かばなくて困っただろう。けれども長島は何も訊き返さず、自分ひとりの思考に沈み込んでいった。そういう時、長島の心はカラダを離れてどこかを漂っているように見える。友達の前でもそんなふうに浮遊してしまえるこの男に、安吾はふしぎな魅力を感じた。変わり種という言葉がピッタリの長島だが、よく見れば眉も目もとも涼やかで貴公子然とした風貌をしていた。

東洋大の授業とアテネの授業を終えて帰宅すると、けっこう夜遅くなっている。献吉夫婦や上枝らはラジオを聴いたり本を読んだりしていることが多い。ひとりだけ遅めの夕食をとって二階へ上がり、小説執筆にとりかかる。『改造』懸賞創作に応募する原稿は、まだほとんど書けていない。締切の十一月末はすぐにやって来る。

チェーホフの「退屈な話」はくりかえし何度も読んだ。ルノルマンのニセモノくさい絶望とちがって、ここには心の芯まで凍ってしまいそうな、苛烈な絶望がある。死の影も色濃い。長島にはヘンに勇ましいことを言ってしまったが、オレの思うホンモノの落伍者とは、「退屈な話」のステパーノヴィチ老人みたいに、一心に世界の終わりを見つめて、永遠の刑罰を自ら望んで受けつづける、なまなましい恐ろしさに浸されている者だ。

舞台はやはり松之山がいい。主人公は年老いた村長にする。山々に囲まれた自然のなかで、芸術や音楽への熱情がわきおこる。熱情は永遠の世界への憧れとないまざって流麗なカタチを刻む。しかし、いったん熱情がさめると急に何もかもが無為に思えて、死ぬことばかり考えてしまう。死ぬ方法、死に場所、自分に最もふさわしい死にざま、そんなことばかり思いつめ、森をうろつき、谷川の流れを長いこと見つめつづける。

とつぜん頭上から奇怪な幻想が降りかかってくる。次々と。思わぬ形で。目の前に、村で評判の首くくりの木が凝然と立っていた。

これは何かの暗示か。ここで首をくくって死ねということか。死ぬ寸前にみるという走馬灯の回想。老人は何十年か前にも絶望しかけたことがあった。自分を救い、愛のあふれる日常へ導いてくれたのは、村の若い女先生だった。「退屈な話」のカーチャのように、オジサマ、オジサマと自分を慕ってくれた、最後の希望の光。

あの娘を、今度は自分が救ってあげなければいけなかった時に、何もできずに見捨ててしまった。その時から、老人は永遠の刑罰をわが身に引き受けたのだ。

小説の最後で、老人は女先生とふしぎな再会をする。これは現実か幻か。優しい道づれ。同行二人。そのまま死の世界まで行ってしまえれば幸せなのかもしれない。

安吾はいつになく熱中して、上枝が上がってきて寝てしまったのも気づかず、鉛筆で一冊のノートいっぱいに淀みなく文章を書きつづけた。構想は以前からいくつかできあがっていたし、登場人物も考えてはいたのだが、この異常な一晩で連鎖的にスラスラと書き上がった物語は、当初考えていたものとはまるで別モノになっていた。

　行けるかもしれない。オレはこれで、作家になれるかもしれない。もう白々と明るくなりはじめた空を窓越しに見上げ、安吾は華やかな未来を予感して、一つ身震いした。


　初めての小説を『改造』に応募したあとは、もっぱらフランス語の小説や戯曲を読みあさった。ボードレールの詩も改めて原文で読み、さらに、ボードレールがポーの作品を選んで仏訳した本があるのを知った。『Contes Extraordinaires et Ridicules de M. Edgar Poe（面妖また珍妙なるエドガー・ポー氏のコント集）』というタイトルで、アテネの書籍部で見つけると即座に買いもとめた。ポーは日本語でも英語でも数多くの作品を読んでいたが、安吾はとくに「Xだらけの社説」や「ボンボン」「鐘楼の悪魔」など、「面妖また珍妙なる」作品が大好きだった。驚いたことにボードレールは、その最もナンセンスなコントを三作とも入集していない。タイトル負けだな、と思ったが、他のポー作品も好きなものが多いので、改めてフランス語で読むのは楽しい時間だった。

　ほかにもヴォルテールの『カンディード』や、ボーマルシェの『フィガロの結婚』、マルセル・アシャールの『ワタクシと遊んでくれませんか？』などのファルスを愛読した。何も考えずに読んで笑える作品は本当にいい。書くのは実は悲劇などよりもずっと難しいのに、世間では相当低く扱われているらしいのが気に食わない。娯楽としては最も高級なものの一つだと安吾は思っていた。

『改造』への応募作が当選したら、第二作はガラリと趣向を変え、ファルス小説で度肝を抜いてやろう。読者の驚く顔を思い浮かべながら、さっそく次作の構想を練りはじめた。

やがて『改造』四月号が発売になり、安吾は祈るような思いでページを繰った。懸賞創作は応募総数千篇余りで、一等当選作はナシ、二等が中村正常ら三人だった。

ショックは思った以上に大きく、しばらく神経衰弱がぶり返したかと思うほど落ち込んだ。一日が終わる頃、ようやく立ち直ってきた。まあ初めて書いた小説なので、当然の結果というべきだろう。終わったことを苦に病んでも仕方がない。

よし、次はファルスだ。新たな闘志はすでに湧きのぼっていた。

14　アテネ校友会

献吉が新潟新聞社の理事兼東京支局長に就任した翌年の春、母アサと妹千鶴《ちず》も池袋の借家に同居することになった。新潟市学校裏町の実家は、貸店舗だった一階部分を売却して二階だけを住居にしていたが、ドライで割り切りのいいアサは、女二人でここに残っても無駄に金がかかるだけで意味がない、と早々に見切りをつけたらしい。

上枝、安吾、婆やの三人だった家に、献吉夫婦が入っただけでも狭苦しく感じたのに、アサと千鶴を入れて七人、全員そろうと二階建てでもさすがに窮屈だった。献吉は早くも持ち家を建てることを考えはじめたが、安吾や上枝はもともと住む家にこだわりはない。とくに安吾は、むしろ窮屈なほうが家族といる感じがして楽しかった。母をまじえた大人数の家庭のにぎやかさを、生まれて初めて実感していた。

アテネ・フランセでは、フランス語初等科を好成績で終えて、二月からは予備科のクラスにいる。フランス文学の濫読はますます広範囲に、原書でも翻訳でもかたっぱしから読む。翻訳本はロシアやドイツ、イギリスなどさまざまな国の文学に手を出していた。

印度哲学にはもはや期待するものはないが、東洋大卒業まであと一年、昼間は通学して研究を続けるのが自分で決めたルールだ。まだ修行は続いているので、これも途中でほうり出すことなどできない。自動車にハネられて寝込んだ時のほかは、教壇に立つ先生の声がまるで頭に入ってこない時でも毎日出席していたのだ。

アサは安吾のゆるぎない猛勉強ぶりを驚嘆の目で見ていた。二階でフランス語の本を朗読する声もよく耳にする。

「作家になるなら、パリに留学して本場の芸術をみてきたほうがいいんだろうね」アサは誰にともなく呟く。「あの子は留学したいとか言ってないのかい」

献吉夫婦は顔を見合って、「やっぱり行きたいようですよ」と徳が答える。

「本気で行く気があるんなら、五泉の吉田家から資金援助してもらうかな」

アサはにこりともせずそう言って、末男の将来を見通すように目を細めた。

少年時代にはあれほど憎み合った母と子が、いまではすっかり認め合っていた。

献吉が新潟で買ったゼンマイ式の蓄音機を家族みんなで聴くこともある。SPレコードは片面五分しか入らないので、長い曲だと盤を置き換えるのが面倒だし、曲がブツ切りになって感動も途切れてしまう。しぜんとピアノやヴァイオリンなどの小品を聴くことが多くなり、献吉のコレクション中ではショパンが皆に人気だった。フランスの印象派と称されるドビュッシーには水の滴りにも似た透明さを感じ、バロックのラモーなどには純情可憐な哀切さに胸がふるえる。一人の時には、少し奇妙な曲や激しい曲などもよくかけた。

レコードに付いている解説を隅から隅まで読み、クラシック音楽の歴史にも興味が湧いた。分厚い音楽史の本を読むと、書かれている曲のすべてを聴きたくなる。まだレコードが出ていない曲も多く、探索の道が途絶えてしまうと、やるせなくてたまらなかった。

そんな折、アテネ・フランセの貼り出し広告で、新交響楽団の予約会員募集の案内を見つけた。アテネの年度と同じ九月から翌年六月までの十カ月間に、二十回の演奏会を聴きに行ける。年度分を前納すると二十五円。代用教員時代の月給四十五円よりは安いが、趣味の費用としては高額だ。しかし知らない曲を大量に聴くことができる。こんなチャンスをのがす手はない。安吾は広告を見たその日のうちに予約会員の申込をした。

九月からは新年度で中等科へ進級すると同時に、安吾は長島と語らって、ヨーロッパ言語の基礎となるラテン語の初等科クラスにも入った。前年度末の七月にも、まだ神経衰弱退治のためと思ってラテン語の受講申し込みをしかけたのだが、授業は全部フランス語で行われると知り、入門したての語学力では到底ついていけないと先延ばししていたのだ。

神経衰弱も完治し、中等科に上がった今は、純粋に言語学的な興味をもっている。祖となる単語がどう派生していったか、自分なりに推理していくと、国による文化の違いや文学観の違いまでぼんやり見えてきて、面白い。安吾は熱心にラテン語の授業も受けた。

ラテン語のクラスは、フランス語のクラスとは段違いに不人気で、生徒は七、八人しかいない。そこにも同世代の江口清という男がいて、少人数なのでしぜんと口をきき合うようになった。年齢は長島と同じで、安吾の三つ下。無口な優等生タイプだ。

安吾が長島と毎週一回、ルノルマンの『落伍者』の読み合わせをした話をすると、江口は身を乗り出すようにして仲間に加えてほしいと言った。ちょうど『落伍者』を読み終えたところだったので、今度は三人で、デュアメルの小説『深夜の告白』の読書会を始めることになった。

デュアメルもルノルマン同様、現代文学の新鋭としてフランスで話題になったらしい。人との接し方がまるでわからない神経過敏の男が主人公で、会社に入っても電話が鳴るだけで右往左往する。異常性癖もあるのか、社長の耳に触ってみたいと唐突に思う。思いはじめるともう観念の奴隷になって、どうあっても触らずにいられない。

このあたりまでは面白かった。オレの病状がひどかった時と同じだな、と安吾は思う。あの頃、銭湯で見知らぬオッサンの股間をじっと見つめてしまったことがあった。見はじめると、見たくはないのに目が釘付けになってしまう、あれはつらい体験だった。

主人公の男は即刻クビになり、その後これを母にどう説明しようか思い悩む。やっと母に告白するまでに、まるまる一章を費やす。結局「仕事なんてまた見つかるよ」と母にひとこと言われて終わった。バカバカしい。こんなものを読むのは時間のムダではないか、と怒りが湧いた。ほとんどそのまま、江口と長島に気持ちを伝えると、二人も同意見だったのか、まもなく読書会は中止になってしまった。

新しい小説はとかく不備が多いものだ。オーソドックスな作法や語法から外れていれば、新しさそのものが不備と映る。その小説が本当に前例のない世界に踏み込んでいたとしたら、読むほうにもそれなりの目と覚悟が要る。自分の読み方が浅はかで、ついていけてないだけなんじゃないか。古い権威に毒されてはいないか。安吾はそんなことを考えながら、自分の書くべき小説を模索した。

再び『改造』に応募する「落伍者の文学」第二弾。ファルスで行くと決めたのは、自信がないからではない。いま流行りのコントは、饒舌なだけで無技巧にすぎる。笑えないし、楽しくもない。ヘタに文学の香りづけを企むから余計にニセモノくさい。ホンモノの笑いを文学に持ちこめれば、確実に、日本文学の新風になる。

さしあたりのお手本はポーやアシャールだ。畳みかける同語反復。その痛快なテンポや言葉遊びの面白さ。何を言っても尻を蹴られる道化者がいるかと思うと、手品に魅せられて恋が生まれることもある。こういうバカ話は文化に関係なく笑えて、笑うことによって、好き嫌いや善悪が一瞬で相対化されることもある。ファルスはある意味では哲学的だ。

安吾は構想のなかに、パリにいる自分を紛れ込ませようと考えた。母が安吾をパリへ留学させてやろうと考えていたと知って以来、ときどきパリの生活を想像する。ポーの描いた市井の哲学者「ボンボン」のように、パリで料理屋でも開いてみようか。しかし、異国の風は冷たく、日本人はマトモに相手にされない。料理屋を開く資金もない。誰にも認められず、仕事もなく、友達もできない。場末の狭く汚らしいアパルトマン。その屋根裏部屋に独り籠もって、ウンウン唸りながらフランス語で小説を書く。疲れて顔を上げ、あっちの梁、こっちの梁、どこで首をくくれば確実か、ラクに死ねるかと毎日考える。

ファルスで行こうと思いながら、ストーリーはどんどん暗い穴ぐらへ迷い込んでいく。けれどもファルスであればこそ、世界はとことん暗くてもかまわない。主人公はどれだけヒドい目に遭っても、みんなに笑われても、死んでしまっても、世界は安泰だ。何でもアリの世界だから。何もかも、そのままに受け入れてもらえる、優しい世界。死んだ人も、死にたい人も、ここでならバカ騒ぎしていられるのだ。

応募原稿の下書きが終わった頃、アテネ校友会主催の晩餐会に長島と江口を誘って出席した。会の途中、片瀬江ノ島へのピクニック参加の呼びかけがあり、安吾と長島はこれにも参加を決めた。

十一月三日は快晴となり、紺碧の空の下、湘南の海は何百粒もの宝石をばらまいたように照り映えていた。海浜を一望する片瀬龍口園《りゅうこうえん》内の四阿《あずまや》で昼食会が開かれ、雄大な眺めも相まって皆しぜんに隣り合った者と話を始めた。

安吾の右隣には長島が座ったが、左隣に座ったのが葛巻義敏といって、なんと芥川龍之介の甥だという。芥川と谷崎で純文学のイロハを知った安吾としては、伝説の作家と近しい男が目の前にいるというだけで少なからず気分が舞い上がる。

さらに葛巻の向こう隣には、葛巻が「バン先生」と呼ぶ男がいた。その男、阪丈緒《ばんたけお》は安吾たちと同世代ながらパリ大学に留学していた俊英で、フランス語はもちろんペラペラ、生徒ではなくフランス語の先生なのだった。

ほかにも、葛巻を介して本多信《しん》、山沢種樹らとも知り合い、安吾はこんなに同世代の生徒がいたのかと驚いたものだ。もともとアテネで友達をつくる気はなく一心不乱に勉強していたのだから、長島と江口は例外として、他の生徒を知らないのも当然のことだった。

「こいつは長島萃《あつむ》。独学でフランス語をマスターした天才なんだ」

安吾が気を利かして会う人ごとに吹聴しても、長島はにこりともせず、誰とも話をしない。

安吾がほかの生徒たちと喋るようすを不思議そうに横目で見やるばかりだった。

昼食後は帰り時間まで自由行動。安吾は長島や葛巻たちと江ノ島まで歩いて行った。

「君は小説か詩を書くの？」並んで歩く葛巻が、ごく当然のことのように訊くので、

「ああ、小説を書いてるけど」安吾は意表をつかれて即答してしまった。

「やっぱりね。僕も書いてるんだ」葛巻はニッと笑う。「山沢くんも小説書いてるし、本多くんは詩を書いてる。実はちょっと考えてることがあってね。まだハッキリしたことは言えないんだけど、そのうち君たちも誘うから、相談に乗ってくれるとありがたいな」

何だかわからないが面白そうだ。安吾は大きく頷いた。

「ああ、やっと逢えた」

不意に後ろから、少し年上の青年が現れ、安吾の顔をのぞき込む。かっちりしたスーツ姿で、いかにもサラリーマンらしい。

「ずっとあなたを探してたんです。ちょっとお話をさせてもらってもいいですか」

安吾が驚いて肯定も否定もできないでいると、葛巻は気を利かせたのか離れて行ってしまう。

「あなたは今日の主役ですね。だんぜん光って見えます。顔立ちに気品があって、才気がほとばしっている。力も強そうだし、なんだろう、こんな王者みたいな人が本当にこの世に存在するんだなって、僕はいつも驚嘆して、あなたのことを遠くから眺めていたのです」青年

は一人で興奮し、まくしたてる。「あなたには力があります。なんでも叶える力がありますよ。あなたには何人の、否、何十人の恋人がおありだろう」

「いや、何を言ってるのか全然——」安吾が口を挟もうとしても、すぐに遮られてしまう。

「僕の夢を、きっとあなたは全部現実にしてしまうだろう。羨ましくもあるし、すこし寂しい気もしますが、僕はいつでもあなたを応援しています。それだけ、言いたくて、あなたを追っかけて来ました。これで僕は満足です。明日からはまた、遠くからあなたを見ていることにします」

青年はそれだけ言うと、もと来た道を引き返して行った。安吾はただ呆然と見送った。

「人気者だな、王様は」いつのまにか背後にいた長島が、ポンと安吾の肩をたたく。

「こいつめ。後ろで聞いてたんなら、途中で助けてくれてもよさそうなもんだ」

「まるで光源氏かエジプトの王様か、ってな感じに崇め奉られてたな。オレもたまげてさ、とても声かけるどころじゃなかったよ」

「フン、裸の王様かね。あるいはロバの耳の王様か。滑稽だよ」

「しかし、おまえにはああいう崇拝者がくっついてきそうな雰囲気があるな、たしかに」

「そうかねえ。なんだかオレは、ポーの描くファルスの主人公になった気分だよ。屋根裏の哲学者ボンボンとかさ。悪魔と哲学談義するのは面白そうだけど」

「おまえがボンボンなら、さしずめ悪魔はオレだな。さっきのアイツじゃあない。安吾と魂の取引をするのは、オレだ」長島はうす気味悪い笑いを浮かべた。

15　大いなる虚無

一九三〇年三月、安吾は東洋大学を好成績で卒業した。印度哲学に幻滅を感じるようになって以降は、講義に出ること自体がそれこそ苦行のように思えたものだが、終わってみればすがすがしさもある。ひと区切りついたのだ。安吾は自分の部屋にぎっしり並んでいた印度哲学関係の本を、思い切りよく全部売り払った。

四月には第三回『改造』懸賞創作の発表があった。応募総数千篇あまりで、安吾の応募作は佳作十一篇にも入っていない。一等の芹沢光治良「ブルジョア」が掲載されていたが、めざす文学の方向が自分とまったく異なることはすぐにわかった。スイスのサナトリウムで療養する人々を俯瞰的に描いた作品で、切り取ったシーンをつぎはぎしていく映画的手法は新しいのかもしれないが、流れが途絶えがちだし、政治的・歴史的な背景説明が多くて、物語にのめりこめない。三分の一ぐらいまで読むのをやめた。

もういいのだ。自分の書いた小説は、政治も歴史も関わりない。道徳も人生訓もない。もっとカラッポの、ナンセンス一歩手前のファルスだ。しかし一等の作より、ずっとどす黒くて、自分で読んでも胸がチリチリ痛む、本当の意味で新しい小説になっていたハズだ。でも、この場所では永遠に選ばれない。『改造』への応募はもうやめよう、と思い決めた。

前回もそうとう気落ちしたが、今回のショックは自分でも思いがけないほど大きかった。もうオレは作家になれないのではないか。どうあがいても無理なものは無理なんじゃないか。絶望的な思いが何度も去来する。でも、小説家以外の道が自分にあるとは思えない。小説を書きたい気持ちは、デビューできるかどうかと関係なく、間断なく湧き起こる。

毎朝、新聞の求人欄をひとわたり眺めて、世の中にはいろんな仕事があるもんだなと思う。この中に、オレにできる仕事もあるのだろうか。野心を圧《お》し鎮めれば、たぶんオレは何でもやれる。人力車夫だってできたし、大工仕事でも事務でも営業でも、それほど他人に劣るとは思わない。ただ、やる気があるか、続けられるかどうか、問題はそれだけだ。

二年前の春、ケイズ屋と名のる男のもとで、一日だけ春本書きのアルバイトをしたことを思い出す。春本のストーリーや表現はパターン化されていてつまらないが、あの日の珍しい経験は、自分の中でなにがしかの転機となったような気もする。頭痛薬を飲まなくても、一日、頭痛を忘れることができた。オンボロ長屋に日影が伸び、遊び疲れた子供たちが飴売りの声を聞きつけて集まって来る。オカミサンのくれた駄賃のあまりの少なさも、いま思えば笑いのタネだ。

あのケイズ屋みたいな男を〝落伍者〟と呼ぶのだろうか。毎晩オデンの屋台に現れ、話の半分以上は口から出まかせ、飄々として楽しそうに生きていた。長島に力説してみせたような、信念を貫きとおして世間からハジカレてしまった落伍者とは違う。ましてや「偉大なる落伍者となつていつの日か歴史の中によみがへる」ことなど決してない。

でも、あれも確かに、落伍者の一つのカタチだ。あの男となり代わることができたなら、オレの目にはどんな風景が見えるのだろう。見てみたい。ああいう生活や、街の風景をもっと見て、味わいたい。春本の売り買いの現場も、もう少し深入りして覗いてみたい。

そんなことを思いながらオンボロ長屋を探したが、確かこの辺だった、と思う場所は、立ち入り禁止の縄を張られた空き地で、無秩序に瓦礫が積まれていた。


四月の終わり、安吾は長島を誘って九段の祭りに出かけた。靖国神社の境内まで土産物や飴、ゴム風船、風ぐるま、お面などの屋台がたくさん並ぶ三日がかりの例大祭で、華やかに飾りたてられた参道をうじゃうじゃと人が行き交う。安吾もまた、珍しい出店をひやかして回るのが毎年の楽しみだった。屋台の裏筋には見世物小屋が建ち並ぶ。おどろおどろしいのにコミカルな出し物にも、ついつい惹かれて立ち寄ってしまう。

この日は、境内に曲馬団の大きなテントが張られていた。中に入ると、舞台では四、五人の少女が裸馬の曲乗りをしているところだった。不安定な裸馬の背に、少女の小さな脚ではバランスをとって立つだけでも難しそうだ。アッと思った瞬間、一人の少女が転落し、その顔がみるみる鮮血に染まった。

すぐに起き直った少女は、傷の痛みも出血の恐怖も感じないのか、ただ一心に、失敗した自分を悔やみ、激しく責める顔で奥へ引っ込んでいった。決して美しい顔立ちの少女ではなかったが、安吾は彼女の凄まじい苦悶を見つめて、絶対の美、ということを思った。

彼女はどうなったろうと心配してテントの裏へ回ってみると、ちょうど座頭《ざがしら》らしい男が出てくるところに行き当たる。

「大丈夫ですか、あの子」おそるおそる訊くと、

「心配ない。あんなことはしょっちゅうだ」男はうるさそうに答える。

「あの」安吾は不意に思いついて言った。「僕を一座に入れてもらえませんか」

口にしてから、自分でも驚いていた。男はジロリと見て、何も言わずに小さく首を振る。

「僕は舞台の台本が書けます。プログラム全体の構成や演出もやりますよ」

「なにをバカな」吐き捨てるように言うと、男は逃げるように立ち去ってしまった。

安吾は呆然と見送り、チラッと長島のほうを見た。長島はポカンと口をあけている。

オレは何を考えていたのだろう。曲馬団に入る気がまるでなかったワケではない。ドサ回りの旅疲れと酔いどれる日々、曲芸の厳しさ、少女の美しい苦悶、それらを間近に感じてみたい気持ちは、あった。それでも、一座に加わった自分の姿など全く想像できない。

自分をメチャクチャにしてやりたい衝動と、小説の材料をもとめる気持ち、それから、長島にこの自分の暗い衝動を見せつけたい気持ちもあった。何もかもが取材になる。自分の生

活を「創作」すれば、それがそのまま小説になる。「藤十郎の恋」も「地獄変」の絵師も、あれは役づくりや小説のネタづくりではなく、地獄に落ちてもがく自分を現世につくりだす試みだったのだ、と気づく。内なる狂気を見つめて無限に落下してゆく自分を。

「安吾、おまえは虚無だよ」

長島の声は切なげで、いたわりに満ちていた。オレに何を見たのか、無限の懐かしさがその目にこもっていた。


経験が足りない、との思いはますます募る。カタチの落伍も、心の落伍も経験してみたい。経験もナシに「落伍者の文学」などとふんぞり返っていても始まらない。

数日後、神田のカフェで「支配人求ム」の新聞広告を出しているのを見つけた。まだ酒は味見程度にしか飲んだこともないが、そのうち泥酔するまで飲んでみるつもりだ。酒場にたむろする普段着の人間たちの生態をしっかり目に焼きつけ、彼らの心の動きまで読みとれるように鍛錬を積む。うってつけの場所、うってつけの職業だ。ただ漫然と酔っぱらいたちを観察していればいいなんて、これほどバカバカしい仕事があるだろうか。酔うこともない、踊る阿呆でもない、ただ見るだけの阿呆には適度に落魄した感じもあって、想像するだけでも埃っぽい風が胸の底をざらつかせる。

家族にも誰にも内緒で神田のカフェへ面接を受けに出かけた。ちょうど端午の節句で、街のあちこちに鯉のぼりがはためき、浮き浮きした気分になる。

志望理由を問われ、ひたすら店内を観察する仕事が自分に向いていること、たとえ全身に激痛が襲おうとも立ちつづけていられる自分の辛抱強さを語った。

店を繁昌させるためのアイディアは、と訊かれ、ケイズ屋のように口から出まかせ、適当なことをマジメくさって述べ立てた。酔ったように頭の中がカラ回りして、すこしハイな気分になる。現実には、本当の意味での抱負などありはしなかったからだ。全部ウソなら、かえって堂々としていられる、それは一つの発見だった。調子に乗って、市井の哲学者ボンボンのことまで話したような気がするが、話の中身はほとんど覚えていない。語っている間ずっと、むなしくて侘びしくて、胸が苦しくなっていくばかりだった。

「誤解しないでほしいんだが、一度、本気でカフェの支配人をやってみたいと思ったんだ」安吾はアテネの喫茶部で長島にだけ本音を語った。「でも、店のオーナーには、オレの心の裏側まで全部、見透かされてたみたいだ。蛇みたいに邪悪な男で、やっぱり長年ひとの裏側ばかり見てきた人間は、観察力もふてぶてしさも尋常じゃない。とても太刀打ちできないと思ったよ」

長島の驚いた顔を見て、安吾はなぜだか少しホッとした。この男の前ではいつも、すこしオーバーアクトしてしまう。この男がオレに、驚きを求めているからだ。オレのことを特別な人間、異質な人間だと長島は思っている。

「まあ、だけど、カフェの支配人は落伍者じゃあないぜ」長島はポッンと感想を述べた。オレが落伍者になりたくて面接を受けに行ったことまで、全部見抜いていやがる。

「それはオレも途中で気がついた。だから面接が済んだら履歴書は返してもらったよ」笑って答えると、

「おまえは闇が深いな」長島は口の端をすこし歪めた。「みんなおまえが掘った穴ぼこへ転げ落ちて来る。大いなる虚無だな」

それは長島流の最大限の讃辞だった。


この月、坂口家は池袋から蒲田に引っ越した。アサと千鶴が来て七人の大家族になった昨年来、献吉が計画を進めていたものである。土地購入にあたっては、上枝の勤める東京計器の本社がまもなく蒲田に移転することが決め手となった。献吉自身はまたいずれ新潟新聞の本社に戻るだろうし、安吾はきっと会社勤めはしないだろう。ならば、上枝に最も便利な拠点になるといい。そう考えて蒲田の地に新居を建てた。

土日になると、四月から女子美術専門学校へ通う姪の綾子も遊びに来る。山辺里《さべり》村の小田家出身、懐かしい姉ヌイの次女で、笑った顔がヌイによく似ている。安吾はヌイにかわいがられたぶん、ヌイのために、綾子のことを大事にしたいと思った。

その頃たまたま麻雀のセットをもらい受け、坂口家では一大麻雀ブームが巻き起こった。

さすがに婆やは参加しないが、アサ、献吉、徳、上枝、安吾、千鶴、綾子の七人のうち、手の空いた者から卓を囲む。夢中になりすぎて夜通しやることもしばしばあった。

最初のうち少額の金を賭けてやったところ、あまり乗り気でなかった安吾が大勝ちし、その金でステッキを買うことができた。アテネ・フランセの同世代でもオシャレな男ほど外国紳士風にステッキを持っている。長島などもその一人で、颯爽とステッキを振る姿に少なからず憧れがあったのだ。その後、金は賭けなくなったが、特に綾子の来る土日には安吾もよく麻雀に参加するようになった。

同じ頃、昨秋の江ノ島ピクニックで知り合った葛巻義敏から、いっしょに同人誌をやらないかと誘いを受けた。同人誌とは何なのかも知らなかった安吾に、葛巻はバカにすることなく丁寧に教えてくれた。小説を発表するのに、そんな便利な方法があったのか。自分たちで雑誌を作るのなら、創作の方向性が雑誌のカラーに合うかとか、ムダなことは考えなくていい。

モリモリと意欲が湧いてくる。丘へ駆けのぼって街じゅうに吠え猛りたい心境だ。オレはこの場所を得て、有名になる。旋風のように、新しい小説で、文壇を駆けのぼってやる。

安吾はブルブル体を震わせた。

16　創刊準備会

葛巻義敏の家は、すなわち芥川龍之介の家であった。田端駅の裏から急な坂道をのぼった高台にあり、遮るものがないため日中は常に陽当たりよく、風はちょっと吹きすぎるぐらいに強く吹く。明るく開放的で、死の影は微塵もない瀟洒《しょうしゃ》な家だ。

中学時代から叔父の芥川に引き取られた葛巻は、この家で芥川の最期もみとったという。葛巻の部屋は二階の八畳間で、床いちめん鮮やかな青の絨緞が敷きつめられていた。生前の芥川が書斎に使っていた部屋だと聞いて、安吾はハッと思い出す。芥川全集の最初の版で、表紙に使われていた青布と全く同じ色。あの布の残りを絨緞にしたのだ、と直感した。そう思いつくと途端に、この青が大量の血をふくんだ黒ずんだ色にしか見えなくなる。

「叔父は服毒自殺する二日前の夜にも死にかけたことがあった。ホラ、あそこの違い棚の下からガス管が延びてるでしょ、あれを口にくわえてね。チョット滑稽な姿でしょ。僕が呼びかけるとなんだか変な顔で笑ってね、『続西方の人』が未完成だから死ぬのはやめた、今夜はまだ死ねないって言う。言葉どおり、『続西方の人』を書き上げた夜に、満足して死んでいったんだけどね」

同人誌の創刊準備会は、メンバーの顔合わせも兼ねて開かれたので、そんな雑談も多かったのだが、会が引けたあとで長島は「あそこでガス管の話までするのは悪趣味だ」と葛巻の態度をなじったものだ。「あれは死の家だよ。あまり近寄りたくないな」

　そう宣言したとおり、長島は以後いっさい、葛巻家での同人会議には出席しなかった。もともと友人をつくりたがらない男なので、この日も安吾に強く誘われなければ行かなかったかもしれない。互いに抱負を語り合う場面でも、長島はほとんど喋らなかった。

　集まったのは、安吾が誘った江口と長島を含め、二十歳そこそこの若いメンバーが多い。詩人の本多信《しん》、小説も書くという山沢種樹とはピクニックの時に言葉を交わした。若園清太《せいた》郎《ろう》と関義《よし》はアテネの書籍部に勤めているので、顔はよく見知っている。これに高橋幸一、根本鐘治《しょうじ》、脇田隼夫を入れて、総勢十一人。この日来られなかった参加希望者も何人かいて、誌面への執筆有無にかかわらず全員から会費は徴収する方針だという。

「まずは、どんな同人誌にしたいか、だね」葛巻がみんなの顔をぐるっと見回す。「ひとくちに同人誌といっても、小説や詩がメインのもあれば、評論やエッセイの同人誌もある。フランス文学を学ぶ僕らとしては、翻訳で海外文学の動向を紹介するって手もある」

「ああ、そういうことか」安吾は初めて得心がいって、二、三度頷いた。「オレ、東洋大学にいたとき、同人誌に文章書いたことがあったよ。あれは仏教の論文ばっかり載せる雑誌だったが」

「へえ、仏教研究からフランス文学へって、珍しいパターンじゃないか」一人だけ少し年上の関が興味深げに安吾の顔を見る。

「そうでもないさ。ブッからフッへ、漢字は同じだろ」安吾はすまして答える。「それにフランスとかロシアとか、国はどうでもいいや。むしろ無国籍の小説が書けたら最高じゃないかと思ってるよ」

「じゃ、坂口くんは小説を書きたいワケだね」

「もちろん、そうさ。ここに集まってるみんな、小説か詩を書きたいんじゃないかと思ってたけど、そうじゃないのか」

「みんなではないだろ。まあオレはそうかな。小説も、詩も、評論も書く気はあるよ」

「関くんはマルチだからね」葛巻が言う。「アテネ書籍部のポスターも彼が見事な広告文を書いてて、それで同人誌に誘ったんだ」

「僕は翻訳だけで十分だよ」骨に障害があって常に猫背の脇田が、むしろ堂々と言う。

「僕も翻訳がメインでいいよ」根本も同調し、「うまく書ければ詩も……」と、あとは言葉を濁した。

江口と長島もまずは翻訳でいいと答えたが、

「オレは小説を書くよ」若園は躊躇なく宣言した。

「若園くんにはとりあえず音楽論をね」葛巻が口をはさむ。「いくつか翻訳してもらうことになってたでしょ。音楽論は雑誌の特色にもなるから、よろしく頼みます」

「ああ、わかってるよ。翻訳もやるけど、小説も並行して書くってことさ」若園は気負った自分に少し照れたように頭を掻いた。

「本多くんは詩人で、山沢くんは小説を書くと聞いたけど」安吾が訊くと、二人は顔を見合わせて苦笑する。

「詩人は大げさだよ。詩は好きで、ずっと書いてはいるけど」

「オレもまだ人サマに見せられるような小説は書けないな。ラディゲのコントで、いくつか翻訳したいのがあるから、とりあえずは翻訳で行くよ」

「高橋くんも詩を書くんでしょう」葛巻が問いかけると、

「いやあ、とてもとても」高橋は大慌てで打ち消す。「オレはそれこそ、まだ勉強中でね。何を書くか、これからじっくり考えてみるかな」

葛巻は高橋の詩を読んだことがあるのか、ウフフと一人でほくそ笑んだ。「みんなの気持ちは大体わかった。かく言う僕だって、いつかは小説家になりたい。でも、素人の僕たちにスゴイ作品が書けると思うのは僕たちだけの幻想で、よその人は誰もそうは思わないよね。その点、翻訳だったら、アテネに通ってる僕たちはセミプロみたいなものだし、何を紹介するか、という一点で勝負できる。現代フランス文学の最先端を紹介すれば、みんなきっと驚くと思うんだ」

その場にいた全員が、大きく、あるいは小さく、頷いた。

「じゃ完全に、翻訳雑誌にするってことかい」若園が質問すると、

「少なくとも創刊号はね」葛巻はキッパリと答える。「次の号から少しずつ創作も混ぜていけたらいいな、とは思ってる。何号か後には、創作と翻訳が半々ぐらいになってたらいいよね」

柔和でやさしい口調だが、葛巻の発言には強固な厳しさが感じられた。本当によいものを求める純粋さに、邪念のこもった野心では太刀打ちできない。

翻訳中心で行くと決まったあとは、作品選定の方向性について意見を出し合った。そしてこれも葛巻が当初から決めていたとおり、文学と音楽や美術とがつながり合い、互いに干渉し合って新しい芸術を生み出す、その劇的な瞬間をこの雑誌でつくりだしたい、と、大よその方向はこれで決まった。

「時に、雑誌の名前だけど――」山沢がぼそりと言う。

「何か、いいアイディアがあるかい」

「ラディゲの『肉体の悪魔』を原文で読んでたら、『言葉』って雑誌が出てきたんだ」

山沢はカバンから本を取り出し、栞《しおり》をはさんであるページを開いてみせた。

主人公の「僕」が、恋するマルトに「journal Le Mot」のコレクションとランボーの詩集『地獄の一季』を持っていくと約束する場面。

「いいじゃないの。ル・モ。英語だと the word だね」葛巻は即座に賛成する。

「でも、ここのジュルナルってのは、新聞の意味じゃないかな」やはりラディゲ好きの江口が首をひねる。

「うん、普通は新聞なんだけど、雑誌や機関誌なんかをジュルナルって言うこともあるだろ。この場面は文学の魔力みたいなものを紹介するところだから、雑誌的な性格の刊行物だったんじゃないかと思うんだ」

「まあ、それはどっちでもいいよ」安吾が遮るように言う。「要は『言葉』ってタイトルが読者に響くか否かだ」

そう言われて、めいめい空想する。少しずつ首が縦に振られ、これで行こうと決まった。


発行所をどこにするかは懸案として残ったが、安吾はその夜のうちに献吉に相談した。興奮を隠さず、目を輝かせて同人誌への熱意を語る弟を、献吉はまぶしそうに眺め、なんでも相談に乗るよ、できるかぎり協力しよう、とニコニコ笑って答えた。言葉どおり、数日後には新潟新聞東京支局の二階の一隅を『言葉』発行所として無償提供してくれた。大取次として東京堂書店への紹介もしてくれるという。

あっけなく外堀は埋まり、この活躍によって、安吾は葛巻と並んで同人誌の主宰に任じられた。

その後も安吾と葛巻は頻繁に会って、なんでも腹蔵なく話し合った。ほかの同人が加わることもちろんあったが、とにかくどこで会議をするにも安吾と葛巻は中心にいた。

七月の初めにアテネは夏休みに入ったが、まだ少ししか原稿は集まっていない。葛巻の心づもりでは、この時点で原稿は全部そろっていて、夏休み明けには印刷所へ入稿する計画だった。

このままでは創刊できない。最悪の場合を想定して、予備の翻訳原稿をたくさん作っておく必要がある。葛巻は安吾をすっかり信頼しているから、とにかく二人で翻訳しようと誘いかけた。安吾としても、創刊できなくては困るし、頼みこまれてイヤとは言えない。二晩つづけて徹夜することも珍しくないほど、二人は熱中した。

疲れると、いつも上野のうさぎやで買ってきてもらっているというモナカを二人で食べ、葛巻が淹れてくれる濃いコーヒーを飲む。一気に眠けが醒める。

シェイケビッチ夫人の「プルーストに就てのクロッキ」だのジッドの「オスカー・ワイルドの思い出」だの、葛巻は次から次へ翻訳してほしい原書を安吾の前に置く。当然泊まりがけになった。葛巻は毎夜、ふつうなら致死量のカルモチンをのんで眠る。カリエスで肋膜を病んでいるため鎮静睡眠薬として処方されているらしい。だが、あまり多量にのみすぎるせいだろう、若いのに顔はシワだらけで黄ばんでいる。

「カルモチンなんて、のみつづけてたら死んでしまうぜ」安吾は親身に言うが、

「だってのまなきゃ眠れないもの。のまないで眠れる人は幸せでいいよね」

「バカなことを。薬なんてのまなくたって、ずっと起きてれば、本能の力でいつかは眠ってしまうものさ」

「そうだといいんだけど」葛巻はウフフと笑って、再び翻訳にとりかかる。

葛巻家にあるSPレコードは、献吉コレクションの比でなく膨大で、安吾はこれを聴きたくて入りびたっていたようなものでもあった。

ドビュッシーが好きだと言うと、サティとの関係について詳しく教えてくれる。

「コクトーがサティを紹介した、とてもいい文章があってね、これもいずれ君に翻訳してもらいたいと思ってるんだが」

そう言いながら、まだ稀少盤だったサティの「ジムノペディ」や「グノシェンヌ」などを蓄音機でかけてくれる。ドビュッシーと似た響きだ、と思う。メロディよりも響きが胸を打つ。音の一つ一つが粒立って、神秘的なうねりを作る。

ショパンでは、暗い情念を一気に放出するような「木枯らし」や「雨だれ」などに新たに惹かれた。空をいちめんに覆うエーテル。その透明な暗黒空間からキラキラと輝き落ちてくる無数の光の粒。安吾は聴きながら、どうしてだか、無数の人の死について思いをめぐらせていた。

17　エトランジェ

八月半ば、葛巻家でハイピッチでつづけた翻訳もひと息つき、安吾は数日帰省することにした。姉ヌイが父と同じ黒色肉腫を病み、新潟市内の病院に入院していると聞いたからだ。長くとも年内の命で、ヌイ自身そのことを知っているという。

西大畑の生家は、もう跡形もない。献吉が学校裏町に建てた家は、二階部分だけ家族の帰省用に残してある。つい先頃まで母アサがヌイの次女綾子をつれてここに寝泊まりし、ヌイを見舞っていた。入れ代わりの帰省となったが、誰もいない家はまるで自分の家という気がしない。

三年前、神経衰弱の療養のために帰省した折には、行儀見習いの可愛い娘が自分の面倒をみてくれた。恋の予感に気持ちがうわずって、神経衰弱はみるみる悪化し、何度か結婚しようとまで思いつめた。あの頃がずいぶん昔のように思える。

荷物を置いてすぐ、ヌイのいる病院へ見舞いに行った。ヌイは思いのほか元気で、受付まで迎えに出てくる。

「いやあ、ずいぶん懐かしい人が来たなあ」

「ダメじゃないか、寝てなきゃ」安吾は慌ててヌイの肩を支える。痩せてしまって、きつくつかむと壊れてしまいそうだ。

「だいじょうぶ。歩けるうちは歩いたほうがいいって、お医者さんがね」

「ああ、そう。それならいいけど」

「相変わらず、ヘゴサは優しい男だなあ」

ヌイの笑顔があんまり朗らかで、つい涙が出そうになる。

「オッカサマたちも東京に帰ってしまわれたから、ここでは、おまえの食事の世話をしてくれる人もいないんだろう」

「食事なんて――」どうでもいいと言いかけて、痩せたヌイを見返り、口をつぐんだ。

病室に戻ってヌイを寝かせ、ベッド脇の丸椅子に腰をかける。落ちついて向かい合うとすぐ、ヌイは「おまえのことをいろいろ聞かせておくれ」と言う。

「まだ何もしちゃいないんだけどね」安吾はすこし自虐的に笑って、東洋大学で印度哲学を習い終えたこと、いまはアテネ・フランセで勉強していることなどをポツリポツリ話す。

「小説は書いてるのかい」昔のとおり、ヌイはまっすぐに突いてくる。

「うん、書いてるよ」自分でも意外なほど素直な言葉が出た。「有名雑誌の懸賞にも二度ほど応募してね、ボツにはなったけど、オレ以外の誰にも書けない新しさは盛り込めたから、去年まではそれで満足だった。今年からは、アテネ・フランセの連中と同人誌を出して、そこに短篇を発表するつもりだよ」

「まあ、そうなの。それはいつ頃、出るの」ヌイが前かがみになり、目を輝かせる。

「えっと――」安吾はヌイの勢いにとまどいながら答えた。「十一月、だったかな」

「十一月かあ」ヌイは背中を枕に押しつける。「読みたかったけど、私は間に合わないかもしれないなあ」

「何言ってんだい。姉サマには読んでもらわなきゃ困るよ」

「ああ、そうだね。それまでは頑張って生きなきゃね」

「そうだよ。次から次へ書くから、次から次へ読んでよ。姉サマの感想が聞きたいんだ。オレは誰よりも、姉サマの言葉を信じるよ」

「わかった。何が何でも読む。昔から私は、おまえにいちばん期待してるんさ。有名になったらみんなに自慢して、おまえのために素敵な晩餐会を開きたいもんだねえ」

「へええ、そいつは豪勢だ」

「昔ね、私がまだ小っちゃかった頃、親戚の誰だかの家へ家族みんなで馬車に乗って出かけてね、ブナの森のなかの晩餐会に招かれたことがあったの。月明りとランプの灯に、なが――い食卓がぽっかり浮かび上がってて、童話の世界みたいだった」

「ふうん、ブナの森の晩餐会か。ちょっとシャレてるね」

安吾はアテネで開かれた晩餐会に出たことを語った。たまたま先生たちに囲まれた席だったからヘンに緊張して、どんな料理だったか名前も味もおぼえていない。そのかわり、翻訳したばかりのフランスの本に、プルーストが主催した晩餐会が出てきて、そのメニューは苦労して翻訳したから全部おぼえてる。白ワインにヒラメのエンガワをぽとんと落として飲むんだぜ。あれは日本のヒレ酒とおんなじだね。それから、ルイ十四世、あの太陽王と呼ばれた王様のね、ある日の献立も本で読んだけど、この人はものすごい大食らいで、食卓には六十皿ぐらい料理が並んだっていうし、メニューは何千とおりもあったそうだよ。鳩肉と野菜のナントカって料理とか、アヒルの臓物をソースにした羊料理とか、とにかく何もかも食べ尽くさないと気がすまないタチだったんだね。でも、そんな王様がいちばん好きだった野菜は何だったと思う？　グリンピースだってさ。

意味のない話がつづくと、心にフタがかぶせられていくようで、笑えば笑うほど気持ちが沈んだ。この日は安吾が来る前まで、田舎のヌイの子らが大勢で見舞に来てにぎやかだったという。夕方にはまた長女が泊まりに来てくれるらしく、安吾は早々に引き上げることにした。これからも毎日来ておくれね。必ずだよ。子供たちが泊まらない時は、ここに泊まってくれたら嬉しい。安吾は、必ず来る、今度は泊まる、と約束して病室を出た。

二年前にも帰省したが、あの年の萬代橋は、昔ながらの木橋と架設途中のコンクリート橋と二本がならぶ奇妙な眺めだった。いまではすっかり木橋はとりこわされ、鉄筋コンクリート製の橋だけがまぶしく陽を照り返している。

橋ばかりではない。町の景観はちょっとの間にどんどん様変わりしていく。町は新しく綺麗になって光り輝くのに、自分の心は少しずつふるさとの町から遊離して、どこを見ても異国のようにしか感じられない。まるでチェーホフの世界みたいだ。崩壊。没落。衰退。この町のことじゃない。オレの心が、そんな言葉に吸い寄せられて、この町から引きはがされていくのだ。

あの姉のいない新潟は、もうオレの知ってる新潟ではなくなってしまうだろう、という明確な思いがあった。オレはますます異邦人《エトランジェ》になっていくだろう。風景からも、街の人々からも、過去を生きたオレ自身からも——。

いまの、この気持ちだけは、どうしても小説に書いておかなくちゃいけない。姉を出汁《だし》にするみたいだが、姉はきっと、そうしろと言ってくれる。オレの中のいちばん大事な部分が、この小説に塗り込められることを、あの姉だけは知っていてくれる。

がらんとした一人の部屋で、安吾はいずれ小説とするためのイメージの断片を、頭に思い浮かぶまま書きとめていった。つながり合わない断片に、思いがあふれ出る。ヌイのために、映画を撮るように、書きのこしておこう。

異人池にも行ってみた。昔のままに教会が建っている。あの大きな扉からドイツ人の神父が出てきて、クリスマスのお菓子をくれたことがあったっけ。あれは幼稚園の頃だ。

不意に、青い目の少年の顔がうかぶ。長らく思い出すこともなかったあの混血の少年と、ここで出逢い、ここで一緒にお菓子をもらったのだった。ポプラの森の向こうに建ち並ぶ家々の一軒から、裸の男女の上半身が見えたことまで、あざやかに思い出される。

あの家々の、別の一軒には岡田雄司の家族が住んでいた。生前の岡田とはタイミングが掛け違って会いそびれてしまったが、またいつでも会えると思い込んでいた。いま思えば、無理してでも会っておかねばならなかった。悔しくてならない。あの家に入ってみれば、岡田のイメージだけでも残っているのだろうか。

安吾は首を振って、浜へ向かった。しばらく海を眺めて過ごしたあと、浜茶屋を一軒一軒のぞいてまわった。中学のとき、淡い恋心をいだいた浜茶屋の娘は、一年後には花街へ奉公に出たので、もちろんそこにいるはずもない。わかっていても、時空を超えて、あの娘がニッコリ笑いかけてくれる気がする。今なら二人で、暗い道行きに出てもいい。オレの突き進む道は、いつでもイバラと決まったようなものだから、今すぐ、ここで、何もかも捨ててしまってかまわないのだ。

すべては宙に浮いた風景にすぎなかった。

本当は叫びたかった。姉サマに、もっと生きててほしい。もっとオレの今後を見守っていてほしい。いなくなってしまうのはイヤなんだ。苦しくて、悲しくて、我慢ならないんだ！

次の日は、ヌイの病室に泊まった。電気を消しても、蚊帳《かや》がやけに白くて月の光を乱反射させ、ぼんやりと互いの顔がみえた。

ヌイは、昼間、親戚の誰それが見舞いに来たと言う。でも、死ぬ話は禁句になっているみたいで、親戚は無理して笑ってばかりいた。

「私のほうがかえって気を遣ってしまってね、すぐに全快して退院するから待ってて、なんて大はしゃぎしちゃってさ。バカだねえ、向こうも全部知ってるのに。こっちがはしゃぐと向こうはこっそり目頭を押さえてるのさ」

「姉サマは人の気持ちがわかりすぎるからな。そういうのって、不幸だよね」

「おまえもね。お互い、不幸な生まれつきさね」

二人、しずかに笑い合い、フッとヌイが真顔になる。

「考えてみれば、小説家ってのはみんな不幸なんだね。あらゆる人の気持ちをわかって、それを全部書いて、書くことで苦しんでるんだろう」

安吾は姉の顔をみる。姉は天井をみている。何も言う必要はないらしかった。

「このごろね、よく植物の夢をみるのよ」

「植物？」

「うん。あれは、西大畑の家かな。似てるけど、ところどころ微妙に違ってる。そこに私の部屋があって、床一面いろんな植物が生い茂ってるの。あれは、そう、沼地に生えるような丈の高い草。気がつくと、壁にも天井にもびっしり草が生えててね、もうそこは部屋じゃなくてジャングルみたいになってるの」

「なんでまた、そんな夢をみるんだろうね。その夢は、怖いの？」

「ちっとも怖くはないのよ。夢のなかでは不気味だとも思ってないみたい」

「そりゃ、きっと吉夢だね。来世の――」言いかけて、安吾はハッと口をつぐんだ。

「おまえまで禁句をつくらなくていいだろ」ヌイはやさしく言う。

「ああ、そうだったね。オレたちは不幸な生まれつきの同志だもんね」

「人はみんな死ぬんだし、これが死後の夢なら、私はあんがい幸せかもしれないし」

「姉サマが幸せな来世に行けないなんてことは、絶対にないよ。そんなことはオレが許さない」

「ああ、ありがとうね。頼りにしてるよ」

安吾は簡易ベッドの上で、何度も、かたく拳を握りしめた。目を閉じていてもずっと、涙があふれつづけた。

18　奇怪な処女作

葛巻が言うには、創刊号発行日が十一月一日に決定してるから、逆算すると印刷納本は十月十五日になる。一度は校正も必要だろうから、遅くとも九月末までに全原稿を入稿したい。

編集会議や原稿整理に一カ月かかるなら、八月中には原稿を集めておきたいわけだった。

　それで葛巻は焦っていたわけだが、安吾の帰省中から八月の終わりにかけて、原稿は続々と集まってきた。アポリネールやマックス・ジャコブ、フィリップ・スーポーら、シュールレアリスムを先導した詩人や作家の作品が多い。モダニズム小説の雄ポール・モーランの最新エッセイもあり、まさに最先端の芸術思潮をギュッと詰めた感じになる。

「みんな凄いじゃないか。オレなんぞが徹夜で翻訳する必要なんてなかったな」

「みんなギリギリで提出するからいけない。こんなにヒヤヒヤさせられるんじゃ、定期刊行なんて夢のまた夢だね。だから、君が訳してくれた原稿は、これからも保険として取っておくよ。決してムダにはしない。大事なものだよ」

　フランスの新しい音楽グループの紹介原稿も複数ある。葛巻が変名で訳したコクトーの「セルジュ・フェラー」などは、アポリネールの本を装幀した画家フェラーの紹介文だ。コクトーはここでピカソやブラック、マックス・ジャコブと親交があったことを述べ、芸術の純粋な強さを説くのにワーグナーまで持ち出す。それこそ詩と絵画と音楽とが縦横に交流・交錯する世界を語っていた。

　このエッセイ中、バレエ音楽「パラード」という曲名がなんの注釈もなく出てくる。葛巻は「これはね」と言って、コクトーの別のエッセイ「エリック・サティ」を見せてくれる。

「去年、堀辰雄さんが翻訳したものだけど、コレ、僕も下訳を手伝ったんだ。サティ作曲の

『パラード』って曲、まだレコードは出てないけど、これ読むとホントに凄そうだよ」

台本をコクトーが書き、ピカソが美術・衣装を担当した奇跡的なコラボレーション作品だが、発表当時の評判はさんざんだったらしい。サティは音楽の中にタイプライターの打音やピストルの射撃音、ほかにも日常のさまざまな雑音や騒音を入れ込んだという。「パラード」とは見世物小屋の意味で、絢爛たる破壊と実験の反芸術だった。

「堀さんの訳もいいんだけど、少し抜いたところもあるし、もっとみんなにわかるように解説も付けてほしいんだよね。それで、このエッセイを君に新たに翻訳してほしいと思ってるワケ。参考資料も用意するし、僕も手伝うから、そのうちぜひ頼むよ」

安吾はパラパラと堀辰雄の訳文を読んで、「うん、面白そうだ」と頷いた。

「叔父の芥川が晩年、何度も雑誌『白樺』を褒めてたけど、僕もあの雑誌こそ、二十年前の総合芸術志向の最先端だったと思うんだ。人道主義でくくられるような雑誌じゃないよ。西洋の新しい波をたくさん紹介しててね、第三号ではオスカー・ワイルドの戯曲『サロメ』特集で、ビアズリーの強烈な毒のある挿絵を早々と紹介してたし、クリムトやムンク、ルドンとか、世紀末象徴主義のデカダンで耽美的な絵画や、ウィリアム・ブレイクの神秘主義的な絵も、大きく取り上げてる」

「へえ、意外だな。『サロメ』はオレも好きだよ。映画も見たし、浅草オペラでも見た」

「芸術の源泉の一つ、と言ってもいいぐらいだよね。僕らの同人誌も、演劇や映画の方面をもう少し強化したいね」

「今回のみんなの翻訳はどれも問題なさそうだけど、関くんの小説は、載せるのか？」

「ああアレ、どうしようかねえ。あれほど翻訳のみと言ったのに、まさか小説を持ってくるとは思わなかった。でも文章は悪くないし、同人会議で検討すべきだろうね」

関はアポリネールの小説の翻訳と、美術論、創作小説の三本を書いてきた。第二号に載せるのでもいい、と本人は言ったらしい。

「でも、約束違反だからな。小説も載せていいってわかってれば、オレだって書いたし、若園くんだって書いただろう。中身も、オレには面白くなかったな」

「そう？　酒場の穴ぐらを通って古代ローマへトリップする趣向は面白いじゃない。ゲーテの『ファウスト』のもじりでしょ」

「そういうペダンティックなところが素人っぽいのさ。『ヘルクラノムの悲劇』なんてタイトルも仰々しくてイヤだな。ポンペイの近くの町で、まもなく火山の灰に沈む運命ですよ、ってなワケだが、そんな予兆を描くでもなく、結局悲劇は起こらない。こんな古代都市に落ちた夢をみました、凄いでしょ、と言ってるだけの雰囲気小説だよ、コレは。ペダンや雰囲気づくりが悪いとは言わない。ただ、その雰囲気づくりが内容やテーマを輝かせるものでないかぎりは、無意味でムダなものだとオレは思う。退屈だよ」

「ずいぶん手厳しいねえ。まあ、みんなの意見も聞いてみようよ」

その頃、二年ぶりに山口修三から手紙が来た。演劇修行はもうやめて、いまは地道に会社勤めしているという。ただ、安吾からの手紙はいまもときどき読み返している、自分の中の真実をつかみとって、小説で表現したいと思っている、といった内容だった。山口は婆やを苦しめ、オレを裏切った、その罪の重さに気づけただろうか。二年前の、オレの祈りは届いているのか。懐かしい気持ちはあるが、まだ会う気にはなれない。アイツのいう「真実」を、アイツの小説のなかに確かめてからでなければ、素直な気持ちで再会を喜び合えない。

安吾は同人誌創刊の話が進んでいることを書き、この雑誌に小説を書いてみる気はないかと誘ってみた。すぐに、自分も同人に加えてほしいと返事が来たので、会費は安吾が立て替えて支払い、名簿に加えてもらった。

九月初め、最後の同人会議で、関の小説は賛成多数で掲載が決まった。

集まった原稿は予定より多かったので、いくつかは次号送りとなったが、次号分としてはまだ少ない。次の原稿も九月末が提出期限だと葛巻が言う。スケジュール管理がうまく流れるようになれば、毎月の定期刊行にできる。そのためにも何人か編集作業を手伝ってほしい。葛巻から編集の流れを聞きながら、本多や若園、山沢、江口らがそれぞれ名のり出て、実務を分担することになった。

この同人会議には、いつものメンバーのほか、未来派の作曲家でトロンボーン奏者の伊藤昇も参加していた。安吾より少し年上だが、ほぼ同世代だ。音楽方面の新しさをより強く打ち出すために葛巻が呼んだのだが、安吾は一目見て、アッと声を上げた。

「どこかで見た顔だと思ったら、新交響楽団で吹いてる人だね。僕は去年から予約会員で、毎回演奏会に行ってますよ。珍しい曲がいっぱい演奏されるから楽しみでね」

「ああ、それは嬉しいなあ」

伊藤も興が乗って、打ち合わせが済んだあとは、持ち歩いていたトロンボーンで何か吹こうかと言う。サティの「パラード」を聴きたいと安吾は言ってみたが、さすがにそれは無理で、代わりに同じサティで、「ひからびた胎児」とか「(一匹の犬のための) 実にだらしのない序曲」といった、人を食ったタイトルの小品をサワリだけ吹いてくれた。どの曲も題名ほど奇妙ではなかったが、あまり馴染みやすい曲でもない。レコードで聴いた「ジムノペディ」や「グノシェンヌ」のように心を揺さぶる響きは感じられなかった。

「サティについては僕もいろいろ書いてるけど、やっぱりその反逆的なファルス精神が真骨頂だね。タイトルは皮肉たっぷりで、そんなタイトルのせいで敵も多くなる。聴いてみると普通かなと思うんだけど、やっぱりわざと調性をはずしたり、いろんな実験をしてる。楽譜の行間にも茶目っ気たっぷりの言葉が書かれてるから、楽譜を眺めてるだけでも実に面白いんだ」

アテネに通う生徒たちの中には、飛び抜けた才能の持ち主がゴロゴロ転がってるみたいだな、と安吾は感心しながら聞いていた。

関の小説にしたって、好きではないが、『改造』懸賞創作で一等だった小説群と似たモダンなキラキラしさがある。葛巻の鑑賞眼は鋭く、幅も広くて信頼できる。いくら語学の才能があっても文章能力はまた別個のものだが、脇田の翻訳したヴァレリーの「スタンダール論」など見事なものだった。

九月十六日の新年度から安吾は高等科に進級したが、もはや授業よりも同人誌のことばかり考えて過ごした。平日休日に関係なく、葛巻家に入りびたって、いっしょに翻訳をしたり、小説の構想を練ったりするのが刺激的で楽しい。

葛巻に頼まれて創刊号の編輯後記も書いたが、翻訳中心にしたことや各種芸術とのつながりを重視したことなど、半分以上は葛巻の主張をそのまま代弁したものになっている。もっとも、次号からは創作も多く載せることについて、「同人各人の芸術心を踏み殺すことは事実に於て不可能である」と書いたのは、これはまるまる自分自身の心の声だった。

脇田の翻訳に触発されて、安吾もヴァレリーの「ステファヌ・マラルメ」を翻訳しはじめた。脇田が選んだのと同じエッセイ集『ヴァリエテ』に入っているものだ。マラルメの詩に天才を見、自らの詩を封印しようとするヴァレリーの文章は、散文詩のように美しく、それでいて激越で、調子が高い。

「全てはおどろくほど美しく、燃え、そして睡っていた。地上では、全てのものが震えていた」

　安吾は翻訳しながら、創作への意欲を大いに掻きたてられた。

　葛巻もまた、あまりオモテには出さないが、小説で世に出たいと強く思っている。安吾がヴァレリーの翻訳に頭を悩ませているあいだ、気がつくと葛巻は小説を書いている。一晩で一気に百枚ぐらいの小説を書いてしまう。誰もマネできないようなスピードだったが、内容には自信がないのか読ませてはくれなかった。

　しかし葛巻の姿勢にも刺激を受けて、蒲田の自宅に帰ってから昂揚した気分のまま、全く新しい、夢のようなファルス小説を執筆しはじめた。

　構想はほとんど決めていない。ファルスではストーリーは重要でないし、思いがけなさこそが身上なので、自分で書きながら展開に驚くぐらいでちょうどいい。

　ショパンの「木枯らし」が頭のなかを吹き荒れる。深夜の武蔵野。空は暗黒につつまれ、物の怪《け》たちが跳梁跋扈《ちょうりょうばっこ》する。木枯らしの吹きだまりに、なぜか酒倉がある。「あべべい」聖なる酔っぱらいのおかしな呟き、あるいは叫び。

「俺の行く道はいつも茨《いばら》だ。茨だけれど愉快なんだ」

　ファルスの主人公たちは、木枯らしの吹きだまりにしか棲んでいられない。悲しいけれど楽しい。どこにも行けない酔いどれたちは、逆に心はいつでも、どこへでも旅立てる。

　痩せさらばえたヨガ行者が登場して、何が何だか自分でもわからなくなる。曲馬団の少女は素裸で、美しい苦悶の表情をうかべる。あぱぱい。酒に溺れた経験など皆無なのに、まるで酩酊している気分だ。

いつか見た熱帯の森の夢を思い出す。マリアと巡礼に出た夢。

「あれは魂の生《な》る樹。アンモラ樹《じゅ》よ」とマリアが言った。「あの葉の一つ一つが、大きく育つと赤ん坊になるの」

不気味だけれど、見果てぬ南国への憧れがその夢にこもっていた。

武蔵野を吹き荒れる木枯らし。暗黒の空から、降りそそぐ煌めき。

書き上がった処女作に「木枯の酒倉から」とタイトルを付けた。

19　パーゴラの下で

十月半ば、安吾の小説「木枯の酒倉から」を『言葉』第二号に掲載するか否かについて、葛巻家で同人会議が開かれた。その他の翻訳や詩、エッセイなどの掲載作品はすでに決定して、編集作業にかかっていた。

皆、葛巻からアテネで手渡されて事前に読んでいたが、誰も首を縦に振らない。

「ちょっと支離滅裂すぎて、何を言いたいんだかわからないね」

「変な呟きみたいなのは面白いけど、それほど笑えるわけでもないし……」

「新しい、というより、奇をてらいすぎてるんじゃないかな」

否定的な意見しか出てこないので、安吾はやっぱりダメなのかと思いはじめたが、「凄いものだよ、これは。坂口安吾以外の誰にも書けない、荒涼たるファルスだよ」葛巻が一人だけ、絶讃してくれる。「作品の底に、ずっと木枯らしの吹き抜ける感覚があって、寂寥の思いが胸にしみるね。僕はこの作品に惚れたよ。絶対載せるべきだと思う」

編集主幹がこれほどに持ち上げる作品を簡単には除けない。しかもこれは、もう一人の主幹が書いたものだ。

「確かにね」本多信が頷く。「こんな小説は今までどこにもなかったね。文壇人の目にとまれば、話題になるかもしれない。うまくいけば、雑誌全体に注目が集まる」

「じゃ、載せてみるかい。異物感は並じゃないものな」山沢種樹が結論づけるように言い、「僕は坂口安吾という人間をもっと知りたくなったよ」高橋幸一がニッコリ笑った。

安吾はぼんやりと夢をみている気分で、みんなの声だけ聞いていた。あんな荒唐無稽なファルス小説から寂寥を感じてくれる読者がいる、オレの内面に興味をもってくれる仲間がいる、それだけのことがこんなに嬉しいものなのか。

その夜、安吾は葛巻に手紙を書いた。大きな感謝と喜びを伝え、「僕は今、ドビュッシイのやうな小説を書こうと思つてゐます」と書いた。具体的なイメージがあるわけではない。ただ、ショパンの激情とはちがう、うつろな心、神秘的で美しい響き、現実から少し遊離した実感の不確かさを文章で表現したい。でも、印象の羅列で終わってしまわないよう、人間と人間のさまざまな関係をストーリーに盛り込んでいくつもりだ。

少年と少女を登場させる。未熟でやるせない会話に、毒の針が仕込まれる。傷つけ合い、危うく殺してしまいそうになる。同性愛のカップルもいる。禁忌は巨大な障壁となり、互いを求める気持ちはいっそう激しくなる。残酷でニヒリスティックな世界。立ち現れる清純な夢。これはどうしたって長篇でなければ書けない。

ときおり考えていた小説の構想を、その雑多なモチーフだけ手紙に書いた。そして、小説ともエッセイともつかない、思考レッスンの断片を同封した。春ごろから、忙しい日々の合間を縫って書きとめておいたものだ。未整理で未消化なイメージのほうが、自分の内面がよりリアルに伝わるのではないか。そう思って「これは、どうぞ高橋君にも見せてあげて下さい」と書き添えた。

数日後、葛巻から胸おどる便りがあった。われわれの同人誌を岩波書店から出せることになりそうだ、というのだ。昨年完結した岩波の『芥川龍之介全集』では、葛巻も編集委員の一人をつとめ、遺族代表でもあった。今後も新しい芥川全集を出版する際には葛巻の許可が必要になる。関係をくずしたくない岩波側の配慮により、素人同人誌を岩波から出せることになったのだろう。

ウラの話はともかく、これは僥倖《ぎょうこう》と言っていい。金鉱を掘り当てたようなものだ。処女作

「木枯の酒倉から」が『言葉』第二号に載り、続く第二作は天下の岩波書店から世に問えるかもしれない。そう思うと、武者震いが止まらなくなる。名誉欲と怖れと不安。是が非でも、優れた小説を書かねばならない。

まだ正式決定ではないが、岩波との交渉や手続きに時間がかかるので、第二号の発行は一カ月延ばすとも書いてある。つまり来年の元旦だ。実際には年末ごろの発行になるだろう。次作のイメージはすでに固まっている。「ドビュッシイのやうな小説」とは長篇の構想でもあったが、イメージの源泉はこの夏の、ふるさと新潟の街にあった。

ヌイの病室に通う合間に、一人の部屋でつぎつぎと浮かぶイメージを書きとめたノートがある。浮かんでは消える想念を逃すまいとして、猛烈な速さで書きなぐった部分もあり、ところどころ自分でも読めない。流れ漂うイメージの一つ一つは、どれも暗い。けれども、頭のどこかが白熱して、風景はまるで白い闇のようでもある。鳴きしきる蟬の声がときに静寂と感じられるように――。あの夏は昼も夜も凪がなく、異様に暑かった。

風景の中には、異人池にたたずむ六歳の自分もいる。荒天で溺れかけた十二、三歳の自分もいる。小麦色の素足がまぶしい浜茶屋の娘もいるし、茱萸《ぐみ》藪の砂丘で煙草を吹かしていた岡田雄司もいる。

ふるさとでエトランジェだった自分だからこそ、かつてそこにいた自分が懐かしく、いとおしく映る。しだいに自分の体は透きとおって、光や波の奔流になっていく。いつか肉体がこの世を去る時も、きっとこんな感じなのかもしれない。

身辺雑記の私小説は好まないが、あの数日間は特別だった。ドビュッシーが透明な音の一粒一粒を選りわけて響かせたように、時空を超越した風景を、意識の流れに沿って書いていけば、そこに新しい幻想が生まれるだろう。


十一月一日に創刊された『言葉』は、目次を刷ったカラフルな帯を表紙に付けたのが斬新でモダンだと好評で、次の号が出る前には売り切れる勢いだという。

しかし、ここにはまだ安吾の小説は載っていない。「木枯の酒倉から」が載るのは一月の第二号だ。続く岩波からの新創刊号には、書き上げたばかりの「ふるさとに寄する讃歌」を載せたい。葛巻に原稿を渡し、わくわくしながら返事が来るのを待っている間に、ヌイの訃報を聞いた。

十一月十四日、山辺里《さべり》村の小田家で営まれた葬儀には、安吾は参列しなかった。ヌイはもうそこにいないし、その村の親戚たちに馴染みはない。

もう少し、ほんの少しの間だけ、待っていてくれたら、一作でも二作でも小説を読んでもらえたのに――。あんなに、頑張って生きると約束したのに。

悔しくてならず、一人の部屋で、誰にともなく悪態をつきつづけた。運命を呪い、神を呪った。壁に埋め込まれた収納式のベッドを引きだして、どさりと寝ころがる。何をする気も起きない。

この五月に建ったばかりの蒲田の家、二階の一室を安吾が選んだのは、このベッドが便利で面白いと思ったからだが、同人会議を坂口家でやったりすると、みんなが収納式ベッドを試したがるので、早々と金具が壊れかけている。

くそっ！　畜生！　体を揺するとベッドがグラグラ傾く。頭は怒りでいっぱいなのに、見開いた両眼からはとめどなく涙が湧いて流れた。


十二月初めの同人会議で、「ふるさとに寄する讃歌」はほとんど異論なく掲載が決定した。処女作とは対照的な反応にすこし驚きもあったが、予想した結果でもあった。この小説が通らないなら、オレが小説を書く意味はない。

安吾は新創刊号にこの小説のほか、以前に訳し終えてあったヴァレリーの「ステファヌ・マラルメ」も同時掲載することが決定している。さらに、ファルス党宣言のような短いエッセイも書きたいと思っているし、葛巻から頼まれて翻訳中のコクトー「エリック・サティ」も、詳細な補註とともに掲載する予定だ。

年明けに全員の原稿を入稿すれば二月一日に発行できるはずだが、問題は、まだ岩波と正式な契約が成立していないことだった。『言葉』第二号は編輯兼発行人を葛巻の名義にして、すでに印刷所へ入稿されたが、葛巻は編輯後記で次の二月号は岩波から発行されることに決まったと明記している。

十二月半ば、葛巻は安吾と本多を連れて、神田一ツ橋の岩波書店へ赴いた。

岩波が発行の件について正式な回答をすると約束した、今日が期限の日だという。

「今日決まらないと、年明けの入稿も難しくなってくるからね」葛巻は決意の表情だ。

安吾もまるで果し合いに向かうような気持ちになっていた。交渉は必ず成功させなければならない。オレは戦国時代の野武士同様、拾い首をしてでも世に出たい。岩波から出せるか否かは、オレにとって人生最大の岐路。名将の首を拾えるかどうかがかかっている。

岩波の受付で、しばらくお待ちくださいと言われ、三人、受付そばの通路で何十分も待たされた。そのあげく、応対に出てきたのは葛巻の知らない男だった。芥川全集の担当でもあった出版部長はあいにく不在だという。

「それで、ご用件は？」

「は？　あなた、何も聞いてないのですか」葛巻は珍しく声をあらげた。

「同人誌を出したい、というお話でしたよね。企画書はおありですか」

「いまさら企画書だなんて。もう話はついてたはずでしょう」

「同人の方は皆さん素人なんですよね。そういう同人誌を弊社から発行するとした場合、それ相応の理由づけが必要でして、そこがうまくクリアできないと、なかなか」

葛巻は持参してきた『言葉』第二号の校正ゲラをとりだし、奥付を開いてみせた。安吾も知らないうちに、同人としてアテネの先生である山田吉彦と阪丈緒の名前が加わっている。山田はラマルク『動物哲学』やファーブル『昆虫記』など岩波から何冊も翻訳を出していた。

「このとおり、全員素人ではないですよ。僕だって堀辰雄さんたちの雑誌にいくつも作品を発表しています」

「まあ素人というのは言い過ぎでしたが……」

「僕は期限を切ったはずです。今日までに回答をいただけると」

「ですから、その回答をいま――」

「あなた、僕が誰だかわかってるんですか」葛巻の声がいちだんと高くなる。「芥川全集は去年完結しましたけど、新発見の資料は次々と出てきてます。数年後にはまた新しい全集を編集する予定になってるんですよ。でも、あなたがたがこれほど不誠実な対応をなさるなら、芥川家代表の僕としても、今後の全集の版元については考え直さざるをえません。これは人と人との信義の問題です。出版部長にもそのように伝えておいてください」

三人は岩波をあとにして、無言で靖国通りを市ヶ谷まで歩き、左に折れて神宮外苑まで歩きつづけた。何度か歩いた道だ。東京の街をあてもなく歩きながら、いつもは文学論を戦わせたり、同人誌のアイディアを練ったりするのが楽しかった。無言で歩くと、道ははるかに長い。

神宮外苑の広場に、半円形の大きなパーゴラがあった。柱と屋根のフレームで構成された藤棚のようなもので、蔦の葉が日よけにもなるし、夏は風が通って涼しい。十二月半ばの夕方は寒く、パーゴラの下のベンチも冷たいが、三人のいまの気分にはちょうど似合いだった。

「僕はね」葛巻がようやく口を開く。「芥川全集の用事で岩波に行くと、いつも社長の応接間に通されてたのね。今回はそこまで優遇されないのは当然としても、廊下にボックスがたくさんあったでしょ、あれも全部応接スペースなのにね。いくら無名の若者たちだからって、あんな、通路に、何十分も立たせておくなんて、バカにするにも程がある」

「まあ、とりあえず辛抱しようよ」安吾がなだめるように葛巻の肩をたたく。「いまはバカにされても仕方がないさ。実際、無名なんだし。でも、岩波との縁は大事にしなきゃな。天下に名をなす大きなチャンスだもの。卑怯なことでも、卑屈なマネでも、なんでもやるさ。オレたちは是が非でも、やれることは全部やって、チャンスをつかみとるんだ」

陽も沈むころ、中国人の留学生らしき若者グループが近くに集まってきて、讃美歌風のノスタルジックな歌を歌いだした。透きとおったコーラスが耳をやさしく撫でる。

「彼ら、エトランジェだもんな。故国のことを思いながら歌ってるんだろう」本多がしみじみと言い、

「オレたちもこの世界ではエトランジェみたいなもんさ。だから胸に響くんだ」安吾も頷いた。

20　風博士誕生

『言葉』第二号は正月を迎える前に発行でき、岩波からは曖昧な返事ながら、とりあえず出せる方向に進みはじめている。

　年末の一日、サティの歌曲を日本で初めて歌った三潴《みつま》牧子邸を同人たち数名で訪問し、サティの「Je te veux（おまえが欲しい）」を歌ってもらった。新交響楽団に所属する伊藤昇の紹介である。著名人でも貧乏学生でも分け隔てなく交流できる、アテネ・フランセという強力な磁場をひしひしと感じた一夜。安吾の脳内では帰り道もずっと、「Je te veux」の愛らしい旋律がくりかえし奏でられた。

　大みそかには長島萃と二人、築地から渡し舟で佃島へ渡った。同人誌関係の雑務やら翻訳やらで忙しい毎日だったので、長島とゆっくり話すのは久しぶりだった。

　狭い路地に佃煮屋の看板をかかげた家々がたちならぶ、隅田川河口の小さな島。河岸にはシラウオなどを獲りにいく漁船がくっつきあって繋留されている。魚のにおいや佃煮のにおいが鼻腔いっぱいに広がり、都心で時空をとびこえて寂れた漁村に迷い込んだような気分になる。

「いいだろう、ここ。遠くの島を旅してるみたいでさ」

「うん。海のにおいがする所はいいな。肺の中が塩で洗われる気がする。よく来るのか、ここへ」

「ああ、『言葉』の同人たちと議論しながら歩いてると、最後にここへ辿り着いたことが何回かあった。あそこのドライアイス工場に勤めてる奴がいるから」

安吾は長島も同人の集まりに来ればいいのにと思うのだが、長島は安吾以外の同人とはほとんど誰とも付き合いたくないらしい。面白い議論のできる男なのに、もったいないことだと思う。

「漁村のノスタルジックな雰囲気も好きだけど、不思議と、このドライアイス工場の外観にはもっと惹かれるんだ」

工場の真下に着いて、安吾は上を見上げる。無機質なコンクリートのまっ平らな壁がはるか上方までそびえたち、その巨大な建造物群の間をつなぐレール状のものが縦横無尽に延びている。高低もさまざまにレールは這い伝い、大きなクレーンが建物から突き出て、荷物を吊り上げ、回し、積み下ろす作業をくりかえす。無機質なのに、こいつらはまるで生きているようだ。鉄とコンクリートの怪物はゴツゴツと尖り、黒光りし、ずっと見ていても見飽きない。

「これはこれで、また別のノスタルジーを醸し出してる。少なくとも、あの隣に建ってる聖《せい》路加《ルカ》病院の、堂々たる大建築よりも数等美しいよ。そう思わないか」

長島はいつものように、建物よりも安吾の喋っている顔を興味深げに眺めている。

「安吾はやっぱり面白いな。おまえ、その話はいずれ小説に書けよ。エッセイでもいい。おまえの感じる美しさをもっと深く、根源まで追求して、美の正体を見極めるんだ」

今度は安吾がちょっと驚いて長島の顔をじっと見た。

「わかった。心に留めておくよ。オレのことより、さっきも言ったように、長島萃の文章も早く読ませてくれよ。おまえも『言葉』の同人なんだから。それこそ小説でもエッセイでもいいいし、翻訳でもいい」

「おまえの『木枯の』アレ、凄かったな。ほかの誰にも書けない坂口安吾だけの小説だった。蒼じろくて薄気味悪い、一級品だよ」

「そうかい。でもアレ、同人たちの評判わるくてさ」

「ボンクラにはわからないのさ。ひとの評価なんぞ気にすることはない。オレがちゃんと読んで、ちゃんと批評してやるよ」

「葛巻も似たようなことを言ってくれた。アイツもわかる奴だよ。長島とも気が合うんじゃないかな」

長島は同人との付き合いに関してはやっぱり何も言わない。

「岩波の社内で『もう芥川全集は岩波から出しません』って叫んだ葛巻の剣幕は、そりゃ凄いもんだったぜ。あの訪問のすぐ翌日だったかな、岩波から前向きに検討しますって言ってきたそうだよ。ついては同人名簿とこれまでの装幀や内容、売れ行きまで、詳しい資料を見たいって言うんで、即座に資料を送りつけてやったらしい。だから、たぶん次の号は岩波から出る。新創刊号にはチョット方向のちがうのを書いたけど、その次の号には「木枯」よりもっとハジけた、絶対的なファルスを書くよ」

勢い込んで語る安吾を、長島は楽しそうに笑いながら見守った。

ヌイの死去以来あまり姿を見せなかった娘の綾子が、年始に蒲田の坂口家を訪れた。見るからにやつれて元気のない綾子だが、みんなの前では努めて明るくふるまっていた。

「綾ちゃ、花札かカルタでもやるかい」上枝がおどけた口調で声をかける。「夏からオッカサマとオレは集中特訓したからな、コイコイなら負けないぜ」

「そんな、つよーい人とはやりたくありません」綾子も負けずにおどけてみせる。

「いろいろ、もう落ち着いたかい」アサが優しく声をかけると、

「ええ」とだけ答えて、「おじいさまにもご挨拶を」と仏壇のほうへ向かう。

手を合わせて頭を垂れる姿勢があまりに長く続き、安吾がチョンと綾子の肩をつついた。

「綾ちゃ、ちょっと見せたいものがあるから二階においで」

安吾が葛巻から借りている西洋絵画の画集などを見せると、女子美に通う綾子はさすがにすこし目を輝かせる。『言葉』創刊号と第二号にも興味をもったようすだ。

「もし、綾ちゃにその気があれば、この雑誌にイラストかエッセイでも書いてみないか。心が塞がって苦しいときは、何か一つ、自分の夢中になれることを見つけたほうがいい。オレもおまえのオッカサマのこと、いちばん好きな姉サマだったから、ホントにつらかった。だから姉サマのことを小説に書いた。自分の気持ちを全部、そこに書いた」

「それで、どうなったの」

「何をどうしたって苦しみは消えやしない。けど、それでもいいんだ。書いた小説を読むと、そこに姉サマが生きている。オレのことを見ていてくれる。それが伝わってくるんだ」

「ああ――」綾子は安吾の顔をじっと見て、ぽろぽろ涙をこぼした。

「芸術か、宗教か、恋愛か、その三つのうちの何か一つ摑むんだ。そしたらきっと、頑張れる。生きていける」安吾は綾子の両肩をやわらかく包みこんで、まっすぐに語りかけた。


編輯後記で岩波から出すと宣言したため、同人参加希望者は格段にふえ、一気ににぎやかになった。年末までに大よその原稿はそろっていたが、かなりの増ページが必要になりそうだ。二月には岩波から葛巻のもとへ正式に返事が来て、五月一日の発行と決まった。

新たな創刊となるので、誌名も新しく『青い馬』とした。

岩波から正式なＯＫが出たと聞いて、安吾は自分でも驚くほど創作意欲が高まり、意識が研ぎ澄まされてくるのを感じていた。今度こそ、完全にモダンでアヴァンギャルドな、突き抜けたファルスをつくりあげよう。興奮しすぎて、初めは思考が分裂してしまい、頭の中には何も像が結ばれなかった。

前二作と同様、イメージの断片をとにかくメモしていく。まず思いついたのは幼少時からのヒーロー猿飛佐助だ。子供の頃、佐助のように空を飛びたくて忍術修行した、あの日々そのものがファルスだったな、と思う。飛行家を夢みて模型飛行機をつくったりして、夜みる夢のなかでは本当に空を飛んだものだ。風を呼び、風に乗り、みずから風になってしまえば、オレはどこにでも行ける。思った方角へ、空へ、宇宙へでも、無限に飛んで行ける。怖いものなど何もない。

風博士。主人公の名前はコレにしよう。タイトルもこれがいい。インパクトがある。とにかく今度の小説は、読んでカラカラ笑って、元気になってもらえたら成功だ。意味と無意味の境目で、かろやかに、孫悟空の分身の術みたいに無限増殖する、飛翔するファルス。

新潟中学時代に見たカリガリ博士やジキル博士の映画が頭にうかぶ。あの手の話では、たいてい博士自身が狂ってるのだ。いちおう結末がついても、あとから考えると、狂ってたのは本当は誰だったのか、二重三重の混沌へとおちこんでいった。

「炳五もちょっと狂ってるようなところがある。博士か小説家向きの資質だよ」

三堀謙二はそう言って褒めて（?）くれたっけ。オレの頭の構造は、あの頃とあんまり変わっていない。よくも悪くも——。

風博士の敵は、蛸博士かな。中学にタコという綽名の先生がいた。博物の岡村先生だ。赤ら顔で鼻が大きく、皮膚が粘り気を帯びた感じがタコそっくりで、ちょっと気持ち悪かった。あの先生、スペイン風邪にかかって大変だったな。風博士にやられたのかもな。

てらてら、ぬめぬめ、ゲル状の蛸博士vs透明でキラキラと尾をひく光の粒子のような風博士。対決シーンも楽しくコミカルに描こう。ポーの探偵小説とファルスの両面を融合させ、落語のような言葉あそびも盛り込んでみる。トンデモ本から壮大なホラ話まで、幻想はきらびやかにふくらんでいった。

一気に書き上がった第三作「風博士」は、同人会議でも圧倒的な評判を呼び、早々と『青い馬』第二号への巻頭掲載が決まった。今度こそ、行けそうな気がする。この小説で文壇に勝負を賭ける。発行は三、四カ月先だが、発表の日が待ち遠しくてならなかった。

執筆こぼれ話——空想が事実を掘り当てる

実在の人物を描く伝記小説は、どこまでが事実でどこからが虚構なのか、本当のところを知りたいと思う読者は少なくないだろう。坂口安吾については、伝記の類は各種出ているし、拙著をおすすめするのは少し気が引けるが、『評伝坂口安吾 魂の事件簿』（二〇〇二 集英社）や、坂口安吾デジタルミュージアムの年譜（二〇二二改訂）、『坂口安吾大事典』（二〇二二勉誠出版）の年譜などを参照していただければ、現状最も正確な事実ベースを把握できると思う。

しかし、数えきれないほどある安吾の伝記資料の内容すべてが年譜に記されるわけではなく、年譜からこぼれ落ちてしまった話も数多い。それらはむしろ、小説の形であればぜひ活かしたいエピソードだったりする。

また、小説の作中人物は作品内を生きて動きまわるので、伝記資料には書かれていない部分を隅から隅まで想像しなければならない。

そんなワケで、小説にはたくさんの資料が生かされ、たくさんの空想が混じっている。安吾自身の回想がどれで、友人の回想がどれか、何をどう膨らませたか、すべてを突きとめるのは至難のワザだろう。加えて、本作を書く過程で見つかった新しい発見も随所にある。それらは小説の外に書きとめておかないと、事実なのか空想なのか読者には判別不可能である。

そこで、本作の記述と、ネタ元となった伝記資料と、比較対照できるよう逐一明記しておくべきと考えた。言わずもがなの蛇足かもしれないが、私自身が読者なら、この蛇足を絶対に付けてほしい。

以下、簡単にネタ元とその発展過程とを記しておく。ところどころ引用が長くなってしまうことはご容赦願いたい。

もちろん、蛇足だから以下は読まなくても問題はない。小説の内容が全部真実だと思われてもかまわない。それぐらいには掘り下げて書いているつもりなので、たぶん泉下の安吾たちも、ウソ書きやがってと怒りはしないだろうと思っている。

第一章　炳五

1「危険な遊び」

一九〇六年十月二十日生まれの坂口炳五が、物心ついて最初の記憶が刻まれる一九一〇年頃、満三歳から四歳ぐらいを設定した。この頃の伝記資料はほとんどない。

時期不詳のエピソードとして、母に叱られた時の話が次のように書かれている。

「母は私をひきづり、窖《あなぐら》のやうな物置きの中へ押しこんで錠をおろした。あの真つ暗な物置きの中へ私はなんべん入れられたらうな。闇の中で泣きつづけはしたが、出してくれと頼んだ覚えは殆んどない。ただ口惜《くや》しくて泣いたのだ」（「をみな」）

「母の姿は、様々な絵本の中でいちばん厭な妖婆の姿にまぎれもない妖怪じみたものであった」（同）

この記述から、絵本をたくさん読んでいたこと、怖い絵本も多かったことがわかる。たかが絵本でも、幼児の心に植えつけられた物語として書いておきたかった。

後年の安吾作品にも通じる絵本はないかと、新潟の昔話集を何冊か読み、インターネットでも探して、いちばんしっくりハマったのが、フジパンのホームページ掲載の「新潟県の昔話」だった。

常に炳五の味方だった女中頭の婆やが、読み聞かせ役にはうってつけだ。

安吾作品の根っこには常に、逃れえぬ死への恐怖とそれを見据える深い諦念がある。小さな頃から、死を想像する遊びを通して、暗闇の世界を感じる日常があったのではないかと想像している。

2「異国への憧れ」

一九一一年、炳五は満四歳で西堀幼稚園に入園した。

友達だった金井五郎による回想が、村上護『安吾風来記』（一九八六 新書館）、および若月忠信『資料坂口安吾』（一九八八 武蔵野書房）にある。二人で浜辺を駆けずりまわって遊び、互いの家を訪問し合ったという。

「私の生れた時は難産で、私が死ぬか、母が死ぬかの騒ぎだつたと母の口からよくきいた」(「をみな」)とある母アサだが、金井五郎の目には「非常に温厚」に見え、アサから手作りのちまきや笹団子をもらって縁側で食べたことなど回想されている。

父仁一郎の妹で、松之山の村山政栄《まさえ》に嫁いだ貞《さだ》が、若き日にキリスト教系の新潟女学校で学んだ話は、伝記資料にはほとんど出てこない。傍系のエピソードゆえだが、高木進「坂口安吾の新潟の住居とその周辺」(一九七三『新潟大学国文学会誌』)に調査報告がある。女学校は一八九二年に売却され、翌年金井写真館に改装されたという。高木の論文には、何度も火事にあった新潟カトリック教会や、異人池の歴史なども記してあり、炳五幼少時の生家付近のようすを知るのに非常に参考になった。

『吹雪物語』の原型となった短篇「母を殺した少年」に登場する田巻いちは、新潟女学校時代の貞がモデルではないかと、高木の論文から推し量ることができる。この発見を利用して、「母を殺した少年」の決闘シーンが描かれた洋書発見のくだりを、本節に脚色して採り入れた。

3 「少年ロビンソン」

この節も幼稚園時代で、一九一二年頃の話となる。

「私は小学校へ上らぬうちから新聞を読んでゐた」(「石の思ひ」)、特に講談と相撲の記事を熱心に読んだとあり、「記事には当時は必ず四十八手の絵がはいつてをり、この絵がひどく魅力であつたのを忘れない」という。

当時はまだラジオもなく、新聞で勝敗や取組のようすを知るしかなかった。

「幼稚園をサボつて遊んでゐて道が分らなくなり道を当てどなくさまよつてゐたことがあつた」(「石の思ひ」)

「私は幼稚園のときから、もうふらふらと道をかへて、知らない街へさまよひこむやうな悲しさに憑かれてゐた」(同)

たったこれだけの記述から幼稚園時代の彷徨伝説が生まれ、かつての安吾年譜では「型通りの生活をきらって通園せず」などと書かれたこともあったが、ふだんの炳五は前節で見たとおり、友達と駆けまわって遊ぶ元気な少年だった。迷子のようにさまよい歩いたのは、たぶん一度きりのことで、そこには子供らしい冒険心も潜んでいたのではないか、と私は思う。

夜の教会のシーンは、「ふるさとに寄する讃歌」にある次の描写を参考にした。

「神父はドイツの人だつた。黒い法衣と、髭のあるその顔を、私は覚えてゐた」

「降誕祭に、私は菓子をもらつた。ポプラアの杜を越えて、しもたやの燈りが見えた。窓が開け放してあつた。裸の男女が食事してゐた、たくましい筋肉が陰を画いた」

4「忍者になりたい」

一九一三年、小学校一年入学。

昔の安吾年譜に、小学生時代「忍術を研究した」とあったのが、年譜の記述としては大げさだと思い、拙評伝以降の年譜では「忍者ごっこをして遊んだ」と変えた。年譜の記述とするなら今でもそれが正解だったと思うが、小説内の炳五を、炳五の興味のおもむくままに動かしてみると、まさに忍術の研究が始まってしまう。忍術の研究をし、忍術教本みたいなものを読んで実験を重ねる。

私自身も小学生時代、忍者アニメ「サスケ」や「忍風カムイ外伝」にのめりこみ、それこそ真剣に忍術の研究をしたものだった。

炳五が立川文庫の講談を愛読し、特に猿飛佐助がお気に入りだったことは、自身のエッセイで何度も語っているが、どんな忍術修行をしたかまでは書いていない。

この夏のようすは、姉たちの書簡資料（『資料坂口安吾』）で見ることができる。七月十日には、里帰りしていたセキが、冷夏で海水浴ができなくて「上枝炳五さは大しょげ」、「献ちゃは例ののんきやにて試けんもなにも御かまいなく毎日庭で子供あい手の」野球に興じているなどとヌイに書き送っている。七月二十三日にはアキからヌイ宛で「上枝さや炳五さは毎日二度ばかり浜へ行って」真っ黒になったと書いている。皆、とても仲のよい兄弟だったと感じられる。

アサがヌイを尊敬するほど、この義理の母子がよい関係だったことは、ヌイの次女である湯浅綾子氏の講演で語られており、拙評伝にも長く引用した。

5 「空を翔ける夢」

小学二年生になった一九一四年。

忍者映画もよく見ていた炳五は、本篇オマケのニュース映像で、たぶん飛行機の映像も見たのではないかと想像した。一九一一年に所沢で国産機の初飛行があったばかりで、同じ年に『飛行機模型のつくりかた』など数種類のマニュアル本が出版された。同時に日本で初めての模型飛行機競技会が開かれている。

「小学生の私は大将だの大臣だの飛行家になるつもりであつた」(「いづこへ」)と記しているが、飛行家は当時の少年たち共通の憧れだったのだ。

杉森久英『小説坂口安吾』(一九七八　河出書房新社)に、時期は曖昧だが「大事に組み立てた飛行機の模型を、姉が踏みつぶしたといって怒った。／弟がどこまでも追ってくるので、姉は最後には、父の袂の下へ逃げこむよりほかなかった」と記されている。この話は杉森の小説にしか書かれてなく、明らかに聞き書きの体裁だが、誰の回想かが不明なので伝記資料としては扱いにくい。

小学校低学年の頃らしいので、この年に当てはめた。「姉は小さな胸をなでおろした」と杉森は書いているので、一九一四年当時満十歳の七姉下枝《しずえ》を当てはめていたのだろう。しかし、下枝は炳五が生まれる前すでに他家の養女だったので、坂口家にいるはずはない。炳五の小学生時代に家にいた姉は六姉アキだけで、一九一四年でも満十六歳、一九一六年には最初の結婚をして家を出ている。杉森の空想による補完が多いせいで、エピソードのもとになる回想が本当にあったのかどうかも疑わしくなってしまった。

出刃包丁を振り上げて兄上枝《ほずえ》を追い回した話は、安吾作品に次のように書かれている。
「なぜ私のみ憎まれるのか、私はたしか八ツぐらゐのとき、その怒りに逆上して、出刃庖丁をふりあげて兄（三つ違ひ）を追ひ廻したことがあつた」（「石の思ひ」）
「九つくらゐの小さい小学生のころであつたが、突然私は出刃庖丁をふりあげて、家族のうち誰か一人殺すつもりで追ひまはしてゐた。原因はもう忘れてしまつた。勿論、追ひまはしながら泣いてゐたよ。せつなかつたんだ。（略）ふりかざした出刃庖丁の前に突つたつた母の姿は、様々な絵本の中でいちばん厭な妖婆の姿にまぎれもない妖怪じみたものであつた」（「をみな」）

数え年の九歳なら一九一四年で、このエピソードはこの位置にピッタリはまり、今では事実こういう流れだったように思えてならない。

6「わんぱく戦争」

小学生時代の炳五は「餓鬼大将で、勉強しないと叱られる子供を無理に呼びだし、この呼びだしに応じないと私に殴られたりするから子供は母親よりも私を怖れて窓からぬけだしてきたりして、私は鼻つまみであつた。外の町内の子供と喧嘩をする。すると喧嘩のやり方が私のやることは卑怯至極でとても子供の習慣にない戦法を用ひる」(「石の思ひ」)とあるが、何年頃のことかは書いてない。「卑怯至極」な戦法がどんなものだったかもわからない。

これを便宜上一九一五年、小学三年のこととして、話を進めた。後年『信長』に描かれた少年時代のケンカと相撲には、安吾自身の小学生時代の経験もたぶん入り混じっているだろう。信長と弥五郎との相撲勝負と大胆不敵な語らいのイメージを少し取り込んで、少年たちの戦争を空想した。

ケンカの相手は、これも便宜上、隣町の高木とか武井とかそれらしい苗字を付けて書きはじめた。書いている途中、小学生時代の同級生保坂喜四郎の談話(二〇〇七『安吾探索ノート』第七号)に目がとまった。各学校に要注意のガキ大将がいて、隣町の「大畑小学校はT

という奴だった」とある。イメージでTの苗字ばかり当てはめていたのが、偶然正解だったとわかって驚いた。

その後、少し先の節まで書き進めたところ、市内の小学生の選抜競技会で、相撲でも徒競走でも炳五は二番ぐらいだったが、当時の新聞記事をじっくり見ると、どちらも優勝したのは大畑小の「高島」だったことに気がつく。これも偶然「T」で、しかも大畑小だ。他の町にまで知れ渡ったガキ大将はこいつではないか？　こいつに違いない。そう思って高島を描いた。

伯父の予言の話は数え年「十歳ぐらゐ」なので、この一九一五年頃が当てはまる。

「私の母方は吉田といふ大地主で、この一族は私にもつながるユダヤ的な鷲鼻をもち、母の兄は眼が青かつた。母の兄はまつたくユダヤの顔で、日本民族の何物にも似てゐなかつた。この鷲鼻の目の青い老人は十歳ぐらゐの私をギラギラした目でなめるやうに擦り寄つてきて、お前はな、とんでもなく偉くなるかも知れないがな、とんでもなく悪党になるかも知れんぞ、とんでもない悪党に、な、と言つた。私はその薄気味悪さを呪文のやうに覚えてゐる」（「石の思ひ」）

7 「魂の還る場所」

安吾作品の中にいちばん多く現れる新潟の土地は、おそらく松之山だろう。「黒谷村」「村のひと騒ぎ」「麓」「逃げたい心」「禅僧」「木々の精、谷の精」「不連続殺人事件」等々、数多くの小説の舞台になっている。

四方を森の木々に囲われた山底の盆地のせいもあって、隠れ里のような雰囲気があった。炳五が松之山を初訪問したのはいつだったかは、どこにも書かれていない。それでも、子供の頃から第二のふるさとのように感じた特別な場所だから、初々しい気持ちで自然に触れられた小学生時代、四年生の一九一六年頃には初訪問があったのではないかと想像した。

困ったことには、当時の鉄道網があまりに未発達で、最も近い信越本線の安田駅からでも四十キロぐらいあるのだ。この頃から乗合馬車も走り出していたが、まだ本数は少ない。これよりもっと前の一九一〇年に、松之山の村山真雄に嫁いだ五姉セキは、駅から人力車に乗ったというが、この距離を揺られるのは相当つらかっただろう。

前記の松之山作品群で描かれる時代には、すでに自動車が走っていたりするので、行き方としてはあまり参考にならないが、イメージは豊富に得ることができた。櫻井幸男「『坂口安吾』と『松之山』」（一九七〇 冬樹社版『定本坂口安吾全集』第九巻月報）や、花田俊典『坂口安吾生成』（二〇〇五 白地社）にも多くの示唆を受けた。

炳五出生前の坂口家を語った村山真雄の回想は、『月刊にいがた』一九四七年五月号に掲載され、若月忠信『資料坂口安吾』に収録された。全文は長いので、坂口安吾デジタルミュージアムの年譜、炳五誕生前「一八九七年」の項では、次のように要約して記した。

「仁一郎はめったに家にいることはなかったが、妻アサ、父得七、子供五人のほか、入れ替わり立ち替わり常に食客が大勢いたという。仁一郎の弟の義二郎、真雄ら親戚の居候が四人、車夫の伝二郎に乳母が二人、家政婦や使用人が幾人かいたほか、新潟新聞社に入った歌人山田穀城《よしき》、やはり見込まれて一九〇一年から〇四年まで二十余歳で『新潟新聞』主筆となる沢本与一、沢本の後をうけて『新潟新聞』主筆をつとめる若き日の小林存《ながろう》、よかよか飴屋の爺さん、その連れの若い娘、囲碁仲間や按摩なども常連で入り浸っていた」

坂口家秘伝の「おけさ飯」を、村山家では「ひたじ飯」と呼ぶ話は、真雄の次男（夭逝した子も含めると三男）玄二郎氏に嫁いだ京子さんのエッセイ（『上毛新聞』二〇〇九年九月三日）で知った。義母セキから伝授されたと書いている。

8「荒海へ」

母と憎み合う炳五を象徴する有名な荒海エピソードは、「をみな」と「石の思ひ」にある。両話で微妙に心情表現が異なるが、話の流れはほぼ同様なので、より描写の詳しい「をみな」

のほうを引用しておく。

「十二三の頃の話だ。夏も終りに近い荒天の日で、町にゐても海鳴りのなりつづく暗澹《あんたん》たる黄昏時のことであつたが、突然母が私を呼んで、貝が食べたいから海へ行つてとつてきてくれと命じた、あるひはからかつたのだ。からかひ半分の気味が癪《しやく》で、そんならいつそほんとに貝をとつてきて顔の前に投げつけてやらうと私は憤つて海へ行つた。暗い荒れた海、人のゐない単調な浜、降りだしさうな低い空や暮れかかる薄明の中にふと気がついて、お天気のいい白昼の海ですら時々妖怪じみた恐怖を覚える臆病者の私は、一時はたしかに悲しかつたが、やがて激しい憤りから殆んど恐怖も知らなかつた。浪にまかれてあへぎながら、必死に貝を探すことが恰《あたか》も復讐するやうに愉《たの》しかつたよ。とつぷり夜が落ちてから漸《ようや》く家へ戻つてきて、重い貝の包みを無言でズシリと三和土《たたき》の上へ投げだしたのを覚えてゐる。その時、私がほんとは類《たぐ》ひ稀《ま》れな親孝行で誰れにも負けない綺麗な愛をかくしてゐると泣きだした女が一人あつたな。腹違ひの姉だつた。親孝行は当らないが、この人は、私の兄姉の中で私の悲しさのたつた一人の理解者だつたが」(「をみな」)

本作では、先にヌイと炳五の会話を長くとって、炳五の家族に対する思いを語ってもらった。特に父との関係について、ただ無関心だったように書く「石の思ひ」には少なからぬ誇張があると思う。父の詳細な伝記『五峰余影』(一九二九 新潟新聞社)を熱心に読んだ炳五は、そこに記されたいくつかのエピソードを、父の生前にもヌイあたりから聞いたことがあったかもしれない。

9「軍隊式中学」

一九一九年、県立新潟中学に入学。

当時の中学の授業風景やクラス分け、炳五の交友関係などについては、『資料坂口安吾』『安吾風来記』のほか、小川弘幸編『甦る坂口安吾』（一九八六 神田印刷企画室）などに回想資料がたくさんある。安吾作品にも回想の断片があちこちにあるが、どれがいつ起こったことか、年代記的に並べるのは簡単ではない。

一九五一年の獅子文六との対談で、安吾は新潟中学の思い出をこんなふうに語った。

「非常に軍隊式なところでね、上級生には必ず敬礼しなければならぬという。僕はお辞儀をしないいんだ。そうすると撲《なぐ》られる、僕は必ず撲り返したがね。すると今度はズラリと上級生の並んでいる前に引張り出されるという工合なんだ」

本節の前半はこの発言を元にしている。

ここに登場する岡田雄司は、三堀謙二宛安吾書簡に名前だけ出てくる人物。炳五より五歳上で、東京商船学校に進み、炳五が東京へ出てまもなく銃猟に出て事故死したと『安吾風来記』に記されている。

「ふるさとに寄する讃歌」の中に、岡田のこととおぼしき話がある。「私より四五歳年上であつた。町の中学で一番の暴れ者だつた。柔道が強かつた。私は一年生だつた。私は毎日教室の窓をぬけ出して、海岸の松林を歩いた。彼は優しい心を持つてゐた。彼によく似た私を、彼の堕ちた放埒から遠ざけるために、はげしく私を叱責した。人々は、私を彼の少年だと誤解した。私は町の中学を放校された。彼は猟に出て、友人の流れ弾にあたつて、死んだ」

安吾作品に、銃猟に出る野性的な男が登場すると、岡田のイメージが重なって映る。

10「純文学は面白いか」

前節と同年。岡田の友人だった三堀謙二と渡辺寛治を登場させた。

三堀謙二は四歳上で当時三年生だった。炳五は東京へ転校してからも、三堀と手紙のやりとりをしたり、帰郷すれば会いに行ったりするほど仲がよかった。三堀宛安吾書簡からは、文学に造詣の深い友だったことが窺える。イタズラ好きの落第生でもあったらしいが、この年の夏頃、強盗を捕まえて表彰されたことが『青山同窓会会報』第二、三号（共に一九六六）の三堀謙二追悼記事などで話題になっている。中学卒業後は新潟師範学校第二部（修業年限一年）に進学して教師となり、後には新潟中学の校長になった。

渡辺寛治は、寛児、寛司と書かれた資料もあり、年齢も年上としかわからない。兄の渡辺浩太郎《こうたろう》は著名人で、一九二七年に慶應義塾大学を出て帰郷、石山村の助役から村会議員、新潟市議会議員、市長へと進んだ。この兄は一九〇四年二月の早生まれだったので、学年は炳五より三年上になる。寛治が炳五より年上という証言を信じるなら、寛治は一九〇五年生まれの一歳上と推定できる。相撲の選手だったらしく、炳五と一緒に先生を殴りに行ったことがあるとか、炳五とともに島田清次郎の『地上』を読んでいたという話が伝わっている。丙組の常連だったので、炳五と同じクラスになった回数は多い。

炳五は彼らとの交遊から純文学を読みはじめたようである。
「中学の同級生の中には小説を大そう読むのがたくさんいて、その一人がぜひ読めといって私に無理に読ませたのが広津和郎さんの『二人の不幸者』という本だ。これが私の小説を読んだ最初の本だ。次に芥川、次に谷崎諸氏の本を無理に読まされ、谷崎さんの『ある少年の怯れ』というのを雑誌でよんで（雑誌だったと思う）大そう感心したように覚えている」（「世に出るまで」）とあるのが、まさにこの年の出版状況に当てはまる。

11「妄想と現実の間」

これも同年。兄に毒殺される恐怖を描いた谷崎の『或る少年の怯れ』を含む『中央公論』一九一九年九月号を、炳五の気持ちになって読んだ。この号にはたまたま、超自然の力が現実を侵食していくような禍々しい小説が多い。

現実世界ではこの秋から、スペイン風邪第二波が猛威を振るい始めていた。屋根裏部屋の首吊り梁の話（「石の思ひ」）、坂口家を寺とまちがえて賽銭を投げこむ人があった話（村山真雄、前掲）、身代わり地蔵から「夜長姫と耳男」につながる話、神社の御神体に石をぶつけた話（三堀謙二の回想、『坂口安吾全集』別巻所収）、異母姉シウが最初の毒殺未遂事件を起こした話（『資料坂口安吾』）など、この時期に起こった事とそこから連想される事とをつなげてみた。意図を超えたシンクロニシティもあり、不思議な符合が恐ろしく感じられる。

12「やるせない反抗」

一九二〇年、中学二年の炳五を描く。

「私は小学校の時から近眼であつたが、中学へはいつたときは眼鏡なしでは最前列へでても黒板の字が見えない。私の母は眼鏡を買つてくれなかつた。私は眼が見えなくて英語も数学も分らなくなり、その真相が見破られるのが羞《はずか》しくて、学校を休むやうになつた。やうやく眼鏡を買つて貰へたので天にも昇る心持《ここち》で今度は大いに勉強しようと思つたのに、私が又不注意でどういふわけだか黒眼鏡を買つてしまつたのだ。私は決して黒眼鏡を買つたつもりではないので、こればかりは今もつて分らない。多分眼鏡屋が間違へたのだと思ふ。私は黒眼鏡だとは知らずにかけて学校へ行つた。友達がめづらしがつてひつたくり買つたその日、眼鏡がこはれてしまつた」（「石の思ひ」）とある、かなり不思議な経過をたどる黒眼鏡エピソードを、自分なりに解釈してみた。

当時の新潟中学では学期ごと、成績順に甲組・乙組・丙組に分けられた。炳五は頻繁に上下の組を行き来したが、それぞれの時期にやはり何か上下する要因がある。それらを探っていくと、入れられた組で炳五がどう思い、どう過ごしたかが、だんだん見えてきた。

各学年の各学期に、炳五が入った組は以下のとおりである。

一年　甲→乙→甲
二年　乙→丙→丙
再二年　丙→甲→丙
三年　乙

これを見てもわかるとおり、二年二学期から急に丙組の常連となるのは、視力低下が第一に響いたと推測でき、さらにシウの毒殺未遂事件が追いうちをかけたと考えられる。

「そして私は落第した。然《しか》し私は学校を休んでゐても別に落第する必要はなかつたのだ。私は然し母を嘆かせ苦しめ反抗せずにゐられないので、わざわざ答案に白紙をだしたのである。

先生が紙をくばる。くばり終ると私は特に跫音《あしおと》高く道化た笑ひを浮べて白紙の答案をだす。みんな笑ふ。私は英雄のやうな気取つた様子でアバヨと外へ出て行くが、私の胸は切なさで破れないのが不思議であつた」（「石の思ひ」）

13「六花会結成」

一九二一年、落第して再び中学二年の一学期。

北村博繁や磯部佐吉の回想（『甦る坂口安吾』）によると、炳五と出逢い、六花会が結成されたのはこの年度かららしい。

「全然ボンヤリ学校を休んでいたわけでもなく、勉強のキライなのが六人あつまってクラブをつくり、六花会と命名して小倉百人一首の練習をやった。これもちょっとしたスポーツだ。凝ってみると大そう面白くなって、夏でも冬でも季節を問わずパン屋の二階で百人一首にいりあげたものだ」（「世に出るまで」）

「石の思ひ」でも「正月やるあの遊び」を毎日やっていたと自嘲気味に書いているが、右に引用した「スポーツ」感覚のほうが実情に近いだろう。競技カルタが大流行していた時代。全国で競技会が開かれ、カルタ必勝法的な本もたくさん出ていた。炳五たち悪童がいかにもハマりそうな、スピードとスリルのゲームであった。

「私が落第したので私の家では私に家庭教師をつけた。医科大学の秀才で、金野巌といふ人で、盛岡の人であつた」（「石の思ひ」）
「私が学校を休んで海岸でねころんでゐると家庭教師（医大の学生）が探しに来て雲を霞と逃げのびると彼も亦旺盛なる闘志をもつて実に執拗に追つかけて共にへバッたこともあり、親父がキトクで学校へ電話が来た時も休んでゐて、大いに困つたこともある」（「ぐうたら戦記」）

金野巌は後に岩手医大教授になり、一九四八年、耳性化膿性脳膜炎の治療に関する研究によって第一回岩手日報文化賞・学芸部門を受賞した人である。

前年に落第点だった英語と博物の成績が、一学期末試験で学年トップクラスになっているのは、金野先生の力が大きかったのではないかと想像した。

逃げる炳五を「旺盛なる闘志」で追いかけてきて「共にヘバッた」などの記述から、二人は少しウマが合った感じがある。

同じ頃、坂口家に復籍した七姉下枝《しずえ》と、金野先生との結婚話が一時あったことが、新潟の安吾研究家帆苅隆氏の調査でわかった。こんな縁談がもちあがる先生だから余計に、炳五も親しみを感じたに違いない。

下枝の復籍までのことは今まであまりよくわかっていなかった。七歳で、親戚筋の星名定太郎（一八六七生まれ、後に佐藤治《さとうじ》襲名）の養女になるが、その前、生まれて間もない頃から乳母とともに星名家に入っていたといわれる。

一九二二年十月、十八歳で星名佐藤治と「協議離縁」と記録にあるため、長男か次男と結婚していてこの時離婚したと見られていたが、この佐藤治は養父の定太郎のことである。『人事興信録』で星名佐藤治を調査すると、定太郎の長男和（一八九四生まれ）も後年（一九二六年）佐藤治を襲名するが、一九一五年頃、照子という人と結婚し、一九二一年当時すでに二人の子供があった。

定太郎の次男は下枝が七歳の時まだ赤ん坊であり、のちに他家へ養子に出ている。つまり、下枝と結婚できる相手が一人もいなかったので、「協議離縁」とは星名家の養女から坂口家へ復籍したことを意味する言葉と考えられる。

そうであればこそ、金野先生との間に初々しい恋も芽生えたのだ。

14「甘苦い初恋」

同年、再履修二年の二学期。

前年のアントワープオリンピックに出場した斎藤兼吉が、新潟中学へ水泳や陸上のコーチに来てくれた話は、「わが戦争に対処せる工夫の数々」「ぐうたら戦記」「世界新記録病（安吾巷談その十）」などに再三書かれている。少し誇らしい気持ちがあったのかもしれない。

浜茶屋のシーンと娼婦になる運命の子への淡い恋心は「砂丘の幻」からイメージを借りた。

もっとも「砂丘の幻」はフィクションの要素が強いので、自伝にくくることはできない。同作で最も印象的に描かれた熊本甚作と深谷長十郎に当たる人物は、他のエッセイや友人らの回想に出てこないので、実在したか否かが疑われる。六花会のメンバーも登場するが、登場人物の誰が実際の誰に当てはまるのか、小杉以外はよくわからない。それでも炳五の交友のあり方が随所に窺われる、自伝的エッセンスに満ちた佳品である。

この節では特に「砂丘の幻」からインスピレーションを受けた箇所が多い。

シウの事件は『新潟毎日新聞』に長く連載された（『資料坂口安吾』）。この時、炳五は金野先生のおかげか甲組になっていたが、次の学期にはまっさかさまに丙組へ落ちた。

「大谷といふ女郎屋の倅《せがれ》は二年生のくせに薬瓶へ酒をつめて学校で飲んでゐる男で、試験のとき英語の先生のところへ忍んで行つて試験の問題を盗んできたことがあつた。私が家から刀を盗んできて売つて酒をのんだこともあり、一度だけだが、料理屋でドンチャン騒ぎをやらかしたことがある。かういふことは大谷が先生であつたやうで、外に渡辺といふ達人もゐた」（「石の思ひ」）

15「末は博士か」

再履修二年の冬休み。

金野先生は仁一郎から、新潟で開業医になるなら下枝と結婚してもよいと言われたが、将来の志望は固まっていたため下枝と別れることになったという（帆苅隆氏調査）。

授業をサボった時間は、晴れていれば浜辺で寝そべり、雨ならばパン屋の二階でカルタ、という日課だったが、北村博繁の談話によると雨の日は映画を見に行くこともあったという。この年公開のマッドサイエンティストもの、「狂へる悪魔」や「カリガリ博士」はきっと炳五も見ただろう。後年の「風博士」や「盗まれた手紙の話」などは、こうした映画から発想のタネを拾ったように思う。

16「通り名は暗吾」

一九二二年、再履修二年の三学期は古巣の丙組になる。

六花会で回覧雑誌を作ったとき、自分は「漫画をかいた」（「世に出るまで」）と簡単に書いているが、磯部佐吉の回想（『甦る坂口安吾』）によると、「原稿をそのまま綴じ込みラシャ紙表紙の回覧誌を発行」したといい、「苦手な先生の辛らつな説明付きの漫画などが入っているから」先生に見つかったあと職員室で問題になったそうだ。

回覧雑誌を作った季節まではわからないが、丙組に戻ったこの頃であれば、そういう気分になったかもしれない。

先生たちの綽名は、同級生たちの回想から拾った実際の綽名を記したが、漫画の図柄やコメントなどは空想である。たかが漫画でも表現欲求の発露であり、作家安吾に結びついていくものはあったと思う。

渋谷哲治という漢文教師が炳五を叱って「お前なんか炳五と言う名は勿体ない。自己に暗い奴だからアンゴと名のれ」と言って、「暗吾」と黒板に大書した、それ以来「アンゴ」が通り名になったという話は、鵜殿新の回想（一九五七　東京創元社版『坂口安吾選集』第八巻月報）が最初の証言で、前掲の同級生たちの回想からも（別の教師説はあるが）おおよそ裏付けられている。

剣道の最初の授業で先生と折れ合わなかった話は「剣術の極意を語る」に書かれている。

17「落伍者志願」

同年四月、中学三年に進級。

「私が小学校の時、野球をしてボールを追っかけていた目と鼻の間を皮をかすめて円盤が飛んで行った。次に私が中学の時、グランドに立っていたら、選手の投げやりがのびてきて後から私のひらいたももの間へ突ッ立った。私は今でも風をひいて高熱を発したりすると、この円盤とやりの追想に悩まされる」（「てのひら自伝」）

ここにしか書かれていない話だが、極度に短い「自伝」のためインパクトが強い。同作品内の他のエピソードも含めて、事実あったことと思える。

歴史の楠田先生が嘘をついて落第点をつけたことに怒り、炳五と渡辺寛治の二人で先生を殴りに行ったという話が、同級生だった小林力三の回想（『資料坂口安吾』）にあるが、又聞きの噂なので信憑性は高くない。

獅子文六と安吾の対談には、パン屋の二階にいたところを「とうとう教師に踏み込まれて、逃げおくれた僕がつかまった。腕力があったもんだから、ちょっと手荒な反抗をしたが、それが放校の原因というわけです」とある。ラジオ・インタビューでも「先生をぶんなぐったりなんかして」中学を放校されたと語っているので、殴ってしまったことは実際にあったのだろう。これを楠田先生事件と結びつけてみたら、同級生たちの噂よりも偶発的な出来事となり、より真実に近い感じになったと思う。

机の蓋の裏側に「偉大なる落伍者」の落書きを彫った話は、「いづこへ」に記された有名なエピソード。同級生山田又一の回想によると、炳五は机の蓋に裸婦像のデッサンを見事に彫っていたという（『甦る坂口安吾』）。

18「与太者の巣窟」

同年九月、東京の豊山中学へ転校。「全国のヨタ者共の集る中学」らしく、「この中学では三年生ぐらゐになると半分ぐらゐ二十を越してゐて私などは全く子供であり、新聞配達だの、人力車夫だの、縁日で文房具を売る男だの、深夜にチャルメラを吹いて支那ソバを売る男だの、ヒゲを生やした生徒がたくさんゐた」（「ぐうたら戦記」）

「九州になんとか中学と云つて不良少年ばかりの中学があるさうだが、そこを又追ひ出された荒武者が、この東京の中学へやつてくるのださうである」（「剣術の極意を語る」）

「私が転校して三日目ぐらゐに、用器画の時間に落書してゐると、何をしてゐるかときくから、落書をしてゐますと答へると、さういふ生徒は外へ出よ、私の時間は再び出席するに及ばないと言ふ。仕方がないからカバンをぶらさげて家へ帰り、それからの一年間は完全にその時間には出なかつた。答案も白紙をだした。私は落第を覚悟してをり、満州へ行つて馬賊にでもならうと考へて、ひそかに旅費の調達などをしてゐたのである」（「ぐうたら戦記」）

三堀謙二宛書簡に「中食後に護国寺の奥へ煙草をすひに行くのが楽《たのし》みです」とある護国寺の奥は墓地で、ここでボクサーのSと出逢う。

「この草原の木の陰は湿地で蛇が多いのでボクサーは蛇をつかまへて売るのだと云つて持つ

て帰つた」(「風と光と二十の私と」)

「ある日、囚人墓地でボクサーが蛇を見つけ、飛びか、つてシッポをつかんでぶら下げた。ぶら下げたとたんに蝮と気がついて、彼は急に恐怖のために殺気立つて狂つたやうな真剣さで蛇をクルクルふりまはし始めたが、五分間も唸り声ひとつ立てずにふり廻してゐたものだ」(同)

獅子文六との対談でも、「真田という中学時代から選手権《タイトル》をもっていたボクサー」たちとマムシを捕まえたと話している。「振りまわしてから、手拭にくるんでしまう」「そいつを持って、市電で上野まで行って、売るんです。一円二十銭握ると、四五人で浅草へ出かけ、オペラ館を見て中華ソバを食って帰るんだ」とある。

日本のボクシングは一九二一年末に「日本拳闘倶楽部」が設立されたのが始まりで、つまり真田は最初期の育成要員だったと考えられる。一九二二年五月七日、靖国神社境内の相撲場にて「日米拳闘大試合」が初めて開かれた。

先の「ぐうたら戦記」の引用中に、満洲で馬賊になる夢が述べられているが、当時は「馬賊の歌」が流行っていて、少年たちの冒険心とロマンをかきたてたようだ。

また、「私は少年時代、北原白秋の思ひ出なぞといふものに異常なノスタルヂイを刺戟《しげき》された」(「気候と郷愁」)とあるその時期は、白秋と交流のあった献吉と同居を始めた、この頃ではないかと想像した。

19「ノスタルジア」

豊山中学転校から四カ月半後の一九二三年一月十四日付三堀謙二宛書簡にて、炳五の日常の一端を知ることができる。

「岡田雄司も来てゐません」
「土曜日に浅草へ落語を聞きに行きました」
「近頃は毎日、つまらない一日一日を暮してゐるものだから、何か一つ書いてやらうかと、つまらない戯曲を書き初めたがやめました」
「感傷的になつた頭の中には、何かしら智識的と言はうか、奇妙に芸術の価値が高くなつて創作欲と言つた様な有り様となり歌などを書いてゐます、／其の歌も啄木式の独特な奴です」
とあって、七首の短歌が書かれている。

本作中に引用した二首は、新潟へ向かう汽車中の作と但し書きがあり、歌の中では父と二人だけのような雰囲気がある。一九二二年十一月四日、松之山の村山政栄三回忌に向かったと考えると、時期はピッタリ合う。兄弟のなかで松之山が大好きだった炳五だけ、父と共に向かったのかもしれない。この頃には越後川口まで鉄道が延びており、乗合自動車（六人乗りフォード）で松之山まで行けるようになっていた。

同書簡では、学校がつまらないと頻りに書いている。何度も読むうちに、沢部辰雄や山口修三と遊びあるくのは、中学四年のクラスからかもしれないと思うようになった。

このあと、三堀からの返信で岡田の死を知り、「三堀宛に、切々たる便りを出した」（『安吾風来記』）らしいが、それらの書簡は残っていない。

この頃からチェーホフを熱心に読むようになっていたが、チェーホフの小説はまだ翻訳本が少ない時代だったので、英訳本を買って自分で訳しながら読んだと「世に出るまで」に書いている。とすると、初めに炳五が読んだチェーホフ作品は、翻訳本がたくさん出ていた戯曲だったのだろう。

実際、「桜の園」や「ワーニャ伯父さん」などを読むと、安吾作品との親和性を強く感じる。後年、自分でも自作と「一番近いのはチエホフだろう」と語り、「最初読んだ頃は文学としてではなく精神の糧として読んだ、仏教以下だと軽蔑なんかしなかった」と述べている（「スポーツ・文学・政治」）。

20「沢部と山口」

一九二三年、数え年十八歳になり、豊山中学四年に進級する。

「私の中学時代の最も親しかつた友達が、白眼学舎なにがしと看板をかけた高名な易者の甥で、かつその家に寄食してゐました。十八歳の時のことです。（略）当時からすでに実際は発狂してゐた沢辺といふ秀才や白眼道人の甥などを誘ひ、神楽坂の紅屋や護国寺門前の鈴蘭といふ当時社会主義者の群れが入り浸つたまつくらな喫茶店で学校の終る時間まで過してゐました。（略）沢辺狂人と私は悟入を志して仏教を学び牛込の禅寺へ坐禅を組みにでかけたりなどしてゐた可愛気のない中学生でもありました」（「女占師の前にて」）

十年後の一九三三年十月三十一日付矢田津世子宛書簡に、山口の話が出てくる。

「まだ十五六の少年の頃から、その人と二人で励み合ひながら、ただ二人きりで（その頃は全く他に友達がありませんでした）勉強をしました。その友達は少年の頃から舞台俳優、それも三枚目になることが唯一の希望で、その勝れた手腕は岸田国〔士〕を驚嘆させたものだつたのです」

話題に関係のない沢部との交友については省き、より年少の時代の話にすりかえているが、山口が三枚目志願だったことはたぶん本当なのだろう。

山口とは演劇の話でウマが合っただろうし、沢部とは宗教や哲学の話で議論したりしたのではないかと想像する。

「東京の中学へ来てからは、小説も読むようになったが、宗教の本をよけい読んだ。自然哲学の本なぞも読みふけったが、当時最も愛読したのはチエホフで」（「世に出るまで」）とある、この頃の読書傾向は内発的なものだったとは思うが、沢部や山口との交流とも無関係ではないだろう。

21「何でも見てやろう」

一九二三年六月二十一日から二十九日まで、鈴蘭で「村山知義の意識的構成主義的第三回展覧会」が開催された。鈴蘭を調べていて偶然知った情報だが、入り浸っていた炳五たちも、この前衛芸術展は目にしたに違いない。

大人気だった浅草オペラの「サロメ」も見ただろうし、映画や演劇や落語にも行き、宗教や哲学の本も読む。まさに「何でも見てやろう」精神で過ごした日々が目に浮かぶ。

沢部と「牛込の禅寺へ坐禅を組みにでかけた」としか書かれていない情報を頼りに、どこに禅寺があったか探してみた。沢部の家は牛込区南榎町九（神楽坂と早稲田の間あたり）にあり、沢部宅のすぐそばに臨済宗の済松寺がある。ここでは今も、参加者を募って定期的に座禅会を催しているらしい。もちろん牛込には他にも禅寺はあるので、ここだと断定はできないが、これ以上は探索するすべがない。

済松寺の座禅会に参加した人がインターネットに当日のようすを報告していて、最後に抹茶と和菓子が出たあと、いくつかの公案を『無門関』から抜粋したコピーが配られたという。『無門関』や『碧巌録』は炳五も読んだ禅の公案集だ。

文庫の『無門関』をめくってみたところ、「日本文化私観」で印象的に記される糞カキベラの公案を見つけて、思わず小躍りした。原文では「乾屎橛《かんしけつ》」とあり「乾いた棒状の糞」の意味。「糞カキベラ」は誤訳だが、当時はこの誤訳で広まったらしい。

22「地震雷火事親父」

一九二三年九月一日正午前、関東大震災。徳《のり》の談話によると、震災のあった時、家族全員、家にいたという（『安吾風来記』）。炳五は始業式だけだったし、上枝は早稲田大学がまだ夏季休暇中だった。長岡銀行勤務の献吉はどうして昼に在宅していたのかわからないが、土曜日は半ドンだったのかもしれない。

「父はもう死床に臥したきり動くことができなかつた。私は地震のときトランプの一人占ひをやつてゐると、ガタガタゆれて壁がトランプを並べた上へ落ちた。立上つて逃げだすと戸が倒れ、唐紙、障子が倒れ、それをひよろひよろとさけながら庭へ下りると瓦が落ちてくる、私は父を思ひだして寝室へはいると、床の間の鴨居が落ちてをり、そこで父の枕元の長押《なげし》を両手で支へてゐたことを覚えてゐる」（「石の思ひ」）

山口が寄宿した叔父の家は、小石川区（現在の文京区）白山前四七にあった。炳五が後に入学する東洋大学のすぐそばである。初めてその家を訪問した日のことが以下のように書かれている。

「白眼道人なにがしの妻女は生憎《あいにく》がないために白昼もまつくらな茶の間で長火鉢の前に坐り、薄暗い電燈の光の下で挨拶する私を見やりながら、だしぬけにお前さんは色魔だねと言つたのです。私は薄笑ひすら洩らさぬほど冷静であつたやうに記憶しますが、やがてええと答へただけにすぎませんでした。（略）彼女はその花柳界育ちの眼力によつて私自身が知る以前に私の本性を看破したのでありませうが、十八歳の中学生を一眼みるや唐突にお前さんは色魔だねと浴せかけたひとりの女の実在を思ふと、この場合に限りむしろ不安であるよりも幾分失笑を禁じ得ません」（「女占師の前にて」）

「中学時代『絶対の探究』『文学の本質』いづれも同じ著者、その名を失念、を耽読した」（「処女作前後の思ひ出」）とあることから、昔の年譜では安吾は中学時代からバルザックを耽読したとされている。しかし、バルザックに「文学の本質」という作品はないし、中学当時はまだ「絶対の探究」もその他の代表作も翻訳されていなかった。拙評伝において、松浦一に『文学の本質』（一九一五年十一月）と『文学の絶対境』（一九二三年七月）という二著があったことが確認できた。どちらもかなり仏教寄りの文学概論で、神秘主義思想も多数採り入れられている。炳五が耽読したくなる要素がたっぷり含まれていた。

23「父の死」

震災の「翌日であつたと思ふ。私は父に命ぜられて火事見舞に行つた。加藤高明と若槻礼次郎を訪れたのである。若槻礼次郎邸では名刺を置いてきたゞけだつたが、加藤高明のところでは招ぜられて加藤高明に会ひ、一中学生の私に丁重極まる言葉で色々父の容態を質問された。私はもう会話も覚えてをらぬ。全てを忘れてゐるが、私はこの大きな男、まつたく、入道のやうな大坊主で、顔の長くて円くて大きいこと、海坊主のやうな男であつたが、ひどく大袈裟な物々しい男のくせに、私と何の距《へだ》てもない心の幼さが分るやうであつた」(「石の思ひ」)

加藤と若槻の属する憲政会は当時野党だったので、六義園そばの自宅にいたと思われる。戸塚の家からかなり距離はあるが、歩いて行けた。加藤との対面は右に写した文章以外に資料はないが、炳五にとって強く印象に残る体験だったろう。「残酷な遊戯」や「火」など、安吾作品の中で、若者が政財界のボスのような人物と対面するシーンがあると、この時の、少年にも丁重な言葉遣いで対する大男のイメージがかぶさる。

その後加藤が、何度も人力車で仁一郎を見舞いに来たこと、葬儀でも上野駅でも盛大な見送りをしてくれたことなどが『五峰余影』に記されている。

葬儀後の献吉の転職などの事跡については、近年見つかった献吉の一九二三年の履歴書（たぶん日英醸造へ提出したもの）によって、正確な年月が判明した。これまでの献吉年譜と少しずつ年月がずれていたので、坂口安吾デジタルミュージアムの年譜や『坂口安吾大事典』の年譜ではこれを反映させた。

家賃低減のため池袋村を次々と転居した話は、徳の談話（『安吾風来記』）にある。

ボクサーの真田に翻訳を頼まれた話は、時期が曖昧なので、ここに挟んでみた。

「私はこの男にたのまれて飜訳をやつたことがある。この男は中学時代から諸方の雑誌へボクシングの雑文を書いてゐたが、私にボクシング小説の飜訳をさせて『新青年』へのせた。『人心収攬術』といふので、これは私の訳したものなのである。原稿料は一枚三円でお前に半分やると云つてゐたが、その後言を左右にして私に一文もくれなかつた」（『風と光と二十の私と』）

ただし、この小説は『新青年』創刊号からの総目次に載っていない。ボツになったか、別のスポーツ誌に載ったか、どちらかだろうと思う。

24「見るまえに跳べ」

一九二四年、中学五年になる。ヒゲの生えたオジサン同級生たちから「陸上競技の御大などに祭りあげられて羽振りをきかした」（「ぐうたら戦記」）という。「この中学は人力車夫と新聞配達がたくさんゐるから馬鹿にマラソンが強いので、特に団体競技、駅伝競争となると人材がそろつてゐる。けれども車夫といふものは走り方に隠されぬ特徴があつて手の置き場が妙に変つてをり、又、脚のハネ方にもピンと跳ねて押へるやうなどこか変つたところがあつて、見てゐるとハラハラする。負けた学校からも投書があつたりして、せつかく貰つた優勝旗をとりあげられたことがあつた」（同）

獅子文六との対談では、中学時代に人力車夫のアルバイトをした話を語っている。雨の日に、歌舞伎座と有楽町の間を往復して入る車夫の収入は、安吾が語ったとおりを写した。「月に十日も雨が降ってくれたら、生活費の半分近く稼げるわけで、アルバイトとしてはいい口でしたよ」ともある。

仲間たちと「アルト・ハイデルベルヒ」上演の計画を立てた話は、徳の談話（『安吾風来記』）にあり、「誰が酒場に働くケティになるかなど話していたのを、耳にはさんだ」という。「戸塚の坂口家には演劇の話などでよく友達が集まっていた」とも語られているが、「アルト・ハイデルベルヒ」上演の話に限っては、池袋転居後のことと思われる。築地小劇場で同作が上演されて話題になったのは一九二四年八月なので、この年より前のこととは考えにくい。

例年十月下旬あたりに豊山祭が行われたが、震災の年は見合わせになった可能性もあり、翌年には盛大に開催されたのではないだろうか。いま話題の演劇を豊山祭で上演しよう、と山口なら思いつきそうである。

各種競技会もこの秋には次々と開催され、炳五の出場記録、走り高跳びで優勝した記録など、当時の新聞記事などから事実として確かめられている。

「走高跳の決勝に六人残って、これから跳びはじめるという時に、大雨がふってきた。六人のうち五人は左足でふみきる。拙者一人、右足でふみきる。助走路は五対一にドロンコとなり、五人は水タマリの中でふみきるが、私はそうでないところでふみきるから、楽々と勝った。実際はその柄ではない。力量の相違というものは、マグレで勝っても、よく分って、勝った気持がしないものだ」(『安吾巷談』その十「世界新記録病」)

なお、夏の第一回全国中等学校水泳大会で北村博繁が優勝した記事は偶然見つけたもので、これまでの安吾関係の資料には載っていない。

25「真冬のプール」

中学五年の秋から一九二五年三月の卒業までを描く。

「金語楼が落語界の新型であったころ、芸界では、もっとケタ違いに花々しい流行児があり、それが無声映画であり、活弁であった。今の徳川夢声と生駒雷遊が人気の両横綱で、群をぬいており、西洋物で夢声、日本物で雷遊、中学生の私は夢声の出演する小屋を追っかけまわしたものであるが、当時の民心にくいこみ、時代の流行芸術としては、落語の金語楼などの比ではない。芸の格もちがう」(「〝歌笑〟文化」)

夢声は一九二二年一月から震災まで、神保町の東洋キネマで弁士をつとめていた。震災で東洋キネマ焼失後は目黒キネマに移り、一九二五年から新宿武蔵野館に入っている(二〇二〇片岡一郎『活動写真弁士』共和国)。依頼があれば他所でも映画説明をしたようなので、炳五が夢声の追っかけをしたのは震災後のことと考えられる。

卒業後の進路については、「お前みたいな学業の嫌ひな奴が大学などへ入学しても仕方がなからう、といふ周囲の説で、尤《もっと》も別に大学へ入学するなといふ命令ではなかつたけれども、尤もな話であるから、私は働くことにした。小学校の代用教員になつたのである」(「風と光と二十の私と」)と簡単に書かれている。

当時の山口修三宛書簡では、もう少し詳しい。

「昨年の暮ごろから、私の家の財産整理があって、五万、十万くらいは残っているだろうと思われたのが、案外にも十万ばかりの借金になっていたことが分りました。兄は私に黙っていました。金のことについては兄は一口も私には言いませんでしたが、其《そ》の頃極端に神経過敏であった私には兄の心が手にとるように見えていました。もとより十万の借金のことは聞かずとも私にはよく分っていたのでした。それから一月になって母が上京した時、母が一口も私にいやみを言わなかったのも、兄の腹から出たことを知っています。兄はその頃私が恐らく驚異的な速力でやむごとない心境にたどり付こうと苦しんでいたのを知っていたのでしょう。今まで家門や何かにこだわっていた母や何やかやも私の教員になることをすぐ賛成したようです。尤も大概の人達は私が教員になってしまってから初めて気がついたのでした。其の頃の私としては教員になるより外に仕方がありませんでした。実を云えば山へでも入って暮したかったのです。瞑想と自然がどれだけ私をそそのかしたか知れません」

また、徳からと思われる聞き書きで、「代用教員になるといいだしたのは安吾自身であったという。これに対して、長兄は『本人がその気になったのなら世の中に出してみるのもよいかもしれない』と賛成したのだそうだ」（『安吾風来記』）とある。

就職口を誰がどこで見つけたのかは不明だが、本人が言い出したとすると、中学校に教員募集の案内が来ていたのではないかと考えた。

真冬のプールで泳ぐ賭けの元ネタは、少し長いが写しておこう。

「昔、武士が三四人集つた話の席で、首をはねられて、首が胴を放れてから歩くことが出来るかどうか、といふ話がでた。先《ま》づ歩くことは出来ないだらうと外《ほか》の者が言ひ合つてゐるのに、たつた一人、いや、歩くことが出来る、と頑張つた男がある。議論の果《はて》、ぢや、実際出来るかどうかやつてみようといふことになり、殿様の御前で、たつた一人頑張つたといふ男の首をはねて、歩くかどうかためす事になつた。ところが、この頑固な男が、首が落ちてから、とにかく二足ぐらゐは歩いたといふ話なのだ。この男は死んだけれども大変殿様の御意にかなひ、子孫は沢山の加増にあづかつたといふことだ。／この話は多少違つてゐるかも知れぬ。僕は十八九ぐらゐ以前、たしか森鷗外の小説にこの話を読んだと記憶してゐるのである。つい近年まで『都甲太兵衛』と勘違ひしてゐた。先日鷗外の本を探してみたが、どうしても、この話が出てこない。案外、露伴とか、或ひは全然思ひもよらぬ別の人の小説であつたかも知れぬ。／僕がどうしてこの話をハッキリ覚えてゐるかと言ふと、中学時代からの親友で後に発狂して廃人になつた辰雄といふ友達がゐて、僕が或日別の友達と口論して真冬のプールを二百米《メートル》泳げるかどうかといふので、僕は泳いでみせると云つて大いに威張つた。泳がずに済んだけれども、これを聞いてゐた辰雄が、この小説を読んでごらん、と言つて、僕に読ませた小説なのである。中学時代の話だ」（「五月の詩」）

首と胴体と、歩く側が逆ではあるが、八雲の『怪談』だったのではと推定した。

「僕は、この夏から、発狂する予感を受けた。――僕は中学を卒業する年の一月二十八日の夜十二時頃、初めて、創作と内心とのピッタリと合一した、境地を味つた。その瞬間の喜びから、この夏迄、僕は実に幸福であつた。この夏僕は、稀れな創作慾を起して、鋭く机に向つてゐた。僕の頭は、とぎすました刀の様に、何物も透通《すきとお》しながら、書けない懊悩と懊悩の中で、いよいよ来るべき発狂をさぐり当ててしまつた」（一九二七年十月頃、山口修三宛書簡）

この境地とは、どんな感じのものだったのだろう。発狂を予感した「この夏」は一九二七年のことだが、そこにつなげて過去にさかのぼっているので、「この境地」を突きつめると「発狂」に突き当たるものだったと想像できる。松浦一『文学の絶対境』にあったような、大自然と魂の声とが合致する感覚や、「ふるさとに寄する讃歌」の光や空気と融合していく浮遊感、一種の狂的な感覚世界がそこにはあったかもしれない。

豊山中学の卒業アルバムに掲載された顔写真の下に、「坂口安吾」と印刷されていた事実はごく近年の発見で、ご子息の坂口綱男氏が折にふれ講演で語られている。

このあと代用教員となった分教場でも、生徒たちから「あんこ先生」と呼ばれて親しまれたので、これ以降「坂口安吾」と正式に名のったようである。

（なお、この卒業アルバムには、別のページに「弁論部」の集合写真があり、最前列に安吾に似た生徒が写っている。綱男サンは「安吾は弁論部だった！」と衝撃のエピソードも披露されているが、私の目には丸眼鏡以外それほど安吾に似ては見えない。終生、人前で演説をするのが嫌いで、講演など極力避けてきた安吾が弁論部に入るとはとても考えられないし、これが本当なら自伝的小説に話題が出ないハズがない。安吾像が塗り替えられかねない大事件なので、綱男サンにはできればこの話はやめてほしいと進言したこともあるが、こんな面白いネタは外せないのだとか。そういうわけで、綱男サンには申し訳ないが、ご父君の気持ちを代弁してここに異論を記しておく。）

第二章　修行

1「あんこ先生」

中学卒業後すぐ、荏原《えばら》尋常高等小学校下北沢分教場（現在の世田谷区立代沢《だいざわ》小学校）の代用教員となる。この一年間のことは安吾自身が「風と光と二十の私と」のなかで詳細に、かつ味わい深く語っているので、本書では何が書けるのか、何を書くべきか、非常に迷った。同作をじっくり読むと、安吾の描くエピソードはウラ話に類するものが多く、オモテの授業風景とか、何を教えたかとかは全く書かれていないことがわかる。そこで、本書ではおもにオモテを空想して描いたが、イメージの源泉は「風と光と――」が軸になっているので、ぜひ同作とあわせて読んでみてほしい。

事実ベースの話でいちばん問題になったのは、生徒の数である。安吾受け持ちの五年生は「分校の最上級生で、男女混合の七十名ぐらいの組」だったと「風と光と――」にあるが、教え子だった齋藤定男氏は「七十人というのは分校全部でなんですね。五年生は四十二〜三人です」と語る（一九九六年『坂口安吾展』図録 世田谷文学館）。

こういう食い違いが出てくると、生徒の回想のほうが優先されるのが常で、拙著評伝でも最新の詳細年譜でも、ついうかうかとこれを踏襲してしまった。

しかし、齋藤氏の言を事実とすると、五年だけ四十二、三人いて、その他の学年が平均七人ずつとなり、バランス的にみて異常である。安吾はこの記述のすぐアトでも、このうちの三十人が通う道筋がこれだったとか、人数分けもしていて信憑性が高い。分校周辺の景観についても詳密で、目に浮かぶように書かれ、生徒たちとのユニークで親身なやりとりも、リアルで美しい。

そもそも、安吾による回想と関係者の証言とが食い違う場合、ほとんどの場合、安吾の書くもののほうが正確であることは評伝執筆によってわかった事実だった。

なお、生徒たちから「あんこ先生」の綽名で呼ばれた話は齋藤氏の証言による。

2「エピクロスの園」

一年から五年まで五クラスあるのに、教室は三つしかなかったという話は、安吾も齋藤氏も証言は同じ。それではどうやって授業していたのか、考えると謎は深まるばかり。「風と光と――」のなかに「私は音楽とソロバンができないから、そういうものをぬきにして勝手な時間表をつくって」授業をしたとあることから考えると、運動や野外写生の時間を多くして、教室は他の先生に譲っていたかもしれない。齋藤氏の証言でも、音楽や算術の時間はつぶして、「一週間に二回くらい」裏のマモリヤマ公園や森巌寺（別名アワシマサマ）で写生を教えてくれたという。

ここに登場する伴純は、安吾の長兄献吉の親友で、この一九二五年の十一月には献吉と二人、あい図って新潟新聞社に入社している。「風と光と―」にはほんの数行しか出てこないが、「我が人生観（八）安吾風流譚」に次のように書かれている。

「子供たちをつれて自然林へ図画を書かせに歩いていたとき、トルコ帽の彼に出会《でく》わしたのである。私たちのその村に住んでいる期間だけのちょッとした交遊がはじまり、そして一夏、彼の山小屋をかりるようなことにもなった」

出逢いのシーンはこれだけだが、当然その前にも、献吉の親友として挨拶したことはあっただろう。青梅の日影和田に山小屋をつくって原始生活の実験をしていたらしい。

「彼はそこで牛などを飼い、自然人の生活をやるつもりであったのかも知れない。二十何年ほど前の『改造』へ、彼はそんな夢を書いていた。当時はソーローの森の生活などが読まれたり愛されたりしていたような時世でもあった」（「安吾風流譚」）

なお、伴純が『改造』に寄稿したのは、この年十二月、「明後日のユートピア」特集欄に掲載された「牛の王様」という論文があるのみ。夏に安吾が山小屋を借りたアトのことである。

伴純の山小屋を借りた話も「安吾風流譚」が最も詳しく、小屋の内部のようすまで細かく書かれていて、どんな生活だったかがありありと想像できる。途中、谷底へ転落して死にかけた話は「てのひら自伝」にも数行書かれているし、フィクションだが「淫者山へ乗りこむ」などにも、体験したであろう描写がかなりの割合で含まれている。なかではやはり「安吾風流譚」の記述量が膨大なので、むしろここに書かれていない部分を想像するのが難しいくらいだった。よっぽど印象深く、安吾の心に残りつづけた出来事だったのだろう。

一人の職員室でドッペルゲンガーと対話するシーンは、「風と光と――」にもあるが、この頃の山口修三宛書簡にも次のように書かれている。

「先日のこと生徒も外《ホカ》の先生もみなひけたガランドウの学校でドッとくずれていると、何も分らなくなって、ただ『ああ、ああ』とためいきだけが出てくるのです。そのうちに思わずもくりと持ち上った奇ッ怪な底力がまるで凱歌のようにウワッーとわき起って笑いに笑いぬくとはては高々と叫んだのです『やあ、めずらしや、安吾』」

逗子海岸へ遠足に行った話は齋藤定男氏の証言によるもので、彼の提供による集合写真が『坂口安吾展』図録や最新全集第一巻の口絵などに掲載されている。この写真に映る生徒の数が四十人なので、齋藤氏は一クラス四十数人だったと記憶されたのかもしれない。

4「誓いの休暇」

一九二六年三月、代用教員を退職して東洋大学へ入学する、その節目の時には中学時代の親友二人と会って話をしたのではないかと考えた。この数年後、山口と沢部の両家を毎日訪問する日々がやって来るので、このあたりで互いの身のふり方や心境を語らせておかないと、後年の行動へうまくつながらない。

沢部の家では父親が死んで食料品店になった話は「母」や「二十一」に出てくるが、その時期などはハッキリしない。それでも、判明している事実から逆算していくと、おおよその時系列は特定できる。

沢部は一九二七年秋には巣鴨保養院ですでに全快しているので、同年の初め頃までには入院していただろう。初め三等患者で、次いで公費患者になったらしい。豊山中学卒業は一九二五年三月なので、以後二年足らずの間にいろいろなことが起こったわけだ。

いろいろなことの発端となる父の死は、沢部の卒業後それほど経たない頃だったのではないか。父が死んだので、沢部の家では母と兄と沢部で小さな食料品店を開く。沢部自身も働かなければならなくなっただろう。勉強を続けたい沢部は母と言い争うようになる。家の金を勝手にもちだして霊感で株をやったり、母を殴ったりしたのはそんなことが積もった果てのことで、そうした諍《いさか》いを経て入院となった。

本節での沢部は、まだ発狂やＤＶに至る半年から一年ぐらい前である。

沢部の家と母親のようすは「をみな」からイメージを借りた。

「涼しい風の良く吹き渡る友人の家の二階で、私は友達のおふくろと話をしてゐる。この人は男の子供が三人あるが女の子供がないせゐか、男の味方だ。／『女はお勝手の仕事をしてももう駄目です』とこの人は私に語るのだ。男の魂を高潔ならしむるために、選ばれた女はただ美くしい装飾でなければならぬとこの人は言ふ」

これが沢部の母だと思ったのは、「私は彼の父親の在世の頃を思ひだす。玄関に立つと、家内の気配が荒廃し恰《あたか》も寒風吹きみちた廃屋に立つやうであつた。その気配をいやがり訪れることを躊躇した人々の顔も浮んできた」と書かれているからだ。豊山中学時代の安吾が親しく何度も訪れた家といえば、山口か沢部しかいない。他にも訪問し合う友は何人かいたとしても、在学中には生きていた父がまもなく死んでしまった、そんな友は多くない。「をみな」にはさらに、こう書かれている。

「『君のおつかさんは良人《おっと》を命の綱のやうにひとすぢに信じもし愛しもしてゐたのだらうね』／友達は顔色を変えて驚いた。／『母は』と彼は吐きだす如く強く言つた。／『父の生きてる間といふもの、父と結婚したことを後悔しつづけてゐたよ。父の死後は、ひとすぢに憎みつづけてゐるばかりだよ』」

5「修行開始！」

東洋大学印度哲学倫理学科の学生数や講義内容などについては、当時の学籍名簿などを参照したので、おおよそ正確なものである。

入学まもなく始まる安吾の猛烈な修行のようすは自伝的小説の第一作「二十一」に詳しい。何度も引っ越したことや上枝がスポーツに夢中だったことなども「二十一」にざっくりと書かれている。

安吾が郷里で徴兵検査を受けたことについては、帆苅隆氏が調査した資料を参考にした。

六月四日に新津町に隣接する小須戸町尋常高等小学校にて徴兵検査を受ける。おもに学力検査と身体検査だが、検査対象者が多いせいだろうか、朝早くから午後三時頃まで一日がかりだった。つまり、安吾は前夜の夜行で入って信越本線の矢代田駅で降りて直行したか、あるいは前日に新潟市に入って、朝の列車で向かったかのどちらかだ。

検査後、十日に抽選があって第二乙種歩兵補充兵に決まる。

七月十三日〜十七日には、大日ヶ原演習場にて新発田聯隊の第二期検閲があり、十八日に聯隊将校集会所において総評があった。安吾はこれに参加したようだが、これも同様の検査なので、六日間全部に参加する必要はなかっただろう。水原から徒歩で一時間以上かかりそうな遠い場所でもある。

以上勘案して、安吾はこの時、新潟市の献吉宅に何日か泊まったと推定した。

岩田敏という男が新潟新聞社後援により佐渡へ遠泳したのは、演習場で総評が終わった三日後、七月二十一日のことだった。この新聞記事も帆苅氏から見せていただいたものだが、演習の日付とは結びつけていなかったので、事実が後を追ってきた感がある。

「わが戦争に対処せる工夫の数々」のなかで、安吾はこの遠泳報道のとき帰省していたとあり、事の顚末を細かな数字まで詳細に語っている。しかし日付は不明で、「私が二十二三の頃」としか書かれていない。実際、数え年二十二の夏は帰省しているし、二十三の夏にも帰省した可能性がある。しかし、正解は数え年二十一の夏に見たことであった。

安吾が数年後のことと勘違いしたのは、「二十一」の修行期間には帰省しなかったはずだと記憶を検証したせいかもしれない。国家の強制による帰省は、修行を中断させられる腹立たしいことだったろう。安吾自身の回想には「第二乙」だったこと以外、徴兵検査に関することはいっさい出てこない。

この年、十一月四日は松之山で村山政栄の七回忌があったが、安吾はやはり修行を中断させたくなくて参列しなかったのではないかと思う。

6 「ひびわれ」

一九二七年三月一日、学生同人誌『涅槃』第二号に「意識と時間との関係」が発表された。

細川量雄による編輯後記には「本巻は予定の様に編輯が出来ませんでした。色々な事情で規約原稿を得られなかつたのが第一の理由」とあることから推して、かなり早い時期に掲載分の論文はできていて、同人内で一定の評価が得られたものばかりと見ることができる。書くことに対して常に意欲的な安吾は、企画が出てすぐに取りかかっただろうから、一九二六年内にはできていたと考えた。

修行の内容は「二十一」に次のように書かれている。

「睡眠は一日に四時間ときめ、十時にねて、午前二時には必ず起きて、ねむたい時は井戸端で水をかぶつた。冬でもかぶり、忽《たちま》ち発熱三十九度、馬鹿らしい話だが、大マジメで、ネヂ鉢巻甲斐々々しく、熱にうなり、パーリ語の三帰文といふものを唱へ、読書に先立つて先《ま》づ精神統一をはかるといふ次第である」

ほかにも「世に出るまで」では、「睡眠四時間を厳格に実行し、ねむくなると真冬でも水を頭からあびて、そのとき髪の毛とタオルがすぐジャリジャリと凍りついたのであわてたこともあった」と記されている。

安吾は睡眠不足が神経衰弱発症の最大要因だったと考えているので、交通事故にあったことは重要視していなかったのか、「二十一」には出てこない。

「東洋大学の学生だつたころ、丁度学年試験の最中であつたが、校門の前で電車から降りたところを自動車にはねとばされたことがあつた。相当に運動神経が発達してゐるから、二三間空中に舞ひあがり途中一回転のもんどりを打つて落下したが、それでも左頭部をコンクリートへ叩きつけた。頭蓋骨に亀裂がはいつて爾来二ヶ年水薬を飲みつゞけたが、当座は廃人になるんぢやないかと悩みつゞけて憂鬱であつた」(「天才になりそこなつた男の話」)

「二十一の時、本を読みながら市内電車から降りたら自動車にハネ飛ばされたが、宙にグルグル一回転、頭を先に落っこったが、私は柔道の心得があり、先に手をつきながら落ちたので、頭の骨にヒビができただけで、助かった」(「てのひら自伝」)

後年、東大病院神経科に入院した折、担当医の千谷七郎には、事故のあと一年半ぐらい「ブロームを使用した」と語っている(一九七〇「安吾の置手紙」冬樹社版『定本坂口安吾全集』第十巻月報)。

ブロム剤は、神経の緊張状態を弛緩させる水薬なので、運動機能や思考機能を低下させ、睡眠につなげるものらしい。その後の安吾に起こる機能障害は、薬の副作用の影響も大きかったのではないかと思う。

7「魔界からの手紙」

交通事故のあとは、服薬と療養で安吾は修行を休まざるをえなかっただろう。悟りの研究に幻滅を感じはじめていた頃でもあった。

山口修三に宛てた書簡のうち、散逸して本文の内容もわからなくなってしまった何通かがあって、中身を全部読んだことのある檀一雄は、中学卒業後の安吾はおもに和歌に精進していたという。親鸞の和讃や白秋の『白金之独楽』を愛読していたようすが書簡から読みとれる、と東京創元社版『坂口安吾選集』（一九五七）に書いている。

中身を一文字も見られないのは歯がゆい限りだが、修行のすこし途絶えたこの時期にも安吾はそれらを読み返していたフシがある。半年ほど後の一九二七年十月頃の山口宛書簡（これは残存する）に、発狂する予感のことがたっぷり記されたあと、「俺程の人間が、何も仕事をせずに死ぬのか、たつた百ばかりの歌で死ぬのは残念だ」とある。

安吾の作った短歌は、一九二三年に三堀謙二宛に書き送った七首しか残っていない。それから四年、親鸞和讃や白秋にインスパイアされた歌を詠んだとしたらどんな感じになったか、少しおこがましく思いながらも自分なりに作歌してみた。安吾もまだ修行時代なのだから、まあ許してもらおう。

『改造』には翌年から新人賞に応募するので、この年の同誌はちょくちょく読んでいただろうと思う。雑誌で読んだかどうかはともかくとして芥川の「河童」はまちがいなく熟読していた。河童のトックがよその家の団欒風景をうらやみ「あすこにある玉子焼は何と言つても、恋愛などよりも衛生的だからね」と言う。安吾はトックの感想を芥川自身の思想と混同して、芥川を責める。語句も違えて覚えていて、「芥川龍之介が『河童』か何かの中に、隣りの奥さんのカツレツが清潔に見える、と言っている」(「青春論」)、「芥川は『女房のカツレツは清潔だ』と云った。そういう半可通な清潔さ」(「由起しげ子よエゴイストになれ」)などと書く。「狼園」でも同様に書いている。

8「発狂する予感」

先に引用した一九二七年十月頃の山口修三宛書簡のなかで、小説を書きつづければ、いつか狂うか自殺するかの瀬戸際に立つであろう予感を記し、「これを僕は君に言うか言うまいか、九月の始めから考えていたのであった」と書いている。さらに「僕は、この夏から、発狂する予感を受けた」「君が、僕によって事新しく発狂の暗示を受けたと恐怖した以前に、僕は、僕自身自分の発狂することを予知しているのだ」ともある。

何度も読み返すうちに、安吾と山口は夏に一度会って、芥川の自殺や互いの発狂性について語り合っているように感じられた。

山口だけと会ったのなら、この時点で沢部は入院していただろうと思う。「二十一」には、この翌年の話として、「僕は当時酒の味を知らなかつたが、一度修三に誘はれて酒を呑んだことのある屋台のオデンヤへ、ねむれぬまゝに深夜出掛けて行つた」と書かれている。山口と屋台で飲んだ話はコレだけだ。堂々と酒を飲んだようすなので中学時代ではなさそうだし、オデンの屋台は夏でも出ている。この夏なら時機としてありえそうだ。この夏休みに帰省した折のゴタゴタは「二十一」に詳しいので、ここでは三堀との話のなかでコンパクトに紹介した。

9「ルーティンワーク」

神経衰弱の状態で大学の講義にキッチリ出席しながら、沢部の病棟と彼の実家、山口の婆やだけがいる家、その三箇所をも毎日巡回した一九二七年秋から冬にかけてを描く。やはり「二十二」が最も詳しく、保養院の外観などは「母」が詳しい。ファルス小説「盗まれた手紙の話」にも保養院らしき病院のようすが活写されており、意外に参考になった。

どういうルートで巡回したのか、最適解を探すのに骨が折れた。

東洋大から沢部家のある牛込榎町までは、徒歩だと一時間近くかかる。市電を乗り継いで行くルートもかえって遅くなってしまう。結局、新宿駅から中央本線で牛込駅へ向かうのが最も行きやすい。とすると、やはり最初は市電で巣鴨保養院へ行ったのだろう。

次いで電車で沢部家を訪問、最後に山口の家を訪ねるわけだが、この時期の山口の家はどこだったかわからない。三年後には巣鴨の近くに住んでいるが、これは婆やが金光教に引き取られた後の話である。巣鴨にいたなら、巣鴨保養院のあと山口家に寄っただろうから、当時の山口家は巣鴨からは遠かったと考えられる。

夜遅くまで山口の婆やと話し込んだらしいので、おそらく自分の家があった池袋からそれほど遠くない所に住んでいたのではないか。一緒に夜の屋台へ出かけられる距離。山口の叔父の妾宅だったことも考えれば、護国寺と池袋の間ぐらいか、と想像した。ルートが決まると、自伝的小説では省略されている日常的な部分に、思いがけない慰めやぬくもりが感じられてくる。山口の婆やには相当気に入られたようなので、夕飯もごちそうになっただろう。婆やは安吾のために食事を作るのを喜んでいたんじゃないだろうか。

10「巡礼の年」

メッカ・メジナ巡礼の旅へいざなうビラを大学の門前で受け取った話は、「分裂的な感想」や「勉強記」に出てくる。どちらも時期は大学時代としかわからないが、この頃であったら心情的にはピッタリのように思う。

「そのころ彼は、ちようどある回教徒の聖地巡礼の記録を読んだ直後であつた。巡礼者の大群はアラビヤの沙漠を横断して、聖地へ向つて、我武者羅《がむしゃら》な旅行をはじめる。信仰の激しさが、旅行の危険よりも強い。そこで、食料の欠乏や、日射病や、疫病で、砂漠の上へバタバタ倒れる。その屍体をふみこえて、狂信の群がコーランを誦しながら、ただ無茶苦茶に聖地をさして歩くのである。／思ひきつて、砂漠横断の群の一人に加はらうかと考へた。そこに、命があるやうな思ひがした。なにかノスタルジイにちかい激烈な気持であつたのである。／

締切の日、彼は思ひきつて、丸ビルへでかけて行つた。さうして、講習会場の入口へ来て、再び決心がつきかねて、三度その前を往復した」（「勉強記」）

ややエロティックな夢の風景については、「木枯の酒倉から」の一場面を参考にした。

「俺達の酒倉はいつの間にか緑したたる熱国の杜に変っていた。見涯《みはて》もつかぬ広い緑は、あれはみんな魂の生《ナ》るような、葉の厚ぼったい、あんな樹々だ。菩提樹、沙羅樹、椰子、アンモラ樹」

11「鬱をねじ伏せる」

一九二八年四月頃の山口修三宛書簡に「先般御願いしたアテネの案内書は用済みになりましたが、人相学の本は、君以外に如何《いかん》とも詮方《せんかた》ない故、なるべく早く御教達を欲する」とある。安吾は一度、アテネ・フランセの案内パンフを取ってきてくれるよう山口に頼んだが、結局自分で申込まで済ませてしまったと想像できる。

オデンの屋台でケイズ屋と出逢い、春本書きのアルバイトをした話は「二十一」に出てくるが、フィクションである「竹藪の家」にはさらに細かく描かれている。いいかげんな春本ではあっても物語の創作なので、当時の安吾には楽しい時間だったと思う。

山口宛の同書簡中に、「チエホフが、狂人を書いた勝れた短篇を発見した」とあるので、この頃「六号室」を読んだと推定できる。安吾が最も感動したチェーホフ作品として何度も挙げた「退屈な話」も、この頃読んだようだ。「小さな山羊の記録」に、チェーホフ作品に感動したあまり、「老人が主人公」の新人賞応募小説を書きはじめたとある。そのチェーホフ作品とは、同じく「老人が主人公」の「退屈な話」だったと思う。

12「めざせ新人賞」

村上護のインタビュー調査によると、東洋大学で学生たちがストライキを打った時、安吾も内藤という学生と共に首謀者的役割を果たし、翌年には学生自治会の副委員長に選ばれたという（『安吾風来記』）。安吾自身はひとことも書いていないし、徒党を組むのが嫌いな安吾には似合わない話でもある。ひどい神経衰弱と頭痛薬の副作用で朦朧としながら声を張り上げていたのかもしれない。

アテネ・フランセでは、新学年は九月十六日に始まり、七月六日に終わることになっていた。全くのフランス語初心者は、四月から入学するのもよいと案内書に書かれていて、初等科より前の段階の、入門クラスもあったようだ。四月に入学した安吾は、たぶん入門クラスから始めたのだろう。

神経衰弱も治って、いよいよ小説執筆に意欲満々の安吾は、長い夏休み、おそらく帰省し、久しぶりに松之山へも足を延ばしたのではないだろうか。インスピレーションをかきたてる場として、小説を書く前に松之山を訪ねておきたい。三年後には松之山を舞台にした「黒谷村」を書き上げるが、「老人が主人公」の幻の応募作も、やはり松之山が舞台だったような気がする。

志賀直哉の文学は若い時から嫌いだったと述べる安吾だが、この時期、山口宛書簡のなかで珍しく志賀を、宇野浩二や葛西善蔵、有島武郎とともに褒めている。その心情の機縁に、村山真雄との歓談があったと考えると、なんとなくつじつまが会う。

13「落伍者の文学」

初等科のクラスで安吾は長島萃《あつむ》と出逢い、しばらくは長島一人が友達であった。長島の身長や風体などは、アテネの仲間たちの回想によった。

「私はいくらかフランス語が読めるやうになると長島萃といふ男と毎週一回会合して、ルノルマンの『落伍者《ラテ》』といふ戯曲を読んだ。（もつともこの戯曲は退屈だつたが）私は然しもつと少年時代からポオやボードレエルや啄木などを文学と同時に落伍者として愛してをり、モリエールやヴォルテールやボンマルシェを熱愛したのも人生の底流に不動の岩盤を露呈してゐる虚無に対する熱愛に外ならなかつた」（「いづこへ」）

安吾が初めて書いた小説は、先にも述べたとおりチェーホフに触発されたものなので、かなり神経症傾向の強いものだったと思われる。死に場所を求めて徘徊する老人には、ほんの少し『吹雪物語』の他巳吉老人のイメージを重ねてある。

ボードレールによる仏訳ポー作品集についての話題は、安吾生前の作品集『風博士』の後記にあり、安吾が好きなポーのファルスとして、「鐘楼の悪魔」「ボンボン」「Xだらけの社説」の三作が挙げられている。

「鐘楼の悪魔」は、時計が十三時を打つところが「風博士」に引用された。「ボンボン」は、哲学者ボンボン氏の料理店に悪魔が現れ、魂を売るための変テコな哲学談義が始まる話。「屋根裏の哲学者ボンボン」などの言い方で、安吾はあちこちで引用している。「Xだらけの社説」は、ある町の新聞社が敵対する新聞社の社説を、Oの字ばかり出てくるとけなしたところ、相手は怒ってわざとOだらけの社説を書く、しかし印刷所ではOの活字が足りなくてXで代用したため、Xだらけの社説が出来上がったというバカ話。安吾の「金談にからまる詩的要素の神秘性に就て」はこれのパロディである。

14「アテネ校友会」

「私は巴里へ行きたいと思つてゐた。私の母も私を巴里へやりたい意向をもつてゐたが、私は然し、暗い予感があつて、巴里の屋根裏で首をくゝつて死ぬやうな、なぜか、その予感から逃れることができなかつたので、積極的に巴里行を申しでる気持にもならなかつたのだ」

（「暗い青春」）

この話は「処女作前後の思ひ出」や「世に出るまで」などにも書かれている。

安吾は一九二九年九月～一九三〇年六月まで、新交響楽団の予約会員になり、毎月会費を納めて演奏会を聴きに行っていた（二〇二二 大原祐治『戯作者の命脈――坂口安吾の文学精神』春風社）。この新事実は、大原氏が昭和文学会二〇〇九年度秋季大会で口頭発表したもので、発表時にはレジュメに図版資料も添付されており、これにより会員別の前納金額などもより詳しく知ることができた。

同人誌の仲間たちの影響で音楽を聴くようになったわけではなく、彼らと出逢う前からクラシック・ファンだったことがわかる。ラジオでも音楽番組を聴いていただろうし、自宅に蓄音機もあったのではないだろうか。


江口清の回想では、安吾はラテン語もギリシャ語も習っていて、江口とはギリシャ語のクラスで出逢ったことになっている。しかし、安吾は習った言語を詳細に列挙するその中にギリシャ語を入れていない。江口の回想には勘違いや思い込みの事実誤認がしばしばあるので、これもそのたぐいかもしれない。ここではラテン語のクラスで出逢うことにした。

江口は安吾と長島と三人で、デュアメルの小説『深夜の告白』の読書会をしたと何度も書いている。これも安吾は書いていないのでどこまで信じていいのかわからないが、この話に不自然なところはなく、ありえそうなことと思う。

『改造』への応募小説第二作については、全く手がかりがない。次に来る処女作「木枯の酒倉から」を呼び込むような、暗いファルスだったのではないかと空想した。

十月二十五日、アテネ校友会主催の晩餐会が開催され、これに安吾、江口、長島のほか、のちに同人誌仲間となる葛巻義敏、若園清太郎、阪丈緒、山田吉彦も参加していた。十一月三日の片瀬江ノ島ピクニックには、江口を除く上記メンバーと、本多信、根本鐘治、関義、山沢種樹、菱山修三、白旗武も参加した（日仏アテネ校友会会報『あてね』第一号）。

安吾、長島、葛巻、山沢、本多がここで知り合ったという（『安吾風来記』）。

この日は上天気で、秋の空は「深碧に澄んで」いた。「片瀬龍口園内の四阿を一つ借り切つて（略）湘南の海浜を一望に見渡す丘の上に憩ふて昼飯を喫した後各自、或は徒歩で、或は船で江の島に遊び晩秋の好日を楽」しんで散会した（『あてね』第一号）。

このピクニックのさなか、見知らぬサラリーマンがストーカーのように安吾に付きまとった話が「暗い青春」に書かれている。

「あなたは、あなたを讃美するお嬢さん方にとりまかれてゐる。私はいつも遠くから見てゐたのです。私は寂しくも羨しくもありますが、私の夢をあなたの現実に見てゐることの爽やかさにも酔ひました。あなたは王者ですよ。美貌と才気と力にめぐまれて」

こんなふうに讃美して立ち去ったという。

15「大いなる虚無」

東洋大学卒業後すぐに印度哲学関係の蔵書を売り払った話は、湯浅綾子氏の講演筆記にある（一九九七「生前の安吾を聞く」)。

一九三〇年五月五日に神田のカフェへ就職面接に出かけた話と、長島と九段の祭りに出かけた話は「暗い青春」にある。

靖国神社では春と秋に招魂祭があり、境内へ曲馬団を呼んだりしたことがあったらしい。「伝統の日本紀行」ホームページによると、開催時期は明治の初めから変動が多く、「大正時代初期に春季例大祭の日程は四月二十九日〜五月一日となり、現在のように四月二十二日が中心となったのは第二次世界大戦後のことである」という。一九三〇年の春は前者の日程だったかと思われる。

安吾の衝動的な曲馬団入団志願のようすや、数日後のカフェ面接の話は、「暗い青春」の記述よりも現実に落とし込んでみた。どちらも長島との関係から生まれた突発的な行動のように思える。

同人誌『言葉』の創刊準備が本格始動したのは、この直後のことかと想像している。

蒲田の新居に引っ越したあと、家族内で麻雀ブームがあった話、安吾がステッキを手に入れた話などは、前記湯浅氏の講演による。

16「創刊準備会」

芥川の自殺に関して、吉田精一が次のように書いている。

「死ぬ前々夜、彼はその時死ぬつもりであったが、『続西方の人』が未完成なので、今夜は死ぬのをやめた、と葛巻義敏に見せながら語ったそうである」（一九五三　角川書店刊『昭和文学全集』20「芥川龍之介集」解説）

その時の芥川がガス管をくわえていた話など、葛巻の話は「青い絨毯」「暗い青春」「処女作前後の思ひ出」などに詳しい。

ただし、創刊準備会や同人会議がいつ、どんな感じで行われたかは、ほとんど書かれていない。『言葉』創刊号や第二号に同人たちが書いた文章や安吾や葛巻、関、江口、若園、高橋らの回想をもとに、彼らの性格や抱負などを推測した上で会議の行方を探ってみた。

創刊号の発行日が一九三〇年十一月一日なので、九月末には編集を終えて入稿したい。すると、夏休み中には原稿が集まっていなければ、編集する時間がほとんどなくなってしまう。葛巻が安吾と二人でたくさん翻訳原稿をつくったのは、本当に穴埋め用だったのだろうと理解できる。

うさぎやのモナカを食べ、濃いコーヒーを飲む日常は、芥川家の小さな贅沢。音楽好きの葛巻は、坂口家とは比較にならないぐらいの量のレコードを所蔵していたに違いない。

17「エトランジェ」

「ふるさとに寄する讃歌」によると、真夏の暑い盛りにヌイの病院へ見舞いに通っているので、ここに新潟帰省を入れた。

安吾の小説はすこし偽悪的に書かれているが、それでもなお、悲しさが胸に迫る。

「私は病院へ這入つた。姉は出迎へに走り出た」

「田舎から見舞に来た子供達が、丁度帰つたあとだつた。たべちらした物の跡が、部屋一面に散乱してゐた」

「夢に植物を見ると姉は語つた。／『お前のために素敵な晩餐会を開きたい……』／その言葉を、姉は時々くり返した。私は、ルイ十四世が、かつて開いた宴会の献立を、姉に語つた。姉は山毛欅《ぶな》の杜《もり》で食事をしたことがあつたと語つた。虚勢を張つて、二人はいつまでも、空々しい夢物語をつづけた。毎日病院を訪れることを約束した。子供達の見えない日には、私が病院に泊まることを約束した」

「姉は見舞客の嘘に悩んで、彼等の先手を打つやうに、姉自身嘘ばかりむしろ騒がしく吐きちらした。それは白い蚊帳《かや》だつた。電燈を消して、二人は夜半すぎるまで、出まかせに身の不幸を歎き合つた」
言葉のひとつひとつに、強い思いがこもっているので、現実に交わされたであろう会話がありありと聞こえてくる。
初恋らしき少女については、「辛うじて、一、二度、言葉を交した記憶があつた」程度の関係で、安吾は自作小説のなかで、その少女の面影をむなしく辿っている。

18「奇怪な処女作」

関義の回想「ペダンの夕べ」（一九六八 冬樹社版『定本坂口安吾全集』第四巻月報）に、葛巻の家だかで創刊号の話をしていた折、関の小説を掲載するか否かで議論になったとある。関は寝たフリをしていたらしいが、いちばん反対したのが安吾だったという。「衒学的で気どってやがるし、内容もあるのかないのか、これじゃあひいては雑誌への反感をもたれますよ、といった意味合いだった」とある。私の読んだ感想も、関の記す安吾の意見と同じだが、少し後に「風博士」を読んだ関は、安吾と自分が同じ路線の小説を書いていたと感じ、結局安吾に妬まれたのだと、いくらか悪意をにじませて書いている。

安吾が他の同人たちの翻訳をどう思っていたのかはわからない。けれども安吾にはきっと、何もかもが新鮮に見えたことだろう。伊藤昇と出逢った時期もわからないが、伊藤は何度か同人たちと音楽の話をしたことがあったらしい。

「葛巻は、私の横で小説を書いてゐる。これが又、私の飜訳どころの早さではない。遅筆の叔父とはあべこべ、水車の如く、一夜のうちに百枚以上の小説を書いてしまふ」(「暗い青春」)

破天荒な処女作にも、いろいろな思いが詰まっている。

19 「パーゴラの下で」

『言葉』創刊号は、目次を刷った帯を付けたのが目新しかったので売れた、と江口清の回想にある。

「木枯の酒倉から」を葛巻一人が褒めた話は、葛巻自身何度も書いているし、他の同人たちの回想からも窺える。

「『言葉』第二号の編集がすんでから」安吾が葛巻へ送った手紙が残っている(一九五六 江口清「ANGO未発表断章」『文學界』二月号)。この書簡を安吾全集に収録する際、「一九三〇年十一月末頃」の手紙と推定したが、それは『言葉』第二号の発行が翌年一月一日だったことから逆算したものである。

しかし、葛巻による編輯後記には「新春二月号より本誌は岩波書店の手によつて発行されることになりました、誌名は全然変更するか或は第二期言葉として創刊されると思ひます。これらの交渉雑務のために本号は発行が遅れ」云々と記してある。

つまり、原稿はもっと早くにそろっていて、岩波との交渉などが発生しなければ十月末頃には入稿できたと推測することができる。考えた結果、手紙は十月半ば頃に送られたものとした。「木枯の酒倉から」掲載が決まったあと、十月後半に葛巻が岩波へ交渉を始め、十月末の入稿を一旦止めた、という順番になる。

この手紙で安吾はこれから書く小説の構想を語っているので、投函時期は重要である。

「僕は今、ドビュッシイのやうな小説を書こうと思つてゐます」

「この小説は、短い期間では出来さうもありません。この中で、僕は、少年と少女と同性愛と犯罪と、親と子と、惨酷と、陰惨と、それらの中から、夢のやうな何かある純情さを浮彫りすることを意企するつもりです」

十一月十四日にヌイ死去の報を受けるが、「ふるさとに寄する讃歌」はヌイが逝く前に大よそ書き上がっていたのではないかと思う。次の号は二月一日に岩波から新創刊する予定だったからだ。安吾が述べた「ドビュッシイのやうな小説」は長篇の構想だったが、文章表現としては「ふるさとに寄する讃歌」もまさにドビュッシーをほうふつとさせる、透明で物悲しい小説になっていた。

葛巻が岩波に話をもちこんだことは安吾が再三書いているが、当の葛巻は後年何度もそれを否定する。しかし、安吾と本多をつれて交渉に行ったことまでは否定していない。

「僕が何故腹を立てたかと云えば、（略）僕が『芥川家』を代表して行けば、当時岩波書店は店主の『応接間』にとおした。然しこれは本多信にもわからなかつたらしいが、君達は『無名な作家』であつても、将来はいつどうなるのか知れなかつた。それを、廊下に作られたボックスの『応接間』でもなく、ただ通路に立たせた儘《まま》、待たせたからである。僕は最初に『時間を切つた』筈である。なおもう一度、『きだ・みのる』氏の斡旋で、『青い馬』は岩波書店から出る事になり、そのため岩波にも迷惑をかけたことと、僕も思う」（一九五五　葛巻義敏「坂口安吾への手紙」『新日本文学』四月号）

　大昔の安吾年譜は、きだみのる（山田吉彦）の交渉で出ることになったと断定してしまったが、葛巻が否定したのは交渉姿勢のニュアンスの問題であり、芥川全集のバックがなければ岩波からの発行が無理だったことは、右の文章からも明白だろう。

　葛巻は回想の最後に、当時を懐かしみながらこんなふうに書いた。

「われわれは（本多信と、坂口安吾と、私は）、『虚名』もなく、金もなく、東京の街から街をほっつき歩いていた。そうして、その最後に来るのは、神宮外苑のパーゴラの下だった、そして、夜の更ける迄、三人とも言葉少く、そのパーゴラの下に腰を下ろしていた。そして、その空き地には、何故か知れないが、夕方近くになると、中国人の留学生の幾組かがやって来て休んでいた。そして、彼等は讃美歌（だと思うが。）を歌っていた。暮れなずむ、そのパーゴラの下と、その空き地からは、段々人の姿が没して、歌声だけが聞えて来る。それらの歌声は、同じ『異国にある』われわれの心にも響いて来た」

20「風博士誕生」

年末、三瀦牧子宅を『言葉』同人たちと訪問し、サティの「Je te veux」を歌ってもらった話は、安吾の訳したコクトー「エリック・サティ」の補註部分に記されている。『言葉』時代に、よく佃島へ渡ったというエピソードは「日本文化私観」にある。「聖路加病院の近所にドライ・アイスの工場があつて、そこに雑誌の同人が勤めてゐたゝめ、この方面へ足の向く機会が多かつた」らしく、「この工場は僕の胸に食ひ入り、遥か郷愁につゞいて行く大らかな美しさがあつた」と記している。

こうした特異な感覚の話をする相手としては、長島萃がうってつけなので、ここに登場してもらった。

ヌイの次女綾子が母の死後ふさぎこんでいたとき、安吾が「芸術家、信仰家、恋愛家、その三つの何か一つ摑めよ、そしたらやっていける」と励ましてくれた話は、前述の湯浅綾子講演筆記にある。

小説のタイトルは書き終えた後に付けることが多かった安吾だが、「風博士」に限っては最初に主人公名とタイトルが決まったことだろう。

小説を書いていると、過去のさまざまな出来事が去来する。前作のように自伝的要素の混じった小説ならなおさらだが、こんな荒唐無稽なファルスでも、やっぱりそうだ。そこかしこに体験の跡が刻まれる。人生に、むだなことは一つもない。

安吾はこの作品で牧野信一の激賞を受け、文壇に新風を巻き起こすことになる。

*

第一章「炳五」は、二〇二一年七月二十二日から二〇二二年六月二十三日まで「小説坂口炳五」のタイトルで春陽堂書店ホームページに隔週連載された。

第二章「修行」は、書き下ろしである。

「小説坂口炳五」の連載開始から本書刊行まで導いてくださった春陽堂書店の永安浩美氏と塩田智也子氏に、この場をかりて御礼申し上げます。

七北数人

二〇二二年九月

安《あん》吾《ご》疾《しっ》風《ぷう》伝《でん》

二〇二二年十月二〇日　初版第一刷　発行

著　者　七北数人
発行者　伊藤良則
発行所　株式会社　春陽堂書店
〒104－0061
東京都中央区銀座3－10－9 KEC銀座ビル
電話　03－6264－0855(代)
印刷・製本　ラン印刷社

ISBN978-4-394-90428-1 C0093